熙路驼铃

安玉会 著

郑州大学出版社

图书在版编目(CIP)数据

丝路驼铃／安玉会著. — 郑州：郑州大学出版社，2021. 1
(2024. 6 重印)
ISBN 978-7-5645-7494-9

Ⅰ. ①丝… Ⅱ. ①安… Ⅲ. ①长篇小说 – 中国 – 当代
Ⅳ. ①I247.5

中国版本图书馆 CIP 数据核字(2020)第 222053 号

丝路驼铃
SILU TUOLING

策划编辑	郜 毅	封面设计	苏永生
责任编辑	刘晓晓	版式设计	凌 青
责任校对	张若冰	书名题字	杨宏杰
责任监制	李瑞卿		

出版发行	郑州大学出版社	地　址	郑州市大学路 40 号(450052)
出 版 人	孙保营	网　址	http://www.zzup.cn
经　销	全国新华书店	发行电话	0371-66966070
印　刷	山东华立印务有限公司		
开　本	710 mm×1 010 mm　1 / 16		
印　张	19.5	字　数	310 千字
版　次	2021 年 1 月第 1 版	印　次	2024 年 6 月第 2 次印刷

| 书　号 | ISBN 978-7-5645-7494-9 | 定　价 | 88.00 元 |

目录

楔子

　　新天凤三年(16年)6月,在西域都护府城通往焉耆的大道上,行进着一支上千人的队伍。队伍前面旌旗招展,帅字旗上斗大的"新"字迎风招展。旗下,一位身着铠甲,腰挎佩剑的中年男子骑在一匹枣红色的高头大马上。他左手勒着马缰绳,右手提着长柄大刀,一双明亮的大眼睛直射远方,此人就是新任西域都护李崇。李崇身后是三十名执旗兵,执旗兵后面是三百多名骑兵,骑兵后面是数十辆武刚车,武刚车后面是三百多名手执高大盾牌和长戟的盾牌兵,盾牌兵后面是三百多名弓弩手,弓弩手后面是手持长矛的三百多名步兵和数十辆辎重车。队伍行进有序,步伐雄壮。突然,从队伍中传出了震天动地的歌声:

　　　　大漠阔兮戈壁广,
　　　　天风卷兮流沙狂,
　　　　西域旷兮壮未央。
　　　　日西沉兮驼影长,
　　　　飞沙落兮月光亮,
　　　　丝路遥兮商队忙。
　　　　雪山水兮清流淌,
　　　　绿洲美兮鱼米乡,
　　　　风吹草兮见牛羊。
　　　　壮士行兮挎刀枪,
　　　　汉儿女兮戍边疆,
　　　　洒热血兮慨而慷。

原来将士们唱的是《西域之歌》。传说这首《西域之歌》是在张骞出使西域带回的《摩诃兜勒》的基础上，由汉武帝时乐府的协律都尉李延年创作而成的。它以浑厚大气、音域高亢、节奏雄壮而深受朝野和军旅的喜爱。

此时正值王莽新朝时期。新始建国五年（13年），西域焉耆国在匈奴人的支持下发兵攻打西域都护府。叛军连克数城，攻占西域都护府所在地乌垒城，杀死了西域都护但钦。为讨伐叛逆，王莽派遣行伍出身的朝中虎将李崇接任西域都护，随同五威将王骏出师西域。李崇作为新任西域都护，受命于危难之时，带领上千人马奔赴到了西域疆场。

歌声雄壮，士气高昂，李崇回望这支训练有素的队伍，顿感信心倍增。他想："也许此时王骏将军率领的新朝军队和西域属国龟兹、莎车、尉犁、姑墨、危须等的七千兵马已经抵达了焉耆都城王治员渠城了吧。"

正当李崇若有所思之时，一个哨探飞马来报："都护大人，焉耆王派使节向王骏将军诈降，却又在险要地段设下伏兵。当王将军带领队伍进入他们的伏击圈后，他们突然发起攻击，致使王将军率领的人马损失惨重。焉耆王还对姑墨、尉犁、危须国所派的兵马行离间计，使得随同王将军参战的姑墨、尉犁、危须国三国的兵马临阵倒戈，从背后向王将军发起袭击。王将军战死，其部全军覆灭。现在，叛军又向我们这里杀来，请都护大人定夺。"

李崇听此禀报，不由得仰天大叫："卑鄙叛军，有你无我！"随即令骑兵分列左右两旁，命武刚车排列前方，盾牌兵持盾和长柄铁戟在武刚车两旁环绕，布成了一个"营寨"。"营寨"内弓弩兵和步兵手持强弩、弓箭，等待射杀冲来之敌。

刚刚部署完毕，焉耆国叛军和匈奴兵马已经从正前方冲杀过来。李崇命骑兵从左右两侧杀出，冲入敌群，与叛军厮杀在一起。

一时间杀声震天，头颅和四肢满地飞滚，血水飞溅，战马嘶鸣，乱作一团。怎奈寡不敌众，不多时，李崇的三百多骑兵就已经所剩无几。叛军见李崇的骑兵已经被消灭，就向"营寨"蜂拥压来，李崇部与叛军展开了近身对攻。随着鼓、锣轮番作响，强弩一排排射出，叛军应声倒地。蜂拥而至的敌人骑兵被一排排强弩利箭射得人仰马翻。叛军的冲击被打退，他们丢下一千多具尸体，带着上千名伤兵向焉耆国方向溃去。

历经此役,汉军死伤数百名骑兵和步兵。由于兵力悬殊,李崇下令鸣锣收兵,率领残部退回到了位于龟兹国西南部的都护府城。

回到都护府城后,李崇立即安排都护府丞任政、司马刘偕、侯张团、千人凌厉等官员救治伤兵。李崇则和副校尉陈通一起走上城墙,绕城逐一检查都护府城的防卫。待他安排并检查完毕,夜已深沉。李崇回到城中都护府院内的住宅。没有张灯,他就坐在客厅的榻上睡着了。

不知过了多久,突然房门被轻轻打开了,一个人影闪了进来。李崇问道:"是师妹回来了吗?"来者答道:"是!"进来的原来是李崇的妻子卫梨花。

卫梨花是汉武帝的大将军卫青的玄孙女,其父卫玄被汉成帝拜为长安公乘侍郎。卫梨花是父亲的掌上明珠,从小就和兄长卫赏舞枪弄棒。后来,父亲把她送到榆次盖家剑传人盖云龙门下学艺,练就了一身武艺。

李崇之父与卫玄交好。李崇父子非常敬仰卫家忠勇报国的大义。在父亲的支持下,李崇很早就拜卫玄为师,学习卫青大将军排兵布阵的兵法。

卫梨花从榆次学艺归来,常在府上见到李崇。在不知不觉中,卫梨花爱上了胸怀大志、立志报国、聪明好学、内向沉静的师兄李崇。后来,在父亲卫玄的应允下卫梨花得以和李崇成婚,成为李崇得力的贤内助。

李崇不负恩师和卫梨花所望,从军报国,勇猛果敢,领兵布阵,战功累累,不断得到晋升,成了朝中的一员虎将。

西域动乱,李崇受命于危难之时,出任西域都护。卫梨花担心丈夫的安危,故而夫唱妇随,陪同夫君一起来到了西域战场。几天前,她受李崇之托,随五威将王骏偕同龟兹王弘、莎车太子康以及王骏将军带领的七千人马去攻打焉耆叛军,此时才回到家中。

李崇急切地问:"王骏将军的部队是怎么上当的?"

卫梨花答道:"焉耆王一方面派他的辅国侯作为使节,出城数十里迎接王骏将军,并带来了焉耆王的亲笔信。信上说他是在匈奴人的逼迫下才不得不反叛和杀死都护但钦的。他本人深知罪恶深重,更知道王将军的威名,如果王将军不殃及焉耆民众,他愿意开城投降,欢迎王将军带兵进入焉耆都城王治员渠城,他本人等待王将军治罪。另一方面,焉耆王早已和匈奴人密谋,在险要处埋伏下了重兵。等王骏带领的七千人马全部进入他们布下的口袋阵后,数千名埋伏在路两旁的弓箭手一齐发射利箭。箭雨铺天盖地向我们军队射来,立时就有大批士兵被射死或射伤。此后,焉耆和匈奴的骑兵从两旁杀出,猛烈攻杀王将军所带领的残部。更可恨的是随同王将军参战的姑墨、尉犁、危须国的兵马早已被焉耆王收买。此时,这些兵马随即倒戈,从王将军背后攻袭。王将军中箭身亡,所带部队全军覆没。"

李崇又问:"那龟兹王弘和莎车国太子康怎样了?"

卫梨花道:"当时我正在大军的后面与龟兹王弘、莎车太子康交换意见。我们都怀疑焉耆投降可能有诈,准备去向王骏将军报告。但为时已晚,箭雨已经向我们袭来。我见埋伏在道路两旁的叛军骑兵前来攻杀,就和龟兹王弘、莎车太子康奋力搏击,逃出了包围圈。我把弘送到了龟兹都城,又派我的几个徒弟护送莎车太子康去了莎车。康让我尽快回来向你报告情况,以便你对西域的时局做出决策。"

李崇沉痛地说:"这次兵败损失太大了!"

过了一会儿,李崇又缓缓说道:"这次兵败完全是我对西域形势估计不足,用兵不当造成的。"

卫梨花道:"这怎么能说是你用兵不当造成的呢? 往大处说这都是咱们新朝的皇帝王莽唯我独尊,更换印章造成的。其次,这次攻打焉耆,王骏将军自以为是、好大喜功、麻痹轻敌,且又采用了分兵进击的策略,才造成了兵败。"

李崇忙说:"兵败的是非曲直就不说了。不管怎样,王将军已经为国捐躯,作为西域都护,我必须承担一切责任。就目前情况看,如果中原安定,朝廷会派大军前来支援我们。如果北击匈奴,朝廷一时半会儿也难以顾及西域。坚守西域将是我们的长期任务。目前我们仅有六七百人马和一些家属。我们的首要任务就是要安抚西域诸国,尤其是龟兹国,做好长期坚守西域的准备。"

过了一会儿,李崇又说:"龟兹国北枕天山,南临大漠,西接疏勒,东邻焉耆,是丝路北道上的重镇。它北通乌孙,南连于阗,东西则有丝路商道贯穿,是西域的中心和十字路口,也是我中土腹地西去中亚、大秦①的桥梁,地理位置十分重要。历史上,龟兹王弘的爷爷绛宾娶了乌孙昆弥翁归靡和汉朝楚公主刘解忧的长女弟史为妻。元康元年,绛宾和弟史东去长安,觐见汉帝。绛宾及弟史皆获皇帝印绶,弟史还被封为公主。汉帝又赏赐了许多车骑和珍宝。他们在长安住了一年多才回到龟兹。回到龟兹后,绛宾处处模仿汉朝,诸如传呼朝拜、撞钟击鼓、国家管理、礼仪规范等。绛宾死后,其子丞德即位,自称汉外孙,一直臣服汉庭。当下,绛宾的孙子弘为龟兹王,忠心护汉,也就不难理解了。此次兵败,龟兹损失很大,对龟兹王弘的打击也必然很大。我明天就准备去龟兹都城见弘,当面感谢和安抚他,以便进一步联合西域各属国抗击焉耆叛军和匈奴人的进攻。"

卫梨花道:"明天我陪你一同前去。"李崇道:"好!"

第二天清晨,李崇早早起了床,对卫梨花说:"我先去看看晨练的队伍,你准备一下,马上出发。"李崇边说边迈出房门,径直向练兵场走去。

副校尉陈通正带领队伍操练,见李崇前来检查,马上发出口令将队伍集中起来,请李崇训话。

李崇高声说道:"兄弟们,大家辛苦了!"将士们齐声回应:"大人辛苦!"李崇道:"昨日一战,叛军虽然有近万骑兵,但在我们的强弩利箭下,死伤两千多人,狼狈逃窜。现在,我们有都护府的高墙大城,再多的叛军也不在话下。我们要好好训练,提高本领,随时准备消灭胆敢来犯的叛军和匈奴人。"

"护卫西域! 护卫西域!"队伍吼声震天。

李崇讲完话,向陈通低声布置了训练和城防事宜后,换上便装,带领十多名早已换好便服的护卫,与赶来的妻子卫梨花一道纵马向城外奔去。

六月的西域,天高气爽。李崇眺望远方,只见蓝天白云,红日艳艳,天山顶上的雪帽晶莹闪亮。龟兹绿洲,果树遍地,胡杨连绵。一行人无暇欣赏这大好风光,纵马向王治延城奔驰。奔跑了一阵,前面出现一大片胡杨林。李崇跳下马来,招呼卫梨花和随从下马休息。

突然,从林间窜出二十多个挥舞弯刀的匈奴骑兵向他们冲杀过来。说

---

① 汉朝时罗马帝国被命名为"大秦"。

时迟，那时快，卫梨花右手一展，前面几个匈奴骑兵已被她的暗器打落马下，后面的匈奴骑兵见势不妙，拨转马头就要逃跑。卫梨花如箭飞起，朝匈奴骑兵的马背上飞扑过去，随着剑起剑落，十多名匈奴兵已被她斩杀殆尽。行武出身，天天与刀剑弓马相伴的李崇和护卫们都为盖家剑的神威所震撼。

盖家剑是战国末年剑术家盖聂的父亲盖天所创。盖聂与其弟从小在父亲的教导下练功习剑，二十多岁时就已打遍天下无敌手，被人称为剑圣，盖家剑也由此名扬江湖。

著名剑客荆轲慕其剑术，曾在刺杀秦王嬴政前，来到榆次拜见盖聂，与盖聂纵论剑术。盖聂为人耿直严肃，对剑术不精者常直言不讳地提出批评。荆轲心高气傲，受不了别人的批评，一气之下，剑术尚未精进就不辞而别了。

有人建议把荆轲再请回来，盖聂道："我和他纵论剑术时，多有不合之处，我用眼瞪了他，他就承受不了了。我看他是不敢再留下来了。不过，你们不妨去找找他。"

去找荆轲的人回来报告说，荆轲已经驾车离开榆次。后来听说，荆轲在刺杀嬴政的行动中，终因技不如人，命入黄泉。

盖云龙是盖家剑的后世传人，非常崇敬卫青大将军。卫玄要送女儿卫梨花向他拜师学艺，他一口答应，收下卫梨花作为弟子。十个春秋过去，卫梨花果然不负众望，在盖云龙师父的精心传授下，已习得盖家剑的精要。

护卫们把被暗器打落马下的匈奴兵捆绑起来。经过审讯，匈奴兵供认，他们是奉命在这里截杀战场上散落的新朝士兵的。他们还准备混入龟兹都城去放火抢劫，搅乱龟兹都城秩序，制造混乱，不想在这里被俘。李崇等人押着俘虏和他们的马匹，又一阵纵马飞奔，已经远远看到龟兹国都城王治延城了。

延城位于龟兹东川水畔，为三重大城。外城门有士兵把守，但百姓可以自由出入，有利于各地商家来此经商贸易。街道上不时有一队队士兵巡逻，维持着城内治安。

李崇等人牵马在街上行走，看到城内百业兴旺，商贾云集，一派祥和气象，甚是欢心。李崇心想："看来昨日焉耆之战尚未对龟兹造成太大影响。"李崇等人来到内城的南门，城门有士兵检查。李崇送上一封信，请士兵尽快送入王宫。

　　不多时，龟兹王弘带领大都尉丞、辅国侯、安国侯、左右大将、王宫卫队长等官员迎出城来。弘人高马大，宽额大脸，深眼高鼻，头发黑密卷曲，气宇轩昂。他抱拳施礼道："都护大人不顾劳顿，亲临小城视察，让我等倍感荣幸！"李崇也向龟兹王还礼道："龟兹王英俊潇洒，气宇不凡，真乃龟兹之幸！"

　　龟兹王又一一向李崇引见他的诸位大臣。大臣们一一向李崇施礼，李崇也一一还礼。李崇道："众位大臣个个气度不凡，让我好生羡慕啊！"

　　之后，龟兹王又向众大臣引见了卫梨花，说："李夫人不仅是大家闺秀，美丽端庄，也是武学大家。这次我们与王骏将军一起去讨伐焉耆叛军，中了埋伏，要不是李夫人护卫，今日我可就见不到李都护和诸位了。"诸位大臣都随声附和称赞，但左右大将和王宫卫队长心里却在嘀咕："一个女流之辈，能有多大能耐！"

　　李崇与龟兹王和众位大臣寒暄之后，在龟兹王的陪同下，乘车来到了龟兹王宫。

　　龟兹王宫是绛宾和弟史从长安回来后模仿未央宫建造的。王宫宏伟高大，上有连廊，内藏多种机关，由王宫卫队严密把守。宫内处处饰以琅金白玉，显得富丽堂皇。宫廷前殿分东、西、中三殿，中殿是弘上早朝的地方，东殿是他日常处理朝政和会客的地方，西殿是他宴请宾客的地方。

　　弘先请李崇、卫梨花和众位大臣到东殿一坐。宾主落座后，宫人送上了热腾腾的奶茶、馓子、葡萄干、巴旦木、杏干等西域特产请李崇和卫梨花品尝。

　　李崇对弘说："我这次来，是向您谢罪的。贵国出兵三千，随同王骏将军讨伐焉耆叛军和匈奴人，不幸兵败，造成龟兹和莎车六千兵马覆没，损失惨重。对此，我深表歉意。"弘说："都护大人不可说歉意的话。我爷爷是汉帝赐印绶的龟兹王，我奶奶是汉帝赐印绶的大汉公主。我父亲也自称是汉外孙。我们是一家人，有福同享，有难同当。讨伐叛军和匈奴是龟兹人应尽的责任，再大的损失也应该承担。我已经安排人为昨日阵亡将士的亲属发放慰金，以稳定军队，安抚百姓，请都护大人不必担心。另外，为了支持都护府的工作，龟兹愿提供一万斤麦子和谷物作为都护府所属人员的口粮和屯田之用。"

李崇道："这次兵败，龟兹国损失极大，您既要安民抚恤，又要整军备战，都需要钱粮。我感谢龟兹王的好意，但决不能再给您添麻烦！"弘坚定地说："都护大人请放心，龟兹国这点能力还是有的。请都护大人不要推辞。此次兵败咱们就不说了，关键是今后怎么办，我想请都护大人示下。"

李崇见龟兹王立场坚定，说话爽快，以诚相待，非常感动。他真诚地说道："我这次来就是专门和阁下探讨这个问题的。我初步考虑了几点意见，说出来请您指教。第一，西域都护府要严格执行宣帝当年制定的各项政策来治理西域，由此产生的一切费用都由朝廷和屯垦来解决。第二，杜绝朝廷官员和西域都护府人员施政时给西域各国造成的一切迎送负担。第三，焉耆是匈奴进攻西域的大本营，而龟兹和都护府城则是对抗叛军和匈奴的前哨阵地。我们要相互支持，保护好龟兹都城和都护府城。第四，要提高警惕，加强军队训练，随时准备消灭来犯的叛军和匈奴人。第五，保护好丝路商道，发展生产，发展商业，增强龟兹国力，改善民众生活。"

弘说："我完全赞成都护大人的意见。我已布置加强龟兹兵马的训练和警戒，随时准备粉碎叛军和匈奴的进攻。如果叛军胆敢进攻都护府城，龟兹兵马随时出发攻击叛军。"

李崇道："除了备战一事，都护府也要发展生产，保证都护府兵马的食粮供给。"这时，龟兹王弘站起身来，向李崇和卫梨花拱手致礼道："都护大人，我还有一件私事想拜托大人和夫人。"

李崇和卫梨花也忙站起身来拱手还礼，问道："什么事如此庄重？"龟兹王说："我有个十岁的女儿，名叫古娅。她听我说，昨日李夫人护卫我杀出叛军包围圈，很是敬仰李夫人。她想拜李夫人为师，学习武艺，增长本领，保卫龟兹。我恳请李夫人收她为徒，不知都护大人和李夫人能否应允？"

"我没有意见！梨花，你呢？"李崇干脆利落地说道。

卫梨花则回答道："龟兹王的功夫很是了得，昨日多亏您冲杀在前，保护我等冲出包围圈，我得好好感谢您才对。"

弘连连摆手道："李夫人，可不是这样的，要不是您把射来的那么多利箭一一击落，我恐怕早就中箭身亡了！"

　　龟兹王弘其实也是一个练家子。弘的父亲龟兹王承德,在弘很小的时候就请了一位中土的武师教授弘习练武艺。后来,承德在龟兹国巡视时,遇到三个孤儿,分别叫丰、尤、力,就把他们带回龟兹都城,和弘一起习武。这三人也就成了弘的师弟。眼下,这三个师弟已经是当朝的左右大将和王宫卫队长。弘和他的三位师弟在中土武师的教授下,武艺大进,在西域已小有名气。只可惜,这位中土武师回乡探亲时染上瘟疫,再也没能重返西域。

　　此次龟兹王弘随王骏讨伐叛军和匈奴人,中了埋伏。在路旁埋伏的几千焉耆弓箭手,突然万箭齐发,箭如雨下,卫梨花一把宝剑挥舞殿后,把无数射向弘和莎车太子康的利箭击落殆尽,又击掌在弘和康的坐骑上,使其战马飞奔而出。卫梨花犹如一把剑伞,随影而行,飞飘在弘和康的战马后,不让一支利箭靠近弘和康。就这样,他们几个人冲出了伏击圈。

　　弘对卫梨花的轻功和剑术格外佩服,故此,他一心想让自己的女儿跟随卫梨花学艺。卫梨花道:"龟兹王谬赞!我的武艺实在平平,怎敢收古娅为徒。那样岂不耽误了孩子。"龟兹王说:"夫人的武艺,我佩服得紧。您能收古娅为徒,那是她前世修来的福气,岂能说耽误二字。我恳请您一定收下这孩子!"龟兹王如此诚心诚意,叫卫梨花实在无法推辞,她只好说:"多谢龟兹王抬举,那我就恭敬不如从命了。"龟兹王高兴地说:"太好了!谢谢李夫人!谢谢都护大人!明天上午,我要举办一个隆重的拜师仪式。"

　　李崇心想:"这龟兹王真不简单,举行隆重的拜师仪式,可以一扫兵败的阴霾,鼓舞士气,安定民心,真可谓一举多得呀!"弘转过头来对王宫卫队长力说:"拜师仪式就在你们王宫卫队的大校场举行,你这就去派人布置吧。"王宫卫队长回答:"诺!"随即走出了东殿大门。其余大臣都拱手向龟兹王祝贺。左右大将虽然嘴上祝贺,但他们心里却瞧不起卫梨花这等女流之辈。左大将丰拱手说道:"李夫人!可喜可贺,祝您在龟兹国收徒施教。明日拜师仪式上,夫人可否赐教在下一二,也让我等兄弟长长见识?"右大将尤也接着说:"是啊!是啊!王兄说李夫人武艺高强,能有机会受到李夫人的点拨,真乃三生有幸。望李夫人能不吝赐教!"弘赶快解围说:"明日是拜师仪式,又不是比试武艺,岂能动拳动脚!"卫梨花笑着说:"两位都是带兵打仗的常胜将军,武艺超群,早已名扬西域。我一个女流之辈,教授女孩子习练一点

护身的粗浅武艺尚可,岂敢在二位面前班门弄斧?"。左大将丰步步紧逼地说:"哎呀,李夫人,您就不必过谦了,我等井蛙,没见过世面,只会几手猫抓地的武艺,难到李夫人对我等粗人竟也不屑一顾?"

卫梨花心想:"这左右大将也许觉得他们武艺不错,因此想挑战于我。"就爽朗地说道:"看来二位也是一片好意,想替古娅公主把把关。也好,明日拜师仪式时,我们就切磋切磋。不过,我得请二位大将军手下留情。龟兹王,您看如何?"

龟兹王知道左右大将的心思,事到如今也不好阻拦了,只好说:"那就以武会友,以武助兴吧。不过,我先把丑话说到前面,切磋武艺,不能用兵器,点到为止!"卫梨花和左右大将都赶忙说:"不用兵器,点到为止!"这时,天色渐晚,宫人走来向龟兹王禀报,说宴会已经准备完毕。于是,弘请李崇夫妇去西殿赴宴。

李崇夫妇在主宾席上就座,弘在对面的席位上就座。弘的妻子,王后萨都娜和女儿古娅也走了进来,紧靠弘的下位入座。弘向她们一一介绍了李崇夫妇,双方互相拱手施礼。大都尉丞、辅国侯、安国侯等靠着公主古娅的下位依次入座。左右大将和王宫卫队长等依次在卫梨花的下位入座。

宾主刚刚落座,古娅就迫不及待地跑到卫梨花的身边,俯下身子向卫梨花磕头,口中还不停地说道:"师父,您收下我吧!我一定听师父的话,做一个像师父一样的人。"引得大家哄堂大笑。卫梨花见古娅聪明伶俐,两只大眼睛晶莹剔透,格外有灵气,十分喜爱,赶快要扶古娅起来,但古娅就是不起来。她还高声说道:"师父若不肯收我为徒,那我就不起来。"又引得大家哄堂大笑。卫梨花赶快说道:"收!收!"古娅一跃而起,高兴地笑道:"谢谢师父!"随即回到了自己的座位上。

宴席甚是丰盛,烤全羊、烤肉串、拉条子、抓饭、馕、奶茶、奶酪、葡萄酒、瓜果菜蔬,样样俱全。弘举杯致辞,再次欢迎李崇夫妇光临龟兹。卫梨花肯收自己的女儿为徒,弘感到格外高兴。他不停地为李崇夫妇敬酒、夹菜,宴会气氛热烈欢快。

李崇说道:"龟兹王,您的葡萄酒可真是香甜可口啊!"弘答道:"都护大人,您可能知道,龟兹盛产葡萄,尤其盛产葡萄酒。一个富裕之家储酒就达数百石。这也是龟兹人招待四方商客和行销西域的特色商品。龟兹的许多人家也由此成了富翁。明日我送您两百石葡萄酒，连同小麦、谷物、牛、羊一起派军队护送到都护城去。"李崇说道："您已经送我那么多东西了，葡萄酒就不要再送了。"弘道："一定要送！一点心意而已。"

龟兹王和李崇相见，以诚相待，谈话直率，甚是投机。

弘一见大家酒足饭饱，击掌三下，宴席下方的舞池里开始了龟兹歌舞表演。龟兹歌舞洪亮悦耳、节奏明快、朝气蓬勃、别具韵味。歌舞表演以《龟兹谣》开场，歌舞相伴，格外欢快。歌词是：

天山高来哟戈壁长，天山脚下哟是我家乡。

一片片绿洲追黄沙呀，一群群牛羊戏牧场。

我笑你雄浑地域广，我醉你瓜果甜又香。

来来来来来来来来，来来来来来来来来。

塔里木河哟水流长，三千年不倒哟是胡杨。

一丛丛红柳拂流沙呀，一束束沙枣花儿香。

我头枕天山揽明月，我怀抱大漠尽情唱。

来来来来来来来来，来来来来来来来来。

随着歌声，十几位妙龄少女身穿银色透纱衣裙，头顶彩色纱幔，光足裸腰翩翩起舞，一下子让人沉醉在西域风情之中。随后是杂耍、独唱等节目。最后是大联唱，全部艺人都在舞池中晃动着身体，随着音乐放声歌唱。所唱歌曲是西汉武帝时的一首名曲《佳人曲》：

北方有佳人，绝世而独立。

一顾倾人城，再顾倾人国。

宁不知倾城与倾国，佳人难再得。

歌舞表演结束后，弘安排李崇夫妇到客房歇息。李崇深感弘用心良苦。他知道弘是在用晚宴和歌舞冲刷人们对昨日兵败的忧伤。

次日上午，拜师仪式在王宫卫队大校场如期举行。大校场是一个坐北向南的大院子，院墙上插满了旌旗，迎风招展。院内四周站满了执勤的卫士。北面数丈高的高墙下有一个高台。高台两边插着数面旌旗。连接高墙的两端悬挂着两条红绸带。绸带上有两行金色大字。右面绸带上绣着"戈

壁大漠任我扬鞭催马",左面绸带上绣着"丝路商道连接中原天崖"。横挂的红绸带上绣着八个金色大字"民富国强造福华夏"。台子的中央安放着一个巨大的木墩,木墩后面悬挂着许多巨大的红灯笼。四个灯笼上贴有四个大字"拜师仪式"。高台下方是一排排原木条凳。

坐在左前方的是龟兹国鼓乐队,鼓乐队不停地击鼓奏乐,震天动地。

坐在中间前方的是李崇夫妇、龟兹王弘、皇后、古娅、辅国侯、安国侯、左右大将、王宫卫队长等。

坐在右前方的是王宫卫队的卫士们。坐在左后方的是左军的数百名士兵代表。

中间座位的后方坐着龟兹国一些朝臣和数百位各界的精英代表。

坐在右后方的是右军的数百名士兵代表。

主持拜师仪式的是大都尉承。他高声宣布:"拜师仪式现在开始!请李夫人卫梨花上台!"卫梨花身子一晃,轻飘飘落到了高台中央,抱拳向大家施礼,引起一阵喝彩。

大都尉丞对卫梨花低声说道:"李夫人请入座!"接着他高声说道:"请古娅公主上台!"

随着大都尉丞的喊声,古娅从侧面的台阶上登上了高台,下面又是一阵喝彩。

大都尉丞又高声说道:"叩拜师父!"

古娅跑上前去跪倒在地,向卫梨花叩头三拜。

卫梨花起身拉起古娅,接过下面递上来的一把宝剑,双手托给了古娅。这是跟随卫梨花多年的一把宝剑。古娅双手接过宝剑,又是躬身拜谢,并把宝剑举过头顶,跑到台前向台下展示,引得台下欢声雷动。

大都尉丞高声宣布:"请左大将与李夫人切磋武艺!"

话音刚落,左大将丰一下跃上了台面。他抱拳向卫梨花施礼道:"承蒙李夫人赐教!"

卫梨花答道:"请左大将包涵!"

随着一声:"看招!"左大将双掌运力,两掌同时发力向卫梨花推去。左大将身材魁梧,又练武多年,推掌攻出,迅猛异常,威力无比。卫梨花见左大将推掌而出也不躲藏,同样推拳接招。

台下观者瞠目结舌,不敢相信一个柔弱女子竟然与一个彪形大汉对掌。只听砰的一声,大家定眼看去,卫梨花竟然纹丝不动,而左大将壮实的身躯已被推后数尺。

卫梨花所用的关中拳起源于周秦时期的关中地区,广布于华夏大地。秦人一向习武成风,以战功获取俸禄,由此造就了秦国的雄兵强将。故而秦国才能一扫六国,统一华夏。秦亡汉兴,汉武帝时期,大行习武之风,百姓也多兴练武,强身健体。

此后,关中拳因地处都城要地,领秦汉武艺之风骚,内外兼修,神形合一;以养生与技击为其根,以撑补撑斩为其母,以勾挂缠粘为其能,以化身闪绽为其妙,以刁打巧击为其法,享誉武林,成为秦汉时期长安一带流行的主要拳种。

关中拳传人冯动大师是卫玄的好友,经常到卫府走动,做客聊天,切磋武艺。也许太过喜爱这个美丽聪明的小姑娘,冯动大师竟要卫梨花做他的义女以教授其武艺,卫玄满口答应,为女儿举办了拜师仪式。卫梨花儿时受冯动大师指点,习练关中拳可谓有童子功根基。当时武界尚未总结出成套的武术套路编纂于书,习练武艺均以师父口口相传。名师出高徒,更显得重要。卫梨花由冯动大师指点,深得关中拳上乘武艺,经过多年修炼,武艺自是精湛。

左大将被一个看似柔弱的女子推出数尺,似乎丢了颜面。他赶忙用力收住脚步,移步转身,左掌横扫,右掌跟进,又向卫梨花击来。卫梨花化身闪绽,轻松闪过。左大将连连出掌,卫梨花快步腾挪。突然,卫梨花移动的速度越来越快,竟然移步到了左大将身后,其闪绽腾挪之快,可谓出神入化。左大将大惊,推动右掌随影追击。在人影闪动中左大将突然觉得颈椎骨上的大椎穴被手指点中,顿时双臂酸麻,已经无力再抬臂挥掌。左大将只得站定,低头施礼道:"李夫人,在下服输了。"卫梨花抱拳施礼道:"左大将,承让了!"

台下众人见卫梨花三招两式就轻轻松松地折服了左大将,不由得从心里赞叹。

不待左大将走下高台，大都尉丞又大声宣布："下面请……"话音未落，就见一个身影已飞上高台。

众人定眼看去，此人小头小脸，两眼突起，细高身材，长相特异。

大都尉丞忙问道："来者何人？"

那人尖声尖气地答道："草民撒都尔，龟兹国通天商队首领。今日李夫人在此招收徒弟，我等草民甚为高兴，也来凑个热闹，不知李夫人能否赐教草民几招？"这撒都尔说话虽然阴阳怪气，倒也利索。

卫梨花心想："看来此人是来搅场的。"故一脸庄重地回答道："多谢先生的美意。至于赐教，实不敢当！"撒都尔道："既然李夫人能理解我等草民的美意，那就接招吧！"

不等卫梨花搭话，撒都尔左手一抹，身体跟着就向前蹿来，双手伸出朝卫梨花面部攻来。

卫梨花曾听盖云龙大师说过各门各派的武艺。匈奴习武者大都修炼漠北武艺。他们常在祭祠立柱的绳架上凌空飞扑，腾跃抓掏、掌击点穴、发射暗器，也以钩挂弹踢的脚法搏击。今日一见撒都尔的招式，果然是漠北武艺。

卫梨花眼见撒都尔飞扑过来的手指已指向自己的双眼，当即斩手击臂进行反击。

撒都尔左手缩回，右手向卫梨花的肩头抓来。卫梨花侧身换肩举掌斩出。撒都尔当即向外翻滚，逃过斩击，翻身落地。他脚刚着地就又纵身而起，飞脚踢来。卫梨花飞身腾起双脚同时踢出。四脚相遇，只听砰砰两声巨响。台下众人失色，双目圆瞪。只见撒都尔向后飞出丈许，身子前躬，脚向后滑，摇摇晃晃落在地上。卫梨花一个旋体轻身落地。撒都尔刚站稳身子，立即施展饿狼扑食招数，左手五指成爪，连着几个蹿跃又向卫梨花迎面抓来。卫梨花左手托击撒都尔抓来的手掌，右手伸指向撒都尔腰间的"中枢穴"点去。与此同时，却见撒都尔右手一抖贴着自己的胸膛发出三枚铁钉。由于相距太近，铁钉甚是激猛。眼见铁钉就要射入卫梨花胸膛，却见卫梨花右手借点穴之势，短袖劲抹，三枚铁钉尽数被打落在地，台上台下一片惊呼。而撒都尔的"中枢穴"被点，不能动弹，摔落在地上。大都尉丞赶忙让人把撒都尔抬下高台,将其送回通天商队。

此时,右大将尤已跃上高台,向卫梨花抱拳施礼道:"李夫人,您武艺非凡,在下佩服!"各路商队首领也纷纷跃上高台,向卫梨花祝贺。

榆次万通商队首领童仁生乃卫梨花的同门师弟,二人在此相见分外高兴。卫梨花急切地询问盖云龙大师的身体状况,知道师父身体很好,很是高兴。长安茂通商队首领刘大漠是冯动大师的三弟子,在长安时卫梨花曾在冯动大师处多次相见,今日在万里之遥的西域谋面,真是喜出望外。突然,左军和右军代表高呼起口号来:"福佑龟兹! 福佑龟兹!"各界代表随着口号声有节奏地鼓起掌来,大校场一片欢腾。大都尉丞再次高声宣布:"拜师仪式结束! 散会!"

龟兹王弘自小就喜爱结交武师。中午,他在龟兹王宫宴请各位商队首领,特别请李崇夫妇莅临。宴会前,弘请李崇讲话。李崇起身说道:"承蒙龟兹王厚爱,承蒙各位商队首领和龟兹各界人士捧场,上午的拜师仪式非常成功。我和我夫人非常感谢! 今日,我夫人不仅收了古娅这样一个好弟子,我们两个也收了一个好女儿。新朝与龟兹可谓亲上加亲了! 各位商队首领,你们行商万里,使丝路商道'路尽其用',使中土和龟兹商贸兴旺,民享福祉,我代表西域都护府感谢你们。最近,焉耆等国反叛,匈奴西进,使丝绸商道在焉耆段受阻。但从龟兹出发,南行可达于阗,北行可抵乌孙,西行可去疏勒,这条丝路商道是阻挡不了的。我建议,各个商队尽可能一路同行,保证行商安全,为西域和中原的商品流通做出更大贡献。"李崇的讲话引起大家一片掌声。各位首领都表示,他们愿意与兄弟商队结伴为友,安全行商,为促进丝路商道的发展做贡献。

席间,李崇夫妇、龟兹王弘等逐一向各位首领敬酒。首领们也逐一向李崇、卫梨花、龟兹王弘敬酒。大家倾心交谈,谈论时局,共叙商机,互通消息,热闹非凡。

散席后,李崇夫妇与龟兹王夫妇、众位大臣和商队首领们告别。龟兹王派遣五百人马,由左大将的副将沙驼将军率领,运送粮食、葡萄酒和牛羊,护送李崇夫妇前去都护府城。古娅公主也与父亲弘和母亲萨都娜告别。尽管女儿欢天喜地跟随李崇夫妇去学艺,但真要离开,弘和萨都娜自然还是有点舍不得的。尤其萨都娜,她不停地偷偷抹着眼泪,挥手向女儿告别。直到李崇夫妇和护卫队伍走得看不到人影时,弘和萨都娜才返回王宫。

李崇夫妇和沙驼将军带领队伍到达都护府城后,李崇安排沙驼将军的人马在都护府城休息了一日,沙驼将军才带领护卫队伍返回龟兹。

送走沙驼将军带领的队伍后,李崇连续召开了几天会议,将部队划分为两部分。年轻力壮的编入战斗部队,担负都护府的巡逻、值勤、训练、侦查等战斗任务。受伤或体弱者,尤其有种植经验的人员编入了屯垦队伍。屯垦队伍又根据人员的技能组成了种粮、饲养、副业、修造等分队,担负都护府人马的粮食生产和各种生活供给。借着种植季节,屯垦队伍开始了耕地种粮和各种后勤工作,都护府城充满了忙碌和生机勃勃的景象。

卫梨花被李崇委任为都护府武师,每天早上集中训练作战队伍。下午才能指导徒弟古娅习练武艺。古娅已从龟兹王弘那里学过关中拳的十大软盘和十大硬盘,但卫梨花仍让她从头练起,每个动作都有严格的规定和要求。卫梨花陪着古娅一起练功,看着她汗流满面的样子,常常心疼地用丝巾为她擦汗、送水,为她按摩,安排她的饮食和休息。每到这时,卫梨花就不由得想起自己身在远方的儿子。

那是十年前的春天,卫梨花带着八岁的儿子李凯去了华山。

据说,华山形状如花,故称华山。汉武帝时,山下建起了集灵宫,之后,这里就成了历代帝王祭祀华山神的场所。华山南接秦岭,北瞰黄渭,由东西南北中五座高峰和三十六座较小的山峰组成,群山跌宕,气势磅礴。主峰南峰落雁峰、东峰朝阳峰和西峰莲花峰三峰鼎峙,峰如刀削,穿云破雾,空绝万丈。华山之中奇石林立,断崖峭壁,险峻无比。可谓峰高耸云天,雄视傲长空,势飞千里外,倒影黄河中。山峰之间,沟壑深邃,古树密布,青藤缠绕,松柏翠绿,泉涌溪流。远眺而去,密林遮掩,洞穴暗藏,猿跳鸟鸣,云雾缭绕,如临仙境。《尚书》记载,轩辕黄帝曾在华山会见群仙。《史记》记载,黄帝、尧、舜曾来华山巡狩。除了古帝先贤在这仙山圣地驻足聚会外,也常有隐士奇侠匿居其中。更多的则是布衣樵夫、四乡山民、依山而居,靠山吃山,攀爬其中。他们打柴狩猎,收摘山珍,养蜂制蜜。华山的一方山水就这样养育着这一方民众。

卫梨花几经打听,在一个山坳里找到了一个由山石围墙围着几间茅房的小院。卫梨花叩开院门,里面走出来一个壮年汉子。那汉子抱拳施礼道:"夫人,请问您找何人?"卫梨花大笑道:"郑行兄,别来无恙啊?"那汉子一脸惊奇地说:"您是何人? 怎么晓得小人的名号?"卫梨花道:"兄台真是贵人多忘事,小妹可是在榆次与兄台切磋过武艺的。"

原来,郑行的师父郑奇曾带着养子郑行夫妇前往各地寻找自己的师父——嵩山游侠黄盖。在榆次,他们专程拜访了盖家剑的传人盖云龙大师。盖云龙提议让徒弟们切磋一下武艺。郑奇让郑行出场,盖云龙让卫梨花献艺。二人一交手,卫梨花才发现,尽管她自己掌法出众,但竟然无法触碰到郑行。卫梨花对郑行的武艺格外佩服,之后,还特地向郑行讨教闪绽腾挪的武艺。郑行经师父郑奇允许,才将闪绽腾挪的练习方法简单地教授给了卫梨花一些。经过多年的习练,卫梨花已经达到了一定水平,但总觉得与郑行有很大差距。基于对郑行所练武艺的推崇,卫梨花这才送儿子来华山学艺。郑行听卫梨花说到他们在榆次交手的事,这才恍然大悟道:"难道夫人就是在榆次与我切磋过武艺的卫梨花妹妹?"卫梨花道:"多谢兄台还记得小妹。"

郑行细看,如今的卫梨花已经不是在榆次见过的那位十五岁的小姑娘了,而是一位雍容华贵的夫人了。她身着青色锦衣丝袍,外披白色貂领的红色绸缎披风,头插金簪,脚蹬皮靴,丹目蛾眉,满面风光。郑行笑道:"小妹今日的打扮,着实不敢让愚兄相认了。"卫梨花道:"小妹已为人母,不敢轻待别人,只好妆扮一下自己,让兄台见笑了。师叔他老人家可好? 兄台和嫂夫人一向可好?"

不待郑行搭话,刘月已经从房中奔出,接口说道:"好! 好! 妹妹今日得闲来家探望,真让我高兴。快快进屋!"两人一下就拥抱在了一起,相互看了好一番,这才搀扶着走进屋去。卫梨花见郑奇坐在木凳里,立即跪倒在地,给郑奇磕头问安。郑奇赶忙把卫梨花扶起。大家落座后说笑一阵,刘月和郑行起身去准备饭菜。郑行的女儿郑莎拉着卫梨花的儿子李凯去院子里玩耍,屋里就剩下了郑奇和卫梨花。郑奇问道:"闺女,此番来访有何贵干?"卫梨花道:"师叔,我想让犬子李凯拜郑行兄学艺,不知师叔意下如何?"郑奇道:"你是盖家剑的弟子,为何不亲自教授孩子盖家剑呢? 再说,郑家的这点武艺稀松平常,别耽误了孩子。"卫梨花道:"郑家的武艺在榆次时我已经领教过,可谓精深绝妙,变幻莫测。难道师叔不愿传授给我家犬子?"郑奇道:"那倒不是,我是愿意传授你家公子武艺的。只是你家公子来华山后,要有一个与郑家在此地相符的名字为好。再则来华山这里可比不了在长安卫府。这里是山野草民之地,生活会比较艰苦,不知公子能否适应。"卫梨花道:"犬子原名李凯,在这里的名字请师叔赐予。至于吃苦问题,这是练武人必须经历的,师叔严格管教就是。"郑奇道:"好,那公子在华山这里的名字就叫郑凯,你看可好?"卫梨花说道:"好!就叫郑凯!"二人就此商定了此事。

饭后,一行人在这山坳草房中举行了一个简单的拜师仪式,李凯正式拜郑行为师。他在华山的名字叫郑凯。此后,卫梨花陪夫君李崇四处镇守,为国效力,一直没有时间去华山探望儿子。她是多么希望能再见到自己的儿子呀。

第一章 路遇商贾

　　新天凤三年(16 年),在通往郑县的大道上,走来了两位年轻男子。他们穿着镶边的青色直裾深衣,腰系白色宽布衣带,脚蹬布鞋,头戴斗笠,斜挎小包裹,背插大头棒,健步向前行走。只听身材稍矮的那位男子说:"哥,这次要不是你坚持去西域,我的身世之谜或许爷爷和爹娘不会这么早就告诉我。你说我心衣上的'莎车康'三个字真的是指西域莎车国人士康的意思吗? 如果是那样,我可真的是莎车人了。"听那清脆的声音,原来她是一个女扮男装的姑娘。

　　那身材较高的男子道:"小妹,难道你不相信?"那姑娘说:"我信不信不重要,你信吗?"那男的说:"我怎么不信? 你看看你,眼窝深,高鼻梁,瓜子脸,眉毛长,身材高,眼睛亮,怎么看都是个莎车姑娘。"那姑娘道:"那好,从今往后你就不要再把我当成你的妹妹了,我可是莎车姑娘。"那男子说:"好啊,只要你愿意当莎车姑娘。"那姑娘说:"我当然求之不得了。只是,如果我不是你妹妹,你说我该是你的什么人?"那男子说:"你说你该是我的什么人?"那姑娘道:"我不告诉你。"说着,她似乎有点害羞地向前跑去。男子追上去,一只手抓住姑娘的胳膊,另一只手伸到姑娘的胳肢窝里挠她痒痒。那姑娘憋不住笑起来。男子说:"快告诉我,你该是我的什么人?"那姑娘一用劲挣脱了男子的手,又向前跑去。男子又去追赶。两人打打闹闹地往前走着。姑娘道:"不管怎么说,至少我可以和你一起去西域了,你说对不对?"男子说:"我的小妹,你记好了,此去西域关山重重,大漠戈壁无边无际,可不是一件容易的事情。再说了,还不知道外祖父让不让我们去呢! 要是他不让我们去,我们也去不成的。"

那男子名叫郑凯,年方十八,浓眉大眼,潇洒英俊。那女扮男装的姑娘名叫郑莎,年方十六,瓜子脸上明亮的大眼睛在睫毛下闪动,美如天仙。十年前,六岁的郑莎在长安大街上被华山樵夫郑奇和他的养子郑行夫妇捡到,带回华山抚养。也是在那一年,郑凯被母亲卫梨花送到华山,拜郑行为师,成了郑家的一员。二人都称郑奇为爷爷,称郑行和刘月为爹娘。一晃十年过去。郑凯已长成一个休格健美、英俊潇洒的大小伙子。郑莎也出落成了一个漂亮的大姑娘。刘月不会生育,她视两个孩子为己出,倍加疼爱。爷爷郑奇和爹爹郑行更是呵护有加。这两个孩子除了在华山跟随爷爷和爹娘打柴习武,郑家还送他们到镇上的先生家读书识字,弹琴绘画。俗话说得好,大恩莫过养育恩。十年的朝夕相处,两个孩子与郑奇、郑行和刘月早已成了难舍难分的祖孙三代。郑凯和郑莎更是如兄妹至亲,形影不离。

这些年,华夏大地出了不少大事。孺子婴禅让皇位,王莽篡汉称帝,改国号"新"。新朝施行新政,更改官制官名,采用王田制,禁止奴婢买卖,改变币制,使官僚、豪强和贵族阶层的利益受到了极大冲击。再加上黄河决口,造成流民无数,盗匪滋生,社会遂剧烈动荡。在对待各属国的问题上,王莽唯我独尊,不再施行汉宣帝以来的政策,而是将这些属国国王降格为侯爷。还收回了汉宣帝颁发给这些属国国王的玉玺,并改为侯爷印章,把匈奴单于改为降奴服于,改高句丽为下句丽,使属国大为不满。一些属国不断反叛,和新朝开战。北部塞外,匈奴人纵兵入塞,烧杀抢掠,狼烟四起。让郑凯最为不安的是西域焉耆国的反叛。在匈奴人的帮助下,焉耆国攻打西域都护府,杀死了都护但钦。五威将王骏和自己的爹爹李崇带兵平叛,遭受伏击,惨遭失败。这些天,郑凯因自己的生身父母生死不明,一直茶饭不香,睡觉不安。郑莎也跟着为他难过。这一切都被爷爷郑奇看在了眼里。他决定开一个家庭会讨论一下这件事。

一日晚饭后,郑奇把全家人招呼到一起,说:"最近郑凯茶饭不香,睡觉不安,担心自己生身父母的安危,这是孝心的体现。郑凯想去西域寻找自己的生身父母也很正常。不过,此去西域,遥遥万里,首先需要去长安征求你外祖父的意见和了解西域当前的情况后才能定夺。另外,郑莎十年前在长安与其生身父母走散。目前留下的唯一线索是她心衣上的'莎车康'三个字。我理解,这三个字可能是指郑莎是莎车国人士康的女儿。正好郑凯想去西域,我觉得郑莎也可以和郑凯一道去西域寻找自己的生身父母。你们二人一路上相互也有个照应,我们也稍微能够宽心一点。郑行、刘月,你们两个觉得怎样?"郑行道:"他们两个去那么远的地方,我很担心。"刘月也忧心忡忡地说:"西域可是一个万里之遥的地方。这两个孩子一下子出这么远的门,叫我怎么放心得下?"郑奇道:"郑凯眼见他的生身父母兵败西域,生死不明,要去西域寻找他们,这是亲情所至。郑莎也有权利寻找她的生身父母。再说了,孩子们都长大了,总得出去经经风雨,见见世面。"郑凯道:"爷爷说的有道理。我们都长大了,去西域寻找我们的生身父母是做儿女的责任和义务。假如爷爷和爹娘在华山有恙,我和郑莎能不从外地赶回来探望照料吗? 再说了,我们都长大了,也该出去经经风雨,见见世面了。当然,我们也完全理解爷爷和爹娘对我们的担心。爷爷说我们这次去长安,只是去征询一下我外祖父的意见。如果他不同意我们去西域的话,我们也可能就去不了西域。所以,请爷爷和爹娘先放宽心。"郑莎道:"哥哥要去西域,我就和他一起去西域。我可不愿一个人形影孤单地去西域。再者,如果我一个人去西域,恐怕爷爷和爹娘会更不放心的。"郑奇道:"这样吧,明天郑凯和郑莎就动身去长安一趟,先征求一下你外祖父的意见,然后再做打算。"郑凯道:"我和郑莎此去长安,也许以后再去西域。爷爷和爹娘对我们还有什么嘱咐的吗?"郑奇道:"我还有一个想法要与你们商量。从明日起,你们两个人就要行走江湖。郑凯是使用现在的名字好,还是使用李凯这个名字好呢?"郑凯道:"爷爷认为呢?"郑奇道:"我觉得还是使用郑凯这个名字好。这样可以避免让外人知道你是西域都护李崇的儿子,对你的安全有好处。"郑凯道:"我也确实不愿以一个官公子的身份行走江湖。所以,我今后的名字就只有一个,那就是郑凯。同时,我也希望爷爷、爹娘对郑莎的身世保密。"刘月道:"我们都会保守这个秘密的。"二人就此告别爷爷、爹娘,走出了华山。

　　郑凯二人在华山之巅习武十年,深得华山郑家的武艺真传。他们行走矫健,快步如飞,不久,就来到了郑县东部的一座小山前。一眼望去,只见道路穿山而过,伸向远方。走进山间道路,就见山口内有车马人影。再往前走，他们发现距离西出口十多丈的地方有几架马车停在路边，车旁有十几位身穿黑色袍服的汉子在路边休息。而在远处的西出口处，也有几辆马车停留，另有十几个身穿灰色袍服的汉子在路旁休息。

恰在此时，西出口外有十来位身穿青色袍服，腰挎长剑，带着一队骡马的商队向东奔来。待商队快要行走到近处的几辆马车处时，十多位身穿黑色袍服的汉子突然将三驾马车横在了路中央。他们从车上迅速抽出长剑，向行来的商队冲杀过去。由于几架马车横在路中央，商队的马匹无法通过，骑马人只得调转马头想从西出口逃走。但他们又被横在西出口处的马车拦住去路。那面十几位身穿灰色袍服的汉子也抽出长剑向商队攻杀过来。顿时，商队的十来个人被两面冲杀过来的劫匪围在了中间。刀光剑影伴着吼叫声把山间弄得乱作一团。

郑凯见状，大声对郑莎道："不好，有劫匪抢劫！走，咱们帮商队一把！"

二人使出轻功，向战场奔去。他们边跑边用五指旋射武艺，向劫匪发出了几枚石子。有几个劫匪的太阳穴被石子击中，即刻摔倒在地上。东面的劫匪受到如此攻击，立即向郑凯和郑莎攻来，一下减轻了商队被围攻的压力。这时，郑凯和郑莎也奔到了劫匪面前。郑凯如潜龙出海，把刺来的长剑击飞。他紧接着左右横扫，又把几个劫匪击倒在地。其出招之快如电光火石一般。郑莎施展轻功飞上劫匪头顶，把攻来的劫匪一一击翻。转眼间，东面的十几个劫匪都被击翻在地。二人又跃过商队，向西面的劫匪攻击。没有多久，三十多个劫匪全成了俘虏。

身穿青色袍服的人在万分惊险之时，被郑凯和郑莎出手相救，惊喜万分。一位身穿青色丝袍的汉子，立即提剑抱拳，跑来向郑凯和郑莎施礼致谢道："在下郑县商人余万，感谢恩公救命之恩。"郑凯赶忙还礼道："在下郑凯，见商队遭劫，施以援手，先生不必客气。你们把这些劫匪捆绑起来，押去报官就是了。"说罢，郑凯和郑莎就要西行而去。余万赶忙跑到郑凯面前，跪倒在地，磕头施礼道："恩公救我，万望救人救到底！在下本来要去襄邑订货，身带万两黄金，甚是危险。再者，这众多劫匪，交官判刑，尚需恩公做证，务请恩公帮我。"郑凯和郑莎觉得余万说得有道理，也就答应了下来。于是，郑凯兄妹和余万及随从押解着劫匪和他们的马车，一道去了郑县县城。

原来余万是郑县富商余屯之子，余家数代经商，在长安、新丰、下邽、郑县、华阴、洛阳等地都有丝绸和陶器生意。余万家居郑县，大宗货物都存放在其豪宅大院中。

回到郑县，余万立即把劫匪押解到了县衙。郑县县令是余万的好友。他听取了余万的叙述，了解了余万被抢劫的经过，于第二天升堂审理了此案。余万和他的随从为原告，郑凯兄妹二人则是人证。郑县县令经过逐一审理，很快厘清了这伙劫匪的来龙去脉。原来，这伙劫匪乃名震朝野的太行劫匪。他们常年在外地作案，却藏身于郑县。他们在郑县有高墙大院的住宅，开有客栈和食店。长期以来，他们派人蹲点观察余万的行踪和商事。当探明余万每年秋末都要去襄邑和武安订货后，他们才精心设计了这次抢劫。郑县县令根据劫匪的罪行进行了判决。太行劫匪乃朝廷常年通缉的强盗惯匪，他们奉行兔子不吃窝边草的策略，从不在长安和京畿一带作案。此次在郑县东部作案，本以为设计精密，一举可得万两黄金，不想遇到了郑凯兄妹，才得以伏法。

余万非常感激郑凯兄妹的救命之恩，请求与郑凯兄妹结拜。郑凯二人见余万虽为商人，但为人坦诚，重情重义，遂同意结拜。余万年长郑凯和郑莎十多岁，是为兄，郑凯为弟，郑莎为妹。劫匪伏法当天，余万对郑凯兄妹道：“此案已结，愚兄还得去襄邑订货。只是我身带万金，路途遥远，十分危险。愚兄想请贤弟和义妹一同前往，不知可否？”郑凯看看郑莎道：“一年一次订货，事关兄台一年的商事。我们二人能助兄台一臂之力，实乃万幸。”三人商定一同前往襄邑。

准备就绪后，郑凯兄妹就随同余万和十多个家丁带着马匹上路了。不久，他们来到了河南郡郡治洛阳城。

洛阳城因地处洛河之阳而得名。它北倚邙山，南对伊阙，东据虎牢，西临崤山，是恃险防御、虎踞龙盘之地。这里土地肥沃，水系发达，漕运便利。洛阳城四面环山、六水并流、八关都邑、十省通衢。

汉初刘邦曾居洛阳，欲在洛阳定都。谋臣娄敬进言，劝说刘邦定都长安。然而，刘邦对洛阳情有独钟，始终不肯把洛阳分封给任何刘姓子弟及异性诸侯，而是牢牢地掌握在自己手中，以拱卫关中安全。

经西汉历代皇帝的建设,洛阳城已成为当时仅次于京城长安的大都会。城四周设有十二个城门。城内道路纵横交错,四通八达。汉建南宫,西北设有金市,东郊设有马市。洛阳城南郊设立的南市是各种商品的集散地和贸易中心,也是洛阳作为西汉五大都会的标志。

余万的丝绸店铺和陶器店铺就分别设在南市大街上。余万带着郑凯等人投宿于南市大街内的邙山大客栈。他们把马匹交给客栈管马厩的伙计后,就到附近一家食店里吃饭。余万道:"洛阳城有好多好吃的东西,我觉得最好吃的还是锅盔和拳菜。"郑凯道:"兄台四处经商,见多识广,对各处的吃食了然于心。我们就跟随哥哥一饱口福了。"于是,余万给大家点了足量的锅盔和拳菜。大伙围坐在一起吃起饭来。饭后,余万又带着众人来到他的丝绸店和陶器店观看了一番,才回到客栈。众人一路颠簸后,很快都上床睡觉了。

半夜时分,郑凯听到围墙上有轻微的响声,立即悄悄起床,透过窗缝向外观望,发现有三个黑影沿着围墙一闪而过。待他们行走稍远时,郑凯手提大头棍,跳上了墙头,俯身尾随而去。那三人来到前面的客栈老板住处,跳下墙头,将一根管子插入窗户,向屋内吹入迷魂散。之后,用尖刀慢慢拨开门栓,悄无声息地进到了老板的房内。他们从老板的衣袋里找出开箱的钥匙,打开了老板存放金钱的箱子,赶忙往他们的袋子里装钱。

三人把金钱装完后,一个跟着一个就往门外走。不想,走在前面的人一下子就被大头棒当头击翻在地。第二个人迅速后退,又被快如闪电般扫来的大头棒扫中前额,一下向后仰倒。后面的第三个人退后两步,立即抽出长剑,等待郑凯冲进房门时发力直刺。哪知道郑凯左手一扬,一把石子朝那人迎面飞去。石子撞击长剑,发出刺耳的响声。大部分石子一股脑打在那人的脸上。那人顿时捂住脸哭叫起来。郑凯一个箭步来到那人面前,一棒将其击昏。郑凯找来绳子,把三个入室抢劫的匪徒捆绑起来,又用劫匪的袜子塞了他们的嘴。他轻轻拉上门,又悄无声息地回到了自己的住处。

第二天早上,客栈老板醒来,见三个劫匪被捆着,他们抢劫金钱的袋子还挂在各自的身上。老板立即叫来客栈的伙计,让他们去衙门报案。

洛阳郡太守这段时间正为洛阳飞贼的事犯愁,不想有人来报案。他亲自带着官员和护卫来到了邙山大客栈查验案情。现场保护完好,入室抢劫证据确凿。好在郑凯只是把劫匪打晕,并未加力要他们的性命。洛阳太守押解着劫匪和客栈老板回官衙审讯。三个劫匪供认他们就是数月来在洛阳城入室抢劫的飞贼。

郑凯兄妹和余万等人在洛阳城留宿一夜后,又继续东进。经多日行走,他们来到了陈留郡的襄邑县。

襄邑县位于陈留郡东南部的平原上,北枕鸿沟,南依睢水。境内有惠济河、通惠河、蒋河、祁河、小温河、涧岗沟、申家沟等众多河流,河流纵横,水网密布,土地肥沃,适于农耕。这里温暖湿润的气候特别适宜桑树的生长。道路两旁到处是桑树林海,郁郁葱葱。郑莎指着路旁一排排架子和一筐筐桑叶上爬动的白色虫子问:"那是什么?"余万道:"那就是桑蚕。不久它们就会变成蚕茧。蚕茧可以抽成蚕丝,织成丝锦。你们知道襄邑县城叫什么名字吗?"郑凯、郑莎对望了一下,摇摇头。余万道:"襄邑县城名叫凤凰城,得此名字还有一段故事呢。"

据说,秦始皇嬴政东去泰山祭拜,路经此地留宿。当天夜里,嬴政梦到一只在万千碧波中冲天而起,盘旋不去的凤凰。凤凰乃吉祥之兆,象征着健康长寿,国泰民安。于是,嬴政下旨在此处设立襄邑县,县城取名凤凰城。

凤凰城是一座方形城池。它头枕恒山,脚绕城湖,是一块风水宝地。凤凰城北面十里处的恒山,岗岭叠嶂,林木茂密,水草丰美,是个理想的墓葬之地。襄邑人在恒山的山麓上修建了不少墓地。郑凯问:"襄邑最著名的地方是什么?"余万道:"襄邑最著名的地方应该是濯锦池。这是一个长宽各约一里地的大水池,池水与河水相连,碧水长流,清波荡漾。襄邑县内善织锦者环池而居,濯锦池也由此得名。"

襄邑人很早就掌握了养蚕、抽丝和纺织丝绸的技术。他们用勤劳巧妙的双手织丝成锦,使襄邑成了全国丝绸生产基地之一。这里建有大规模的官办纺织作坊,织工人数常达数千。丝绸和棉帛是朝廷的一项主要经济收入,各地贡赋也以纺织品为多。长安未央宫内设有东西织室。齐郡临淄和襄邑的织造作坊专门催造天子、公侯、大夫的衣裳、五佩、备章以及郊庙御服等。襄邑主要生产锦绣,临淄主要生产缯帛。朝廷在长安设有管理织造官

廷服饰的官署——织室。织室的最高官职为织室令。襄邑设有服官，临淄设有三服官，分别配有丞和属吏等官员。襄邑丝织以精美鲜艳著称。这也是余万来襄邑订购丝绸的原因。

余万接着介绍说："这襄邑县除了官办的丝绸作坊，也有大量民间开办的私人作坊。个别规模大的丝绸作坊，织工人数可达数百。一会儿，我带你们去逛逛著名的濯锦池。"又行走了一阵，一行人终于来到了凤凰城。余万带着大伙沿濯锦池旁边的大街逛了一圈。只见街道两旁到处是作坊和丝绸铺面。五颜六色的丝绸摆放在木架上，有的挂在两树间扯着的绳子上，把街道装扮得格外鲜艳靓丽。

余万带着大伙来到濯锦大街，入住濯锦客栈后，就带大家到街上寻找食店吃饭。余万问郑凯兄妹："你们可能不知道襄邑最好吃的东西是什么。"二人摇头。余万道："襄邑最好吃的东西要数芝麻烧饼、城湖糟鱼和金笋酱菜。前面就有一家老字号的食店叫襄邑斋，他们那里的这三样吃食最为地道。"于是众人走进襄邑斋，围坐在一起享受襄邑美食。

饭后，大伙在襄邑大街上闲逛。在县衙西边的一个大木牌旁边，一群人正在看着一则告示。郑凯好奇，就走近人群观看。人很多，他不便强行挤进去，只好站在人群后面听人们议论。

有位身穿蓝色袍服的中年先生正对一位公子说话："明明是想霸占人家的绸布店，却说人家与盗匪勾结，抢夺了县衙内的金库。县令把绸布店的老板押解在县衙大堂上审问，重刑逼供，强行画押，找理由杀人，这是什么世道？天理何在？"那位公子道："去京城告他！"旁边有位年长者道："告谁？告县太爷吗，你告得了吗？"郑凯听着这些议论，心里很是不平。他问身旁站着的一位白胡子老人道："老人家，你说这绸布店的老板真的勾结了劫匪吗？"白胡子老人道："一个老老实实的商户人家，怎么会知道县衙的金库在什么地方！他若勾结盗匪，怎么没有抓住一个盗匪？看护金库的土卒死伤了多少？这孙掌柜明明就是被县令冤枉的。这位县太爷去年逼死了县城北关一户人家，占了人家的宅基庄院，今年又要占孙掌柜的绸布铺。你说，遇到这种县令，襄邑的老百姓可怎么活呀？"

郑凯想起小时候爷爷和爹娘给他和郑莎讲述过不少关于祖师嵩山游侠

黄盖的故事。他老人家常常身穿白色孝服,戴着白胡挂须,号称白影大仙,到处行侠仗义,除暴安良。爷爷和爹娘也常常教导他们说习练武艺一是要强身健体,二是要行侠仗义,扶助弱小,为民除害。对襄邑县令这种不择手段,欺压百姓,草菅人命的狗官,理应除之。郑凯离开人群,随余万等人回到了濯锦客栈。大家分头到自己的房间休息去了。郑凯把郑莎叫到房内,把在告示牌前听到的事告诉了郑莎,两人商量着要为民除害的事。

天黑之后,二人穿上买来的孝衣和白胡须,装扮成白影大仙的模样。他们把房门从里面插上,打开窗户,跳出了房间,再把窗户关好。二人借着夜色,飞快地来到了县衙大院旁。

据说,县令就居住在县衙的后院内。二人跃入院内,来到一间有灯亮的房间前。郑凯用手指沾上唾液,在窗户纸上点了个小洞。从洞中望去,他见县令正与夫人一起喝茶闲聊。县令夫人说:"老爷,南街孙记绸布店的掌柜明日问斩后,绸布店就是咱们的了。您看让谁去做掌柜?""你看谁合适?"县令反问道。县令夫人说:"我二弟怎么样?他以前开过客栈,懂些经商之道。"县令道:"你二弟不能出面当掌柜的。我们也都不能出面张罗,以防给他人留下口舌。我们得先请一个外地人来经营为好。"郑凯听到这里,已知孙掌柜确实是被县令诬陷的。他让郑莎守在门外,自己轻轻推开了虚掩的屋门,一个飞跃就轻轻地飘落在了县令和县令夫人面前。县令和县令夫人抬头一看,只见一个白须白发、全身白衣的神仙站在面前,顿时吓得昏厥过去。郑凯点了他们的死穴,二人才真正死去。郑凯和郑莎原路离去,回到了濯锦客栈。

第二天早上,郑凯和郑莎吃过早饭,就跟随余万等人,带着马匹离开了濯锦客栈,去濯锦池旁的罗锦丝绸坊购货。余万过去一直在罗锦丝绸坊购货,与罗锦的老板早已是好朋友。余万要的货乃是丝料质量好、色泽鲜艳的襄邑锦,由于是老客户和老朋友,余万购买的襄邑锦价格是最便宜的。余万付上货款,就让罗锦的伙计打好包,架上马背,准备出发返回。不料罗锦丝绸坊外面的伙计匆忙跑进来报告说襄邑县令昨晚死了。官兵封锁了街道,不让人们到处走动。县里的令史正在验尸。如果证实是为他人所杀,来去的商人也必须待在襄邑接受查验,缉拿凶手。大伙只得在罗锦的丝绸坊里等待。

傍晚,传来消息,县令并无任何外伤,也没有中毒的迹象。由于排除了他杀的怀疑,县衙才允许人们照常走动。不过,襄邑街头很快就传出了各种议论。有的说是白影大仙显灵,取走了县令和县令夫人的性命,令史怎么能找出神仙的痕迹呢!有的说要怪也要怪县令和县令夫人太过歹毒,为了霸占孙家的绸布店,竟然借口杀人。白影大仙路过此处,实在看不过去了,才收了二人的性命。有一位大嫂说,她弟弟是巡逻的士卒,当晚亲眼看到一道白光从县衙大院飞过,把县令和他夫人的魂魄都收走了。有的说昨天晚上有人还听到县令和县令夫人的鬼魂在哭叫呢。听着这些议论,郑凯兄妹心里暗自高兴。

考虑到夜间行路不便,余万又只好带着郑凯等人返回濯锦客栈投宿。次日早上,他们才离开凤凰城回返。

一行人经陈留抵达荥阳县。荥阳因位于荥泽之阳而得名。据《尚书·禹贡》记载,夏禹治水时将济水引入黄河,南溢为荥,汇集成泽,称为荥泽。荥阳县为河南郡的郡属县。它东有鸿沟连淮泗,西过虎牢通洛阳,南临索河望嵩山,北依邙山临黄河,地理位置优越,交通便利,为南北之绾毂、东西之孔道。县域内山川秀美、土地肥沃、物产丰饶、人杰地灵。

荥阳城建于战国初期,由夯土筑成,是一个政治和军事重镇。战国时期,魏国人修筑了鸿沟这条运河,引出黄河水,流向东南方,把淮水、泗水、济水、汝水等河流汇合起来,构成了荥阳至襄邑以及江淮地区的水路商业贸易网。鸿沟既可用于水运,又能灌溉农田。位于鸿沟与黄河交汇处的荥阳,因水陆交通便利,地缘优势突出,城市地位迅速上升。汉武帝时主管财政的大司农桑弘羊,把荥阳列为天下名城,与邯郸、洛阳齐名。

谈笑间,他们来到了荥阳城下。余万带着大伙走进荥阳城,住进了城南大街上的荥泽大客栈。入住之后,余万又带着大伙到荥阳南大街的老字号食店古荥园吃饭。他给大家点了荥阳有名的黄河鲤鱼、葱扒羊肉、井水莲藕和柿糖甜饼,大伙吃得格外开心。

不经意间郑凯发现在食店一角有两个奇怪的食客。一位年长者满面灰尘,衣着破旧,犹如乞丐一般。他戴着草帽,遮掩着脸。另一位年轻人穿一身干净的绿色袍服，犹如书生一样。他两眼盯着年长者的脸，一动不动。他们也点了一条黄河鲤鱼和一盘柿糖甜饼。只是谁也没有动筷子。二人低声说话，很是神秘。由于他们坐的位置离郑凯比较近，再加上郑凯专注静听，倒也听到了二人的谈话内容。那位年轻人道："姐夫，您今天躲这里，明天藏那里，何年何月才是个头呀！"那年长的说："内弟，你姐姐和外甥最近好吗？"那年轻人道："他们都很好，就是整日惦记您！"那年长的说："有什么办法。不过，只要我躲起来，那黄善抓不到我，他就没有法子拿到咱们的地契，也就没有法子夺走咱们的田地。记住，你要多去照顾你姐姐和你外甥。我有事会找人通知你的。到时候我会告诉你咱们见面的地方。"那年轻人道："我会的！倒是您，在外面要多留神，要照顾好自己。"说着话，那年轻人竟然低声抽泣起来。那年长者也抹了把眼泪，说："放心吧，我会照顾好自己的。你现在就赶快从前门离开吧。别让黄善的家奴发现了。"那年轻人赶忙从怀里拿出一个小钱袋，交给了那年长者，起身向前门走去。那年长者接过小钱袋也赶忙向侧门走去。

郑凯告诉余万，刚才他看到了两个奇怪的人，他和郑莎出去看看，过一会儿再回客栈。余万说："你们去吧，注意安全。"二人说着就走出了古荥园，尾随在那年轻人身后。

那年轻人在县城里东拐西拐地转了几圈，在城门关闭前才走出了荥阳城。郑凯和郑莎远远地跟随着那年轻人出了县城。走出约五里路，就来到了城东的五里屯村。村里住着几十户人家。那年轻人走到村子最西面的一个院落前停了下来。他翻过一人高的院墙进了院子。此时，在院子西面树林中也窜出十来条汉子，他们也翻身跳入了院子。过了一会儿，这十来条汉子押解着那位年轻人，向县城方向走来。

郑凯二人也尾随其后。走到半道时，郑凯让郑莎在后面攻击，他施展轻功，飞越到了那伙人前面。郑凯站在路中央，厉声问道："什么人如此大胆，竟敢绑架乡民？"一个领头的答道："我们是荥阳县地主黄爷的手下，来缉拿一个歹徒，请好汉知趣，不要阻拦！"郑凯道："这位兄弟是本分住户，怎么就成了歹徒？若把人放了，我可以就此作罢，否则别怪我有所得罪！"一位领头的汉子哈哈大笑道："大胆狂徒，不知天高地厚！兄弟们，上！把这狂妄的小

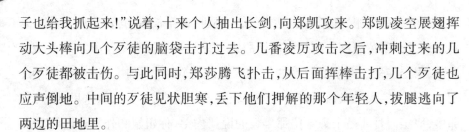

子也给我抓起来!"说着,十来个人抽出长剑,向郑凯攻来。郑凯凌空展翅挥动大头棒向几个歹徒的脑袋击打过去。几番凌厉攻击之后,冲刺过来的几个歹徒都被击伤。与此同时,郑莎腾飞扑击,从后面挥棒击打,几个歹徒也应声倒地。中间的歹徒见状胆寒,丢下他们押解的那个年轻人,拔腿逃向了两边的田地里。

郑凯赶忙为那个被绑着的年轻人松了绑。那年轻人跪地叩谢道:"多谢二位大侠的救命之恩!"郑凯道:"路见不平,出手相助,不必礼谢。我问你,那帮人为什么绑架你?"那年轻人站起身来,向郑凯和郑莎哭诉起来。

原来,被歹徒绑架的这个年轻人叫宁新。在县城内见到的那个人是他的姐夫,名叫游昆。游昆的爹爹是一位风水先生,在附近村镇颇有影响。因此,置得了十几亩好田。爹爹死后,游昆子承父业,也当了风水先生,娶了宁新的姐姐为妻。游昆守着爹爹留下的十几亩好田过日子,家里还算富裕。

荥阳县城里有一位大侠,名叫黄正兴,他武艺超群,行侠仗义,远近闻名。黄正兴有两个儿子,大儿子黄盖从小就以爹爹为榜样,习得一身好武艺。他四处寻觅武林高手,切磋武艺,结交朋友。二儿子黄善则整日在县城里与一帮地痞流氓鬼混,干些偷鸡摸狗、欺男霸女的勾当。后来,黄正兴病故,哥哥黄盖游走江湖,杳无音信。黄善凭借自己家传的一点武功底子,买了一些家奴,开始了豪夺强取、占人田地的勾当。凡是他在县城周围看上的田地,就派人了解田地主人的情况。若他了解到田地主人无官府背景,就派家奴偷偷把田地主人的一家老小绑架起来,逼迫田地主人交出地契,强行签订卖地文书。如果田地主人不肯,他就派家奴把田地主人的家人一个个打成残疾,甚至逼死,以强迫田地主人就范。用这种办法,黄善在短短几年内,残害了十几户人家,霸占了数十亩良田。黄善每年都给县官送去厚礼,巴结官府。若有人到县衙告状,黄善就会拿出用威逼手段得到的按有田地主人手印的卖地文书为证,轻松过关。被黄善买通的县官常常把告状人以诬告罪毒打一顿,赶出衙门了事。黄善由此成了县里有名的恶霸。

十多天前,游昆从外面办事回家,远远看到黄善等人对自己家的田地指手画脚,预感事情不妙,就存放好地契,连夜带了一些钱币逃走了。当黄善查知那土地是游昆的田地时,却再也找不到游昆。黄善只得派人埋伏在游昆家外的树林里，等待着游昆出现。刚才，当宁新跳入院子后，十多个黄善的家奴也追进院子，捆绑了宁新。郑凯和郑莎听了宁新的叙述，决计要除掉这个恶霸黄善。

第二天上午，郑凯和郑莎回到县城，把昨晚发生的事情原原本本向余万讲述了一遍，并告诉余万他们要铲除这个恶霸，为民除害。余万非常赞赏郑凯兄妹的侠义心肠，询问道："愚兄能帮你们做些什么？"郑凯道："兄台在荥阳多停留两日，就已经是帮了我们的忙，其他事情就不劳兄台操心了。"

当天，被郑凯、郑莎打伤的黄善家奴陆续逃回县城，向黄善报告了昨晚发生的事情。黄善自知不妙，吩咐家奴紧闭大门，严阵以待。郑凯也按照宁新所指，找到了黄善家的高门大院。当晚，郑凯和郑莎穿上白影大仙的装束，施展轻功跳进了黄善家的院子。

刚到院子中央，就见院子四周冲出来二十多个手持长剑的汉子，把二人团团围住。郑凯昨晚与黄善的手下已经交过手，知道这帮人都是一些只会吃喝玩乐的小混混。郑凯和郑莎左右开弓，指东打西，指南打北，不一会儿工夫，这些小混混们手里的剑都已飞上了房顶。他们的手和脚也都被击伤，躺在一旁的地上"哎呀，哎呀"地叫唤着。

郑凯径直走过庭院，向第二扇门走去。突然，从内院走出来一个身体肥胖的老汉来。他看看郑凯，问道："是大哥回来了吗？你这么一大把年纪了，怎么又装扮成白影大仙来吓唬我？"郑凯低声道："什么大哥？我不是你大哥！你干的坏事，该有个了结了吧！"黄善满不在乎地说："我不过就是打了几个人，弄了几亩地嘛！这算什么！倒是你，这多年离家出走，杳无音信，现在倒回来教训起我了！听听，你连声音都变成了小雏鸡的声音。你还是我大哥吗？你还有什么资格来教训我！"郑凯不想再搭理黄善，一棒向黄善击去。黄善侧身一闪，也挥棒向郑凯击来。郑凯发现黄善的棒法与自己的棒法完全相同。此时他才明白，这个黄善果真是祖师黄盖的弟弟。郑凯心想："也许祖师不愿亲手杀死自己作恶多端的弟弟，所以才当了嵩山游侠，游走江湖，一去不返。"黄善的武艺本来有着童子功的根基，只是他一向寻花问柳，欺男霸女，家里还养着十来个妻妾和许多抢来的美女。他夜夜行乐，身子早已掏空。况且，黄善年轻时就已经懒得吃苦练武，与郑凯打了二十多个回合后，就气喘吁吁，大汗淋漓，支撑不住了。郑凯本想一棒击碎黄善的脑壳，杀死这个恶霸，但念及他是祖师的弟弟，竟然未下得了杀手。只是一棒向下，啪啪两声，击碎了黄善的两个膝盖骨。黄善站立不住，当即摔倒在地。郑凯知道黄善就此也就残废了，但毕竟留下了他的性命。

郑凯让人把黄善的夫人和管家叫来，要求他们把抢占别人田地的地契和卖地的文书交出来。黄善的夫人和管家按照吩咐把地契和卖地文书都找出来交给了郑凯。郑凯道："此事到此了结，不许报官，不许再问及此事，否则，杀你们全家。"黄善的夫人和管家点头答应。郑凯希望黄善能从此弃恶从善，做个本分的人。

又一日，郑凯和郑莎按照地契和卖地文书所显示的地址和姓名，将地契和卖地文书退还给了土地的真正主人。处理完这些事，郑凯兄妹才和余万等人前去洛阳城。余万给他设在洛阳城的丝绸店留下了五百匹丝绸后，与郑凯兄妹一道返回了郑县。

回到郑县的当天晚上，余万与郑凯兄妹一起吃饭。余万道："贤弟、义妹，此次襄邑运货，多亏二位相伴，一路安然无恙。你们两个辛苦了，谢谢你们。"郑凯道："兄台怎么说这么外气的话。你我兄弟，情如手足，一路上兄台不仅精心照料我们，还教授了许多地理、人文知识，使我们长了不少见识。如果说感谢的话，我们两个得好好感谢兄台才是。"余万道："咱们就不要客气了。愚兄还有一事相求。"郑凯道："兄台吩咐就是，不可用相求二字。"余万道："愚兄还要去武安进一批陶器，想请二位再辛苦一趟，不知可否？"郑凯道："眼下时局动荡，流民盗匪丛生，经商行货实属不易。再说我们二人是去长安访亲的，也没有太要紧的事情办，随哥哥去一趟武安自然没有问题。郑莎，你说呢？"郑莎道："我非常乐意随两位兄长去武安。"余万道："谢谢二位！我每年都要到武安购运陶器，主要是为了帮助我的堂弟和婶婶。"

原来，余万有一位叔父名叫余文，从小就喜爱识文断字。余万的爷爷见余文喜爱读书，就专为他请了先生，教授他学问，以博取功名。只可惜每次察举，余文都无缘功名。然而，余文既不愿经商，也不愿参与家业管理，整日沉迷于文山书海之中。无奈，余万的爷爷只好四处托人，以求在官府中为他谋得一个职位。后来，余万的爷爷结识了一位在京城为官的本地人。经他推荐,余文在武安县衙谋到了一个县丞的职位。余文初到武安,办事热情,认真负责,倒也顺利。有位同僚见余文为人正直,就给他保媒,让他与当地一位刘姓制陶人家的姑娘成了亲。不久,余文的妻子就为他生了一个大胖小子。然而世事多变,新来的县令见余文只懂文墨,不谙世事,不时奚落于他。余文感到非常痛苦,经常借酒消愁。一年冬天的夜晚,余文又喝醉了酒,摔倒在小巷的冰雪上,从此再也没有站起来。余万的爷爷年事已高,又久患重病,听到儿子余文的死信,也闭目归天了。为了帮助弟媳和侄子,余万的父亲待余文的儿子长大后,就帮他们娘俩在武安开了一家陶器店铺,并要求大儿子余万每年到武安进货,帮助刘家购销陶器。余万也就是为此到武安购运陶器的。

一日后,郑凯兄妹与余万等人带着马车向武安出发了。余万告诉郑凯和郑莎说:"眼下上流社会风行使用贵重的金银器皿或青铜器,普通百姓主要使用廉价的陶器或竹木器。陶器由黏土烧制而成,是百姓生活的必需品。目前,市场上流行的陶器主要有灰陶、釉陶、硬陶等品种。灰陶在市场上流行最广,遍布全国各地。釉陶又称为北方釉,流行于黄河流域和北方地区,器皿呈砖红色。硬陶使用密度较大、黏性较强的黏土烧制,多在南方烧制。与灰陶相比,硬陶烧制需要更高的温度,所以陶质坚硬,外表光滑。这些陶器常烧制成瓮、罐、盆、樽、盘、碗等生活用具。"郑凯道:"兄台一席话,让我们了解了一些陶器方面的知识,这可是千金难买的知识。"余万道:"我也就是卖什么吆喝什么。让二位见笑了。"郑莎道:"兄台这一吆喝,我们就长知识,兄台还是多吆喝吆喝的好。我在想,用泥土和成泥,制成罐、盆、盘、碗等泥胎,再在窑里一烧,就成了陶器。拿出来就能装东西、取水、盛饭,也不知道这是谁发明的,这可太有才了!"余万道:"陶器的制作已有很久的历史了,那可是我们的祖先一代又一代创造的。如同我们的先人发明丝绸一样,陶器的确是我们祖先又一个伟大的发明。"郑凯道:"我们的祖先太伟大了!纺织丝绸棉帛用于护身,冶炼和制陶用作器皿,烧砖制瓦用来盖房,种麦插稻用于饱食,驯马造车利于行走。这些发明和创造为子孙后代解决了衣食住行的基本问题。我为我们的祖先感到骄傲和自豪!"

几个人一路谈笑,激情飞扬。他们夜宿晓行,经华阴县、船司空县、司盐城、绛县、泫氏县、上党、潞县,穿过滏口陉,抵达了武安县西南部的午汲城。

午汲城以烧制陶器闻名。城内外分布着众多的窑场,主要烧制泥质灰陶。进入午汲城,东西南北大街贯通四个城门。大街两旁摆放着各个窑场烧制的灰陶器皿。余万带着大家入住南大街陶都大客栈后,就带着大伙上街吃饭。在一家老字号的食店里,余万点了当地的特色食物驴肉卷饼和大烩菜,味道又好又实惠。

在来食店的路上,郑凯就注意到街上要饭的人很多。食店门口还站着六个衣衫破烂的小乞丐。门外迎客的伙计不时把这些小乞丐赶到一旁。郑凯问余万:"兄台,这午汲城内怎么会有这么多乞丐?"余万道:"五年前,黄河在魏郡决口,滚滚洪水淹没了魏郡和清河郡以东数个郡县。淹死了不计其数的百姓。王莽家的祖坟未淹,新朝不予堵口救灾,听任洪水泛滥。魏郡以东各郡县陷入汪洋,上百万民众成了流民,失去了土地和家园的百姓只好四处乞讨。大部分流民拥向富饶的赵地邯郸。一部分来到了冶铁名城武安县治所故城和制陶重镇午汲城。商会筹款施舍灾民。对灾民来说,每天能喝上两碗稀粥,虽能保命,但终究还是在饥饿中煎熬。饥饿的孩子自然来食店讨要了。"郑莎道:"灾民们真是太不幸了,尤其是这些孩子更是可怜。"她随即拿了六个驴肉卷饼,走出食店分发给六个小孩。待郑莎回到座位时,郑凯对郑莎道:"小妹,我想收留这六个孩子,把他们带回华山去,让爷爷和爹娘照管,你觉得怎样?"郑莎道:"我赞同哥哥的想法。不过,我们得先去问问这些孩子的爹娘是否同意才行。"郑凯道:"好,我们先征得孩子父母的同意。"余万道:"二位胸怀大义,愚兄佩服并坚决支持你们。"吃过饭,大伙走出食店,看到六个孩子还在食店外不远处玩耍,郑莎就让郑凯等人站在远处,自己走了过去。孩子们见刚才给他们驴肉卷饼的姐姐走来,都围了上来。郑莎问:"小弟弟,你们的父母在什么地方? 能带姐姐去见见他们吗?"只见孩子们都直摇头。郑莎把一个高一点的孩子拉到身旁,问:"你们为什么都摇头?"那孩子道:"我们没有父母。"郑莎道:"你们怎么会没有父母呢?"那孩子道:"都饿死了。"郑莎这才反应过来,原来这些孩子都是孤儿。郑莎招招手,郑凯等人也走了过来。郑莎对郑凯道:"他们都是孤儿。"郑凯道:"真是可怜! 我们这就把他们领走吧。"郑莎对余万道:"兄台,我和我哥去给这几个孩子买点新衣服,然后让我哥带他们去洗洗澡,换换衣服。你们就先回客栈休息吧。"余万道:"我得先去我婶婶家看一看,晚上大伙回客栈会面吧。"

第二天早饭后,郑凯兄妹带着六个孤儿,随同余万等人前往位于西街的汲福陶器铺。那是余万的婶婶和堂弟开办的陶器铺。婶婶早已准备好各种陶器。余万让伙计们把各种陶器装上马车后与婶婶和堂弟告别。六个孩子坐在最后一辆装满陶器的马车上,郑凯、郑莎和余万三人骑马走在马车的后面。二十多辆马车浩浩荡荡地向滏口陉方向行去。

延袤千里的太行山,群山连绵,千峰耸立,沟壑纵横,雄踞于华北平原和黄土高原之间。由黄土高原流出的河流切穿太行山,形成了多条穿越太行山的大峡谷。这些峡谷成为由北到南、从东向西的险关隘口。滏口陉就位于滏阳河横切太行山的大峡谷中。它是一个长约二里,宽仅三十丈的狭长通道,北据滏山,南依神麇山,是邯郸城西部进入太行山的咽喉要道。自秦统一六国后,滏口陉作为连接黄土高原与华北地区的黄金商道热闹非凡,汉代的滏口陉更胜一筹。邯郸城作为西汉五大都会之一,吸引了无数晋商经滏口陉到邯郸做生意。滏水岸边,留下了晋商川流不息的马队。

走进滏口陉,两山高耸,悬崖挺立。他们快马加鞭,一路向西,走出了滏口陉。刚要准备休息一会儿,就见一群流民从涉县方向走来,看人数足有五十之多。他们手提乞丐棍,来到余万的马车前面时,一个流民一伸手就把最前面的一个伙计拉下了马车。好在那伙计甚是机灵,就势钻下马车。其余流民挥舞着木棒向后面马车上的伙计攻来。几个伙计已被击伤,满脸流淌着鲜血。郑凯一按郑莎的肩膀,说了声保护孩子和大哥,纵身一跃飞上了第二辆马车上。他半蹲在马车上,随手抽出车上的灰陶盘子向那些流民射去。一排排流民被击倒在地。后面的流民依仗人多,前仆后继往前冲,但都被这"飞盘雨"击翻。有几个流民沿着马车轱辘向前爬行,试图爬近郑凯突然发起攻击。郑莎发现后立即用五指旋射发出了一粒又一粒石子击打他们。没有被石子击中的向后面趴着逃走了。在郑凯和郑莎的飞盘和石子连续攻击下,后面的流民转身向西逃去。一些流民往两面山上爬去,躲藏起来。郑凯和郑莎也不追赶他们,招呼余万及伙计赶着马车迅速离开了。此后,他们经上党、泫氏县、绛县、司盐城,来到了位于河北县的黄河渡口——风陵渡。

风陵渡因附近有风后陵而得名。相传黄帝和蚩尤大战于涿鹿之野,蚩尤施放烟雾,黄帝部落的将士顿时东西不辨,迷失方向,不能作战。就在这危急时刻,黄帝的臣子风后(又名风伯)献上了他制作的指南针,给大军指明了方向。黄帝终于摆脱困境,带领部属战胜了蚩尤。可惜风后在这场战争中被杀,尸体就埋葬在这里,黄帝为纪念风后在此建起了风后陵。黄河在秦晋峡谷中奔腾向南,从壶口瀑布倾泻而下后南流到潼关,受东西走向的秦岭支脉华山所阻,折向东流。河水流到这里的开阔地带,河面宽阔,水流缓慢,是黄河上最适宜的渡河地点。

风陵渡以船摆渡,素来以黄河上最大的渡口著称。自古以来它就是连接华北、西北、西南和中原大地的交通要冲和军事重地。大汉一统天下后长期的稳定促进了农工商业的全面发展,物流货运业崛起。风陵渡更是成为西汉最繁忙的黄金渡口。汉初统治者定鼎长安,实行严格的关禁制度,确保政治中心关中地区的安定和优势地位,为此发布了《二年律令·津关令》,在扞关、郧关、武关、函谷关和临晋关这五个出入关口的陆路要塞上设置了关卡。同时,也在一些大河渡口处设置了津关亭障,用以防范、削弱关东诸侯,以强干弱枝,杜绝臣下觊觎之心。《津关令》记载:"请为夹谿河置关,诸漕上下河中者,皆发传,及令河北县为亭,与夹谿关相直。"故此,从西汉初年起,河北县的风陵渡就设立了亭障。汉政府在关、津处派驻都尉、啬夫、佐等官吏,负责关、津的日常管理,包括检查行人、车马和船只的出入及征收关税。

郑凯一行人来到风陵渡旁的风陵镇北口,就见镇上人马川流不绝,行旅不断,马嘶人叫,好不热闹。考虑到镇上人群太过拥挤,余万就让马车停在镇北口。他让郑莎和随从照料六个孩子,自己和郑凯二人前往渡口的亭障前打听消息。风陵渡亭障有两个宽大的亭门,外面由塞墙、壕沟和栅栏围护。左面亭门内是办理货运的地方,右面亭门内是办理客运的地方。亭门的斜坡下面是河滩地,齐胸高的围墙围着一墙相邻的两个巨大院子。河滩下面才是河道和渡口。渡口上停泊着数十条渡船。风陵渡的渡船都为官船,船人都是亭障官吏雇佣来的。

近两日,由于上游突降暴雨,致使河水翻动,波涛汹涌,洪峰不断。亭障官吏贴出告示,暂停摆渡,待洪流过后,再行开摆。这样一来,风陵渡一下聚集了上万名无法过往的旅客，致使渡口对面的风陵镇大街上满是人流，客栈爆满。好在此时是秋初，天气尚热，绝大多数人就在大街上席地而坐或干脆躺在地上休息。后来人们又在亭门外沿街排起了长龙，等待办理船符。风陵镇的住户这时忙了起来。他们提着水罐、面食，高声叫卖，昼夜不息。看到亭障官吏贴出的告示，二人知道了洪峰断行的情况，于是沿街寻找客栈，但镇上的客栈已经全部满员，找不到一处可投宿的地方。二人买了些面食，赶回北街入口处，把情况告诉了大伙，并请大伙先吃点东西。

吃过饭，大伙正准备席地休息。恰在这时，有一位客栈的伙计来到他们面前问道："先生，诸位是要投宿客栈吗？"余万道："现在哪里还有客栈可住？"那伙计道："虽然镇上的客栈早已爆满，但在一里之外，有一个河湾客栈，可以为诸位提供住宿。"余万心想："这几天恐难渡过黄河。今日天色已晚，有客栈投宿可以让大伙休息休息也好。"想到这里，余万对郑凯说："我们去客栈投宿吧。"郑凯道："有客栈投宿当然好了。"于是，大伙骑上马，带着货车，跟随那位伙计前往河湾客栈。

走了约一里路程，在一大片树林深处出现了一个高墙围住的大院子。门前高悬的旌旗上赫然写着"河湾客栈"四个大字。郑凯等人进入院子，发现客栈院子由三个相连的大院子组成。紧靠大门的前院内，周围有围墙和房子，是客栈管理者和伙计们住的地方。对着客栈大门方向有一个内门连着另外一个大院子。那是客栈的后院，里面是马厩和马车停放处。右手处也有一个大门，通往客房大院。客房大院内又有四个独立的客房小院，均由围墙隔开。每个客房小院内有二十多个房间。余万登记后，被安排在最里面的第四个客房小院入住。大伙行走了一天，都感到累了，各自去房间休息。郑凯向郑莎努了一下嘴，两人进了郑凯的房间。郑凯道："小妹，这个客栈远离小镇，藏匿在这密林之中。我总觉着有点神秘。等会儿天再黑一点，咱们出去查看查看。"郑莎道："这个客栈的确很神秘，围墙围着院子，又把院子分隔成一个个小院。你看房间的后窗又高又小，如果有事，普通人根本无法从窗子里逃出去。围墙足有两丈高，在这深宅大院内发生任何事情，外面的人都无法知晓。"二人在房间里待了一会儿，悄悄打开房门，从客房小院旁边跃上围墙，俯身向前院奔去。

来到前院，他们发现客栈大门和内门都已落锁。前院的房间除有一个房间还亮着灯外，其余房间没有任何光亮。二人摸到亮灯那个房间窗户下，听到里面有人说话。一个汉子道："大哥，今晚最后一帮人已经住进来了，是运送陶器的商户。这四批商人有贩运铁器的，有贩卖马匹的，有倒腾牛羊皮料的。明天，这些东西就全都是大哥的了。除了这些货物，再加上他们随身携带的金钱，估计一次就能收获上万两黄金。如果黄河洪峰再延迟几日，咱们再干两票，这十天半月的，就能弄上几万两黄金。"另外一个汉子瓮声瓮气地说："老二，一切都要谨慎，兄弟们都安排好了吗？"那个被称为老二的汉子道："都安排好了。我让他们先睡一会儿，半夜后把他们叫醒，开始行动。"那个被称为大哥的汉子道："总共有八十来个人，坑挖得够深吗？"那个被称为老二的汉子道："够埋一百多人的，请大哥放心！"那个被称为大哥的汉子又道："老二，你想不想睡一会儿？"那个被称为老二的汉子道："干这种事很兴奋，睡不着！"那个被称为大哥的汉子道："我也一样，睡不着。咱们喝点茶，聊聊天就是了。"郑凯二人听到这里已经明白了这是个黑店。这帮强盗要谋财害命，只是他们何时采取行动，采取什么行动，尚不知晓。二人离开亮灯的那个房间，跃上围墙，又回到了客栈那面。二人俯卧在客房院门对面的围墙上，盯着客房院门的动静。

半夜过后，前院房间的灯都熄灭了。有十来个人轻手轻脚地打开了客房院子的门，进入了第一个客房小院。他们一间房一间房地从门缝里往房间内吹迷魂药。几分钟后，其余的人分别轻轻地用刀拨开房间的门闩，进入房内，用袜子塞住那些被迷倒者的嘴，再用绳子把他们捆绑起来，扔到了房外的地上。这帮强盗绑完第一个客房小院的人后，又来到第二个客房小院，之后是第三个客房小院。

当他们来到第四个客房小院时，一阵"石子雨"劈头盖脸地砸了下来。被击中头部的当即摔倒在地。被击中肩膀、脊背和前胸的强盗惨叫起来。郑凯和郑莎从房顶跃到院内，挥动大头棒左右击打，不一会儿工夫，就把这帮强盗全部击倒。余万等人听到惨叫声，也从房间内冲出来。当弄清情况后，他们取来绳子，将歹徒们一一捆绑起来。郑凯、郑莎带着余万等人到前面三个客房小院去察看后，又到马厩内把喂马人抓获。随后，他们又找到了强盗们挖的深坑。

第二天一大早，被迷魂药迷倒的商户们才苏醒过来。郑凯把强盗们晚上的所作所为告诉了大伙儿，大家才知道自己差一点丧命。

郑凯和余万派人去风陵渡亭障报了官。风陵渡亭障的官吏一面派人到客栈查验，一面请河北县县令前来断案。

郑凯等人将经过给河北县县令讲述了一遍。被迷药迷倒的商户也一起来做证。河北县县令经现场查验，取证，审理犯人，证实这帮强盗就是赫赫有名的黄河水匪。他们经常在黄河渡口杀人越货，危害百姓。

黄河水匪被宣判后，黄河洪峰已经通过。郑凯等人渡过黄河，路经船司空县，前往华阴县。

华阴因治所在华山之北而得名。县城承袭秦代的宁秦县城池，位于渭河与白龙涧交汇处之南的白龙涧东岸。城池位置高敞，地势险要，是一处易守难攻的要地。汉武帝时，长安人口激增。关中所产粮食已经无法满足都城的需要。西汉王朝不得不考虑从水路调运粮食供养长安。汉武帝令水工数万人修挖漕渠三百余里，三岁而通。漕渠修成后，经新丰、下邽、郑县、华阴、船司空县进入黄河，比经渭河运粮缩短近半时间，使京城的粮食运输和供应得到了改善。黄河上用大船转运粮食至渭河河口，再进入漕渠换船，需要建粮仓储粮。汉武帝下旨在华阴城西北角建起了六座宏大的京师仓，内有仓室十多个，储粮可达数十万石。华阴城由此成了关中东部最重要的县城。

郑凯等人进入华阴县城后，入住在南大街的白龙客栈。安置好住处后，余万就请大家去白涧斋吃水晶香饼和麻鲜食泡。饭间，郑凯对余万说："兄台，华阴城离华山很近，我准备把六个小弟弟送上华山，请爷爷和爹娘养育，不知兄台意下如何？"余万道："明日我和你们二人一起去华山，一是送六个小弟弟上华山，二是去拜见一下爷爷和爹娘，你觉得怎样？"郑凯道："兄台在华阴城不是有店铺的事要处理吗？"余万道："这不妨事。我今日就给店铺送去两车陶器，明日我们就一起去华山。至于店铺的经营情况，回来后再做处理也不迟。"

次日，三人骑马，余万让一个伙计赶着一辆卸过货的空马车，带着六个

收养的小孩去了华山。

回到华山家中，郑凯将余万等人介绍给了郑奇、郑行和刘月。余万作为郑凯和郑莎的结拜兄长，跪地向郑奇、郑行和刘月行了大礼。随后，郑凯把他们在途中相遇、结拜，以及随余万去襄邑和武安订货的经过告诉了三位长辈。余万道："本来郑凯和郑莎是去长安探亲的。让我纠缠着四处奔走，耽误了正事，实在抱歉。"郑奇道："现在的形势可比不了从前了。北方有匈奴入侵，黄河决口多年成灾，流民大增，盗匪四起，经商走货处处危险。你们是结拜兄弟，郑凯理应尽力。"郑行道："你们三人已经结拜，都是一家人，就不必客气了。今后走货如有困难，随时可以通知郑凯。"余万道："谢谢爷爷和爹娘。"郑凯道："我们几个在武安购置陶器时遇到了许多灾民，有六个孤儿实在可怜，我们就把他们带回来了。我们想请爹娘收他们为徒，教授他们武艺，把他们培养成为对社会有用的人。"刘月道："你们两个走后，我正感到家里空落落的。这下子可好了，来了六个小家伙，家里可就热闹了。"

郑凯把六个小孩子叫到屋子里，让郑行和刘月坐好，让六个小孩磕头拜师。此时，余万也取出五百两黄金交给刘月，作为六个小家伙的用度。刘月道："我们有吃的就一定饿不着孩子，不需要留给我们这么多钱。"余万道："收留这六个孩子是我们三兄妹的共同心愿，我理应尽力。养育他们就靠爷爷和爹娘费心了。再说，我和郑凯、郑莎已是结拜兄妹，也是咱们家中的一员，理应为家里做点事情。不然，我怎么能够心安呢！"刘月见余万说得真切，也不便再推辞，只好收下。

安排好六个小家伙后，郑凯等人离开华山，回到了华阴城。一到客栈，余万在华阴城的陶器铺伙计吴历正在客栈等候他们。吴历哭诉道："掌柜的，我五岁的儿子被绑了。今早，在我家门缝里插着一张绑匪送来的字条，限我三日之内送五百两黄金到城东乱坟岗，否则他们就要害了我儿子。"说着，那伙计递上了绑匪的字条。

余万接过字条看了看，又递给郑凯。那伙计道："掌柜的，我一个伙计，从哪里能弄到这么多钱？无奈，我只有来求掌柜的。请掌柜的行行好，想办法救救我的儿子。"余万道："贤弟，你说这绑匪怎么会看上了我们店铺的伙计呢？"郑凯道："我猜想，兄台的陶器铺在华阴城可是最大的一家。绑匪错把吴历当成了掌柜的,所以才来绑架吴历的儿子。"余万道:"也许是这个原因吧。你说,咱们怎么搭救吴历的儿子?"郑凯道:"我想,第一你得准备五百两黄金。第二我准备和莎妹一起陪吴历兄去一趟乱坟岗,会一会绑匪,寻找救人的机会。"余万道:"准备五百两黄金不成问题,只是咱们对绑匪的情况一无所知,你们三人前去会非常危险。不如我和我的几个家丁也一起前去。"郑凯道:"去的人多,可能会引起绑匪警觉,我们三人去就足矣。"

次日,郑凯装扮成车把式,赶着一驾马车。吴历和郑莎装扮成夫妻,乘车前往乱坟岗。

乱坟岗位于华阴城东的一大片杂草丛生、荆棘缠绕、枯树遍布的高地上。多少年来,城里穷人因买不起墓地和棺材,就用草席包裹着尸体,在这片高地上挖上一个土坑,把尸体扔到坑里,垒个坟头,就这样安葬了死者。许多饿死的游民尸体也常常被扔到这里,引来大批野狗到此处觅食。久而久之,这里就成了坟头散乱、白骨满地的乱坟岗。

三人架车沿着唯一一条穿越乱坟岗的道路,来到了岗上的一片荆棘林中。突然,荆棘林前面的道路上冲过来十多个黑衣黑面,手握长剑的汉子。他们拦住马车,大声喊道:"五百两黄金带来了吗?"吴历站在马车上,举着五百两黄金喊道:"带来了!我儿子呢?"有一位看似绑匪头子的人喊道:"先把黄金交给我再说!"吴历道:"你先把我儿子交给我再说!"那绑匪头子哪管这些,一纵身跳上马车,要来抢夺黄金。不想,黄金没有抢到手,却突然摔倒在马车下。

原来郑莎趁他抢夺黄金之际,一棒子将绑匪头子击倒在车下,并从右面向马车前面的绑匪攻去。郑凯在左面架车,见郑莎击翻绑匪头子,抽出大头棒,击翻了左面站着的两个绑匪。绑匪们万万没有料到这么三个人就敢于对他们这些手握长剑的汉子发起攻击。面对五百两黄金,他们岂肯示弱。道路两旁是荆棘和藤条,他们只能依次冲杀过来。然而,绑匪们的长剑一个个都被郑凯和郑莎的大头棒击飞。大头棒也顺势击中了他们的太阳穴。一来二去,十多个绑匪也就剩下一半。他们知道遇到了武功高超之人,就顺着荆棘林中的道路撒腿逃命。郑莎和郑凯岂能容许这些绑匪逃走。他们两个提着大头棒,施展轻功,几个起落就追上了绑匪,将他们一一击翻。吴历赶忙用绳子把制服住的绑匪捆绑了起来。等几个受伤不重的绑匪苏醒过来后，郑凯审讯了他们。郑凯问："你们绑架来的孩子呢？"一个绑匪答道："我大哥把他给卖了。"郑凯又问："卖到什么地方去了？"那绑匪又答："东镇财主马邑家。"郑凯三人将受伤严重不能行走的劫匪扔到马车上，能行走的绑匪串在马车后，向东镇赶去。

来到东镇外的一片树林，郑凯让郑莎和吴历在树林中看管绑匪，独自去东镇向财主马邑索要吴历的儿子。根据绑匪提供的地址，郑凯很快在镇子西头找到了马邑家的深宅大院。

此时，天色已晚，劳作了一天的人们已经休息。郑凯看四周没有行人，一个腾跃就跳到了马邑家的院墙上。马邑的深宅大院由三重院落组成。前院是长工居住和存放车马农具的地方，中院是管家、护院和存放粮食的地方，后院正房是财主马邑和他夫人的住所，后院两旁一个个独立的小院子是马邑的小妾及子女们居住的地方。

郑凯从围墙上跃到正屋房顶，倒挂在房脊上，从房脊高处透亮的小窗户往屋里看，见马邑和他夫人正坐在中间靠墙的条案旁。一个女佣抱着一个五岁左右的男孩子来到了马邑和他夫人面前。那女佣对孩子说："来，孩子，叫爹娘。"那孩子怯生生地望着马邑和他太太。马邑望着那孩子，说："叫爹爹！不然，爹爹就不给你饭吃。"那孩子哇的一声哭了起来。马邑叹了口气说道："不急，慢慢来，抱出去吧！"那女佣抱着孩子出去了。正屋内就剩下马邑和他夫人。马邑说道："买来的孩子，让他认我们做爹娘需要时间。"马邑夫人道："下人都知道这孩子是买来的，将来孩子长大了，知道了此事，能对我们好吗？真不如招个上门女婿好。"马邑道："走着看吧。不行的话，将来让这兔崽子也当下人。"

郑凯从房顶跳下，箭步走入正房。马邑惊讶道："你是什么人？有何贵干？"郑凯道："马财主，你勾结绑匪，绑架别人的儿子，你知罪吗？"马邑道："我，我没有勾结绑匪。孩子是我让管家刘沙用了五百两黄金买来的。"郑凯道："绑匪已经被我们抓到。走，找刘沙来对质。"郑凯一个箭步上前，抓住马邑，就势点了他的穴位，连提带拉把他带到了中院。郑凯大声喊道："刘沙出来！"刘沙不知何故，赶忙跑出房来，大声回话道："老爷，叫我何事？"郑凯上前双手抓住刘沙,顺势又点了他的穴位。郑凯道:"走,带我去领孩子。"

二人只得乖乖地带他来到侧院,让女佣抱着孩子走了出来。他们刚要从后院大门返回中院,马邑豢养的十几个护院家丁提着刀剑已把中院门口围住了。一个领头的大声喊道:"小子,快束手就擒吧。否则,明年的今日就是你的祭日。"郑凯也不答话,随手一把石子向那些家丁迎面掷去。前面的家丁已被石子击中,抱头捂脸,惨叫起来。郑凯一个箭步冲出,挥动大头棍左右击打。随着一把又一把石头飞出和随之而来的大头棒攻击,不一会儿时间,那十几个护院家丁都被击倒在地。郑凯吩咐马邑道:"让佣人套一辆马车来!"马邑只得吩咐一个佣人套来了一辆马车。郑凯让女佣带着孩子登上马车,把马邑和刘沙扔上马车,让一个男用人赶着马车出了东镇。

来到镇外的小树林,孩子见到吴历,一下子就扑到了他的怀里。三人带着孩子,押着绑匪和马邑等人前往华阴县城。

回到华阴县城,他们会同余万等人,写好诉状,去县衙击鼓报案。华阴县令审理了此案。几年来,绑匪在华阴县经常作案,杀人索金多起,闹得县里人心惶惶,朝廷多有训斥。华阴县令也曾派出捕快追拿,但从未见到过绑匪的踪影。绑匪横行成了华阴县令这几年的一块心病。听到绑匪被擒,县令立即升堂断案。大堂上,马邑依仗自己是地主,暗示要收买县令,不承认勾结绑匪,硬说郑凯抢走了他的儿子。县令正为不能破案可能丢官而发愁,岂能为马邑的暗示行贿所动,他当庭让孩子认亲。孩子扑到了吴历的怀里,县令命属下打了马邑三十大板。说如果不讲实话,就再打三十大板。马邑经受不住,只得说出了缘由。

原来,马邑是东镇最大的地主,家有良田数百亩。他已经娶了八房夫人,可是每个夫人都给他生的是女儿。迄今为止,马邑已经有了十二个女儿,唯独没有一个儿子。前些日子,当他的第八房小妾又为他生下一个女儿后,他对生儿子的事情似乎已经绝望。千思万想后,终于想到了买一个男孩给他做儿子的主意。管家刘沙说,他有一个侄子与绑匪头子是结拜兄弟,侄子可以让绑匪头子从别的地方给他弄来一个男孩做儿子。于是,绑匪就从华阴县城绑架了吴历的儿子,又以五百两黄金卖给了马邑。绑匪得了马邑五百两黄金后,又来敲诈吴历。

华阴县令逐一审讯了绑匪。在人证、物证面前，绑匪头子对这起绑架案件不得不认罪服法。县令又继续深挖，追查出另外几起绑架案也都是这帮绑匪所为。根据以前的罪行，县令对绑匪头目和有命案的绑匪处以极刑。其余从犯关押后等待流放边地，马邑也因与劫匪买卖儿童而服刑。宣判后，余万留下两个伙计继续经营华阴县城的陶器店，他和郑凯兄妹以及吴历等人一道返回了郑县。

回到郑县，休息了一日后，郑凯向余万辞行。余万觉得已经耽误了郑凯兄妹这么长的时间，不好再做挽留。他因母亲生病，不能陪郑凯兄妹前去长安，就为他们准备了两匹快马，并送上了一些盘缠，挥手与二人告别。

第二章　燕然公主

　　长安，周文王时就建为国都，称为丰京，周武王即位后又建镐京，合称丰镐。汉高祖五年（前202年），刘邦在丰镐设长安县，并在兴乐宫基础上修建了长乐宫。汉高祖七年（前200年），刘邦又修建了未央宫。同年，西汉王朝由栎阳迁入长安。从此，长安就成了西汉王朝的都城。经过西汉历代帝王的修建，长安城越发宏大坚固。城墙用夯土筑成，城高墙宽，格外壮观。长安城南为南斗形，北呈北斗形，人称斗城。城四周有十二个城门。东面自北而南为宣平门、清明门、霸城门。西面自北而南为雍门、直城门、章城门。南面自东而西为覆盎门、安门、西安门。北面自西而东为横门、厨城门、洛城门。城内建有四十多座宫殿，集中在城池的中部和南部。它们分别是未央宫、长乐宫、北宫、桂宫、明光宫等。其中未央宫是大多数西汉皇帝处理朝政的地方。

　　长安城内修有八条主街，相互交错与城门相连。城中宫殿、贵族宅第、官署和宗庙等建筑约占全城总面积的三分之二。居民区则分布在城北，划分为一百六十个闾里。在城市的西北部设有九个市场，号称长安九市，是西汉最大的商贸中心。郑凯按照母亲卫梨花与华山郑家的约定，八岁离开长安后就再没回到过长安，他对长安的记忆已经模糊。郑莎在长安被华山郑家捡到时只有六岁，对长安城更是没有什么印象。二人来到长安城下，看着宏伟的城池，一下就被它的恢宏折服。

　　进入长安城后，他们边走边问，在北阙甲第找到了卫府。仆人通报后，卫玄和卫赏等家人都赶到门口来迎接郑凯。郑凯向外祖父卫玄和舅舅卫赏等一一施礼问安后，说道："外祖父，这是我的师妹郑莎，和我一起在华山学

艺十年,如同我的亲妹妹一样,请家人待她如对我一样。"卫玄道:"那还用说。"郑莎赶忙向卫玄、卫赏等人施礼问安。

卫玄和卫赏领着郑凯和郑莎来到正房入座,并吩咐仆人给郑凯和郑莎在侧院安排住处。入座后,郑凯急切地问道:"外祖父,听说我爹娘去西域平叛,中了埋伏,不知他们现在怎样?"卫玄道:"焉耆之战,焉耆人诈降,埋伏重兵,新朝军队被伏击,王骏将军战死,七千人马丧失殆尽。你爹爹赶到战场时,与焉耆叛军鏖战,因寡不敌众,现已退守龟兹西南的都护府城。不过,你爹娘并无性命之忧。你爹爹已有祈罪书奏报朝廷。"郑凯道:"我能不能去西域探望我爹娘?还有,我师妹郑莎也想陪我一起去西域。"卫玄道:"你爹娘既然没有性命之忧,你们也就不必急于去西域了。现在兵荒马乱的,你们可不能到处乱闯。你们两个人先在长安住下,等局势稳定一些再说。"郑凯和郑莎觉得外祖父说得也有道理,也就在卫府住了下来。

二人除了每日练功外,一有空闲,就去长安城各处观光、游玩。他们首先去的地方是未央宫。未央宫位于长安城西南角地势最高的龙首原上,因在长乐宫之西,又称为西宫。它是西汉诸帝处理朝政之所。汉高祖七年(前200年),刘邦命重臣萧何督建此宫时,萧何就在秦章台基础上修建了未央宫。未央宫是西汉王朝的政治心脏和国家象征。正殿位于长安的最高点,彰显出庄严的气派。西汉崇尚千秋万岁和长乐未央的理念,未央宫就由此得名。未央宫前殿东西长五十丈,进深十五丈,高三十五丈。汉武帝时,未央宫被重新整修,增建了柏梁台。前殿也改造成了木兰为栋、文杏为梁、金铺玉户、重轩镂槛的豪华宫殿。宫殿外兵丁林立,持矛佩剑,守卫森严。郑凯二人不能靠近宫殿,只能边走边望上一眼。只见大殿前左面为斜坡,以便乘车而上;右面则为台阶,供人拾级抬步。础石之上耸立着高大的木柱,紫红色的地面镶着金光闪闪的壁带,间以珍奇玉石拼制的各种图案,显得富丽堂皇,巍峨庄严,气势恢宏,望之难以忘怀。郑凯和郑莎久居山野农舍,对于大都市长安的一切都感到格外新奇。

来长安后,郑莎经常会独自看着绣有"莎车康"三个字的心衣发呆。对郑凯这位哥哥的态度也发生了微妙的变化。以前,她和郑凯两小无猜,无话不谈,玩耍在一起,打闹在一起,那是兄妹亲情的无拘无束。当她知道了自己的身世之谜后，对郑凯这个哥哥的态度似乎倒有点拘束了。晚上还经常做梦，常常梦到她与郑凯成亲的场景。醒来时不觉心跳不已，两颊绯红。她问自己："梦想能够成真吗？哥哥郑凯到底能否成为自己的夫君？"想到这些，她不由自主地用双手捂住了脸。小时候，两人曾玩过拜天地的游戏。现在两个人都长大了，不知道郑凯是否愿意将以往那种兄妹的亲情变为男女之间的爱慕。想到这里，郑莎的心跳加快，呼吸也有点急促了，脸上感到发烫。郑凯也发现自从郑莎知道了自己的身世之后，爱说爱笑、调皮机灵的她，说话做事有点忸怩起来了。

　　二人常去游逛的地方自然是长安九市。在食店街上，各种各样的美食应有尽有。更多的时间他们是去茶馆喝茶，听说书、弹唱，去歌舞坊看表演。从中知道了不少风土人情和奇闻逸事，更能听到社会上的许多传说和故事。一次，他们去西市游逛，正在街边干果店买胡桃，就见一位衣着蓝色绸缎袍服，脚踏高筒皮靴，年约十七八岁的姑娘正从街上经过。那女子鹅蛋脸，柳叶眉，丹凤眼，一身珠光宝气，两手提着许多装满物品的包袋。就在这时，有两位年轻的公子也有说有笑地向那位姑娘走来的方向走去。也许是他们谈笑得太投入了，把那个姑娘装满物品的包袋撞得满地皆是，他们却又好像浑然不知，头也不回，继续有说有笑地朝前走去。那姑娘好生气恼，转过身子，挥拳就朝那两个公子的后背追打过去。但不等她击打到那两个公子，她的后背已经被人击中，摔倒在地上。有两个大汉一左一右飞扑到那女子身边，一人拧着她的一条胳膊，把她给夹在中间。一个大汉高声说道："好你个下贱胚子，竟敢出手袭击公子。你知道我们是谁吗？"这时那两位公子才停下脚步，转过身来走到那姑娘面前。一位公子用手摸着那姑娘的脸蛋说道："瞧，多美的脸蛋！咱们真是有缘。你敢打本公子，够厉害的。好啊，那今晚就到我府上好好撒撒野，伺候伺候本公子！本公子就喜欢你这种姑娘。"他对身后的七八个护卫说道："带走！"围观的行人一片惊呼。一位小哥说道："京畿要地、皇城之中竟敢公开抢人，还有没有王法！"那公子说道："王法，我就是王法！当今皇上就是本公子的皇爷爷。"原来这公子竟是新朝皇帝王莽的孙子王宗，另一位公子则是王莽的堂弟和心腹重臣大司空王邑的孙子。眼看那帮护卫就要把姑娘押走，突然间，拧着那姑娘胳膊的两个大汉的太阳

穴分别被胡桃击中，双双摔倒在地。其余五六个壮汉和那两个公子顿时惊呆了。不过，没等他们反应过来，他们每人的太阳穴也先后被胡桃击中，晕倒在地。这时，从街旁飞跑出一男一女，拉着那姑娘的手跑入了来往的人群中，消失得无踪无影了。当负责长安治安的执金吾赶来时，被打的那帮人才个个捂着头，摇摇晃晃地爬起来。他们赶忙将皇孙王宗和大司空王邑的孙子以及那些护卫送回府邸。

郑凯和郑莎分别拉着那姑娘的左右手奔跑着，看看后面并没有人追来，就向一处僻静的地方跑去。三人站定后，那姑娘赶忙跪倒在地，说道："感谢二位搭救之恩，你们的大恩大德我今生一定报答！"郑凯道："路见不平，出手相助，实属小事一桩，姑娘行此大礼，折煞我们了！"郑莎赶忙上前要把那姑娘扶起来，但那姑娘就是不起来，并且说道："我看二位是天底下最好的人，如果二位能看得起我，我愿意与二位结为兄妹！"郑凯看那姑娘知恩图报，为人爽快，也就点头同意了。三人问明了各自的姓名，于是并排跪地，双手合掌于鼻梁，对天发誓道："郑凯、燕然、郑莎今日结拜为兄妹，有福共享，有难同当，齐心相助，永不背叛！"按年龄，郑凯十八岁是大哥，燕然十七岁是二妹，郑莎十六岁是小妹。结拜完毕，郑凯请燕然去食店街吃饭，庆贺三人结拜为兄妹。燕然说："这顿饭应该由我来请，一来你们救了我的性命，二来你们让我如了心愿，得了一个大哥和一个小妹。"郑凯道："我是大哥，今后大哥说的话妹妹需得遵从，这可是祖宗传下来的规矩！"郑莎也劝燕然道："姐姐，有大哥在，我们都得听大哥的！"燕然这才不再争执。三人吃过饭，在街上又逛了一会儿，看看天色已晚，郑凯和郑莎这才送燕然回家。他们来到藁街一个院子的大门前，燕然道："今日已晚，我就不请大哥和小妹到我家里做客了。等过两日我们再会面，如何？"郑凯说："好！"三人约定了下次会面的时间、地点后，方才挥手告别。

回来的路上，郑莎问郑凯："哥哥又认了一个漂亮的妹妹，高兴吗？"郑凯道："再漂亮也没有妹妹漂亮，有什么高兴的。"郑莎道："哥哥真这么认为？"郑凯道："不是哥哥这么认为，这是事实。"郑莎道："谢谢哥哥夸奖。"郑凯道："谢什么呀，天下女人哪个能与妹妹相比？"郑莎听着郑凯的赞美，满脸害羞地朝前面跑去，郑凯也赶忙追了上去。

　　二人回到卫府，正碰上卫玄晚饭后在院内散步。卫玄道："等你们吃饭就是等不回来，我们只好先开饭了。你们两个赶紧去吃饭吧！"郑凯道："外祖父，我们两个在外面吃过了。离开长安十年，长安的一切好像都变了一样。我带妹妹去街上看了看，熟悉熟悉长安的环境，请外公见谅。"卫玄道："外祖父知道。不过你们外出时一定要注意安全，不要惹事，有时间就多陪你表弟卫林练练武艺。"

　　第二天，郑凯和郑莎早早就起来和表弟卫林一起练功了。卫林这些天跟郑凯和郑莎一起练功，长进不小。郑莎非常喜欢这个弟弟，休息下来，就赶忙为他擦汗、送水。卫林喝着水说："我就喜欢郑莎姐姐。"郑莎道："你喜欢我什么呀？"卫林道："我喜欢你长得好看。"郑凯接口道："你这个小家伙，懂的还不少。"卫林道："我要是长得像哥哥这么高，就一定娶郑莎姐姐做我的媳妇。"郑凯道："你一个小屁孩，等长大了，黄花菜都凉了。"卫林道："那你还不赶快娶她！"卫林把郑凯和郑莎两人说得脸都红了。郑凯为了掩饰尴尬，大声说道："臭小子，不要再胡说八道，赶快练功！"

　　第三天，郑凯和郑莎如约去了藁街草原寓所。去之前，二人在西市买了一些新鲜果品和干果。来到大门前，燕然已经在门口迎接。进入院门，里面是一个很大的院落，东南西北的房子都有连廊相连。正房坐北朝南，两边有两个连接后院的大门。三位漂亮的姑娘正在正房门口等候他们。其中一位看起来稍微年长一些。燕然给她们介绍了郑凯和郑莎，也给郑凯和郑莎介绍了那三位姑娘。那个年长的姑娘是燕然的小姨，名叫热曼。两个年少的姑娘一个叫戈满，一个叫裟依。郑凯心想："匈奴女子原来也这么漂亮呀。不过，她们却没有一个能与郑莎媲美的。"几人相互问询了一番，燕然就带郑凯和郑莎来到了她住的房间。

　　落座后，燕然对郑凯道："凯哥，我是一个匈奴姑娘，你们能看得起我们匈奴人吗？"面对燕然的提问，郑凯平静地说："史书早有记载，漠北高原的牧民原本是华夏民族之夏后氏的苗裔，商代时逃往北方，避居于大漠之北的山川草原之中，以放牧为生，随畜迁徙。经过许多代的子孙繁衍，形成了多个部落，其中一个部落就是匈奴部落。我们已经是结拜兄妹，誓言永不背叛，怎么会因为你是匈奴人就不认你这个妹妹呢！"

其实,郑凯已经打听过,知道藁街草原寓所是匈奴人在长安居住的地方。因此,他已经知道燕然来自漠北。燕然听郑凯这么一说,心头的乌云立即消散了。她高兴地说:"你看得起妹妹就好!我三岁多就来到长安,其实我也应该算是一个长安人。"燕然接着说:"我们住的这个地方是汉元帝为匈奴人建造的。自呼韩邪单于归汉以来,有许多侍子也曾在这里居住过。呼韩邪单于的儿子右贤王铢娄渠堂,复株累若单于的儿子右致卢儿王醯谐屠奴侯,搜谐若鞮单于的儿子左祝都韩王胸留斯侯,车牙若鞮单于的儿子右于涂仇掸王乌夷当,乌珠留若鞮单于的儿子右股奴王乌鞮牙斯和左于駼仇掸王稽留昆等都在这里做过侍子。也许哥哥会问,我是怎么来长安的。"

郑凯道:"是啊,妹妹既不是侍子,也不是使臣,你是怎么来长安的?"燕然道:"十五年前,当时王莽还不是皇帝。他为了篡汉,就百般取悦太后王政君。王莽告知乌珠留若鞮单于,让匈奴的宁胡阏氏王昭君的大女儿须卜居次云来长安侍奉太后。须卜居次云奉单于之命,就来到了这里。那时我才三岁,身患重病。我的爹爹就让我小姨热曼带着我随须卜居次云来到了长安,请太医为我治病。后来,太医果然把我的病治好了。须卜居次云除了把我带到了长安,还带了须卜部落的两个五岁女孩以及一些随从。那两个女孩儿就是你们刚才见到的戈满和裴依姑娘。须卜居次云希望我们这些孩子一边跟我小姨学习匈奴语言,一边学习汉语汉字,熟悉汉朝礼仪,以后成为汉匈文化交流的使者。须卜居次云白天去皇宫侍奉太后王政君,晚上回来居住。她虽然自幼生长在塞外草原,但在母亲王昭君的言传身教下,汉语水平与汉地读书人无异。正因为她汉语水平和文化素养高,精通礼仪,谈吐得体,深得太后王政君的喜爱。据说当年正是汉元帝和太后王政君成全了呼韩邪单于和王昭君的婚事,使兵戈相见百多年之久的汉匈之间迎来了难得的六十年和平。想到汉匈和睦相处这么多年,太后觉得她和元帝干了一件名垂青史的好事。所以,她对须卜居次云格外怜爱,也愿意为汉匈文化交流尽力。当她知道了我们几人是来学习汉文化的事情以后,非常高兴,命人为我们请了老师,教授我们汉文化和礼乐,还经常赏赐我们。几年后,须卜居次云返回匈奴,留下我们四人在这里继续学习。"

郑凯道:"太后和元帝成全了呼韩邪单于和王昭君的婚事,的确是一件永垂青史的好事,也开创了汉匈和平相处的好时代。须卜居次云继承其母遗志,为汉匈的和睦奔走,也让人敬佩。我希望我们兄妹都要向他们学习,为汉匈的友好相处尽力。"燕然道:"是,我们一定为汉匈的和平而努力。"郑凯又问:"当今皇帝篡汉为新朝以来,新朝与匈奴关系紧张,你们受到影响没有?"燕然道:"自太后去世后,已经没有人再赏赐我们了。好在太后以前给了我们很多赏赐和钱币,我们才勉强维持到现在。几年前我两个哥哥来到长安,也住在这里。一个叫助,病死了。一个叫登,被新朝杀死了。"说到这里,燕然眼圈红了。郑凯赶忙安慰道:"妹妹不必悲伤,听说王莽已将建言杀死登的汉将陈钦给杀了,并派和亲侯王歙将登的尸骨送回了草原,这也算对大家有了交代。"郑凯见燕然仍在伤心,就赶忙转移开话题道:"妹妹,带我们去参观参观你们草原寓所的后院,如何?"燕然这才收起伤感的情绪,带着郑凯和郑莎走出正房后的西面大门。来到后院,郑凯发现后院有一个很大的场地,像是可以骑马射箭的地方。靠北面高墙处竖着几个画有圆心的射箭靶子,靶子上留有许多箭孔。燕然告诉郑凯说:"小姨说我们毕竟是草原女子,必须学会骑马射箭,所以她常常带我们来这里骑射。"郑凯道:"那很好。不过,我和郑莎能不能也来这里学学骑马射箭呢?"燕然道:"好啊!我巴不得你和郑莎天天来这里骑马射箭呢!一会儿,我就和小姨说一下。"燕然压低声音对郑凯说:"我小姨会些漠北武艺,也是我们这几个女孩子的师父。"郑凯醒悟道:"哦,原来如此!"

之后,燕然又带他们去东北角的一排房子里参观。那里是马厩,槽头上拴着两匹高头大马,一红一白。燕然拉出来一匹白马,骑上去跑了一圈,又让郑凯和郑莎骑了一圈。她又拿来弓箭,教他们射箭,三人玩得很尽兴。随后,郑凯带着燕然和郑莎高高兴兴地去街上吃饭。饭后,郑凯给燕然买了十斤熟肉,让燕然带回草原寓所。郑凯和郑莎把燕然送到草原寓所门口,看着燕然走进大门,才和郑莎一起返回了卫府。郑凯想到燕然她们已经有四年没有得到太后的赏钱,没有经济来源,生活拮据,于是就和郑莎商量,决定从余万送给他们的五百两黄金中取出一百两送给燕然。

郑凯和郑莎成了草原寓所的常客。他们在那里练习骑射,很快就和草原寓所的人混熟了。因武功深厚,几个月时间下来,郑凯和郑莎就把骑马射

箭的本领练到了出神入化的地步。热曼从未到现场观看过，只是远远地在帐篷之间的缝隙里往后院观望过几次。有一天，她也来到后院，观看几个人骑射，发现郑凯和郑莎的骑射技能已卓绝不凡。她曾听燕然说过郑凯和郑莎用几个胡桃就击翻了一帮护卫的事，就想和郑凯交交手，看看他的武艺到底如何。热曼说道："郑凯，我们匈奴女子从小在马背上长大，骑射技能是我们的基本生存本领。你敢不敢与我比试比试？"郑凯答道："敢倒是敢，但我肯定不是您的对手。"热曼道："好，那我就先来了。"热曼一边说，一边佩戴上弓箭。她飞身上马，两脚轻轻一磕，马像箭一般飞奔出去，只见她稳坐马背，一丝不动，取弓搭箭，用力一拉，把箭射了出去。正中靶心。几个年轻人都鼓掌欢呼。热曼跳下马来，把缰绳交给了郑凯。郑凯也佩戴上弓箭，跃上马背。他两腿一夹，马飞奔而出。他张弓引箭，一松手，箭向靶子飞去。那箭不偏不倚正好从热曼射在靶上的箭尾部穿过，刺入了靶心。热曼和几个年轻人也都鼓掌叫好。

郑凯跳下马，说道："我是瞎猫碰到了死耗子，竟然也射到了靶子上。"热曼道："这可不是瞎猫碰到了死耗子，是神箭手的射技！郑凯，你赢了。"热曼接着道："你们俩能用几个胡桃就击翻一帮护卫，可见武艺非凡，能不能让我也领教领教你们的武艺呀？"郑凯道："我们当时手边没有什么东西，只好乱扔了一通胡桃，碰巧把那些人打晕了，哪里是什么武艺非凡呀！我可不敢和您动手。"然而，未等他说完，热曼拉开架势，就飞扑了过来。她两只手不停地变换着攻击的位置，不知击向哪个部位。郑凯一见，不敢怠慢，一个折腰向后平躺，躲过了热曼攻来的手掌。热曼越过郑凯，双脚刚一着地，就一个反转，提腿腾空而上，并且双脚前后加力向郑凯头部和胸部踢来。郑凯一个左旋，躲过热曼的双脚，右手顺势朝热曼腰间一推，就把她推了出去。热曼人在空中，无法躲闪，一下子被推出很远。由于站立不住，她摔在了地上，郑凯赶忙跑过去扶起热曼。

热曼站定后说："我输了！不过我要问问你，小小年纪是从哪里学来的武艺？"郑凯道："我从爹娘那里学了一点粗浅的武艺。还有我的爷爷，他们都是我的师父。"热曼又问："你爹娘和爷爷现在何处？"郑凯道："他们在华山。"热曼道："你们兄妹二人来长安干什么？"郑凯道："我们是来长安串亲戚的。"热曼又连续问道："串亲戚怎么能待这么久？"郑凯不慌不忙地说："亲戚家有一个小孩儿，非要跟我们学些武艺，我们也就只好留在长安了。"热曼一改追问，轻声说道："在长安多待一些时日也好。咱们也可以经常在一起骑马射箭。"郑凯道："好啊！今日见到了您的骑射技术和拳脚武艺，让我见识不少。您可是女中豪杰！"

郑凯和郑莎从小生活在华山，已经习惯于他们的身份。外人问及，自然会如此介绍。至于为什么会来长安，也是随机应变想出来的理由。他不愿与朝廷官员子女的身世有什么瓜葛，以免带来麻烦。没想到热曼一听说郑凯和郑莎是华山百姓人家的孩子，又一副乡下人的打扮，就对他们表现出了很信任的样子。为了答谢热曼，郑凯决意要请热曼、燕然、戈满和裴依去吃饭。六个人一起去了食店街，进了一家烤肉店，要了一只烤羊、一些青菜和肉饼，美美地吃了一顿。临走，郑凯又买了十斤熟肉让热曼带回。送他们回藁街寓所后，郑凯和郑莎才返回卫府。

一晃快到正日了。郑凯和郑莎骑马回了一趟华山，去看望爷爷和爹娘，向他们汇报了这几个月在长安的情况。郑奇、郑行和刘月听说他们在长安练习了骑射，都很高兴。郑奇道："西域路途遥远，须得骑马或骆驼方能前往。你们学会了骑射本领，如有机会，就可以去西域了。"二人重回华山，感到乡下真是安静。他们带着六个弟弟经常到山道上扫雪、游玩。有一天，刘月叫郑莎一起去镇上买菜。郑莎问刘月道："娘，您和我爹以前是怎么走到一起的？"刘月看了看她，说："怎么？我女儿长大了，知道女大当嫁的事了？"郑莎道："娘，姑娘长大了是不是都要嫁人的？"刘月笑着说："当然了！你想不想嫁人？"郑莎道："您说女儿以后嫁个什么样的人？"刘月道："嫁个你最了解又最喜爱的人呀？"郑莎道："我在爹娘面前长大，在咱们这山沟里能认识几个人呀，更不要说最了解的男人了。你说怎么办？"刘月大笑起来，说："娘可知道我女儿有最了解和最喜爱的人。"郑莎道："谁？"刘月道："你郑凯哥哥呀！"郑莎脸一红，低头害羞地说道："娘怎么知道女儿的心事？"刘月笑道："女儿想什么，为娘的怎么能不知道。"郑莎问道："娘，我能嫁给他吗？要是他喜欢上了别的姑娘可怎么办？"刘月道："你们两个从小一起长大，你最了解他，他也最了解你。你们又不是亲兄妹，怎么不能嫁给他。为娘的就是期盼你们两个长大后能结为夫妻！只是我女儿是不是真正满意呀？"郑莎道："只要娘满意，女儿就满意！"刘月道："好吧！娘一会儿就给你郑凯哥哥说说。不过，你们的成亲典礼怎么办？我想得等到你找到了你的生身父母，再与郑凯的生身父母商量以后才好决定。"郑莎道："谢谢娘为女儿考虑得这么周全！"

回到家后，刘月就把郑凯单独叫到身边，说："凯儿，你也长大了。长大了就要娶媳妇的，你打算娶个什么样的媳妇呀？"郑凯道："娶个娘最喜爱的媳妇呗。"刘月道："你知道娘最喜爱的儿媳妇是谁呀？"郑凯道："我怎么知道娘最喜爱谁呢？"刘月道："你个臭小子，真不知道娘最喜爱的儿媳妇是谁？"郑凯道："娘心里想的，孩儿怎么能知道？"刘月道："好啊，你就给我装糊涂吧！那我现在就告诉你，我最喜爱的儿媳妇就是郑莎。"郑凯道："那不是我妹妹吗！我能娶她做媳妇？"刘月说："你们不是亲兄妹，怎么不能娶她？！问题是你是不是真心喜欢你妹妹？"郑凯道："我当然最喜爱她了，娘是知道的。"刘月道："那好，今天娘就做主，把郑莎许配给你，如何？"郑凯害羞地低头说道："娘说行就行呗！"刘月道："不过，你要给我记着，一辈子都要对她好，不能惹她生气。要像你爹爹对我那样对待她，你能做到吗？"郑凯道："请娘放心！我一生一世都对她好，绝不惹她生一点点气。"

正月初三，郑凯和郑莎离开华山回长安。他们途径郑县，去给余万拜年。余万告诉二人，他因家里诸事缠身，还没有抽出时间去长安看望他们，等以后有机会一定去长安看望他们。不过，余万倒是告诉了郑凯兄妹他在长安的丝绸店铺的地址。初四这日，郑凯和郑莎才回到长安与卫玄一起过节。初六这天，二人专门去了草原寓所，给燕然、热曼、戈满和裳依贺岁。热曼做了烤肉、奶茶，招待郑凯和郑莎。

吃过饭，热曼说有话要对郑凯讲，就把燕然、郑莎、戈满和裳依支出去骑马射箭了。她问郑凯道："郑凯，你觉着燕然怎样？"郑凯答道："燕然妹妹当然好了，不然我们怎么会结拜为兄妹呢。"热曼又问："你觉得她好在哪里？"郑凯脱口答道："人好，心好，长得漂亮。"热曼又问："那你喜不喜欢她呀？"郑凯说："当然喜欢她。"热曼又说："你既然喜欢她，可不可以娶她为妻？"郑凯道："我娘已经在华山给我订婚了，我不可能再娶别的姑娘为妻。再说，我现在还不想成亲。我没有去过草原,也没有去过西域,更没有去过其他地方。等我去过了这些地方,我才能考虑成家的事。"热曼笑道:"原来如此。"

本来,热曼考虑,如果她们回不了漠北,就在汉地给燕然找个好青年嫁了,也算对得起自己的姐姐了。再说,一个三岁就生活在长安城的匈奴女子,她的一切都被汉文化浸透了,还能适应草原的生活吗?

郑凯又郑重地对热曼说:"听燕然说,自从太后去世后,你们就失去了经济来源。你们几个是打算在长安继续坚持下去,还是回漠北草原呢?再说,戈满、裳依已经二十岁了,也到了谈婚论嫁的年龄。"郑凯这一问,一下子把热曼给问住了。她沉思了片刻,才说:"我也正在考虑这些问题,也许是到了我们该回草原的时候了。"郑凯接着说:"如果你们真要回草原去,我倒愿意陪你们去一趟,看看漠北的大好风光。"热曼似乎想到了什么,高兴地说:"好啊,那咱们就一起去漠北吧!"郑凯也高兴地说:"好!要不然等天气暖和了咱们就出发,如何?"热曼道:"好!一言为定!"

在回卫玄家的路上,郑莎问郑凯:"刚才热曼给你说了些什么,能告诉我吗?"郑凯回答说:"热曼想把燕然嫁给我。"郑莎急切地问道:"那你们是怎么说的,能原原本本地告诉我吗?"郑凯就把热曼和他的谈话内容一五一十地告诉了郑莎。郑莎又问:"要是燕然亲自找你说非要嫁给你,你怎么办?"郑凯道:"你还能不知道我的一颗心吗?"郑莎害羞地说道:"我怎么能知道你长了几颗心!"说着低头向前面跑去,郑凯也跟着追去。追上郑莎,郑凯对她说:"咱们两个的事和你我的身世一样,要绝对保密。如果匈奴人知道我是西域都护李崇的儿子,又知道我们定了亲,他们还不立即把我们给杀死呀。所以,对我们的身世和我们两个的关系一定要保密!"郑莎道:"知道了,我会保守秘密的!"

两人回到卫府,去见卫玄。郑凯把他们与燕然等人交往的详细情况和准备送燕然等人回漠北的事情告诉了卫玄。卫玄对郑凯和郑莎说:"你们可以把燕然等人送出长城关隘,但没有必要去漠北草原。此去漠北,山高路远,中间有戈壁沙漠,荒无人烟,缺食少水,生存困难。而你们的父母都在西域,并不在漠北,没有必要去。并且,目前汉匈不和,你们可能性命难保。"郑凯道:"外祖父,我和燕然是结拜兄妹。我们结拜时说过,有福共享,有难同当,齐心相助,永不背叛。做人要言必信,行必果。如今她困在长安,我就有责任把她送回漠北,帮她解除困难。"卫玄道:"匈奴人掠夺成性,他们见到好的东西,岂能不抢? 美丽的牧场、飞奔的骏马、漂亮的女人,他们见啥抢啥。你师妹郑莎那么漂亮,匈奴人能放过她吗?"郑凯道:"我们是结拜兄妹,只要燕然安全,郑莎也一定会安然无恙。"卫玄道:"要不然这样,你一个人去送燕然她们,郑莎就留在长安。"郑莎道:"哥哥去哪里我就和他一起去哪里,我决不和他分开!"郑凯道:"外祖父,您就让我们一起去吧。我们已经答应了燕然,可不能说话不算数。"卫玄见无法说服郑凯和郑莎,也就不再多说什么。郑凯又道:"外祖父,您还有什么要嘱咐我们的吗?"卫玄道:"上次你告诉我说,你华山的爷爷建议你今后行走四方使用郑凯这个名字,我觉得很对。外人,尤其是匈奴人如果知道你是李崇的儿子,他们随时都会杀死你们的! 为了安全起见,你就用郑凯这个名字。另外,你们两个人的身世也要守口如瓶,不可对任何人讲。"郑凯道:"我们记住了。"

一天,郑凯、郑莎、燕然、热曼四人去了长安马市,买了四匹好马,加上草原寓所原有的两匹马,以及余万送给郑凯和郑莎的两匹马,共计八匹马。他们每人各乘一匹,另外两匹马驮运行李物品。六人又一起草拟了途中所需的物品清单,照着清单采购、打包,做好了出发前的一切准备。

卫玄一再嘱咐郑凯和郑莎,行事要机敏谨慎,吃饭饮水要特别当心,尤其要防止坏人下毒。卫玄还拿出二百两黄金送给郑凯和郑莎,让他们在路上使用。郑凯告诉卫玄,他们在郑县的结拜兄长余万已经给了他们五百两黄金,路费足够用了,也就没有再要卫玄的钱。

春暖花开时,郑凯等六人踏着春风上路了。为了减少途中的麻烦,燕然、郑莎、热曼、戈满、裴依等人都是一色男人装束。六人沿着当年王昭君出塞的北行路线前行。他们夜宿晓行,过冯翊,走北地,经数日行走,来到了上郡治所肤施县。

肤施县地处黄土高原北部,到处是山川丘陵,沟壑高坡。远古时期,华夏部落就曾在此活动。《山海经·海内西经》记载:黄帝部落在这一带活动时,有个大逆不道的神巫名叫贰负,他与黄帝的下臣危联合杀死了窫窳,黄帝就将他们绑缚到疏属山顶的大树上,惩罚他们。战国时期,中原大地烽烟四起,就在中原各地混战之际,漠北高原崛起了一个善于骑马射箭又无比凶悍的游牧民族——匈奴。他们利用中原战乱之机,跨过黄河,占领了河套以南的大片土地。秦扫六国,建立了大一统的秦王朝后,秦始皇立即派遣骁勇善战的大将军蒙恬率领三十万将士驻守于肤施县疏属山,并指派长子扶苏做监军,抗击匈奴的侵犯。他们的官邸及城池就修建在疏属山上。不久,蒙恬率领大军进军河套,收复了河南地。然后,大军北渡黄河,雄踞于阴山之南。秦始皇下令修筑长城,建起了西起临洮,东至辽东,延袤万里的长城关隘,阻止匈奴人南侵。

疏属山是一座南北走势的山,山不太高,但视野开阔,山顶修有扶苏之墓。疏属山向南绵延,连着雕阴山和二郎山。疏属山西面是西山,西山西面的巍巍山丘上修有大将军蒙恬之墓,它隔着大理河与疏属山顶上的扶苏墓遥遥相望。从疏属山向西北方眺望,山下的大理河从西蜿蜒而来,再转向北流,绕过疏属山北端向东流入无定河。无定河自北向南奔流,河东岸起伏的山脉则是五龙山,肤施县城就坐落在这群山怀抱之中。

郑凯一行人进入肤施县城,在一家客栈要了四间客房。郑凯、热曼各住一间,郑莎和燕然同住一间,戈满和裘依同住一间。大家一路奔波都感到有些劳累了,吃过晚饭,就各自上床休息。第二天早上,郑凯一行人吃过早饭,乘上坐骑,向西河郡方向行进。行走了半日,他们进入到了黄土高坡夹着的一条大深沟中,道路在深沟中蜿蜒穿行。

他们刚转过一个弯,就见前面冲过来十多个骑马的壮汉。他们每人手中都挥动着一把闪闪发亮的长剑。郑凯回头对郑莎道:"看来我们遇上劫匪了。"郑凯不等郑莎回话,脚下一踢,坐骑就像箭一样冲了出去。他右手挥动大头棒,冲向迎面而来的土匪中。前面两个劫匪伸出长剑向郑凯刺来。郑凯一个飞身腾跃跳到了半空。他双腿收起,挥棒横扫向两个劫匪的双臂击去。两个劫匪双臂收缩不及,被郑凯的大头棒击断,翻落马下。郑凯腾跃挥棒之快,如同闪电一般。后面两个劫匪又冲杀过来,郑凯正要出手,他们已被郑莎的"五指旋射"击中太阳穴,摔落马下。后面的劫匪见郑凯、郑莎有如此武艺,拨转马头,就要逃跑。郑凯抓出一把石子挥手而出。逃在最后的劫匪被石子击中后脑勺,摔落马下。其余劫匪早已拨转马头,策马狂奔而去。

郑凯和郑莎并不追赶,与燕然等人收拢起几个劫匪的马匹,押解着五个劫匪前往虎猛城报案。

郑凯一行人来到虎猛县衙,击鼓报案,将劫匪押到了大堂上。汉匈关系紧张以来,秦直道作为长安运送兵员和物品去往长城一线的主要通道,备受朝野关注。近年来,在上西道上曾多次发生劫匪抢掠军需物资和商贾财物的案件。朝廷多次严令上郡和西河郡沿途各县通力缉拿劫匪,不过至今没有一个案件告破。虎猛县县令见此次捉到几名劫匪,心中大喜,当即审理了此案。几日下来,最终证实这伙劫匪就是江湖上赫赫有名的劫道马贼——"上西帮"。他们常年在秦直道上神出鬼没,抢劫过往行人的财物。由于他们来无影,去无踪,一直逍遥法外。此次抢劫,虽逃走多名匪徒,但也被郑凯捉拿到了五人。县令按照通缉告示的许诺,奖励郑凯一行人一百两黄金。郑凯把黄金平均分配给了大伙。

六人在城内休整了两日,补充了一些干粮和用品,继续北行。经过高地丘陵、土石山区和大片沙带,他们来到了地势平坦的黄河冲积平原。路旁的树林、田野越来越多。这里就是秦汉以来依托灌淤草甸耕田种粮的河阴县。

黄河南岸的河阴城坐落在一座长约数里、宽约二里的土梁上,土梁子四周为平地。这是一处适合防守的高地。河阴城由三个小城组成,西城为屯粮之所,中城为屯兵之地,东城为县衙和民居住所。河阴城就这样矗立于黄河南岸,守卫着秦直道和黄河。河阴城东北角的黄河渡口叫金津渡,是连接秦直道与黄河北岸长城一线要塞的重要渡口。据说当年王昭君出塞,就是沿秦直道一路风尘仆仆地走来,经此渡口渡河北上的。当这位行将远去的汉家姑娘在渡口处眺望着南飞的大雁,回望着中土的风光,记挂着秭归的乡情,憧憬着漠北的壮美时,她思绪万千,难以名状的情绪涌上了心头,情不自禁地抱起琵琶弹奏起来。那优美的琴声飘荡在黄河上空,随风远去,飘向巫峡,飘向长安,飘向漠北。南飞的大雁望着这绝世的美女,倾听着这幽婉的琴声,纷纷飞落到沙滩上和土梁子北坡,不愿离去。从此,平沙落雁之美的王昭君就成了千古传奇,土梁子北坡也由此被称为落雁坡。

在河阴县城留宿一夜后,郑凯六人乘船北渡。来到渡口旁,他们发现南渡的客人特别多。而北渡的客人却很少。郑凯拦住一位刚刚渡河过来的汉子问道："大哥,怎么南来的客人这么多,而北渡的人很少? 河北面发生什么事情了?"那汉子凑近他,低声道:"小哥,你没有听说要和匈奴打仗的事吗? 当今皇帝把宣帝发给匈奴单于的玉玺换成了侯爷章,匈奴人发怒了,就经常派兵攻袭汉地,烧杀抢掠。皇帝派了大军驻扎在长城一线的关塞上,准备出击匈奴。可粮草筹措不足,无法出塞,但又不能撤兵。时间长了,驻军就不断扰民抢民。本来匈奴人烧杀抢劫已经使好多边民成了流民盗匪。现在,驻军也开始扰民抢民,致使流民增多,盗贼劫匪丛生。皇上又派剿匪都尉剿灭,可盗贼劫匪和流民常常混杂在一起。官兵只好连同流民一起追杀,弄得北方大乱,流民只能逃往内地。这不,南下的人就多了,北去的人就少了嘛。"郑凯道:"原来如此!"

正在这时,就见背后一帮人正围攻一位汉子,十来个人打一个人,那汉子已经被打翻在地。郑凯一个飞跃就跳入那帮人中间,问道:"为何打人?"那帮人说:"这小子当众抢夺我们的马匹,你说他该不该挨打?"倒在地上的汉子大声说道:"你胡说八道! 明明是你们抢夺我的马匹,还混淆是非,颠倒黑白,真是强盗!"郑凯道:"到底谁抢了谁的马,现在自己认了,我可以原谅。否则,让我查出来,那就不客气了。"他拉起倒在地上的汉子说:"你站在这面,你们几个站到那面!"郑凯拉过马来,松开马的缰绳,任马去寻找主人。只见那马慢慢地走向了那被打的汉子,打人的那帮人立时傻了眼。不过,他们依仗人多,一齐挥拳向郑凯这面攻来。郑凯使出推岩掌功夫和腿上功夫与这帮劫匪格斗起来。那十来个人也不甘示弱,一起围攻上来。郑凯时而挥掌格击,时而飞身旋体左右劲踢,随着劫匪被踢倒和胳膊被击断的声响,劫匪们陆续被击伤,摔倒在地。这些流民组成的劫匪都成了郑凯的俘虏。戈满和裟依赶忙拿来绳子,把他们都捆绑了起来。那牵马的汉子赶忙走来,向郑凯拱手致谢,说道:"多谢兄弟出手相救。"郑凯道:"路见不平,施以援手,不必客气! 只是这几个歹徒你想如何处理他们?"那汉子道:"咱们一起把他们送到县衙报官吧。"郑凯说:"好。"郑凯一行人随同那汉子押着歹徒又回到了河阴城。

途中郑凯与那汉子闲聊,才知道那汉子名叫陈石,是鸡鹿塞守塞的屯长。今日来河阴县是探望上次在鸡鹿塞保卫战中负伤退伍的本地士兵。这些士兵都是土生土长的河阴人，在保卫鸡鹿塞的战斗中，陈石和他们用鲜血及生命建立起了深厚的情谊，所以他经常来这里探望他们。由于来民间行走，不便穿戴军服，不想竟被这帮匿藏在流民中的歹徒明目张胆地抢劫。陈石对郑凯道："多亏贤弟出手相救，才免去我一场大祸。"郑凯道："举手之劳，不必言谢。倒是兄台常年驻守边塞，保家卫国，让芸芸众生得以平安度日。小弟对兄台真是敬佩得紧。"二人越说越感到投机，真有相见恨晚之感，随即决定结拜为兄弟。陈石年长郑凯六岁，为兄，郑凯为弟。郑凯将郑莎她们也一一介绍给了陈石。七个人将歹徒押解到河阴县衙报了官，等县令宣判后才一道渡过黄河。他们向东北行走，来到了五原郡郡治九原县城。郑凯安排几位女士吃饭休息，然后就陪同陈石去看望一些受伤退伍的九原县士兵。

　　次日，郑凯请陈石和那些士兵一起吃饭。席间，郑凯听着这帮把生死置之度外的勇士们谈论在鸡鹿塞浴血奋战，抗击匈奴入侵的故事，由衷地敬佩他们。不过，他希望汉匈能继续保持和睦相处的局面，不希望发生更多的腥风血雨。郑凯对陈石道："兄台，当年王昭君出塞，换来了汉匈六十年的和平。现在竟又回到了汉匈开战的年代。我想如有可能，我们还是要为和平奔走，愚弟此来边塞就是准备去漠北一趟。"陈石道："兄弟，你和几个姑娘去漠北，恐怕你们到不了漠北，人就没了。听哥哥劝，你可以留在这里和哥哥一起打匈奴，可千万不能自投罗网去匈奴窝里，那可是自寻死路。"郑凯道："哥哥放心，我自有安排。"

　　随后，郑凯就把燕然、热曼、戈满和裘依四人的情况简单地给陈石讲了一遍。不过，大家还是不能理解。陈石道："贤弟，匈奴人这些年不断犯我边地，无恶不作。掠走了多少边民百姓，抢走了无数的牲畜粮食和金银财宝。在鸡鹿塞我们就和他们打过许多次仗。他们是什么事都做得出来的，你这时候去漠北实在是太冒险了。"郑凯道："我和燕然是结拜兄妹，我对她有应尽的责任。再说，她是当今匈奴单于的女儿。热曼又是颛渠阏氏的妹妹，我想匈奴单于也不至于不顾及这一点就把我给杀死的。"

　　第二天，郑凯等六人随同陈石西行至朔方郡极武县。他们渡过北河，西行至阴山西南段的哈隆格乃峡谷口，就到了陈石驻守的鸡鹿塞。郑凯急不可待地对陈石请求道："兄台，可否带小弟塞上一览呢？"陈石道："按照西部都尉的命令,除了守塞兵士和上级官员,任何人不得进入塞城。咱们也不违犯军令,我家兄弟远道而来,不入塞城,到塞城门口看一看总是可以的。"于是,陈石带着郑凯一行人沿着石砌磴道向上走去。

在磴道上,他们举目远望,只见北面崇山峻岭,连绵不断,巍峨壮观;南面空旷坦荡,平川倾斜,远处是原野草滩;东面峡谷谷口开阔,了无遮拦,过往车马行人,一览无遗。郑凯早就听说过,此峡谷贯通阴山南北,谷底地势平坦,是北出草原的交通要道。武帝时,在此置塞,临崖筑城,全部以石砌成,从此鸡鹿塞就屹立于峡口。塞下建有兵营,通过磴道与塞城相连。当年王昭君出塞,正是从这里前往漠北草原的。郑凯一行人在塞城石门处止步观看了一阵,才随陈石返回塞下的兵营。

回到兵营,陈石设宴招待郑凯一行。虽然陈石尽了最大努力,但也拿不出几样好吃的饭菜。郑凯深知边塞将士粮草缺乏,生活艰辛。饭后,郑凯和郑莎商量,决定从余万送给他们的路费中取出两百两黄金送给陈石和守塞的兄弟。陈石再三推辞,见推辞不过,才从郑凯手中接过黄金。陈石则送给郑凯六套弓箭,让他们在途中防身用。

第二天早上,郑凯一行人离塞北行。陈石和全体守塞将士列队欢送,直到他们消失在峡谷中。

郑凯他们在哈隆格乃山峡向北行走不久,就发现山峡与东面一条称为大坝沟的山谷汇合到一处,故继续北行穿越阴山。走出阴山,正面是一望无际的大戈壁。他们在山脚下一处开阔的地方撑开帐篷准备过夜。郑凯叫上燕然和郑莎,带着弓箭,到山上捡柴、打猎。热曼、戈满、裘依看管马匹。等到郑凯、燕然、郑莎背着几大捆干柴,提着几只野兔回来时,热曼三人已经架起了小铁锅。她们生上篝火,把羊皮水袋里的水倒入小锅内,架在篝火上烧开饮用。之后他们把野兔剥皮,用木棍插上,放在火上烤熟食用。

吃过饭,天色近晚。深暗的天空像一个无边无际的幕布笼罩着四野。无数星斗像水晶一样在天空闪烁。尽管春到大漠,冰雪融化,但从北面的大戈壁南下的冷风却带着漠北的寒凉。新朝与匈奴交恶以来,匈奴的铁骑不断出没于塞上,烧杀抢掠,焚毁城邦,边民内逃。王莽陈兵数十万于塞上,意欲讨伐匈奴。而匈奴人远遁漠北,使得阴山与漠北之间的千里边地成了渺无人烟之地。昔日王昭君出塞带来的六十年和平繁荣的边贸景象被战火取代了。

六人在这犹如真空一样的地带里，感到死一般的沉寂。不过，几个姑娘可是从来没有见过戈壁大漠的雄浑和宽阔的。她们充满了好奇，耐不住寂寞，围着篝火不停地唱着跳着。燕然和郑莎两位琵琶手轮番弹奏着乐曲，把欢快送向了无边的荒原。在琴声和歌声中，郑凯和热曼分别躺在两个小帐篷里，铺着带来的几张羊皮，慢慢地睡着了。半夜时分，琴声突然停止。燕然和郑莎尖声大叫道："狼来了！狼来了！"随着叫声，郑凯和热曼被惊醒。郑凯发现在他们周围有许多发着光的眼睛在晃动。他问热曼："怎么会有这么多狼，咱们怎么办？"热曼平静地说道："狼怕火，把篝火烧旺，它们就不敢再近前了。"众人赶忙给篝火加柴。果然，火光四射的火焰让狼群不敢再近前半步。下半夜，几个女孩子见没有什么危险，也就放心地钻到帐篷里睡觉去了。

郑凯和热曼坐在篝火旁，不时给篝火加柴。郑凯道："热曼，再去睡一会儿吧。"热曼道："我不困了。你年轻，容易困，你再睡会儿去吧。"郑凯道："我也不困了，就在这里陪您说说话吧。"两人坐在篝火旁聊起天来。郑凯说道："当年王昭君随呼韩邪单于去龙庭后，汉匈有了六十年的和平交往。那时这条长安到龙城的大道上格外繁忙。匈奴人到长城边塞的市场上卖牛羊、马匹、皮制品、奶制品，换回粮食、茶叶、丝绸、棉帛、铁器、铜镜和陶器。多好的一条草原商道呀！你看现在这条路上，连个人影都没有，多么凄凉！"热曼道："是啊！王昭君到漠北之后的六十多年中，这里再不见烟火之警，人民炽盛，牛马布野，那是一幅多么美好的和平景象。"郑凯又道："要是新朝和匈奴再能修好，恢复边市，那就好了。"热曼道："但愿新朝和匈奴能再度和平相处。"

天将亮时，狼群散去。待几个姑娘睡到太阳升起了一丈多高时，郑凯和热曼才唤醒她们。热曼架起小锅，烧了些开水饮用。他们吃了些肉干和饼，收拾起行李帐篷就要赶路了。这时，来路上有十来个身穿袍服的汉子骑着快马从山谷中奔来。不一会儿，那些人就到了他们面前。一个好像是领头的汉子前后左右地扫描了他们一阵后说："你们这些姑娘穿着男人的衣服干什么？昨晚我们已经享受到了你们美妙的琴声和歌声。不过，这也暴露了你们的真实身份。"

原来这帮人是投降匈奴的汉人，他们潜伏在鸡鹿塞周围的山崖上，窥视着汉军的动静。郑凯六人一出塞，他们就跟了上来，对郑凯等人的行踪他们了如指掌。昨晚，几个姑娘弹着琵琶，又唱又跳，早让这帮人窥视得一清二楚。

那汉子见没有人搭理他，又说道："我是真没有想到在这荒山野地里还能遇到这么多美女。我说姑娘们，你们是汉族姑娘还是匈奴女子？"热曼道："你看呢？"那汉子道："从衣着上看你们当然是汉族姑娘。"热曼道："不错，那你们到底是什么人？是汉人还是匈奴人？"那汉子道："我们既是汉人也是匈奴人。"热曼道："怎么讲？"那汉子道："我们原本是汉人，但现在为匈奴做事。"热曼道："这么说你们是给匈奴人办事的汉人，对吧？"那汉子道："姑娘说得不错。请问，你们这是要到哪里去呀？是到大漠来游玩，还是去漠北观光？"热曼道："我们当然是去漠北了。你们呢？"那汉子道："我们也是要去漠北的。正好，咱们可以同行。"热曼道："我们行走缓慢，还是你们先行吧。"那汉子道："这恐怕由不得你们了。"热曼道："怎的，你们想干什么？"那汉子嬉皮笑脸地说："想干什么你们女人还能不知道呀？只要你们好好伺候我们几个兄弟，我们就放你去漠北。否则，你们的尸体就只能在这里喂狼了。"说着，那汉子喊道："兄弟们，动手吧！天当房地做床，我们就在这大漠之上尽情地享用上天给我们送来的尤物吧。"

那些汉子听到召唤，纷纷跳下坐骑，搓着双手向前围来。那领头的汉子突然向热曼扑过来。热曼一个后跃跳到了几步之外。郑凯早就看不下去，立即使出推岩掌向那汉子推去。那汉子左掌格挡，右手也跟着呼来，掌法之快非同寻常。郑凯不敢怠慢，谨慎应对。二人你来我往交起手来。这匪首不同于郑凯以往遇到的劫匪，而是一个武艺非凡的习武者。两人出招拆招几十个回合，竟不分胜负。那面与郑莎过招的两个劫匪同样武艺超群。郑莎一时半会儿也难于得手。其余劫匪分别围住热曼、燕然、戈满、裳依几个姑娘厮打。姑娘们根本没有多少武艺，没有交手几下，就被劫匪们一个个制住，击翻在地。劫匪们急不可待地骑在姑娘身上，撕扯姑娘们的衣服。几个姑娘拼死反抗，却被劫匪们打晕。眼看着姑娘们就要被劫匪们糟蹋，郑凯与劫匪头子激战，却分身无术，情形万分危急。突然，几个劫匪趴下不动弹了。站在一旁的劫匪也摔倒在地。劫匪头子大惊，趁郑凯一愣的工夫就地一滚，滚到了几步之外。他一个鲤鱼打挺跳将起来，飞奔着跳上马背，就要逃跑。哪知马还没有跑动，他就摔到了马下。其余两个劫匪见状，放开郑莎，也要骑马逃走。郑凯立即取来弓箭，一箭一个正中两个汉子的后心。这时，郑凯举目寻找搭救他们的恩人，却见一团白影正向阴山方向飘去，很快就消失得无影无踪了。郑凯不知道恩人是何人，只得对着那消失的白影深深地鞠了一躬。他转过身来，和郑莎一道把劫匪一一捆绑了起来。

姑娘们苏醒后，匆忙地整理好自己的衣服。热曼使劲摇了摇发蒙的头，摇摇晃晃地站起身来。她又用双手使劲揉了揉自己的太阳穴，从地下捡起一把劫匪的长剑，狂叫着朝劫匪们乱砍乱刺起来。其他姑娘也学着热曼的样子，长剑在手用力劈砍着。她们想到之前险些被这些歹徒糟蹋，真是恨得咬牙切齿。处理完这帮歹徒的尸体，郑凯等人继续向西行进。在山脉的西部，他们向西北跨越了一个小戈壁，就来到了西北面的一片山地前。热曼告诉大家，西北的那座山叫夫羊句山，是阿尔泰山脉最东面的山。不久，他们就来到了一个叫休屯井的地方。

休屯井北临车田卢水。据说当年王昭君就是从休屯井渡过车田卢水去漠北的。他们见车田卢水旁长有一些稀疏的树木，就依着树干架起了帐篷。热曼取来水，倒在小锅里烧开供大家饮用。郑凯说要给大伙弄点野味吃，背着弓箭就要去打猎。燕然和郑莎也要与郑凯一同去，三人背着弓箭向车田卢水的上游寻去。在上游的河边，他们发现了几只正在饮水的黄羊。郑凯示意燕然和郑莎停下来。他悄无声息地靠近了黄羊，瞄准了一只肥壮的。一箭发出，穿透了黄羊的腹部。黄羊挣扎着想要逃走，怎奈身体中箭，步态不稳，被飞扑过来的郑凯一把抓住后腿提了起来。燕然、郑莎也赶忙冲上前去把黄羊捆了起来。

三人回到帐篷处，热曼已经换下汉装袍服，穿上了匈奴人的短衣长裤和皮靴。戈满和裴依也捡来许多干树枝，生起了篝火。热曼叫上郑凯，一起宰杀了黄羊把它架在火上烧烤。不多时，烧烤的肉香弥漫开来，把大伙馋得口水直往肚里咽。热曼把羊肉一片片削下来，分给大家吃。

吃过烤黄羊，郑凯提议去寻找一下渡河的地方，六人就来到了渡口边。热曼告诉大伙，十几年前，她随同须卜居次云去长安时就路过这里。那时这里有座木桥。现在，桥已经拆掉。郑凯感叹地说："和平时期人们修桥，战争时期人们拆桥，古往今来都是如此。我下河看看，不知河水深浅如何，河底有没有障碍物。"郑凯说着就脱掉外衣跳入河内，探寻水深和河底情况。车田卢水并不是大河，只有齐腰深的河水。大队人马和辎重车辆过河时需要架桥。而他们六人八骑，只要河底没有淤泥、石块、木桩等损伤马匹的物件，就能骑马涉水渡河。晚上，郑凯和热曼等人商量，进入匈奴属地后，为防不测，郑凯就暂为马夫，大家要依热曼的眼色行事。

次日，郑凯把一条长绳的一端系在南岸的树上，另一端系在自己腰里。他涉水渡过河去，把绳子的另一端系在了北岸的一棵树上。之后，再涉水返回南岸，让大家扶着横跨在河上的绳子，一一渡过了车田卢水。最后，郑凯解下南岸的绳子，也骑马渡过了车田卢水。六人换好衣服，整理好行装，向夫羊句山峡行去。

夫羊句山峡东窄西宽，两面皆是峭壁巉岩，道路在峡谷中盘绕延伸。他们刚转过几道山弯，就见前面飞奔来了一支上百人的匈奴骑兵。那些骑兵冲到他们面前时才勒马停下。这些骑兵体型长相基本相同，身矮粗壮，大头阔脸，高颧宽鼻，厚眉杏眼。他们头戴皮帽，身穿皮盔甲，下穿合裆长裤，脚穿皮靴，腰后吊着箭筒，筒内装满了利箭，身后背着长弓，腰前挂着弯刀。为首的一位眼睛如同一条缝隙一样看不见眼珠。他上下打量着郑凯诸人，问道："你们是什么人？到我夫羊句山来干什么？"热曼答道："我们是匈奴人，当然是经过夫羊句山回漠北了。你看，这位姑娘就是当今匈奴大单于的女儿——燕然公主。"那汉子摇着头说道："本百夫长可从来没有听说过大单于有这么一位公主。哎，她为什么一身男人打扮？"燕然听那百夫长说到此处，立即取下头上的介帻，一头乌发顿时披肩而下。她说道："本公主穿什么衣服很重要吗？"那百夫长道："你说你是公主，有何凭证？"燕然看看热曼，又看看郑凯他们，竟然一时无语。那汉子大笑道："没有凭证吧！这怎么能让我相信你是我们的公主呢！"他又对着手下喊道："焉柯，带上你的人马，把这几个人给我捆起来，押回范夫人城去。"热曼大声喊道："不许对公主无理！公主的随从都是姑娘，不准对姑娘们动手动脚！"此时，郑莎、戈满、裴依也都取下了头上的介帻，露出了女子的长发。那百夫长眯着眼看了看，心想："原来除了一个男的，其余都是女的呀！"他忍不住吞咽了一口唾沫，转而笑眯眯地说道："原来都是漂亮的姑娘啊！把你们捆起来，我也于心不忍的！"其实他心里在盘算："五个美女加上一个年轻小子，你们就是有三头六臂，难道还能奈何我这上百人的匈奴铁骑不成！"他问热曼道："那个男人是干什么的？"热曼道："他是公主的马夫，是个哑巴。"那百夫长立即喊道："焉柯，你带十人继续往前面巡逻！其余人随我回范夫人城。"同时，那百夫长又立即派出哨马向范夫人城方向飞奔而去。之后，那百夫长率领其余人马，带着郑凯和五个姑娘向范夫人城行进。

出了山峡谷口，就到了范夫人城。相传，范夫人城始建于汉武帝时期。那时曾有一位汉将在此筑寨为城，防范匈奴来犯。后来，匈奴大军攻城，汉将战死。其夫人范氏率军拼命抵抗。最终虽然城破人亡，但汉家女儿的飒爽英姿着实让匈奴人崇敬，范夫人城也由此得名。匈奴人乃草原游牧民族，逐草场而迁徙，随牲畜而转移。因此，他们并不喜欢建立城池，固守一地。伴随他们游走四方的是帐篷。尽管汉家儿女建立了范夫人城，但匈奴人并不维护和修缮它。经过上百年的风霜雨雪，城池已成为残垣断壁，城周围则皆是帐篷。一千匈奴骑兵就驻扎在这里。这是匈奴人防御新朝军队的第一道防线。

郑凯他们被押解着抵达千夫长大帐时，千夫长和一批护卫早已等在了大帐前。那千夫长同样身短粗壮，大头圆脸，小眼睛，与那位百夫长的长相几乎一模一样，只不过千夫长比百夫长更粗大一号，明眼人一看就知道二人是亲兄弟。那百夫长跳下马来，说道："哥，我给你带回来了五个美女。"他指着燕然道："这个姑娘说她是乌累若鞮单于的女儿燕然公主，其余都是公主的随从。那个男的是公主的马夫，是个哑巴。"那千夫长狡黠地看了一下五个女子，拱手施礼道："千夫长乌伦恭候公主大驾光临！公主和诸位姑娘一路辛苦了！"燕然等人也拱手还礼。燕然道："多谢千夫长来迎！"那千夫长道："我弟弟乌邪已经派快马来报，说你们总共有六人，我已经安排了五个帐篷,供公主和几位女随从休息。您的马夫可以去我大帐后的马厩里喂马休息,公主意下如何?"燕然道:"不必占用那么多帐篷。我的汉族侍女侍候我多年了,如果给我分开帐篷住,谁来侍候我起居?再者,我这几个随从都是女人,单独住一个帐篷她们会害怕的,还是住在一个帐篷里为好。"那千夫长点头道:"公主说得有道理。那您就住我大帐西面的帐篷,另外三个姑娘就住东面的帐篷,如何?"燕然道:"好,我们给千夫长添麻烦了!"那千夫长道:"有幸侍奉公主,乃本千夫长的荣幸!请公主先行去帐篷休息一会儿。今晚,我要设篝火晚宴为公主接风洗尘。明日,等公主休息好了,我再护送公主去见沙图将军。"

按照千夫长的吩咐,两个护卫拉着郑凯他们的马匹,带着郑凯朝千夫长大帐后的马厩里走去。马厩里已有许多马匹。二人将郑凯他们的马匹安顿好后,就在马厩外面站上了岗。燕然和郑莎被带到了千夫长大帐西面的帐篷内休息,热曼、戈满和裴依被带到东面的帐篷内休息。

千夫长乌伦回到自己的大帐,百夫长乌邪也随着走进了帐篷。乌邪说道:"哥,那几个漂亮姑娘你准备怎么享用她们?"乌伦道:"那几个姑娘确实漂亮,尤其是住在西面帐篷的什么公主和她的侍女,真如仙女一般。今晚,我就先享用她们。如果她们顺从我也就罢了,否则,我就把她们吊起来,不从也得从!东面帐篷那三个女人,你今晚先享用她们。明晚我到东面帐篷去,你再到西面帐篷来。"乌邪道:"咱们享用了那公主,万一出了问题怎么办?"乌伦道:"能出什么问题?如果有一天你我兄弟玩腻了,就把她们给杀了喂狼。假如有一天上面有人来问及此事,就说几个汉族姑娘冒充公主,让我们给喂狼了。活不见人,死不见尸,谁能把你我兄弟怎样!不过,从今晚开始,东西帐篷二十丈之外都由你的部下轮流守护。没有我的命令,任何人不得接近这两个帐篷。"乌邪道:"你就放心好了。"停了一下,乌邪又说道:"今晚篝火晚宴上咱们给她们的羊奶或酒里放些蒙汗药,让她们昏迷过去,你我随便行事不就得了!"那千夫长道:"大可不必!几个弱女子我们都收拾不了,我这个千夫长和你这个百夫长还有脸当下去吗?"

太阳落山时,在千夫长大帐外面的一块不大的平地上,乌伦已经命人摆放起长桌,上面摆放了一些干果、奶茶、葡萄酒、酒杯、茶杯、刀叉等。乌伦命人架起篝火，宰杀羊只，摆在烤架上烤制。一切准备就绪，他派人请燕然等人前来赴宴，又派护卫给马厩里的郑凯送去了一壶热羊奶和一只烤羊腿。

郑凯待那个送羊奶和烤肉的护卫走出马厩后，把羊奶倒在马匹饮水用的木桶里。等到羊奶凉后，他让一匹马饮用，并将烤肉也喂给另一匹马吃。等了没有多久，饮用羊奶的那匹马摇摇晃晃倒在了地上，吃了烤肉的那匹马并无异样。郑凯完全明白了千夫长乌伦的用心。他吃了一些自己带的食物，喝了一些自己羊皮袋内的水，又用那个匈奴护卫送来的削肉刀在一匹马腿上扎了一刀。那马疼得又叫又踢，其余的马也都相互踢起来。外面站哨的两个护卫冲进马厩，被躲在门旁的郑凯一掌一个击倒在地。郑凯脱下一个护卫的衣服穿在自己身上，再用刀子割下另一个护卫的衣布塞住了那两个护卫的嘴巴，把他们捆绑了起来，扔在了墙角处。借着夜色，他悄无声息地来到千夫长大帐旁瞭望。只见大帐前面那块平地上，千夫长正亲自把烤肉分发给燕然她们几个人吃。周围除了百夫长乌邪外，并无任何护卫在场作陪。乌伦不停地削肉给燕然她们几个人吃，也不时为燕然她们倒酒倒奶。郑凯担心那奶或酒中有迷魂药，心中很是焦急。渐渐地，他发现乌伦也不时饮用同一壶中的奶茶和酒，还削一些肉塞到他自己的嘴巴里。一颗悬着的心才算平静下来。

黑夜笼罩着大地，篝火晚宴也在夜色中结束。乌伦亲自送燕然和郑莎去西面的帐篷。热曼、戈满、裟依则被乌邪送到了东面帐篷。东西帐篷外，乌邪手下的二十多名士兵分散在远离帐篷的周围站岗守卫。

乌伦送燕然一同进入西面的帐篷后，对燕然说道："公主，恕本人孤陋寡闻，我可从来都没有听说过我匈奴大单于有你这么一位公主。你有证据证明你是匈奴公主吗？不妨把证据拿出来让我看看。否则，可就莫怪我无理了。"燕然道："我是当今大单于的女儿。三岁时因病去长安寻医，留居汉地十五年，今日才得以回归我匈奴地域。因走时年幼，并没有什么证据带在身边。如若千夫长不信，可随本公主去漠北面见大单于。"那千夫长怒目道："不要再冒充什么公主了，冒充公主是要杀头的！现在我只想明明白白地告诉你，我随时就能把你杀了喂狼。但念及姑娘们美貌动人，本人实在怜香惜玉，舍不得你们这些鲜艳的花朵。只要你们答应好好侍候我，我保证一定不杀你们,而且还会让你过上幸福的日子。"燕然这时完全明白了这位匈奴军官的无耻。她仍然平静地说:"千夫长,如果你将来娶了我做妻子,那时我可以侍候你。但今日你无端亵渎我,欺负我,那我可不答应!"乌伦冷笑道:"你觉得你们能逃出我的手心吗?"乌伦说着就猛扑了上来。燕然急忙后跃。站在一旁的郑莎右腿一挑,乌伦一下子被绊倒在地。不想他一个鱼跃而起,双手抱住了燕然。燕然被他巨大的冲力冲倒,他趁势把燕然压在了身下。郑莎赶忙上前去拉乌伦的后背,但乌伦紧紧抱着燕然,竟然没有拉开。郑莎立即用力点了他的肩井穴和大椎穴。乌伦顿时双手瘫软无力,被郑莎拖到了一边。郑莎又猛击他的太阳穴,将乌伦击晕过去。她找出绳子将乌伦捆绑了起来。

在东面的帐篷内,乌邪一进帐篷就双拳飞出,从背后猛击走在热曼身后的戈满和裳依,然后又左右飞脚将二人踢翻在地。热曼很是机敏,听到身后有动静,一个腾空向前跃出数步。跟着一个急回身,看到戈满和裳依已摔倒在地。乌邪挥动双拳向她猛扑过来,热曼立即中路劲踢,正中乌邪裆部。乌邪双手捂住裆部,蹲在了地上。热曼箭步向前,右掌猛击乌邪的太阳穴,乌邪即刻摔倒在地。热曼取出绳子将乌邪捆绑了起来,赶忙去看戈满和裳依。两人虽被击伤,但并无大碍,经热曼按摩一阵后,逐渐好转。

帐外,郑凯手提大头棒首先来到西面的帐篷外。他见帐篷周围有守卫的士兵,就借着黑夜,径直走向了一个站岗的士兵。那士兵还以为是他的什长来检查。待走到面前时,郑凯手起棒落,把那个士兵击倒。依照此法,郑凯把二十多个士兵一一收拾殆尽,才赶忙来到帐篷内看望燕然和郑莎。见燕然和郑莎安然无恙,就带着她们去东面帐篷见热曼、戈满和裳依。随后一行人押着乌伦兄弟来到马厩。他们将乌伦兄弟捆绑在马背上,押解着他们离开了范夫人城。途中遇到一队巡逻的骑兵,热曼迎上前去,告诉他们千夫长乌伦要亲自护送燕然公主去见沙图将军。由于天太黑,那些巡逻的骑兵也看不清楚什么,只得任由他们离去。一行人沿着浚稽山南面的一个小沙漠的边缘向西行走,累了就简单休息一会儿,吃些食物,再继续赶路。

经一夜奔走,郑凯等人来到了涿邪山东南麓的山口。他们停下来休息。郑凯、燕然和郑莎又到山上打了些野兔回来,热曼领着戈满和裳依宰杀野兔

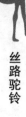
后烤给大家吃。晚上,他们轮流值班、休息。次日早上,大家又吃了些东西,准备出发。郑凯对热曼和燕然说道:"一会儿,咱们就把乌伦兄弟给放了吧。"热曼道:"放了他们岂不是太便宜他们了!我是想砍掉他们脑袋的。"郑凯道:"我和郑莎初次来漠北,不愿杀人。还是放了他们吧。请燕然跟他们两个谈谈,以后不要再作恶就是。"燕然应道:"好吧!"她转身走向乌伦兄弟,对他们说:"二位,你们侵犯了本公主,知罪吗?"二人赶忙跪到地上磕头谢罪道:"我们有罪,请公主饶命!"燕然又说:"一切恶行皆有报应。你们的行为天神都在看着呢!"二人点头称是,说:"我们相信天神,我们向长生天发誓,以后再不做坏事了!"燕然道:"本来我是要砍掉你们脑袋的。既然你们已经向长生天发誓以后不再做坏事,我这次就饶了你们。但你们一定要记住今天说过的话!"燕然给二人松了绑,给了他们一些食物和水,让他们骑马返回范夫人城去了。

郑凯等人继续向东行进。热曼和郑凯骑马走在前面,郑凯对热曼说道:"想想在范夫人城的事,至今我还有些后怕。我们真要庆幸乌伦没有在你们饮用的奶茶或酒中下迷魂药。否则,咱们就很难全身而退了。"热曼也感叹道:"是啊!他们如果在你饮用的奶茶中下了迷魂药,我们几个也难逃出来了。今后,咱们可得要当心。"其实,热曼并不知道乌伦兄弟也给郑凯下了迷魂药。

六人继续前行,抵达了西浚稽山,并沿着西浚稽山南麓继续东进。热曼告诉大家,浚稽山在燕然山中部分裂为东、西浚稽山。在两山之间的峡谷山口北面流出来一条发源于燕然山的河流,名叫姑且水。行走一段后,他们到达了姑且水。这姑且水穿过东、西浚稽山之间的峡谷,在南端形成了一个小泽。正当郑凯等人继续前行时,就见一队骑兵张弓搭箭已经把他们包围了。热曼用匈奴语跟他们讲话,但他们根本不理睬。为首的下令把郑凯等人捆绑起来,嘴里塞上了破衣布。这队骑兵押着他们来到了姑且水南端的小泽旁。只见小泽附近布满了帐篷,他们被几个士兵推入了一个空帐篷里。等一切安静下来,郑凯叫郑莎背靠背与自己坐在一起。他用力帮郑莎解开了捆绑的绳子。郑莎又陆续给其他人解开了绳子。六人商定,等天黑了再出去寻找他们的马匹,逃离此地。

天渐渐黑了下来。郑凯告诉大家不要离开帐篷。他出去查看一下地形。燕然和郑莎几乎同时说道："哥哥，我和你一块去！"郑凯道："郑莎你留在这里，注意保护大伙，我和燕然前去就行了。"说罢，他和燕然在帐篷之间快速穿梭而去。他们发现经过的帐篷都是空的，好像士兵们都被派出去了。不远处有一个被火把照得通明的小广场，只见一排木桩上捆着十来个上衣被扒光的匈奴士兵。一个身材高大的军官正让一些士兵提着水桶，往那些被捆着的士兵身上泼水。随后，那军官手拿皮鞭狠劲地抽打着被捆绑的士兵，一鞭抽下，跟着一声尖叫，好不凄惨。郑凯和燕然不知道那军官为什么要抽打那些士兵，正在纳闷，就见一个军官模样的人从帐篷那面的小广场走来。郑凯躲在帐篷后，一伸手卡住了那人的脖子，同时又捂住了他的嘴，顺便点了他几处穴道，把他拉到了一个空帐篷里。燕然低声问道："那个打人的军官是谁？他为什么要抽打那些吊着的士兵？"被郑凯抓住的那个军官答道："打人的军官是沙图将军，那些被吊着的士兵是看管沙图将军的女人们的护卫。他们平时看管沙图将军从汉地抢来的一些年轻貌美的女子。那些女子是沙图将军本人每日专门享乐用的。不想，看管那些女子的十名护卫喝醉了酒，也借机享用了沙图将军的女人。事后，他们弄了一些马匹，带着那些汉族女子逃跑了。这几日沙图将军派出人马四处追捕。刚才，派出的一队人马才把那些士兵和汉族女子全部带回。沙图将军把那些士兵吊起来正在狠命抽打他们。"燕然又问："你去找沙图将军干什么？"那人道："我是沙图将军的千夫长土戈。今天，我的一个百夫长带着队伍在西浚稽山南麓也抓到了几个汉族女子。我去报告了沙图将军，请示如何处治她们。"燕然道："沙图将军准备怎么处治她们？"土戈道："沙图将军说让我回去把她们押解到他的大帐去。"郑凯取下土戈的佩剑，割下一块土戈衣服上的布，塞在了他的嘴里，又用绳子把他的双手捆绑起来，押着土戈回到热曼她们那里，把情况向大家做了通报。郑凯说道："咱们押着土戈去马厩取回咱们的马匹，连夜逃离此地，如何？"大家一致同意。于是，他们按照土戈的指引，悄悄来到土戈的马厩处。那里有两个士兵看管马厩内的马匹。郑凯潜入马厩，将二人击倒。他们把土戈和那两个士兵捆绑起来，用衣布塞上他们的嘴，扔在马厩里，牵出自己的坐骑，借着黑夜，沿着姑且水东岸向北奔驰。

第三章　匈奴单于

安侯河发源于燕然山东部，它先向东而后向东北方向流去，在远方与发源于狼居胥山南部、西流后而折向北去的余吾水汇合，再汇入发源于燕然山东北部的郅居水，最终流入浩瀚的北海。安侯河、余吾水和郅居水，这三条大河在燕然山与狼居胥山之间的丘陵原野上奔腾，哺育了匈奴民族，成了匈奴人赖以生存的母亲河。三条大河经过的地方地势低缓、丘陵连绵、水源充足、土地肥沃，养育出连片的大草原。这里曾经是众多游牧民族的驻地。后来，匈奴人统一了漠北各部，纵横于东起大兴安岭，西至天山北部，北到北海周边，南至阴山脚下的广袤土地上。匈奴人是生活在马背上的民族，人人善于骑射，也由此造就了匈奴的草原铁骑。

郑凯等人逃出小泽，在黑夜里向北奔走。过了许久，大伙都感到有些疲劳，就准备停下来休息一会儿。不想回首一望，郑凯发现南来的路上有一条火龙正在向他们这里移动。原来，沙图将军见千夫长土戈迟迟不把新抓到的女人送到，就派人去找，这才发现土戈和饲养马匹的士兵都被捆绑在马厩里。沙图将军大怒，心想："区区几个女人竟然想逃走，我看你们能逃到哪里去。"他亲自率领二十多名贴身护卫，举着火把，一路向北朝安侯河方向追来。

郑凯等人在这些每日奔驰于千里草原上的骑手的紧追下，终于在安侯河南面被沙图将军率领的人马追上。此时天已大亮，一个身材魁梧的大汉笑着说："我谅你们几个也跑不出我沙图的手心。走吧，老老实实跟我回去。"热曼迎上前去，说道："沙图将军，在下给您介绍一下。这位是当今匈奴大单于乌累若鞮单于的女儿燕然公主，本人是颛渠阏氏的妹妹热曼，他们都是公主的随从。公主三岁时跟随须卜居次云去长安看病，逗留长安十五年，今日才有幸回到漠北，看望她日夜想念的父母。请您行个方便，让我们去王庭见大单于和颛渠阏氏。"沙图说道："乌累若鞮单于有个女儿名叫燕然，我们可从来都没有听说过。你们不要再用谎言来欺骗本将军了。我告诉你们，从现在起你们都是我沙图的女人。只要你们好好伺候我，我是不会亏待你们的。"热曼怒道："好你个沙图，你要造反吗？"沙图哈哈大笑道："我这是在缉拿冒充乌累若鞮单于女儿的骗子。"

沙图谈话间趁人不备，突然按马斜跃，跳到了热曼的坐骑旁。紧接着，他又腾身旋体，就要跳上热曼的马背。骑马在热曼后面的郑凯一见沙图的恶行，当即挥掌向沙图呼去。沙图闻听掌风，立即翻滚到了马下。他大声叫道："好小子，还想保护这些女人。今天我要让你看看老子是怎么杀死你的！"郑凯道："就怕你杀不了我！"沙图道："什么？你死到临头了还敢嘴硬！"

原来沙图出生于漠北，年幼时父母双亡成了孤儿，十岁时他和漠北的三个孤儿被游历漠北的燕北游侠铁城收留，带回燕山习武，学得了燕北游侠的一些武艺。沙图成人后长得人高马大，身壮如牛，就从军戍边，成了一名士卒。后来，他因不满什长管束，打死什长后投降了匈奴。他依仗有些功夫，又会讲汉匈语言，常年出没于汉地，烧杀抢掠，无恶不作，由一个士兵逐步升职到了将军。他的贴身护卫都是百里挑一的杀伐好手，个个能骑善射。他们随沙图南征北战，出生入死，根本就不把郑凯几个人放在眼里。

郑凯道："你不就是仗着人多来杀我吗？"沙图道："不，老子今天就和你单打独斗。护卫们听着，你们谁也不准动手！我要亲手把这小子的头颅取下来当夜壶。"说罢，沙图向郑凯扑来。只见他左右挥掌向郑凯攻击。郑凯双掌格挡左右防护。沙图倚仗自己身高体壮武艺在身不断进攻。郑凯稳重接招一一化解。两个人你来我往格斗一百多个回合，不分胜负。沙图急欲拿下郑凯，放出了狠招。只见他左臂上格，推掌撩阴，向郑凯致命处攻来。郑凯一个旱地拔葱，腾空而起，随即前后弹踢，向沙图面门踢去。沙图扭身转体，挥掌向郑凯扫去。郑凯一个收腿旋翻落在一旁。刚刚落地，沙图发射的两支带毒的铁钉已经飞到身旁。郑凯使出衣袖劲抹的武艺，将铁针击落在地。这是卫梨花从小传授给郑凯的护身绝技之一。沙图借着郑凯挥动衣

袖之际，飞身向前，伸手直取郑凯的双目。郑凯抱腿仰地，使出双足登天的功夫，结结实实地踢在了飞扑过来的沙图小腹上。沙图惨叫一声捂住小腹蹲在了地上。郑凯随即弹跳而起。沙图的护卫们拔出刀剑，要冲上前来与郑凯厮杀。沙图知道此时郑凯若飞起一脚，他会立即毙命的，便无奈地举起右手，示意护卫们停止，摆摆手让郑凯等人离去。

郑凯等人跳上马背向北奔去。不久，他们来到了安侯河旁。刚到安侯河，他们又被一支百人骑兵巡逻队给围在了中央。巡逻队张弓搭箭，严阵以待。巡逻队的百夫长不问青红皂白就命令把郑凯等人捆绑起来。热曼大声喊道："那位是当今匈奴大单于的女儿燕然公主。我们都是她的随从，不许无礼！"可那百夫长根本不答话。士兵们把郑凯等人捆绑起来，又用破衣布塞上了他们的嘴。百夫长命令士兵们押解着郑凯等人就要回安侯河大营。

就在这时，从南面又飞奔过来一个上百人的骑兵队伍，为首的却是千夫长土戈。土戈被沙图解救后，立即到军营里召集了一百骑兵，尾随沙图北上，来增援沙图。他见沙图被郑凯击伤，就带队继续追击而来。土戈老远就大声喊道："慢走，把逃犯留下！"来到巡逻队面前时，土戈说道："这些人是刺杀沙图将军的逃犯，我要把他们缉拿归案。你们就把这几个人交给我吧。"巡逻队的百夫长见来者是千夫长土戈，就遵照土戈的要求，把郑凯等人交给了土戈。土戈押解着郑凯等人向小泽方向行去。

土戈的人马走出大约二里多地，从燕然山方向又飞奔出来一支三百多人的骑兵队伍，为首的竟是驻守安侯河的弓弩将军。弓弩因夫人生病去世，运送夫人的尸体到燕然山安葬后，今日返回安侯河。土戈见是弓弩将军的人马，就赶忙来向弓弩将军施礼。弓弩问道："你们不在小泽警戒，来安侯河干什么？"土戈回答道："我们是来捉拿刺杀沙图将军的刺客的！"

弓弩道："让我看看，什么人吃了豹子胆竟然敢刺杀沙图将军！"土戈只得引领弓弩去看郑凯等人。弓弩道："五个小女人和一个小青年就想刺杀沙图将军，你就别扯了吧。谁不知道沙图将军一身武艺！你把他们嘴里的破衣布去掉，我倒想亲自问问到底是怎么一回事。"土戈只得按照弓弩的话，去掉了郑凯等人嘴里的破衣布。热曼待嘴里的破衣布一去掉，就大声喊道："弓弩将军，我们不是什么刺杀沙图将军的刺客。这位是当今大单于的女儿燕然公主。十五年前，她随须卜居次云到长安就医，今日回到漠北。不想被这帮人追杀。我们恳请将军带我们去见大单于。"弓弩眨巴眨巴眼睛，想了想说道："土戈千夫长，看来此事非同一般呀！如此重要的事情，我必须带他们去见右日逐王！"土戈道："您别相信这个女人的话，她胡说八道呢！"弓弩道："沙图将军一向喜欢女人，这我可以理解。但此事涉及大单于，弄不好我们可就没命了。所以，我们必须慎重处理，你说呢？"土戈道："那我回去怎么向沙图将军交代？"弓弩道："我不是说过了嘛，此事事关重大，必须上报右日逐王。你回去就这样告诉沙图将军不就得了。"土戈无奈，只得带领人马离开了。见土戈远去，弓弩命人给郑凯等人松绑，带着他们前往安侯河大营。

来到安侯河大营，郑凯等人被带入一个大帐。大帐内的台案后面坐着一个面目清秀的中年汉子。此人正是王昭君的儿子右日逐王伊屠智牙师。

伊屠智牙师走到热曼面前，问道："是热曼吗？你终于回来了！"热曼一见伊屠智牙师，顿时热泪滚滚而下。她呜咽着说："我是热曼，今天终于又见到了您！"燕然等人也跟着流下了眼泪。伊屠智牙师又问："燕然公主可否归来？"热曼对着燕然努了一下嘴，说道："那就是燕然公主。"

伊屠智牙师转过脸来仔细端详着燕然，说道："十五年前，那个病入膏肓的三岁女孩现在长成了大姑娘，又回到了大草原，这可是天大的喜事。你们说，这么高兴的事还要流眼泪吗？"经他这么一说，大家也都破涕而笑了。伊屠智牙师中上身材，英俊潇洒，肤色白皙，目光有神。他嘴里不停地说道："你们辛苦了！"。随后，热曼把几个姑娘和郑凯一一介绍给了伊屠智牙师。伊屠智牙师吩咐随从赶忙取来热奶茶和熟肉让大家垫垫肚子，之后让护卫带领郑凯等人去沐浴、更衣、休息。

晚上，伊屠智牙师在大帐内摆下晚宴招待热曼和燕然等人。除了他自己和热曼等六人外，并无其他人赴宴作陪。晚宴上食物丰富，烤肉、奶茶、葡萄酒以及各种点心小吃应有尽有。席间，热曼把一路上的遭遇都一一讲给伊屠智牙师听。他仔细听着，不时发问，很有兴趣。听完这些故事，伊屠智牙师说道："王莽篡汉以来，新朝与匈奴的关系越来越紧张。在这样的形势下你们一路走来，实在不易。待我安排好安侯河的防务之后，我将送大家去单于王庭面见乌累若鞮大单于。"

两日后，伊屠智牙师安排好防务，带领随从和护卫，偕同郑凯等人沿安侯河向东而去。安侯河东北面的丘陵上出现了一排排夯土围墙围住的穹庐，丘陵的坡地和低处是田野，一看便知道这是漠北的农耕区。这里土地肥沃，水源充足，气候相对温暖，匈奴人就在此地种植粮食作物。过去收获的粮食曾囤积于赵信城内。汉武帝时，匈奴单于因漠北雨雪数月不止，为庄稼不熟而恐慌。汉宣帝时，匈奴单于曾派遣左右大将各率万骑军队屯田于右地，补充漠北粮食不足。汉元帝时，王昭君来到漠北，曾亲自到安侯河流域垦荒种粮。此后，汉匈关系密切，也不断有汉人来此经商或种地。他们行走一段后离开安侯河继续向东。转过几个山丘，在一个山丘南面宽阔的坡地上，出现了两条长龙般连绵不断的穹庐。伊屠智牙师告诉大家，那就是匈奴的龙城。郑凯心想："原来龙城是个穹庐城呀！"

龙城是匈奴人的圣水宝地。匈奴人每年都要在龙城集会三次：正月是诸长小会；五月是龙城大会，祭拜天地、鬼神、祖先；九月蹛林大会，统计人口和牲畜。匈奴单于和同姓贵族、异姓望族等二十四长率各部人马，赶着牲畜纷纷从各处跋涉而来，在这一带架起穹庐，等待单于庭官员统计人口和牛羊。一字排开的穹庐宛如长龙一般。眼下，龙城由两条十多里长的"穹庐长龙"组成。两者之间相隔很远，以便草原人骑马逛街和疏散。同时，两条穹庐长龙分成了许多区段。本来，匈奴人统一草原后漠北单于庭也一直设在龙城。后因汉武帝时大将卫青在蒲奴水上游击败匈奴主力，焚烧了匈奴的粮仓赵信城。从此，单于庭就东移到了毗邻姑衍山北麓的余吾水上游河谷中。龙城虽不再设单于庭，但它仍然是匈奴人的精神圣地，也是漠北最大的集市。

伊屠智牙师带领大家在龙城街区内到处游逛，中午时分带大家去了一个吃食区。这里面各种吃食都有，如烤肉店、烤饼店、奶茶店等，也有长安的面食店。自王昭君来到漠北后，汉匈近六十年亲密交往，和平相处，中原和漠北已深度融合。通过草原商道，中原的农业技术和丝绸、茶叶、铁器等商品大量进入漠北。中原的商贾和农民也随之而来，中原的食店也自然而然地进入了漠北。伊屠智牙师在这里请大家吃了别具特色的手抓肉、烤全羊、石烤肉和奶茶。

午饭后,他们向南穿出街区,到了一个巨大的开阔空地上。伊屠智牙师告诉大家这就是著名的祭坛广场。广场中央耸立着一个大石块围成的高大圆形基座。基座上面斜立着三根高大的树干,树干顶端被几条粗大的绳索捆绑在一起。树干与树干之间向下斜拉着一条条绳索。绳索上系着各种颜色的三角旗。这是匈奴人五月大会时祭天地、鬼神、祖先的祭坛。在基座南面还有一个石块围成的圆形大池子,伊屠智牙师说那就是燃烧篝火和举办篝火狂欢晚会的地方。

他们在广场周围游逛一阵后,伊屠智牙师带领大家穿过广场,向龙城东面的一大片穹庐奔去。快到那片穹庐时,一队巡逻的骑兵立即迎了上来。中间一位为首的百夫长见是右日逐王,赶忙拱手行礼道:"右日逐王好!"伊屠智牙师问:"右骨都侯和公主可在?"那百夫长答道:"他们刚从各屯垦点检查播种回来,请允许我先去通报一下。"他赶紧骑着马向远处的一个大帐奔去。伊屠智牙师带领大家缓缓而行,来到大帐前时,右骨都侯和须卜居次云已经等候在那里。

热曼不等大家走到跟前就从马背上跳了下来,她飞扑到了须卜居次云怀里,两人都高声叫着对方的名字,顿时又都失声痛哭起来。在场的人也都被此情景感动,掉下了眼泪。两人抱着又呜咽了一阵,才慢慢平静下来。右骨都侯须卜当见状大声喊道:"嘿!你们两个爱哭的女人,弄得我和右日逐王这些大男人也都忍不住掉起眼泪来了。我现在可不想流泪,只想大笑。"说着,右骨都侯竟然哈哈大笑起来,弄得大家也都跟着笑起来。

热曼赶忙拉着燕然、戈满和裴依走到须卜居次云面前说:"您还认得她们三个吗?"须卜居次云道:"你别告诉我,让我先猜一猜!"她一一指认道:"这是燕然,这是戈满,这是裴依,对吧?"热曼道:"猜得不错!"须卜居次云说道:"一别十五年,你们都长成了大姑娘,真让我高兴!"她一伸手,把三个姑娘搂在了怀里。热曼又道:"还有两个人我也要向您介绍。"她把郑凯和郑莎拉到须卜居次云面前说:"这是燕然的结拜兄妹,他是郑凯,她是郑莎。他们二人是兄妹。"须卜居次云打量着郑莎,说:"好漂亮的姑娘,瞧这双大眼睛,多水灵!我母亲就是你这种水灵灵的大眼睛,到了我这一代就成了小眼睛了。"她又转过脸看着郑凯说道:"嗬,好英俊的小伙子!你们兄妹二人不顾

山高路远,不怕艰难险阻送燕然她们回到漠北,我很钦佩你们,也很感谢你们!"郑凯和郑莎见须卜居次云眉目清秀,长相俊美,身材高挑,衣着得体,行事干练,热情奔放,感觉无比亲切。郑凯道:"早就听说公主如您的生母昭君公主一样有平沙落雁之美,今日有幸得见公主,真是不虚漠北之行了。"郑莎道:"热曼和燕然给我们讲过您的许多故事,我还想知道您更多的传奇。"须卜居次云道:"别听热曼和燕然她们瞎说,我能有什么传奇故事呀。倒是你们一路走来,该有好多惊险的经历吧。走!咱们进帐,你们得好好给我讲一讲。"她一边说,一边拉着热曼和郑莎的手走进了大帐,众人也随着进入大帐。

落座后,随从送上了奶茶、干果等小吃。热曼又把一路上的经历讲给了右骨都侯和须卜居次云听。二人仔细听着,不时感慨、叹息。听完热曼的叙述,须卜居次云对右骨都侯须卜当和右日逐王伊屠智牙师说:"多亏有郑凯和郑莎兄妹二人送她们回来,否则,不是乌伦兄弟就是沙图将军或者别的什么人就把她们亵渎了,燕然她们肯定会遭遇灭顶之灾。"

次日,右骨都侯须卜当和须卜居次云带领大家前往余吾水屯垦区。他们驰马东奔,经过近一天的奔走,天黑时才抵达一大片用夯土围墙围着的穹庐前。早有一队护卫迎上前来,他们见来者是右骨都侯和须卜居次云,就护卫着大伙来到了一个大帐前。原来这里是右骨都侯和须卜居次云在余吾水的屯垦大帐,须卜居次云把大家引入帐内。

第二天早饭后,他们去垦区参观。大伙来到一个有夯土围墙的穹庐前,就见一个汉子正在整理一把尖头锄头,他的女人正在收拾麦种。须卜居次云问道:"张大伯,你们今天下地播种吗?"那姓张的农户道:"是啊!天气已经暖和了,是播种的好时候。你们今天又来检查播种情况吗?"须卜居次云道:"今天不是来检查,是来参观。我带了几个从长安来的朋友来参观咱们的播种情况。"那姓张的农户道:"你们要不要进帐篷喝点茶水再随我下地?"须卜居次云道:"我们刚吃过早饭,大家都带有水,就不进去了。我们这就去田野里转转看看。随后我还要带这些朋友去单于庭。"那姓张的农户说道:"好,你们就随意走走看看吧。"说罢,须卜居次云带领大家骑上马,向田野里奔去。

出了屯子，山丘向阳的坡地上有正在播种的人。他们走近一处田地边，发现一对男女正在播种燕麦。这对男女也都身着汉服。男的在前面用一把尖锄在地里面刨出一条小土沟，女的弯腰把燕麦种子撒到小土沟里，并用脚不停地盖上土。到了地头，他们再转过身来播种新的一垄。一垄又一垄，他们就这样不停地来回播种着。燕麦喜凉爽，种子在较低的温度下就能发芽，适合在漠北生长，是漠北的主要粮食作物。大家在田边看了一阵，又去另外一家看了一阵，见播种者都在忙碌，不便打扰，须卜居次云就招呼大家，离开田野，朝余吾水方向驰马奔去。

从狼居胥山南麓流出的余吾水，由东向西流动时，经过姑衍山北麓，再转弯向北流向远方。余吾水两岸杨树挺拔，柳枝飘荡，河水清清，蜿蜒流淌。余吾水南岸是姑衍山。山腰和坡地上长满了茂密的雪松。须卜居次云带领郑凯等人来到余吾水，就见河上有一座木桥。桥两面都有士兵把守。大家随着须卜居次云、须卜当和伊屠智牙师在木桥两面接受了那些士兵的检查。须卜居次云、须卜当和伊屠智牙师各自掏出通行令牌让士兵看，士兵们检查讯问了一番后，才给予放行。郑凯心想："这里把守如此严密，看来快要到单于庭了。"

跨过余吾水，他们向东又行走一段，就看到了远处一大片穹庐。这些白色的穹庐后面是连绵不断的山峦丘陵。白色的穹庐在山坡上围成了一朵又一朵白色的花朵。最外层则是一层又一层竖着的巨木连成的围墙。须卜居次云用手指着那些穹庐区，说："那就是单于庭了。"

匈奴国此时的大单于是乌累若鞮单于咸。咸的生母是呼衍王的小女儿，呼韩邪单于的大阏氏。咸的同父异母哥哥——乌珠留若鞮单于囊知牙斯是呼衍王的大女儿、呼韩邪单于的颛渠阏氏之子。乌珠留若鞮单于在位时，咸并没有得到特别的重用。似乎这位哥哥已经打算不再遵循他们的父亲呼韩邪单于临终遗嘱规定的"兄终弟及"的传位规则了，他仅让咸担任了右犁汗王一职。按照匈奴人左为上的传统，担任左贤王的人才是继任匈奴单于的人选。那时，担任左贤王职位的是咸的同父同母弟弟乐。咸最终能够继任匈奴单于，要得益于新朝王莽对匈奴的分化政策和王昭君的大女婿右骨都侯须卜当的鼎力支持。

王莽建立新朝时,担任右犁汗王的咸正带领部属游牧于新朝和匈奴接壤的地区。此时,西域车师后国国王姑句和婼羌国国王唐兜因汉朝在西域的官员不作为而投降了匈奴。王莽将姑句和唐兜引渡到长安,召集在京城的西域各国国王和使节,将二人斩首示众。对于匈奴收留二人的行为,王莽专门为此制定了规定,即从汉朝逃亡到匈奴的人、从乌孙逃亡到匈奴的人、从西域各国领受汉朝印绶逃亡到匈奴的人和从乌桓逃亡到匈奴的人,匈奴一律不得收留。与此同时,王莽又推行改名运动,从货币到地名都改了名,甚至还以法律的形式规定取名字只准取单字名。匈奴单于囊知牙斯就改名为知,左贤王苏屠胡改名为比。

始建国元年(9年),王莽以天无二主为由,派五威将王骏等六名将帅为特使出使匈奴和西域,收回汉宣帝颁发给各属国国王的玉玺,并重新颁发给这些藩属国王新的候爷印章,引起了匈奴和西域各属国的强烈不满。乌珠留若鞮单于以护送乌桓人回故地为名,派大且渠蒲呼卢訾等十员将军统率万骑,陈兵于朔方塞下示威。

第二年,车师后国国王的哥哥辅国侯狐兰支率领两千多人逃往匈奴,乌珠留若鞮单于不再理睬王莽的规定,毅然接纳了这批车师难民。继而,在乌珠留若鞮单于的支持下,狐兰支和匈奴南将军率军攻入车师,杀死亲近新朝的车师后城城长,打伤西域都护府的司马后返回匈奴。车师一带的汉军屯田士卒也发动兵变,在陈良、终带、韩玄、任商四人的带领下,他们杀死戊己校尉刀护和他的四个儿子及其他男性亲属,裹挟二千多屯垦的汉军和百姓投降了匈奴南将军。投降匈奴之后,韩玄、任商被留用于南将军账下,陈良、终带被送至单于庭,乌珠留若鞮单于任命二人为乌贲都尉,在余吾水一带垦荒种田。

对于匈奴接受叛逃人员的行为,王莽大为恼怒。于是派遣中郎将蔺苞、副校尉戴级率兵万人,携带大量黄金出塞,招呼韩邪诸子前来领取分封。咸正居近汉朝边塞放牧,闻得王莽有黄金相赠,不免动心。随率二子助和登到达云中与蔺苞、戴级相会。蔺苞传达了王莽的诏书,封咸为孝单于,赐黄金千斤、杂缯千匹。封助为顺单于,赐黄金五百两。咸收受黄金后欲偕二子同归,不想蔺苞、戴级将他的两个儿子留了下来作为人质,只准咸一人返回草原。无奈,咸只能怏怏而去。回到草原后,咸立即赶往漠北单于庭向乌珠留若鞮单于泣涕谢罪。乌珠留若鞮单于大怒道:"先单于受汉宣帝恩惠不可负,今天子非宣帝子孙如何得立,我岂肯从他伪命吗?"乌珠留若鞮单于将咸贬官为粟置支侯,并令咸入寇中原将功补过。咸即令其子角率军袭扰汉地,到处烧杀抢劫,掠人夺物,出没于塞上。王莽得知是咸的儿子角袭扰汉地,命人将咸在长安做人质的儿子登斩首。与此同时,乌珠留若鞮单于严命左右都尉和诸王大肆骚扰汉地。一时间,雁门和朔方等地的边郡太守和都尉纷纷被匈奴袭杀。王莽随令孙建等人募兵三十万讨伐匈奴,但因粮草筹备不足,无法进军,只好长期屯兵于塞上,致使将士疲惫,军无斗志,北部边境混乱一片。

恰在这时,乌珠留若鞮单于病逝。匈奴右骨都侯须卜当正掌管选举单于继承人的贵人议会。须卜当经与妻子须卜居次云研究、筹划、组织,推荐了与其关系密切的咸继任匈奴大单于。在贵人会议上,须卜当提出由咸继任匈奴单于的建议。其理由是:一、咸曾被新朝皇帝王莽封为孝单于;二、按照呼韩邪单于兄终弟及的传位规则,咸是当下最年长的呼韩邪单于的儿子,又曾任右犁汗王,具有法定的第一继位人的资格;三、乌珠留若鞮单于的长子苏屠胡虽为护于,但他是呼韩邪单于的孙子辈,不具备当前的继位资格;四、咸的弟弟乐虽为左贤王,但在乌珠留若鞮单于命其与左骨都侯、右伊秩訾王呼卢訾攻入云中益寿塞时大杀吏民,被新朝军队射伤而亡,已经无法继任大单于位。由兰氏名族担任的左右大当户,由须卜氏名族担任的左右大且渠,由呼衍氏或须卜氏名族担任的左右骨都侯,以及左右丞相、郝宿王、贵人等组成的贵人议会一致支持由咸继位。就这样,咸于始建国五年(13 年)继位为匈奴大单于,号称乌累若鞮单于。

咸即位后,立即解除了乌珠留若鞮单于授予其长子苏屠胡为护于的官职,将护于贬为左屠耆王;任命匈奴呼韩邪单于第五阏氏之子舆为左谷蠡王,掌管匈奴左地;任命呼韩邪单于屠耆阏氏之子卢浑为右贤王,掌管匈奴右地。从而组成了以咸为首的新的匈奴国最高权力班底。

在应对新朝方面,咸采纳须卜当和须卜居次云的建议,重提与新朝和亲事宜,避免了新朝与匈奴之间的大战。王莽根据乌累若鞮单于的和亲请求,封王昭君哥哥的儿子王歙为和亲侯，去漠北面见乌累若鞮单于。乌累若鞮单于遣须卜居次云和须卜当到塞下迎接。王歙携带千两黄金，祝贺咸继任单于，并面陈了王莽的威德，传谕封右骨都侯须卜当为后安公，封须卜当之子屠为后安侯。同时，引渡陈良、终带、韩玄、任商等二十七人回长安受刑。此时，乌累若鞮单于已知自己的儿子登被王莽杀害，也索回了登的尸体。

咸执政以来，虽表面臣服新朝，但一直怨恨王莽杀死了自己的儿子登。再者，他期待与新朝和亲之事也一直没有着落，不免痛恨王莽言而无信。因此，咸仍唆使部下不断寇掠汉地，以解心头之恨。王莽遣使责问，咸则以自己刚刚继位，威信不高，部众不服管束为由，推卸责任，我行我素。

近几日，咸多次在单于庭召开会议，安排五月大会事宜。历代匈奴大单于每年都有必办的三件大事。岁正月，诸长小会单于庭；五月，大会龙城，祭先祖、天地、鬼神；秋，马肥，大会蹛林，课校人畜。五月大会是匈奴政权通过宗教信仰不断强化对民众的柔性权威，以天命观构建政权合法性的重要手段，通过祭天地、鬼神、先祖，宣扬天立单于、皇权承绪、拓土载民、大业永固的天命观。

咸已责成左右大且渠全权负责仪式的安排等事宜，郝宿王周密计划大会龙城时单于和二十四长的保卫及纳贡事宜，左大都尉安排单于庭和龙城的保卫事宜，右大都尉安排和检查龙城外围的警戒事宜。布置完任务，见左右大且渠、左右大都尉和郝宿王都走出了单于大帐，咸向后靠在单于龙座上闭目养神。

这时，郝宿王轻步走进大帐，来到咸的身旁。他附在咸的耳边轻声报告："大单于，右日逐王伊屠智牙师和右骨都侯须卜当夫妇求见。"咸道："快请他们进来。我正有事找他们呢。"不多时，伊屠智牙师、须卜当和须卜居次云领着郑凯等人走进了单于大帐。咸等到大家走到龙座前面时，一下认出了热曼。

咸站起身子，大声喊道："热曼，是你回来了吗？十五年没有见面了，今天你终于又出现了。"他转过脸去，向须卜居次云等人说道："你们怎么也不事先告诉我一声，我的女儿可回来了？"须卜居次云和热曼同时拉着燕然的手来到咸的面前，说道："大单于，我们今天就把您的女儿还给您。"咸双手扶着燕然的双肩，呆呆地望着她，竟不知说什么好。等了一会儿，才把燕然轻轻地搂到自己怀里。他喃喃地说道："我的女儿命可真大！这下好了，终于回到了我的身边。"燕然呜咽着问道："阿爸身体可好，我阿妈身体可好?"咸的泪水在眼眶里滚动起来，他声音有点沙哑地说："好！好！"尽管父女二人别离时，燕然仅有三岁，十五年来未曾谋面，但不管相隔多久，骨肉亲情是任何东西都无法阻断的。须卜当不失时机地建言道："大单于，我早就说过燕然会平安归来的，我说得没错吧！今天是个高兴的日子，我们大家都为您高兴！"咸这才觉得在大臣和众人面前有所失态。

咸轻轻推开燕然，眨眨眼睛，以大单于特有的威严说道："右日逐王说得对，今天是个高兴的日子。我的女儿终于平安归来了。她如同我们的燕然山一样，让我为之骄傲。"说着，咸用浑厚的声音喊道："来人！"两名单于的近身侍卫应声进入大帐。咸吩咐道："快去把颛渠阏氏、左大都尉都请到这里来！另外，今晚我要宴请右日逐王、右骨都侯、须卜居次云、热曼、燕然以及随从人员。"

侍卫们赶快去准备了，咸才请大家入座。单于庭仆人送上了热奶茶、干果等小吃。这时，热曼把郑凯、郑莎、戈满、裘依引领到咸面前，把他们一一介绍给咸。郑凯来到咸面前时，见咸细高身材，衣着华贵，头戴王冠，虽面容清瘦，但两眼炯炯有神。他直视着郑凯道："五个姑娘一路由你护送，辛苦了。"郑凯道："谢谢大单于夸奖！我有幸随燕然公主来漠北一游，实乃万幸，不辛苦。"

不多时，颛渠阏氏和燕然的哥哥角都匆匆赶来了。母女相见，又是一阵抱头痛哭。咸见哭声低了下来，这才发话道："哭够了没有？没有哭够就再哭一阵。"须卜当道："燕然都哭了一路了。从见到右日逐王开始哭，又见着我和须卜居次云哭，再见到大单于哭，这又见到阏氏哭。我看哭得差不多了。颛渠阏氏和燕然，你们还要再哭一阵吗?"须卜当的问话让颛渠阏氏和燕然破涕而笑。

燕然用衣袖为颛渠阏氏抹去眼泪，又擦了擦自己的眼睛，笑着对大家说："我能再见到阿爸、阿妈、各位叔叔、阿姨、哥哥、姐姐，多亏了我的结拜兄妹郑凯和郑莎。当然我更感谢小姨、戈满、裘依十五年来的照顾和陪伴。没有他们，我可能早就不在人世了。我请求阿爸、阿妈、各位叔叔、阿姨、哥哥、姐姐今后要像对我一样对待他们。"咸道："你和郑凯、郑莎是侠肝义胆的结拜兄妹。我很喜欢。你在长安的十五年，多亏你小姨热曼，还有戈满和裘依的照料和陪伴。当然更要感谢须卜居次云把你带去长安，请人治好了你的病，又在中土学习了汉文化，成为一名熟知汉文化的姑娘。你放心，阿爸一定会好好感谢他们的。你们大家一路走来，一定饿了。现在咱们就入座开宴，边吃边说。"

宴席格外丰盛，应有尽有。咸一面不断与大家举杯共饮，一面又不停地与伊屠智牙师、须卜当、须卜居次云交谈。他对须卜当夫妇说道："这几年，多亏你们二位全力抓农耕事宜，才没有使咱们漠北发生严重的粮食短缺。今年要增加粮食播种面积，提高粮食产量。最近，左谷蠡王那里掠得一批汉民，我已经派遣左骨都侯兰贵去左地把那些汉民带来，交由你们安排种地。你们看如何？"须卜当道："不是要与新朝和亲吗，怎么左谷蠡王又掠来那么多汉人？"咸道："事到如今，王莽并没有安排和亲，此人说话不可信。"须卜当道："即使还没有和亲，我们最好也不要再骚扰汉地，以免引起战火。"须卜居次云也接话道："袭扰内地，抢掠汉民，这样做就加大了和亲的难度。"咸对须卜居次云说："左谷蠡王他们在左地发展得不错，我也不好干涉，不说这事了。我要说的是，这些年来你作为一名女将军，带领部属协助右骨都侯管理漠北的种粮事宜，粮食产量增加，基本保证了漠北的粮食供应。你们二人可是咱匈奴的大功臣。尤其让我佩服的是你目光深远，独具匠心，十五年前就谋下大计，在长安培养了热曼、燕然她们几位精通汉文化的孩子。今天，她们都回到了漠北。如何安排她们，你有什么考虑和打算吗？"

须卜居次云低声道："燕然她们刚刚回到漠北，需要熟悉漠北的情况。再说她们有什么想法和要求，恐怕您得先问问她们才行，至于我的想法容我考虑后再向您汇报。但眼下最紧迫的一件事是热曼的婚事，热曼已经三十岁了。女子这么大了，再不可拖延时光。当然这都是我的错误造成的。我恳请大单于尽快帮她成个家。"咸道："这不是你的错！热曼为了燕然荒废了十五年青春时光，的确一刻也不容再耽误。我马上就着手办理此事。"

咸又对伊屠智牙师道："右日逐王，你那里情况怎样？"右日逐王道："我那里没有什么问题。一千人马驻扎在范夫人城，一千人马驻扎在小泽，一千人马驻扎在赵信城，三千人马驻扎在安侯河，其余四千人马在燕然山南北放牧。正面防范新朝军队攻击的六千人马中，每一千人马抽出一百人值班巡逻，其余的人放牧。值班巡逻的队伍每个月轮换一批，驻防地一年换防一次。另外，我还有些事明天向您单独汇报。"咸道："好。"

颛渠阏氏对大家说："大单于整日就是谈论政事，就连吃饭的时间也不放过。你们几个初回漠北，可千万不要只听他们谈话，忘记了动刀叉。来，我和你们几个年轻人碰一杯。"众人都举杯相碰。伊屠智牙师、须卜当、须卜居次云和左大都尉角也不时起身向咸、颛渠阏氏、热曼和燕然等六人劝酒。热曼、燕然等六人也轮流向大伙敬酒，整个宴会热热闹闹地进行着。此后不久，大家就酒足饭饱了。咸见大家已经不再动刀叉，说道："大家吃好没有？"众人回答："吃好了。"咸道："那就请各位把自己杯子里的酒或奶茶喝完。今晚的宴席到此结束。"大家一齐举杯，一饮而尽。咸又喊道："来人！"侍卫应声入内。咸吩咐道："带右日逐王、右骨都侯、须卜居次云、郑凯、郑莎、戈满、裴依去单于庭客栈休息。热曼、燕然和角留下，我们一家人再说说话。"

众人与咸一一告辞，随侍卫走出了单于大帐。仆人把大帐内收拾完毕后也退了出去。咸对热曼和燕然道："你们几个相依为命，在长安生活了十五年。眼下，新朝与匈奴关系紧张，你们在这种情况下能毫发无损地回到漠北，一路的危难与艰辛是可想而知的。你们在长安时生活得怎样，你们是如何从长安走回来的；能讲给我们听听吗？"热曼和燕然齐声答道："好！"

热曼就向咸、颛渠阏氏和角讲起了在长安十五年的生活情况，包括燕然如何治病，须卜居次云离开长安以后的情况，助如何病死，登怎样为王莽所杀，太后王政君如何资助她们学习等。他们也汇报了汉人的生活习惯、衣着、礼仪、饮食等情况。

燕然讲了与郑凯兄妹相识、结拜的事以及从长安一路走来的情况。咸、颛渠阏氏和角听完后，都很感慨。颛渠阏氏说："你们两个能活着从长安回到漠北，是个奇迹！看来郑凯兄妹起了不小的作用。"咸道："这郑凯兄妹不简单，是难得的青年才俊！"

角对咸道："爹爹，小姨和燕然妹妹在长安时生活的好坏，我们无法相助。但回到了草原，她们还受到乌伦兄弟和沙图将军的欺凌追杀，这还了得！我明天就带兵去擒拿他们，我要亲手杀了他们。"咸威严地说道："不许鲁莽行事！乌伦兄弟和沙图将军是右日逐王的部下，目前正对新朝军队进行巡逻警戒。带兵之人弄不好就会闹出兵变。如何处理他们，我和右日逐王自有安排。五月龙城大会在即，你用心做好单于庭和龙城的保卫就行，休得胡乱揽事！"咸又转向热曼和燕然，问道："你们对以后有什么想法，讲出来让我听听。"

热曼道："我们初回漠北，先休息一段时间再说吧。"燕然道："阿爸，我们可否在单于庭附近走走，熟悉熟悉环境？"咸道："没有问题。五月龙城大会之前你们可以在单于庭附近到处走走看看。不过，五月龙城大会时，你们必须参加。我也好让漠北的老老少少逐步能认识你们；同时，也让你们好好见识见识漠北的风俗习惯。至于吃住问题，你们两个就住在颛渠阏氏那里，也能随时见见面，说说话。郑凯兄妹和戈满、裴依他们就暂住单于庭客栈，吃住都在那里，你们觉得如何？"燕然道："谢谢阿爸的周密安排。另外，我还想请阿爸给我们六人每人发一张通行令牌，就是右日逐王他们拿的那种。再就是我们如果到稍微远一点的地方转转，需要几匹马。没有通行令牌和马匹我们是无法行走的。"咸道："好，明日我就让郝宿王给你们每人发一张通行令牌。马匹你们什么时候用，就到单于大帐后面的马厩处找他们取，用后还回去就行了。你们还有什么要求，随时告诉颛渠阏氏，好吗？"热曼和燕然欢喜地说："好！"

翌日，吃过早饭，郝宿王亲自来到颛渠阏氏处，并带了六张通行令牌给了燕然和热曼。他又派人带着燕然和热曼去了单于庭客栈，让二人去见郑凯、郑莎、戈满和裴依。六人商定，休息一日后去狼居胥山游玩。

咸的单于大帐依山坡而建，正门直对南方。大帐中间空阔，周边摆放着许多条案。早上起来，咸叩拜完太阳，回到大帐。他开始考虑昨晚热曼和燕然给他讲到的中原汉人的生活状况。他心想："中土汉人农耕垦田，生产粮食，可以自给自足。他们以男子耕地种田，妇女织布养蚕，孩童入学读书作为最大的生活幸福和人生寄托。如果不出现大的灾荒和战乱，耕田者是很少迁徙流动的。而匈奴人逐水草而居，随牲畜游走而迁徙，生活于不定的环境中,如果遇到蝗虫等灾害,牲畜就要大量死亡,牧民饥饿不堪,濒于绝境。每到这时,匈奴人就会南下抢掠汉地,引发战争。从长远看,匈奴人要向汉人学习,增加漠北的粮食产量,才能保证漠北的人畜生存。"正在这时,郝宿王走进来说:"大单于,右日逐王求见。"咸道:"请右日逐王。"

伊屠智牙师走进大帐,打招呼道:"大单于好!"咸回复道:"右日逐王好!"咸对郝宿王说道:"你忙去吧,我和右日逐王谈点事。"见郝宿王走出大帐,伊屠智牙师在靠近龙座旁的位子上坐下,说道:"我有三件事向您汇报。第一件事是热曼的婚事。我手下的弓弩将军人品和能力都很好。他的夫人因病去世,尚在单身。这次热曼等人回漠北时,弓弩还搭救过热曼。弓弩今年三十二岁,热曼三十岁。我看他们两个倒是挺般配的。如果大单于同意的话,我可以保媒。第二件事是到十月份,队伍就要换防。我提议由弓弩将军带三千人马分驻范夫人城、小泽和赵信城三地。换防时,各位将军和千夫长都必须到我的大帐领受任务。我将布置卫队将乌伦和沙图缉拿法办。乌伦兄弟试图亵渎燕然公主,这是死罪。沙图追杀燕然公主,同样是死罪。第三件事是我提议升任千夫长努比为将军,以接替沙图的职位,请您定夺。"

咸道:"关于热曼的婚事,我考虑过几天让颛渠阏氏带热曼她们去你那里一趟。你安排颛渠阏氏、热曼她们几个和弓弩将军一起吃个饭,再见个面,理由你自己考虑。但他们的婚事不要说透,之后,我再征求热曼的意见,看她能不能看上弓弩将军。如果能行,你再出面给弓弩将军保媒,如何?"伊屠智牙师道:"还是大单于考虑得周到。"咸又道:"如果一切顺利的话,我想等龙城大会以后就着手给他们办婚事。迎娶地自然是须卜部落。婚礼仪式在小泽举办,由你主持。请你尽快让颛渠阏氏去见萨满大师,占卜两人的婚嫁日期,如何?"伊屠智牙师道:"好的!"

咸接着说道:"提拔千夫长努比为将军接替沙图的位置,我同意此事。另外,处理乌伦兄弟和沙图将军这件事就按你的计划进行。此事只有你我二人知道,不要告诉任何人,要做到万无一失。"伊屠智牙师道:"我明白!"伊屠智牙师接着问道:"您还有没有其他事情要吩咐的? 如果没有,我可要赶去龙城吃手抓肉了。"咸说:"那好吧,有事我再找你。"伊屠智牙师起身与咸告别。见他走出单于大帐,停了一会儿,咸才喊道:"来人!"两名护卫应声入内,咸道:"去请颛渠阏氏到我这里来。"护卫应声道:"是!"

不多时,颛渠阏氏就来到了单于庭。咸把右日逐王给热曼保媒的事,以及他的安排给颛渠阏氏讲了一遍。咸问道:"你打算几时带热曼去见右日逐王?"颛渠阏氏回答道:"先让燕然她们休息几日吧。早上我听热曼和燕然说,这两天她们要去狼居胥山游玩。这阵儿,她们去客栈见郑凯兄妹和戈满、裴依了。我回去给她们准备些咱们匈奴人的服装。在漠北行走,他们还穿着汉袍,不太合适。"咸道:"您考虑得对,就按您的想法去安排吧。另外,你去见一见萨满大师,请她占卜一下热曼和弓弩将军的大婚日期。"

第二天,热曼和燕然带着颛渠阏氏送来的匈奴服装去找郑凯、郑莎、戈满和裴依。他们都换上了匈奴服饰,俨然成了匈奴人。六人从大单于的马厩里要了八匹快马,带了干粮、草料和饮用水向狼居胥山进发。

雄踞于漠北高原东部的狼居胥山,从东北向西南延绵数百里,跨向戈壁大漠。那参差不齐的花岗岩峰峦层层叠叠耸立于北方。其南麓则是大大小小的圆形丘陵,这些圆形丘陵宛如渐趋平缓的波浪向分割漠北与中原的戈壁大漠涌动。从狼居胥山流出的雪水一路向南,穿透山中的峡谷流出了一条大河——弓卢河。它向东方流入遥远的呼伦湖,滋润着呼伦贝尔大草原。这个丰美的草原本来是东胡人放牧的乐园。秦灭亡时,冒顿单于率匈奴铁骑击败了东胡人。从此,这里就成了匈奴左部的管辖地和牧区,也是匈奴左部经常南下侵扰汉地上谷、渔阳和右北平的出发地。匈奴左谷蠡王王庭就设立于呼伦湖畔。从狼居胥山南麓向西流出的河流叫余吾水。从弓卢河到余吾水上游,再到安侯河,这片漠北的丘陵地带都是连绵不断、风景绮丽的牧场,人称驴背草原。

此时正值漠北的春天,牧场上芳草青青,百花点缀,色彩斑斓。一条蜿蜒崎岖的山路在起伏的山峦中盘旋,引导他们向狼居胥山的最高峰攀登。山腰间长满了松树,青草覆盖着山坡。走到路的尽头,马匹已经不能前行。燕然道:"再往上就只能步行爬山了,还往山上去吗?"郑凯道:"既然来了,咱们最好登上山顶,看看漠北的壮美河山。"于是,大家下马,把马交由戈满和裴依照料。郑凯、热曼、燕然、郑莎四人开始徒步向峰顶攀爬。最后,他们登上了峰顶上的平台,站在平台上举目四望,晴空万里,远山连绵,漠北的群山和山间盆地尽收眼底。郑凯的脑海里不由得想起当年霍去病在狼居胥山祭天的故事。

那是汉元狩四年(前119年),二十出头的汉将霍去病率五万铁骑,跨大漠,越难侯山,渡弓卢水,与匈奴左贤王部遭遇,激战于梼余山。汉军大获全胜,斩敌七万余人,俘获匈奴屯头王、韩王、将军、相国、当户、都尉等头目八十三人。左贤王战败逃走,霍去病一路追杀,挥师西进,一直追到狼居胥山。在部下和归降的匈奴人簇拥下,霍去病登上了漠北最高峰狼居胥山祭天。这位年轻将军建立的旷世奇功已彪炳史册。他一扫之前汉室献美女和贡财物,仍不停受到匈奴人南下侵扰的耻辱,使汉朝充满了自豪和骄傲。郑凯感到霍去病似乎就站在自己身旁。一阵山风吹来,几位姑娘都感到了凉意。燕然道:"登如此高的山又冷又累,真是有点自找罪受。我看咱们还是下山吧。"郑凯道:"你们都觉得冷了,那就下山吧。"他们来到峰下,吃了些东西,跨上坐骑,原路返回。

第三天,颛渠阏氏带着燕然等六人又去了安侯河。在伊屠智牙师大帐,颛渠阏氏和燕然公主召见了驻扎安侯河的弓弩将军及属下的三个千夫长,听取了他们的汇报。中午,伊屠智牙师在大帐招待颛渠阏氏、燕然公主及其随行人员,弓弩将军和三个千夫长作陪。之后在弓弩将军陪同下,颛渠阏氏和燕然公主观摩了弓弩将军部下的操练,这种安排使得热曼能够近距离地了解弓弩将军。事后,她们告别了伊屠智牙师,返回单于庭。

回到单于庭,咸召见了颛渠阏氏和热曼。咸问道:"你们感觉弓弩将军如何?"颛渠阏氏道:"我感觉不错,热曼你呢?"热曼道:"弓弩将军的情况姐姐都给我讲了。我们又去他那里看了,总的感觉还不错。而且,他还救过我们。"咸道:"好!那就这样定了。我安排右日逐王先给你们保媒,等五月大会之后就给你们办婚事,如何?"热曼道:"一切听大单于的。"咸对颛渠阏氏道:"热曼的嫁妆你就赶快准备吧。"

从安侯河右日逐王大帐回来,大家休息了一日,郑凯提议去爬姑衍山。姑衍山就在单于庭对面,距离很近,她们决定步行前往。她们跨过余吾水南去的木桥,就来到了姑衍山北麓的山脚下。穿过山腰间的松林,不久就登上了山顶。姑衍山不高,但它却是余吾水南面的天然屏障。登上山顶,目光向

南,映入眼帘的是黄天一色的瀚海戈壁。正是这个千里之阔的戈壁大漠将中土和漠北分割开来。当年霍去病就是封禅于姑衍山而临瀚海的。他们转头往山的北面望去,只见余吾水河谷青草遮地,各色小花点缀其间。远方是连绵起伏的山峦。东面的狼居胥山,有大片树林依附于山间,给漠北增添了更多的绿色。

看到郑莎拉着郑凯在山上跑来跑去观看风景,燕然也不失时机地跑过来,拉着郑凯去看风景。燕然道:"凯哥,这里的风景怎样,你喜欢吗?"郑凯道:"往北看丘陵连绵,往南看瀚海无边,这姑衍山真是祭地的好地方,我很喜欢。"燕然道:"那哥哥能不能就此留在漠北?"郑凯道:"我给热曼说过,我这一生不仅想来漠北看看,也还想去西域和其他地方。如果就此留在漠北,我的梦想就无法实现了。"燕然道:"妹妹知道哥哥的心思。那妹妹能否永远跟着哥哥行走天涯呢?"郑凯道:"妹妹好不容易回到漠北,终于见到了自己的父母,又何必再冒风险去行走天涯呢?"燕然道:"因为我喜欢你,想永远和你在一起。"郑凯道:"热曼应该早就告诉你了吧,我在华山已经订婚,有了自己的心上人。因此,我不可能再喜爱别人。所以,我们今生不可能在一起了。我相信你一定会在漠北找到自己的良人的,而我们两个只能是永远的兄妹。"

燕然自从在长安与郑凯和郑莎结拜后,处处受到郑凯的保护和帮助。尤其是郑凯不顾随时丧命的危险,一路护送她回到漠北,她对郑凯越加喜爱和依恋。身边有郑凯在,她心里就感到格外踏实。虽然,热曼已经告诉她郑凯在华山订婚了,但她仍不死心。匈奴姑娘敢爱敢恨的天性使她不得不对郑凯直接表白。否则,她心有不甘。燕然就借着今日出来游玩的机会,向郑凯表明了心意。虽然结果和她的预期一样,可当面对郑凯说出来后,她的心反倒坦然了。

这两日,单于庭大帐热闹起来。随着五月大会在即,分布于各处的匈奴王爷、侯爷和部落头领都陆续来到单于大帐。咸分别会见了他们。这些人当然都不是空手而来的。他们给单于庭带来许多黄金、财宝、牛羊、马匹、铜铁等礼品。右贤王卢浑这次来是偕帐下的右都侯来的,他的礼品是五千两黄金、五箱玉石制品、两百匹丝绸和两百桶葡萄酒。卢浑来拜见咸时,说道:

"自从去年南将军带一万人马偕同焉耆的六千人马击败王骏、李崇之后，新朝驻车师的戊己校尉郭钦已退回敦煌，车师又藩属我匈奴。我已要求他们每年赋税。"咸问道："西域都护府现在怎样？"卢浑答道："西域都护府还在，他们与龟兹王互为犄角，尚未攻破。"咸道："那就再想办法除之。西域那么多小国可是我们的税收重地，你要努力想办法把它们都控制起来。你需要什么帮助，可随时告诉我。"

这时，郝宿王走来报告："大单于，左谷蠡王在帐外等候，你什么时候有时间见他？"咸对卢浑道："咱们兄弟两个今天先谈到这里。你远道而来，一路劳顿，先去客栈休息。明天上午咱们开会，开完会后，我再宴请大家。"右贤王答道："好的。"咸又对郝宿王道："你派人送右贤王去客栈休息，要安排好他们的食宿。顺便把左谷蠡王请来。"这次左谷蠡王舆偕左骨都侯和左都侯来到单于庭，贡品是一千两黄金、一千斤铜铁和两千多名汉人。舆走进来，高声喊道："大单于，你最近好吗？"咸站起身来迎上前去，说："我很好，你呢？"舆道："我也很好。"二人坐定，舆道："正月小会后，我就着手袭扰中土。雪未化完，我就攻入了上谷、渔阳、右北平一带的纵深地区，掠获颇丰。除了粮食、铜铁、黄金、丝绸、棉帛，在汉地还掠来两千多名青壮男女，左骨都侯去我那里把他们都带来了。从俘获的人那里我了解到，自王莽搞新政以来，内地各阶层人员都不拥护他了。另外，汉军一直粮草不足，军心涣散，并没有多少战斗力。与当年卫青和霍去病时比，他们的战力恐怕是天壤之别了。"咸道："弟弟干得不错，哥哥很高兴。但一定不要掉以轻心，要掌握好时机，注意安全。新朝雄厚的国力毕竟是我们无法相比的。不过，我倒要看看王莽能折腾出什么花样来。另外，你有什么困难没有？如果有什么困难，就告诉哥哥。"舆道："好，我一定注意掌握时机。目前还没有什么困难。"咸道："这就好。你来参加五月大会，走了这么远的路程，先到客栈歇息，明天上午咱们开会，会后聚聚，再去龙城祭拜长生天。"舆说："好，一切听哥哥安排。"咸喊道："郝宿王，送左谷蠡王去客栈休息。"郝宿王走入大帐，舆起身与咸告别，随郝宿王走了出去。之后，咸又陆续接见了各地来的王爷和贵族。

第二天早饭后，左右贤王、左右大都尉、左右大当户、左右大且渠、左右骨都侯、左右丞相、左右日逐王、呼延王、须卜王、丁零王、郝宿王、贵人等重臣出席了会议。咸说:"左谷蠡王部使乌桓、鲜卑臣服我匈奴后,最近进入内地袭扰,掠来两千多名汉族青壮男女。右贤王部已攻占了车师。右日逐王中部警戒稳妥有序。右骨都侯夫妇主抓漠北粮食生产,卓有成效,漠北粮食供应充沛。目前已经开始抓今年的春播春种。其他各位王爷也在封地放牧增收,成绩斐然。更多的成绩我就不多说了。"

咸又接着说道:"我现在说一说下一步要注意的几件事情。第一,要继续实行维持稳定、自我发展、伺机而动的方针。我就任大单于以来,提出了和亲政策,给王莽送去了和平的信号,避免了新朝与匈奴的大战。当前,新朝大搞新政,各层人员大为不满。新朝军队缺乏粮草,无法对匈奴大举用兵。我们要抓住这个有利时机,着力发展我们自己。对于新朝,我们仍然使用和亲手段与其周旋,不与新朝发生大规模的正面冲突,继续维持稳定局面。第二,要加强畜牧业生产,将牛羊从冬季草场顺利转入到春夏季草场。第三,要增加漠北粮食产量。左谷蠡王掠来了两千多名汉族青壮男女已到漠北,这就增加了人力。右骨都侯可以尽快安排增加播种面积,以增加粮食产量。第四,呼延王、须卜王和丁零王三位王爷的放牧之地永远是咱们匈奴人危难时的栖身之所。征和三年(前90年),我们在燕然山之战中消灭了李广利七万人马。那时,我们的辎重、粮草和妇孺都迁往郅居水以北的放牧地。我匈奴精兵在狐鹿姑单于的率领下,退居巴尔干草原,最终将汉军包围于燕然山山麓下,将其歼灭。当前,如果新朝胆敢派兵来犯,我们仍然要退往北方,找准时机,打败他们。上述几件事就是我们要做的。大家对此有什么看法、意见和建议,都可以谈一谈。"

左谷蠡王道:"就目前我们的力量而言,与新朝国力相比,仍相差甚远。控制左地和右地周边的小国最有利于壮大我们自己。不过,要伺机而动,就要找准时机果敢进攻。我部几次攻入内地纵深,所以才能掠来两千多名汉族青壮男女。"右贤王道:"西域诸国已经有一部分归降我们。我将继续努力,争取控制更多西域小国。"

右骨都侯说:"我认为我们最好在漠北建立起农牧兼备的经济。掠夺中土和周围小国不是长远之计,最终会惹来麻烦。"左谷蠡王插嘴道:"右骨都侯,放牧是咱匈奴人的本业,种地可是汉人的专长,为了增加漠北的粮食产量,抢掠些汉人来漠北种粮对粮食供应可是有利的!"右骨都侯道:"经常抢掠中土,就很难与新朝和平相处。"左谷蠡王道:"和亲给咱们的那点东西少得可怜,抢掠中土得到的东西可比那点东西多多了。"

随后,其他大臣也都发表了各自的意见和看法。多数人认为还是尽量不和新朝发生冲突,要维持稳定,着力发展自己才是上策。眼见中午已到,咸做了总结。他说:"大家的建言都很好。总的来说,我们前几个月的工作成绩是大的,下一阶段的任务也很明确。这就是不与新朝正面冲突,但要严防他们进攻;抓好漠北的牧业生产,增加漠北的粮食产量;只要我们做好自己的任务,我们匈奴人的财力和国力就会大大增强。大家回去后,根据此次会议的要求,继续做好各自的事情,力争蹛林大会时有更大的成绩。另外,大家需要我做什么,可以随时告诉我。好,此次会议到此结束,下面准备开宴。"

不一会儿,在郝宿王和单于庭贵人的安排下,一盘盘美食被送上了桌子。里面装满了烤全羊、烤肉串、热奶茶、漠北烧酒、葡萄酒、奶酪干、牛肉干、各种干果等。咸举杯高声说道:"来,我敬大家三杯! 这几个月大家辛苦了。"众人共同举杯,连饮了三杯。咸又道:"先吃一阵子饭菜,再接着喝!"大家大口进食起来。不时有大臣向咸敬酒,咸也不时向各位大臣敬酒。这时,单于庭贵人走上中庭平台宣布道:"大单于、各位王爷和各位大臣,单于庭音律坊现在开始献歌献舞。在献歌献舞之前,我先向各位介绍几个人。"只见燕然、郑莎和郑凯走到了众人面前。贵人指着燕然道:"这位就是十五年前随须卜居次云去长安看病的大单于的女儿燕然公主。几天前,公主才回到漠北。"燕然跑上中庭,逐一向咸和各位大臣敬酒问安。贵人又指着郑凯和郑莎道:"这是燕然公主的结拜兄妹,郑凯和郑莎,是他们不畏艰险护送燕然公主回到漠北的。"众大臣欢呼道:"好样的!"燕然又偕同郑凯和郑莎向咸和各位王爷、大臣敬酒。敬过酒后,燕然三人退下,献歌献舞随即开始。

第一个节目是燕然和郑莎的二人琵琶和奏。演奏的曲目是《阳春白雪》。此曲由春秋时期的乐圣晋国人师旷所作。全曲旋律清新流畅,节奏活泼轻快,生动地表现了冬去春来、大地复苏、万物向荣、生机勃勃的景象。这些王爷、大臣们虽不尽懂得音乐,但对二人的演奏技巧和旋律很是赞赏,印象颇深。

第二个节目是马舞。舞者身穿马舞服饰，模仿着马的各种动作，展现出马的生动形象。这让在座的匈奴王爷和大臣们感到亲切和激动。匈奴是马背上的民族，放牧者注定要在马背上度过一生。他们跨马放牧、狩猎、远行，在马背上吃喝、开会、做买卖，甚至躺在马脖子上睡觉。马的风采就是他们的风采。

第三个节目是匈奴舞。只见一队身穿灰色舞衣，面带黑白绸缎面具，斜披白色长毛羊皮的舞者，像一阵风似的舞动起来。他们舞姿舒展利落，时而像雄鹰一般在天际自由翱翔，时而如灰色的狼群在草原昂首、奔腾、跳跃，展现出草原人的风采。

第四个节目是胡旋舞。一队匈奴女子身着宽摆长裙，头戴饰品，长袖摆动，在鼓乐声中急速旋舞起来。她们的袖摆如雪花般在空中飘摇，如蓬草一样迎风飞舞。她们急速旋转，左旋右旋不知倦，千圈万周转不停，旋转速度之快让人难以看清她们的脸，引来在座的匈奴王爷和大臣们的阵阵喝彩。

第五个节目是胡腾舞。一个男子在横笛、丝竹等乐器的伴奏下绕圈急行起舞，继而以变化多端的舞步，以跳跃和急促多变的腾踏，纵情展现着时而刚毅奔放，时而柔软潇洒的舞姿，让众人喝彩不已。

第六个节目是乐曲。演奏者以胡笳、胡笛、浑不似、箜篌等乐器伴奏，并以箏鼓配声，演奏出了哀怨悲壮的音调和旋律，让人心灵颤动。

第七个节目是歌曲。所有出演者共同唱起了著名的《匈奴歌》，歌词是："失我祁连山，使我六畜不蕃息；失我焉支山，使我嫁妇无颜色。"他们反复唱着这几句歌词，神色凝重，神情黯然，悲切之音绕梁不去。当年霍去病出击匈奴，横扫河西走廊，将匈奴人从焉支山和祁连山赶走，给匈奴人带来了无比的悲痛和伤心，故匈奴人才作此曲传唱。郑凯心想："汉匈之间曾经发生的战争给匈奴人造成了痛苦和悲伤。然而，多年来又有多少汉人在匈奴人抢掠内地的烧杀中家破人亡、妻离子散呢？他们又是何等痛苦和伤悲。显然，战争必然给双方带来流血牺牲和痛苦。"

次日早饭后，在单于庭数千名卫士和上万骑兵的护卫下，匈奴大单于咸偕同各位王爷、大臣和随从，策马向龙城进发。中途在单于庭驿站休息后，第二天傍晚他们才到达龙城东部的单于庭驿站。第三天早上,咸就命单于庭贵人带人去龙城后山请萨满大师来单于庭驿站相见。

　　萨满大师到来后,咸让单于庭贵人将今年五月龙城大会的安排向她做了汇报,请萨满大师指教。萨满大师如诵词般说道:"安排妥当,大会吉祥,萨满诵词、神舞张扬、祈禀天地,日月神鬼,先人列祖,佑我安康。"之后,他们又谈了一些萨满诵词、萨满舞蹈、人员装束和内容衔接等问题。咸安排单于庭贵人请来各位王爷和大臣会见萨满大师。中午,咸宴请萨满大师,由王爷和大臣们作陪。

第四章　龙城大会

　　五月大会之日，龙城周围数万百姓一大早就来到了会场。这是匈奴人祈天地、祭祖先的神圣时刻。在数万民众的欢呼声中，在单于庭卫队的严密护卫下，匈奴单于咸、各位王爷和大臣来到了祭坛广场，登上了五月大会的主席台。主席台坐北向南，设立在距祭坛几十丈远的北面。主席台三面和顶上都有圆木围墙和棚顶围护。有数千士兵在主席台周围维持秩序。燕然等六人和右贤王卢浑的第三子圣都王子也应邀出席了五月大会。他们被安排在主席台左面的最后排落座。单于庭左丞相仆辛主持大会。他大声宣布道："五月大会现在开始。大会进行第一项：祭拜天地。请乌累若鞮大单于带领我匈奴民众向长生天祈祷。"

　　咸站起身来，向前走了几步，站在了台子的正中央。台上的所有人也都站立起来。台下的民众和咸一样双手抱拳，躬身低头，向苍天大声祈祷道："万能的长生天呀，保佑我匈奴，人畜兴旺，无灾无难，事事平安！"数万人大声祈祷，声震寰宇，肃穆庄严。就在人们祈祷时，只见人群中飞出两道亮光径直朝咸的胸前而来。那破空的声音竟被、万众的祈祷声淹没得一干二净。恰在这时，主席台左边飞出了两枚钱币，正好阻挡住两道飞行亮光，亮光和钱币也无声无息地散落到了地下。这一切咸都看在了眼里。咸示意左丞相仆辛，大会继续进行。

　　仆辛又大声宣布道："大会进行第二项：默祭先祖。"众人抱拳低头，默默地祈祷着。祈祷完毕，仆辛又大声宣布道："大会进行第三项：饮血盟誓。"护卫们为台上的每位贵宾送上了一碗马血酒，大家一饮而尽。仆辛再次宣布道："大会进行第四项：萨满诵神词。"只见萨满大师头戴面具，帽穗遮脸，身穿萨满服,腰系神铃,左手抓鼓,右手执鼓鞭,走到祭坛和主席台前的空地中央。她面向太阳,时念似唱,时唱似念,半念半唱,半唱半念,时而行走,时而旋身。神词是:"天圆地方,包罗万象;天地相合,万物生长。金木水火土,黑白青赤黄;东西南北中,八方向太阳。福兮来自天,祈告求安康;冥冥苍天上,敬畏得兴旺。"萨满神词念唱完毕,仆辛大声宣布道:"大会进行第五项:萨满神舞。"上百人的萨满神舞队出现在祭坛和主席台之间的空地上。他们身着萨满神衣,头戴各类动物神相,以及各种色彩鲜明、千姿百态的植物神面具,腰系铃,手执鼓,伴着鼓声和铃声,围着萨满大师,唱起了萨满歌曲,并随着鼓点边歌边舞起来。鼓声越来越急促,他们的舞步也越来越快。在跳跃和旋转中,他们身上的彩带随风飞扬。鼓声越发有力,舞者的脚步也越发落地有声。鼓声、脚步声和腰铃声震撼人心。舞毕,仆辛再次大声宣布道:"大会进行第六项:马术表演。"一队有四五十人的马术表演队来到了祭坛和主席台前的空地中。他们身着黄边蓝色服装,骑着红、白或黑色的高头大马,开始了马术表演。只见他们时而在马上倒立,时而在马上高抬双腿。不一会儿又肩上横人、垒乘、中央隐蔽,以各种动作展示着他们精湛的马术,周围的人群不时为他们的精彩表演欢呼。马术表演完毕,仆辛大声宣布道:"五月大会暂时休会,晚上再行聚会,举行篝火狂欢。"

咸在护卫们的严密保护下和众位大臣骑马护送下返回了龙城东面的单于庭驿站休息、就餐。饭后,咸召见了左右大都尉、右日逐王、郝宿王、宫廷卫队长,以及燕然、热曼、郑凯和郑莎。咸说:"今日有人用暗器攻击我,你们几个当中是谁用钱币击落了飞来的暗器?"燕然道:"是郑凯出的手。"咸道:"谢谢郑凯,救了我一条命。你们认为这是何人如此作为?"左右大都尉、右日逐王、郝宿王、宫廷卫队长都摇头表示不知。

郑凯道:"可能是沙图的人。"咸道:"何以见得?"郑凯道:"在来漠北的路上,我曾与沙图交过手。他曾用燕山游侠的独门暗器铁钉攻击过我。"咸道:"难道是沙图本人来龙城行刺于我吗?"郑凯道:"他受了伤,尚未恢复,应该不是沙图来漠北行刺的。"咸道:"这么说刺客另有他人?"郑凯道:"肯定如此。"咸道:"新来的刺客会是什么人呢?"郑凯道:"我想应该是沙图的同门师兄弟。"咸道:"你估计这个刺客离开龙城了吗?"郑凯道:"我估计还在龙

城。"咸问："何以见得？"郑凯道："他的目的还没有达到。"

咸道："你觉得我们如何应对？"郑凯道："第一、我准备去会一会这个刺客。第二，希望大单于加强龙城单于庭驿站的警戒保卫工作。"郑莎道："刺客出手时我看清了他的脸，我和你一起去。"燕然道："我也和你们一起去。"郑凯道："公主目标太大，不宜前往。我和郑莎两人去就行了。"咸点头默许。

郑凯和郑莎告别了咸和燕然，走出了单于大帐。咸对郝宿王道："郝宿王，请你立即派一支约五十人的单于庭卫队，去龙城接应和保护郑凯郑莎兄妹，注意让士兵穿上百姓的衣服。"燕然和热曼也坚持要去，得到了咸的批准。咸又命令道："单于庭卫队长，请你马上加强龙城单于庭驿站的巡逻和警卫，多在暗处布置弓箭手，任何人没有得到你的当面检查和允许，不准进入龙城单于庭驿站"。

咸又命令右大都尉明日一早带五千人马，偕同右日逐王和弓弩将军的两千人马去小泽和范夫人城，诛杀沙图和乌伦兄弟，并由弓弩将军接管小泽、范夫人城和赵信城三地的防务。同时，他也宣布提升千夫长努比为将军，率一千人马负责安侯河的防务。咸又命左大都尉再派两千人马在五月大会会场周围巡逻。郝宿王、左右大都尉、右日逐王、燕然和热曼一起走出了咸的大帐，分头去执行任务。咸这才坐在大帐里长长地出了一口气，心想："今天上午，多亏郑凯把刺客的暗器打落，否则，后果真是不堪设想。"对郑凯这个年轻人，咸是越发喜爱了。

郑凯和郑莎来到祭坛广场，天已傍晚。只听到左丞相仆辛大声宣布道："五月大会现在复会。大会进行第七项：篝火狂欢。"这时，一人群衣着华丽的青年男女相互簇拥着，登上了祭坛的基座。他们手持盛满葡萄酒的桦树木碗，用松树枝和柳树枝洒酒祭天。萨满大师也来到了祭坛，再次献上了萨满诵词。此后，萨满大师来到祭坛南面的篝火池旁，亲自点燃了篝火。熊熊烈焰把人们的脸映照得通红。年轻人都纷纷跳下祭坛基座，手拉手，围着篝火和祭坛跳起舞来。由于参加者众多，人们手拉手围成了一个又一个圆圈。后来，参加的人越来越多，圆圈越来越大。

在火光的映照下，郑莎突然发现对面人群中有一张她们要找的面孔。于是，她拉着郑凯绕到了那人背后。郑凯轻轻拍了一下那人的肩膀，说道：

"好汉,你可是沙图将军派来的? 请问好汉如何称呼?"那人道:"在下尹身,燕山游侠的二弟子。阁下是何人?"郑凯道:"在下郑凯,一介草民而已。好汉就是试图用暗器刺杀大单于的人吧?。"尹身道:"不错,正是在下。那么是你击落了我的暗器,坏了我的大事吧?"郑凯道:"正是!"尹身又道:"莫非也是你打伤了我师兄沙图?"郑凯道:"你说的不错!"尹身道:"我师兄不过是想找几个女人玩玩。你为何要横加阻拦?"郑凯道:"他做这种伤天害理的事我岂能置之不理?"尹身道:"那几个女人与你何干?"郑凯道:"沙图要抢掠的是我的两个妹妹,你说与我相干不相干?"尹身道:"这么说阁下倒是兄妹情深了。不过,沙图将军乃我师兄,我对他则是兄弟情深。"郑凯道:"你师兄做这种猪狗不如的事,你不为他感到羞耻,还要助纣为虐,你还有半点良心吗?"尹身道:"什么良心不良心的! 你打伤了我师兄,我就必须找你报仇。"郑凯道:"好啊,来吧!"尹身道:"今天上午要不是你小子从中作梗,我已经把匈奴单于给杀了。这阵子,漠北早就大乱了。这些账今日正好和你一起算。"郑凯道:"你想怎么算?"尹身道:"此处人多碍事,不如我们找个偏僻的地方一决高下,你有这个胆量吗?"说罢,尹身施展轻功,头也不回地向龙城西面的一个小山丘奔去。

　　这尹身的确是沙图的师弟,也是燕山游侠收留的孤儿。他和沙图跟师父学艺时,因燕山游侠性格暴躁,常常惩罚他们。他们二人既害怕师父却又憎恨师父。长大以后,沙图偷偷跑去当了兵,后来又投降了匈奴。师父听说后,一气之下就离开燕山,四处云游去了。尹身也就成了游民,以偷抢为生。有一次,沙图化装成流民到汉地来刺探军情,被尹身认出。于是,沙图就给了尹身一些金钱,并要求他每月去小泽送一次情报。根据这些情报,沙图常常带着化装成流民的匈奴人到汉地来抢掠。每次抢到钱财就分给尹身一些。数天前,尹身来到小泽,见沙图受了伤。他了解情况后,认为沙图太过仁慈,应该刺杀大单于,搞乱匈奴,以作自保。同时,要除掉打伤沙图的郑凯。故此,他就带了一批射手来到了龙城。没有想到在刺杀大单于时暗器被郑凯击落,功亏一篑。正当他四处寻找郑凯报仇时,郑凯竟然站在了自己面前。不过,他早已安排就绪,只等郑凯上钩。

　　郑凯正要追赶,被郑莎一把拉住。郑莎道:"凯哥,尹身为什么引你到偏僻的地方去?"郑凯道:"你这么一说倒是提醒了我,尹身看来有阴谋。"郑莎道:"我想他可能带了帮手或者有什么埋伏。"郑凯道:"他有帮手也好,有埋伏也罢,没有什么了不起的!"郑莎道:"你千万不能轻敌。我建议咱们两个分两路应战,你在正面攻击,我绕到侧后追击,你觉得怎么样?"郑凯道:"好主意,就这么办!"

郑凯朝着尹身消失的方向追去,郑莎则从右面迂回而去。待郑凯来到尹身站定的山丘时,就听尹身哈哈大笑起来,说道:"好你个初生之犊,就不怕爷爷这个老虎把你小子给吃了!"说罢,他手一挥,从身后的山丘下整整齐齐跨出一排弓箭手。他们个个张弓拉箭,待命射击。郑凯道:"你个卑鄙小人,原来埋伏下这些弓箭手来对付我。这叫你与我一决高下吗?"尹身说:"臭小子,别做梦了。你听说过兵不厌诈吗?今天爷爷倒要看看你是怎么变成刺猬的。"说罢,他大声叫道:"放!"弓箭手立即放箭。利箭带着劲风向郑凯飞来,郑凯不敢怠慢,抽出大头棒左右击打护住身子。第一排射手退下,尹身又大喊:"放!"又一排利箭射向了郑凯,郑凯又急速击打护身。突然,郑凯发现,尹身大喊"放"时,却没有利箭射来。原来,郑莎已经绕到了弓箭手们的背后。她一把石子向弓箭手们奋力击去,把那些弓箭手打得晕头转向,无法再行射击。借着这个机会,郑凯几个前跃,就到了尹身面前。他向前直击,直取尹身。尹身试图用长剑架住,却被郑凯转弯上扫,向尹身手腕击去。尹身抽手回剑再行反击。高手攻防快如闪电。两人在山丘上你来我往地厮杀起来。郑莎对尹身埋伏弓箭手射杀郑凯的行为甚为愤恨。她把弓箭手们打得满山遍野地逃窜。见弓箭手们逃去,郑莎也跳上山丘从后面攻击尹身。尹身受到前后夹击,自顾不暇,被郑莎重重地击中了肩膀。他大叫一声滚到了背后的深沟中。深沟内尹身隐藏有几个护卫和马匹,护卫们赶忙将尹身扶上马背,仓皇逃走了。郑凯和郑莎也不追赶,收拢起弓箭手们丢弃的马匹和弓箭,返回了龙城。刚接近龙城,二人就被一百名骑兵巡逻队围了起来。二人拿出通行令牌并讲明事情缘由,才被放行。他们把缴获的弓箭和马匹一并交给了巡逻队。

二人来到祭坛广场,只见广场上的人大都加入到了篝火狂欢中。成千上万的人围着篝火,手拉手组成了里三层外三层的大圆圈,边跳边唱。郑凯和郑莎正在观看,燕然与单于庭护卫队的人找来了。郑凯把与尹身交手的情况简单地给燕然说了一遍。燕然见郑凯和郑莎安然无恙,也就放下心来,于是,拉着郑凯和郑莎也加入到了狂欢的人群中。他们跳累了,就跑出人群,来到旁边休息一会儿。饿了,他们就到周围的小吃摊上吃些烤肉串,喝些奶茶,和许多年轻人一样狂欢了一夜。

天拂晓时,郑凯等人回到了龙城单于庭驿站住处,躺下就睡着了。直到晚饭前,才被早先醒来的热曼叫醒。热曼告诉他们,郝宿王派人来通知,要他们立即去见大单于。三人来到单于大帐,见到了咸。咸问道:"郑凯,你们昨晚与刺客交手,击溃了刺客和他埋伏的弓箭手,真是好样的。"郑凯道:"没什么,只是没能捉住尹身,让他给逃了。"随即郑凯把昨晚与尹身交手的大体经过给咸叙述了一遍。咸道:"这么说,刺客是沙图的同门师弟尹身了。"郑凯道:"正是!"咸道:"今早,右大都尉和右日逐王已带领七千人马去小泽和范夫人城捉拿沙图和乌伦兄弟。过不了几天,会有消息报来的。明日你们在龙城再玩一天,后天咱们一起回单于庭,如何?"郑凯几个同声答道:"好。"

第二天,右贤王向咸告别,带着他的第三子圣都王子和护卫随从,由龙城西去匈奴右地。呼延王、须卜王和丁零王也分别带领护卫和随从由龙城向北返回他们的封地。第三天,咸和左谷蠡王撤离龙城,回到了单于庭。再一日,左谷蠡王带领护卫和随从离开单于庭东去呼伦湖。至此,五月大会结束。

又过了几日,右大都尉和右日逐王回单于庭复命。咸立即召见了他们。右大都尉报告道:"沙图带着他的几十名亲信弟子逃走了。估计沙图担心目标太大,容易被我大军追杀,故此并没有带部队离开。不过,也正因为他们人少,我们也很难找到他们逃跑的去向。随后,我们到达范夫人城,缉拿乌伦兄弟并当即将二人处死。右日逐王和弓弩将军率领的两千人马已经接管了范夫人城和小泽的防务。赵信城仍保持原状。"右日逐王又汇报道:"我已宣布提升千夫长努比为将军,他已经率一千人马去安侯河驻防。我建议由努比将军负责整顿从范夫人城和小泽调回的两千人马,并选拔出三位千夫长和一些百夫长,选好后,我将人员名单报给您,请您任命。"咸说道:"很好!这次突发事件的快速处置得益于二位的辛劳。我谢谢二位!希望二位进一

步整军训练,提高战力,随时保卫我大匈奴的安全。另外,这次五月大会发生了刺杀大单于的事件,要制定出一套万无一失的保卫措施,防止此类事件再次发生。"

此后几天,刺杀事件让咸越想越害怕,他有时还会在梦中惊醒。为此,他专门召开了一次单于庭警戒和保卫工作会议。除了郝宿王、左右大都尉、单于庭贵人和卫队长外,还邀请了热曼、燕然、郑凯、郑莎四人参加会议。咸说:"五月大会发生了刺杀鄙人的事件,并险些成功。漏洞到底出在哪里?"郝宿王首先说:"我负责单于庭事务,此次刺杀事件主要责任在我,我请求大单于处罚我。"右大都尉也附和道:"我也有责任,请大单于惩处。"左大都尉道:"我是负责祭坛内部警卫的,出了这种事件,关键责任在我。我请求大单于处罚。"咸道:"我不是要处罚你们,我是要你们仔细分析一下,找出漏洞所在,今后如何弥补。"

咸又对郑凯说道:"郑凯,你说说漏洞出在哪里?"郑凯回答道:"第一个漏洞是大会主席台与台下百姓的距离太近,使刺客从人群中可以发射暗器到达主席台,建议大单于今后参加这种大规模的集会活动时,要拉大隔离带的距离。在隔离带边上修筑结实的障碍物,在隔离带内派士兵把守。第二个漏洞是对参加大会人员的检查不够。虽然不准百姓骑马和携带弓箭入场,但对人们携带的短刀、铁锤、利刃等没有检查、收缴,建议今后大规模集会时应严加检查并收缴。第三个漏洞是大单于出现在公共场所时的贴身护卫尚显不足,建议增加贴身护卫。"郑凯一说完,咸就高兴地说:"好,漏洞找得准,提出的措施也很好。郝宿王,你暂时把单于庭的工作交给单于庭卫队长格力将军。你带上郑凯、郑莎、热曼、燕然、戈满、裴依六人去一趟燕然山,把国师请回来。"郝宿王道:"好,我马上去请国师。"咸又道:"我建议你们明日就出发。"

次日,郝宿王带领郑凯、郑莎等六人和几名护卫前往燕然山。

燕然山是阿尔泰山脉东面的大山脉,位于漠北高原的中西部。山脉自西北隆起向东南延伸,延绵一千多里,呈现出西高东低,不断起伏的格局。最高峰终年被积雪覆盖,像一顶白色的帽子戴在山顶上。山北坡多为森林,长满了雪松、西伯利亚杉、白桦树和杨树。森林中野生动物众多,有盘羊、熊、豹、狼、旱獭、兔、野猪、麝、狐狸、天马、野山羊、野骡、野驼、黄羊、沙狐、猞猁等，也有飞禽如黑山鸡、鸿、乌鸡、犬鹫、皂雕、鹰、天鹅、鹤等。

燕然山支脉众多，山间清泉流淌，河流纵横。其中，养育匈奴人的两大河流，郅居水和安侯河，就是从燕然山北麓穿过上游凝固的熔岩奔腾而出的。它们在山间峡谷中穿行，形成了许多湖泊、石滩和瀑布，先向东而后向东北流去，在汇集了多条河流后流入北海。燕然山水草丰美，气候凉爽，山水奇胜，具有亘古洪荒的神秘与厚重。山南坡为草原牧场，牧草茂盛，牛羊成群，是马背民族最佳的放牧地。他们沿着燕然山南麓西行，目的地是赵信城。

赵信城由匈奴自次王赵信所建，坐落在燕然山西南面的支脉寘颜山南坡地带。赵信原是匈奴的一位相国，后来战败降汉，改名赵信。因其在多次战争中荣立战功，被汉武帝封为翕侯。元朔三年（前126年），伊稚斜单于继位。太子於单因耻屈其下，逃奔汉地，被封为陟安侯。伊稚斜单于因怨恨汉朝收留於单，屡遣人马到代郡、雁门、定襄、上郡等地寇掠。右贤王也以汉朝驱赶其部离开河南地为由，屡屡攻袭汉地朔方郡。元朔五年（前124年），汉武帝令卫青、苏建、李沮、公孙贺等率十余万大军反击右贤王。右贤王大败，损失一万五千余人，牲畜数百万头。次年，汉军又兵出定襄北征，虽取得了斩杀一万九千余人的战绩，但右将军苏建和前将军赵信所率三千兵马几乎全军覆没。苏建只身逃回汉地，被贬为庶人。赵信被俘，重降匈奴。伊稚斜得到赵信后认为其久在汉军军营，熟悉汉地军情，遂封之为自次王（仅次于单于地位的王）。

伊稚斜还把妹妹许配给了赵信，企图利用赵信出谋划策对付汉军。赵信给伊稚斜出了两条计谋：一是将匈奴人迁回到大漠以北地区，引诱汉军到漠北来。待汉军疲惫之时，乘疲击之。二是学习汉军筑城存粮之法，将漠北生产的部分粮食储存于赵信城内。伊稚斜依计而行，命赵信在寘颜山修筑了赵信城。然而，赵信的计谋并未阻挡住汉军的进攻。

元狩四年（前119年），汉武帝令大将军卫青统率五万骑兵北越沙漠，出击匈奴。伊稚斜遵照赵信的计谋，置精兵于漠北，以逸待劳。卫青军出定襄千里，在蒲奴水上游与伊稚斜的兵马相遇。汉军以武刚车环阵结营，纵兵五

千攻击伊稚斜。时值日暮，飞沙扬尘，汉军又从两翼急驰向前，包围了匈奴的人马。伊稚斜见汉军兵精马壮，自知不能取胜，慌忙带领数百名壮健护卫，冲出汉军包围，向西北逃遁。卫青挥师追杀，连夜进击，匈奴兵马四散奔逃。天快亮时，汉军已追杀出两百余里，直抵寘颜山下的赵信城，俘获和斩杀匈奴兵一万九千人。此时的赵信城内，匈奴人早已弃城逃跑，无一人把守，留下了大量储存的粮草。卫青令大军在赵信城休整一日，取粮补给，其余存粟焚烧殆尽，大胜而归。一百多年过去了，赵信城早已灰飞烟灭，面目全非，留下的只有一些残垣断壁。

郝宿王等九人抵达寘颜山西南部宽阔的坡地草场时，远远就看到了一排排白色的穹庐，也迎来了一队百余人的骑兵巡逻队。他们拿出通行令牌供百夫长检查。郝宿王对百夫长说："我们是从单于庭来的，要见撒楞千夫长，请麻烦带我们前去。"百夫长道："好，我先行去报告千夫长。"

一行人来到千夫长撒楞的大帐时，撒楞早已在大帐前恭候。他拱手施礼道："郝宿王，您怎么有时间大驾光临呀？"郝宿王道："奉大单于令，来拜会你和你的师父。"说着，郝宿王又把燕然等人一一介绍给了撒楞。介绍到热曼时，撒楞道："我师妹热曼就不必介绍了。"热曼赶忙向撒楞抱拳施礼道："六师兄一向可好？"撒楞也拱手施礼道："师妹可好？你为了一个身患疾病的孩子，学艺未满就去了长安，一晃十五年过去。师父常常念叨你，说你有侠肝义胆，让我们众人向你学习呢。"热曼道："师父过奖了。我未能满师，学艺有限，十五年不在师父身边，武艺低微，请师兄以后多多指教。"撒楞道："师妹回到漠北，师父自会关照。但凡用着师兄的地方，尽管吩咐就是。"热曼赶忙叫来燕然、戈满和裘依，对她们说道："这是我在长安时收的三个徒弟，快向你们的六师叔施礼。"燕然、戈满和裘依赶忙向撒楞拱手施礼，撒楞也拱手还礼。

宾主落座后，护卫送来了热奶茶和小吃。撒楞赶忙安排人设宴招待郝宿王一行。席间，郝宿王把沙图追杀燕然公主，派人到龙城刺杀大单于，设计诱击郑凯和郑莎的事一一告诉了撒楞。撒楞道："当年我和沙图同在左贤王乐的手下，深知此人的秉性。他爱出风头，好大喜功，自私自利，心狠手辣，什么坏事都能做得出来。我们一起到汉地抢劫的财物和人员，他能多占的就多占，能欺瞒的就欺瞒，是一个无耻之徒。师父一直担心这小子图谋不轨，会危害我，所以才执意在赵信城来助我一臂之力。这些年，他知道我师父不好惹，一直不敢到赵信城来撒野。不成想这小子竟敢要玷污燕然公主，还要刺杀大单于，真是罪该万死。"郝宿王道："沙图和他的师弟尹身虽被郑凯兄妹击伤，但逃往何方，尚不知晓。他们伤愈后会不会再来刺杀大单于，这是我们最担心的。所以，大单于要我来和你师父商量此事，劝说国师回单于庭。"撒楞道："明日我就带你们去后山练武场见师父。"

第二天，撒楞带着大家西行，转过一个山坳，进入了后山。前方又出现了一座小山，半山腰上长着一大片松林。在松林前的向阳山坡上有一排穹庐，穹庐前面是一个用圆木围成的巨大院子，院子内立着一个由大石块高高垒起的圆形祭坛。祭坛中间斜立着三个顶端捆绑在一起的高大原木。原木上端系着许多大粗绳子，绳子向四周斜拉到地面，绳端则捆绑在横倒于地上的巨大原木上。山脚下有一条小河，向南流出山坳，流入到赵信城南面的一个湖泊里。

一行人从小河旁沿着山路向穹庐走去。老远就见穹庐处有一些人正在向下瞭望。待他们到达穹庐前时，一位五十多岁的长者迎上前来。他满面红光，目光矍铄，身子犹如铁打的一般。老者拱手施礼道："郝宿王，是什么风把您吹来了？"郝宿王也赶紧施礼道："大单于令下官前来向国师讨教，故能有幸在此与您相见。"国师把大家引入帐内落座。热曼不等大家坐定，就赶忙走到国师面前，向国师施礼道："徒儿不孝，一走十五年，今日才得以再见。师父，您老身体好吗？"国师道："你为了一个病魔缠身的孩子，不怕山高路远，艰难险阻，去他乡求医，此等侠义心肠，天地可鉴。老朽也为有你这样的弟子深感欣慰。"热曼道："师父过奖了，还请师父多多教诲。"热曼又把燕然、戈满和裴依叫来，三人赶忙跪下磕头。

热曼对国师道："师父，徒儿不孝，未经您的同意，在长安时为培养和我同去的这三个女孩，我私自将她们收为徒弟，传授了一些本门武艺以求护身，请师父责罚。"燕然、戈满和裴依也赶忙说道："徒孙女向师爷叩头了！"国师哈哈大笑道："责罚什么？你们寄居他乡，孤寂求生，你能依己所长，教诲三个女孩自强不息，难能可贵。今日看到这三个徒孙女，我甚是高兴。"

国师招呼她们起身落座并对燕然三人说道："你们从三五岁起就生活在中土，已与汉人无异。在那里生活感觉怎样？"燕然道："在长安时，汉元帝为匈奴访者、使者和侍子修有一个草原寓所，那里有栖身、骑射之所，与居住漠北也差不多。只是漠北没有长安的高墙城郭、宫殿衙门、街区道路、市井商铺，更没有长安城内满街的文字招牌、商家挂旗、书香宅院和车来人往。"国师又对郑凯道："小兄弟，你们兄妹二人不怕艰辛，千里迢迢送热曼她们回漠北，对漠北印象如何？"郑凯道："漠北很美，真可谓是高山雄浑，草原辽阔，河流纵横，湖泊清澈，穹庐点点，牛羊布野。"

国师道："郝宿王，您听听这些年轻人说的话有多好听。他们描绘出了中土和漠北两地各自的特色。新朝和匈奴应该和平相处，相互学习共谋发展才对。你这次来赵信城，一定有什么事情要让我做吧？"郝宿王说道："的确有一件大事要向国师请教。"郝宿王就把沙图追杀燕然公主，派人到龙城刺杀大单于和诱击郑凯郑莎的事对国师讲了一遍。

国师道："沙图一向自持武艺在身，从来目空一切，阴毒狂妄。记得撒楞刚刚提升为千夫长时，沙图作为撒楞的上司就想借机敲诈一笔。他要撒楞上交给他五百头牛羊。撒楞不从，他就要整治撒楞。那时，撒楞武功尚弱，不是他的对手。好在我当时在场，就动手打伤了他。自那以后，他知道我是撒楞的师父，也就不敢再欺负撒楞了。我曾请求大单于惩办沙图的恶行，但大单于念及沙图攻击中土有功，并没有惩罚他。我就向大单于要求来到了赵信城，一是静心练功，二是震慑沙图。现在可好，他居然要欺凌燕然公主，又要刺杀大单于。我看他是活够了。"

郝宿王道："是啊，大单于早该按您的意思，除掉这个恶棍。现在，沙图和尹身受伤逃走，但他们疗伤后或许会再来刺杀大单于。国师，你说如何是好？"国师并不作答，对郑凯道："小兄弟，你能不能留在漠北？"郑凯道："我恐怕难以留在漠北。等参加完热曼的婚礼，我想去西域走走。保不准以后还要去别的地方。"国师道："这么说，为了防止沙图师兄弟再来漠北捣乱，我是该随郝宿王回单于庭了？"郑凯道："是啊！只有国师在大单于身边，大家才放心嘛！"国师道："行，我答应你们！不过，这位小兄弟也得满足我一个小小的愿望，行吗？"

郑凯道："国师有何愿望,不妨讲来听听。"国师道："你小小年纪,能击败沙图和尹身,可见绝非等闲之辈。你能否赐教老朽一二? 如果能满足我这个小小的愿望,我明天就随你们回单于庭。"郑凯道："国师德高望重,武艺超群。我一个晚辈后生,学艺不精,恐怕走不了几步,就会败下阵来。为了不至于败得太难看,我可以与国师的徒弟切磋切磋,如何?"国师道："既然小兄弟不肯与老朽切磋,那就和我的大徒弟卡宾过过招吧,也让我等开开眼界。"

当日下午,国师陪同大家来到了穹庐前由圆木围成的大院里。郑凯和卡宾按照国师"切磋武艺,点到为止"的要求,在祭坛旁站定,互相抱拳施礼。接着,二人开始出招拆招,你来我往地"切磋"起来。只见卡宾凌空飞扑向郑凯的面部击去。郑凯挪步闪身躲避开来。卡宾纵身而起,向郑凯头部踢去。郑凯使出轻功,腾空一跃,轻轻地飘落在大石块高高垒起的祭坛基座上。卡宾也跟着跃上祭坛基座,钩绳弹踢,直击郑凯胸部。郑凯快步登天,跳上了祭坛中间耸立的高大圆木顶端。卡宾滚身旋踢,向郑凯下盘横扫。郑凯踏阶下梯落到祭坛基座上。卡宾追扑郑凯多时,始终无法碰到郑凯。看到如此情况,国师大声喊道："停! 都下来吧!"郑凯轻飘飘地跳下祭坛。随后,卡宾也跳落地上。国师道："小兄弟,切磋就到此为止吧。你的武艺非同一般。"随即,国师带大家重新回到了他的穹庐里。傍晚,国师设宴款待大家。

次日,国师让两个年轻的徒弟留守后山练武场并让撒楞统领,然后就带上其余十多名徒弟偕同郝宿王一行返回单于庭。途径龙城时,国师带领大家住进了龙城商队客栈,这是大单于责成国师的二徒弟希库经营的商队。从前,他们常去中土和西域各地做生意。这些年因为新朝与匈奴关系紧张,他们也就只能去西域经商。龙城商队下设有焉耆贸全商队、龟兹通天商队、乌孙西递商队等多个商队。贸全商队、通天商队和西递商队在焉耆、龟兹和乌孙也有货栈和客栈。贸全商队的首领是国师的三徒弟魁金,通天商队的首领是国师的四徒弟撒都尔,西递商队的首领是国师的五徒弟岱乌。希库在晚上设宴招待了国师一行。

众人回到单于庭后,咸召见并宴请了国师及其徒子徒孙。热曼、燕然、戈满和裘依也在其中,郑凯和郑莎也被邀请参加。咸对国师道："国师,您回到单于庭,我这颗心就踏实了。之前我没有处理沙图,埋下了今日的祸根,惭愧呀！当前,单于庭的保卫工作急需加强,尤其是贴身护卫和缉拿要犯方面。您看如何加强？"

国师道:"单于庭的护卫一直由郝宿王和单于庭卫队长负责。他们有一套行之有效的保卫措施,所以单于庭是安全的。至于这次五月大会上发生的事,听说郑凯已经找出了漏洞,并有了解决的办法,单于庭和大单于的安全是没有问题的。我和我的徒弟还是以潜心练功和担负漠北平日的侦缉罪犯事宜为好。遇到外出或大型聚会活动时,我一定做好大单于的贴身保卫工作,请大单于放心。"

咸道:"那就依国师的意见办。我已经让单于庭贵人在单于庭后面的山岭上为国师建造了漠北练武场。国师除了带弟子练功外,那就继续负责漠北日常的侦缉罪犯工作吧。沙图等人也是咱们要侦缉的罪犯。另外,请国师明日去漠北练武场检查一下,看看对新建的漠北练武场是否满意。如果可行,请国师入驻。"国师道:"谢谢大单于！我明日就入驻漠北练武场。"

第二天,国师带领他的徒弟们去了后山。除了有热曼、燕然、戈满和裴依随行,国师也邀请郑凯和郑莎一同前往。他们穿过单于庭后面的山谷,来到了北面的一座山岭。山岭的山腰间长满了松树,山腰上面是一片坡地草场。在坡地草场上,已经架起了十几座穹庐。穹庐前面是圆形的祭坛,祭坛中央三个巨大的原木斜立在祭坛上。正当大家要进入穹庐观看时,单于庭贵人走了出来。他对国师拱手施礼道:"国师,欢迎你们入驻练武场。请检查检查,看看还有什么地方需要改进的。"

大家入内一看,里面的设施崭新完备,各种食物和用品也一应俱全。单于庭贵人告诉国师,两边松树林旁有马厩、奶牛场和羊圈,已派了仆人养马、放羊、挤奶,供国师和徒弟们使用。这时,仆人已经送上奶茶,大家遂入座饮用。之后,单于庭贵人带着大家到每个穹庐里看了一遍。下午,他们又到马厩、奶牛场和羊圈检查了一番。国师对练武场是满意的。

当晚,大家就住在了练武场。吃过饭,热曼邀请国师出去走走,说有事要向他报告。二人向后面的山岭走去,到达山岭时,热曼说道:"师父,去长安那年我是十五岁。当时跟随您练武已有两年,只学得一些皮毛武艺。而今,我已经三十岁了,离开漠北也整整十五年了。本应跟随您继续练武,只因男大当婚,女大当嫁,我已经到了婚嫁的年龄,不知师父可否允我嫁人,请您明示。"

国师道:"你的年龄已经不小,不能再耽搁了,我支持你尽快婚嫁。你现在有意中人吗?"热曼道:"右日逐王为我保媒,此人就是目前在小泽驻防的弓弩将军。"国师道:"弓弩将军为人厚道,性格也好,我觉得很好。"热曼道:"大单于正让颙渠阏氏为我准备嫁妆,具体成亲的日子还要请萨满大师占卜。"国师道:"祝贺你,到时候我和你的师兄弟都会去喝你的喜酒。"热曼道:"谢谢师父!另外,燕然、戈满和裘依也都是二十岁的姑娘了,也到了婚嫁的年龄。恐怕她们也不能待在这里随师父一起练武了,请师父原谅。"国师道:"这我理解,本应如此嘛。我盼望你们都能尽早成家。"

热曼、燕然等人返回单于庭后,颙渠阏氏请他们六人准备热曼的婚礼。大单于咸命左大都尉角派厉多将军带一千人马护卫。他们带着数十辆马车,装载着热曼的嫁妆和衣食住行所需的物品上路了。他们的第一站是去安侯河。

在安侯河,颙渠阏氏会见了伊屠智牙师,询问给热曼保媒的情况。伊屠智牙师道:"我已经见到了弓弩将军,向他说过了他们的婚事。弓弩将军非常满意,他期待与热曼早日成婚。"颙渠阏氏道:"谢谢右日逐王为热曼保媒。我明日去龙城见萨满大师,让她为二人占卜诵贺,择日成婚。之后,我准备带热曼去小泽一趟,让热曼和弓弩当面谈谈他们的婚事。"伊屠智牙师道:"对,他们两人才是当事人嘛!"当日晚上,伊屠智牙师就派人去小泽通知了弓弩将军。

颙渠阏氏把厉多将军率领的一千多名护卫和数十辆马车留在安侯河,带着热曼等六人去了龙城。她们来到龙城后面的山梁上,山梁南坡有一个由四面夯土围墙围住的大院。来到门前,颙渠阏氏报上名讳,求见萨满大师。不多时,萨满大师身着萨满服,头戴神帽,手持神鼓,腰系神铃,出门来迎接。两人互相施礼寒暄后,颙渠阏氏一行被请到了大院内的穹庐中。大家落座后,颙渠阏氏说:"大师,我今日来是请您为一对男女占卜吉祥,择定成婚日子的。"萨满大师于是掐指推算起来。随后,她不停地向苍天呼唤、祈祷、赞美、激发出如痴如醉的状态。当进入与神交流的境界时,她开始诵唱

萨满神词,边唱边念,表述着对神灵的祈求。她恢复平静后,对颛渠阏氏道:"男子性格温和,为人敦厚,女子性格外向,为人开朗,阴阳融和,合天道成方圆,可以择期成婚。"随即萨满大师将婚期告诉了颛渠阏氏。颛渠阏氏送上二百两黄金致谢,并请萨满大师去小泽为热曼祝婚。萨满大师答应在热曼成婚前两天抵达小泽。

颛渠阏氏一行辞别萨满大师,直奔小泽。弓弩指挥他的部下早已把小泽整理得干干净净,并带着卫队,在军营外迎接颛渠阏氏一行。随后众人来到大帐,弓弩设宴招待他们。宴毕,颛渠阏氏将萨满大师占卜的成婚日期告诉了弓弩,让他如期到须卜王王庭迎娶热曼。弓弩将军说道:"谢谢颛渠阏氏,谢谢大家为我和热曼的婚事忙碌。"颛渠阏氏道:"我们大家去休息了。热曼留下来,你们再商谈一下自己的婚事吧。"众人随颛渠阏氏走出了弓弩的大帐。

确定好热曼的迎娶日程和地点后,颛渠阏氏一行从小泽返回安侯河。第二天,颛渠阏氏带上一千多人马和数十辆马车向北行进。她们的第三站是须卜部落。须卜部落是匈奴三大贵族部落之一,位于安侯河北岸与郅居水之间丰美的巴尔干草原上。这里树林密布,野花烂漫,清澈的溪流围绕着山丘蜿蜒流淌,是匈奴盛产美女的地方。

壶衍鞮单于时,他最宠爱的颛渠阏氏就是匈奴人妇孺皆知的须卜美女,被誉为草原上会走的花儿。匈奴人与汉朝争夺乌孙时,曾先后选出两位匈奴人公认的美女与乌孙王联姻。与细君公主同年出嫁乌孙的须卜氏公主,与解忧公主同年出嫁乌孙的须兰公主,都出自须卜部落。须卜部落不仅因贡献美女而跻身三大贵族行列,也因须卜部落对匈奴人做出的特殊贡献。

征和三年(前90年),汉将李广利、御史大夫商丘成、重合侯莽通三人率领三路大军共计十四万人,深入匈奴腹地寻求决战。狐鹿姑单于将妇孺、粮草和辎重转运到漠北深处的郅居水流域,并派遣左贤王度过余吾水,屯兵于兜衔山防御。他亲自率领精兵在左安侯处渡过姑且水,向北退守至须卜部落的巴尔干草原伺机而动。须卜氏部落为抢运粮草、辎重和妇孺出了大力,并与左贤王部协同,和强渡郅居水的李广利部两万前锋护军激战了一整天。此役,匈奴左大将被杀,须卜部落损失惨重,但这却为须卜部落赢得了荣耀和尊贵。

颛渠阏氏一行来到巴尔干草原，只见青草铺地，百花点缀，斑驳缤纷，令人神往。颛渠阏氏不由得想起了自己的往事。

那是二十多年前的一个上午，她在草原上放羊，边走边唱，不时采集野花，编织着花环。突然一个青年骑马飞奔到了自己面前。两人四目相对，都一下惊呆了。姑娘美若天仙，小伙子英俊潇洒。那小伙子轻声说道："你唱的歌真好听，把我吸引来了。可没想到，你长得竟如此美丽！你愿意嫁给我吗？"她笑着说道："你真的喜欢我吗，是从内心想娶我吗？"那青年道："是，我是从内心喜欢你，想娶你。你能答应我吗？"她回答道："我可以答应你！但今生今世你可不能辜负我！"那小伙子道："苍天在上，我发誓一生只爱你一个人，决不辜负你！"姑娘做梦也没有想到，这小伙子竟然是呼韩邪单于的儿子咸。尽管姑娘的家庭是须卜部落中的一般成员，父母都是普通牧民，但出嫁须卜部落的姑娘都必须由须卜王亲自主持和包揽婚事嫁妆。

后来，须卜王的长子须卜当担任了匈奴的右骨都侯，又支持她的丈夫咸继任了匈奴大单于，这些情意如高山流水滋润草原一样，恩泽绵长，无可比及。想到这些，颛渠阏氏庆幸上苍将自己降生在须卜部落这块美丽的草原上。

正当颛渠阏氏陶醉在甜蜜的回忆中时，就听燕然大声喊道："看，这里的草原多美呀！"

大家极目远望，天空广阔，湛蓝湛蓝。晴朗的天空中，一片片白云犹如棉絮随风飘扬。草原上，青青的牧草如蓝色的大海一般，与天际相连。牧场上，马群、牛群和羊群在草原上游动，宛如大海中起伏的浪花。草原的空气清新、纯净、沁人心肺。手握套马杆的小伙子在追逐飞奔的马群，挥动羊鞭的姑娘也在纵马穿梭。各种牲畜不时发出的叫声伴随着时而飞过的鸿雁鸣叫，让草原充满了勃勃生机。燕然问道："那里是不是须卜部落？"

顺着燕然手指的方向，大家看到远处的草原上分布着星星点点的穹庐，就扬鞭催马向前奔驰了一阵。却见四周放牧的牧民张弓搭箭，骑马围拢上来。匈奴人全民皆兵，平时放牧，一有情况，就能立刻集结成军，参加战斗。就在这时，从草原深处飞驰过来一支上千人的骑兵队伍，领头的是一位年轻的将军。此人是须卜王的二子须卜驼，负责须卜王王庭的护卫工作。

须卜驼一见到颛渠阏氏，就笑着说道："原来是颛渠阏氏啊。"他振臂高呼："颛渠阏氏回来了！欢迎颛渠阏氏！"士兵们也振臂高呼："欢迎颛渠阏氏！"一时间整个草原犹如雷声响动，震天动地。颛渠阏氏赶忙挥手示意大家不要再呼口号。她高兴地说："须卜驼将军，你近来一切都好吗？"须卜驼回答道："托颛渠阏氏的福，我一切都好。"颛渠阏氏笑道："我看你也挺好，至少看起来你壮实得像一头公牛。"颛渠阏氏又高声对着士兵们喊道："须卜部落的年轻将士们，看到你们英姿勃发的样子，我实在高兴！好好努力吧，咱们须卜部落的明天就是你们的。"须卜驼带头高呼道："谢谢颛渠阏氏！谢谢颛渠阏氏！"随后，他又大声喊道："千夫长须卜锁，请你赶快去报告王爷，就说颛渠阏氏驾到。"千夫长须卜锁领着一队人马向远处奔去。

颛渠阏氏跟随须卜驼将军缓缓向远方那一大片白色穹庐行去。行走之处，一条条小渠从面前流过。在这些小渠两旁，无数的牛羊正在饮水嬉戏。再往前行，不时经过一些散落的白色穹庐。穹庐前有的女人抱着小孩，有的在挤牛奶，有的三三两两地谈笑。郑凯心想："这巴尔干草原的确是山美水美草场美，牛羊如云骏马飞，难怪这里人杰地灵，盛产美女。"

颛渠阏氏一行来到围有几层穹庐的须卜王王庭处，须卜王和王帐下的大臣们早已满面笑容地站在大帐前迎接颛渠阏氏了，须卜王道："颛渠阏氏大驾光临，本王有失远迎，请颛渠阏氏恕罪。"颛渠阏氏道："王爷，回到了娘家就没有什么颛渠阏氏了。这里只有王爷二十多年前送她出嫁的那个须卜热浪姑娘。不过，二十多年过去了，那姑娘已经变成了一个老妇人了。"须卜王道："哪里，哪里！颛渠阏氏刚过不惑之年，正值春秋鼎盛之时。到我这把年纪，我还不服老呢，起码我的心还是年轻的，为什么要加上一个'老'字呢？"颛渠阏氏笑着说："是啊！王爷不仅心年轻，人也很年轻，还是当年您送我出嫁时的模样。"须卜王大笑道："这就对了嘛！"随即他命左都尉和左丞相去安排颛渠阏氏带来的一千多人马的食宿，并将颛渠阏氏一行人迎入大帐。

宾主落座后，仆人送上了热奶茶和干果、小吃。须卜王道："颛渠阏氏这次来是为了热曼的婚事而来吧。五月大会时，大单于已经给我说过此事。您看具体怎么办，请吩咐。"颛渠阏氏道："不是吩咐，是请王爷像当年扶我上马出嫁一样,再次请您扶热曼上马嫁人。"

热曼赶忙跑到须卜王面前跪地叩头道:"多谢王爷一直照料我们全家。小女就要出嫁了,不过,我会永远记着咱们的须卜部落,记着这片美丽的草原,记着王爷的恩典。"

须卜王道:"日子定了吗?"热曼道:"定了!"须卜王道:"好!"他用右手抚摸了一下热曼的头,继续说道:"孩子,你和你姐姐一样美丽!我祝你好运,祝你一生幸福!我要亲自扶你上马出嫁!"戈满和裟依是须卜居次云从须卜部落选出的两个普通牧民家的女孩子,她们和燕然也随即跪倒在热曼身旁,向须卜王施礼问安。须卜王道:"咱们须卜部落的姑娘个个都赛过天仙,真让本王高兴。是美丽的草原就会开放出绚丽的花朵,是美丽的花朵就会引来四方八方的蜂蝶。颛渠阏氏是咱们须卜女人的榜样和骄傲,你们几个也同样是咱们须卜部落的骄傲。"颛渠阏氏吩咐随从拿来一个箱子,送到须卜王面前,说道:"这是我和大单于送给王爷的一点礼品,不成敬意,请王爷笑纳。"颛渠阏氏吩咐打开箱子,只见里面装有上千两黄金和无数珍宝。须卜王道:"都是一家人,颛渠阏氏和大单于也太客气了,老夫怎么好意思收下如此贵重的东西?"颛渠阏氏道:"一点心意而已,请王爷不必推辞。"须卜王道:"好吧,那就这样吧,谢谢颛渠阏氏和大单于!"

颛渠阏氏将热曼成婚的日子告诉了须卜王,随后说道:"王爷,离弓弩迎娶热曼的日子还有七天。我明日要带热曼回去看看我的阿爸阿妈,到弓弩来迎亲的前一天,我会返回到王爷这里的。到时候,请王爷和我的父母在此处送热曼出嫁。我将陪同热曼和弓弩将军去小泽,参加他们的婚礼,王爷您看如何?"须卜王道:"颛渠阏氏安排得周到,一切就照此办理。"

翌日,颛渠阏氏将一千多护卫留在须卜王驻地,带着热曼等六人和两辆马车,翻过几道山丘来到了她从小放牧的草场。颛渠阏氏的父母是本分的草原牧民,大女儿热浪虽贵为颛渠阏氏,但这对纯朴的牧民却喜欢带着自己的两个儿子在他们熟悉的草原上放牧。小女儿热曼随大女儿去了南方,后来听说又去了长安,虽然时时想念,但也无能为力。今日,正当老夫人在牛圈里挤牛奶时,看到远处有六七个人带着马车向这里行来。不一会儿,她们就来到了面前,就听有人在叫:"阿妈!阿妈!我们回来了!"老妇人抬起头细看,认出了自己的两个女儿,顿时热泪满面,说不出话来。

热浪和热曼扑到老妇人身旁,把她拥住,不停地在母亲的两颊上亲吻。看到母女之间如此浓郁的亲情,郑凯、郑莎、戈满、裴依不自觉地流下了眼泪。过了好一阵子,三个人才缓缓地相拥着,走进了穹庐。

二人将老妇人安坐下来,把燕然拉到身旁,说:"这是您的外孙女,燕然!"燕然赶忙给阿婆磕头行礼。老妇人捧住燕然的脸,仔细观看,满脸充满了慈祥和笑容。然后,她轻轻地把燕然搂在了怀里。正当老妇人和两个女儿谈笑时,颛渠阏氏的父亲和两个弟弟也闻信赶回来了。一家人团聚在一起,真是格外高兴。热浪和热曼帮阿妈去烧饭,热浪的两个弟弟带着郑凯、郑莎、戈满、裴依四人去骑马。

晚上,颛渠阏氏向父母述说了热曼的婚事和安排,给父母留下了一千两黄金。阿妈说:"我们用不着这么多钱,你还是带回去吧。"颛渠阏氏道:"这是专门给你们带来的,怎么能再带回去呢。再说了,我的两个弟弟也长大了,他们要不了几年就要成家的,都需要用钱,你就留着吧,保存好就是。"

此后,颛渠阏氏一行人又去了在附近牧场放牧的戈满和裴依的父母家。热曼去长安时,带走了人家的女儿。一晃十五年过去,戈满和裴依的父母都非常想念自己的女儿,今日终于盼来了团聚。颛渠阏氏让戈满和裴依分别给她们的父母送上了五百两黄金。两家父母见女儿已长大成人,有了出息,还随同颛渠阏氏办事,心里也就踏实了。热曼的婚事早由颛渠阏氏安排妥当,郑凯、燕然、郑莎、戈满和裴依几个年轻人闲来无事,所以他们几个人想去北海一游。颛渠阏氏也有很多年没去过北海了,于是决定陪同他们前往。

颛渠阏氏等人带上衣食住行所需的东西,渡过郅居水,前往北海。北海周围是丁零国。丁零国是北海周边的世居部族,由多个部落组成,参与其中的部落都是游牧于北海周围的丁零人。这里地处寒凉之地,冬天风雪交加,地面积雪数尺。无边的大森林虽然是他们在遭受强敌进攻时的逃难之所和避风港,但也是他们来往行走的一大障碍。尤其是大森林中野兽时常出没,常常伤及妇孺老幼。这就迫使丁零人制作起了高轮大车。

这种车子的轮子高过马背,车轮的原料多为桦木或柞木。丁零人将桦木或柞木烘烤之后，使其弯曲，然后将几段弯曲的树干连接在一起便成了圆形的车轮。外面再用结实的牛皮包上数层，结实耐用。这种高轮大车在草高繁茂、积雪深厚、沼泽众多的北海周围行走，非常方便。后来，丁零人普遍使用这种高车运送物品、食物、饮水，甚至有的丁零人常年住在高车里，赶着羊群和牛群四处放牧。汉初，丁零被匈奴人征服，成为匈奴的附属国，丁零游牧的北海成为流放俘虏的地方。西汉的使臣郭吉、苏武等人就曾被流放在这里牧羊。

颛渠阏氏一行人跨过辽阔的草原，穿过茂密的白桦林和红松冷杉林，走近了北海。远望北海，宛如一弯新月，镶嵌在西伯利亚广袤的原野上。人说北海就是西伯利亚的眼睛。西伯利亚地域辽阔，地形多样。西部为西西伯利亚平原，地势低平，沼泽众多；中部为中西伯利亚高原；南部和东北部则为连绵不断的山峦丘陵。北海就坐落在西伯利亚东部的山谷洼地中。

来到北海，就见其犹如大海一般波涛汹涌，浩瀚壮观。在北海旁，他们开始搭帐篷。待帐篷搭好后，热曼把她从弟弟处索要来的几个鱼竿取了出来，几个年轻人一下有了活干。他们忙着在清澈透明的北海钓起鱼来。这里的鱼见识可能太少，不管扔下什么东西它们都来抢着吃。一会儿工夫，几个年轻人就钓出几十条大鱼。他们又到附近的森林里捡来许多干柴，生上篝火，用木棍穿上处理好的鱼块在火上烧烤起来。不一会儿，鱼香味就钻到了大家的鼻孔中，引得大伙儿直流口水。郑凯、郑莎赶忙给颛渠阏氏和热曼送上烤鱼，请她们品尝。二人吃了一口，不住地夸奖道："好吃！好吃！"郑莎又从湖里取来水用小锅烧开，让大家饮用。之后，几个年轻人又到周围草地里挖了一些野菜煮熟送给大家吃。就这样，大家吃了一顿原汁原味的野餐。

此时，太阳快要落山了。西边的晚霞染红了天际，染红了水面，慢慢地又消失在水波中。北斗七星开始在北方的天空中闪烁。静谧的星空，让人感到格外安心舒适。燕然和郑莎取出琵琶，轮流弹奏起来。

众人在琴声中围着篝火跳起舞来。颛渠阏氏和热曼也加入其中，她们都曾是须卜部落有名的舞者。跳着舞蹈，颛渠阏氏感到自己又回到了姑娘时代。跳累了，大家就分别去睡了，热曼静静地坐着，想到再过不了几天自己就要嫁人了，脸上泛起了红晕。她心想："弓弩将军看起来为人厚道，性格

平和，我们二人一定会幸福的。"郑凯道："热曼，你赶快睡吧，希望你做个好梦！"热曼道："郑凯，你为大家守夜，辛苦了！"郑凯道："不辛苦！"热曼去睡了，郑凯守夜。他不时给篝火加柴，让火燃得旺些，又不时站起来到处巡看一番，可心中总在想着一个英雄，那是他在长安听说书人讲到的大英雄。

汉武帝时，朝廷不断讨伐匈奴，也多次互派使节彼此暗中侦察。匈奴扣留了汉使郭吉、王乌、杨信、路充国等。匈奴使臣前来，朝廷也扣留了他们。天汉元年（前100年），且鞮侯单于刚刚即位，唯恐受到汉朝的攻击，于是传信说："我是孩子，怎敢和汉天子相比，汉朝天子是我的长辈啊！"并且把不愿投降而被扣留在匈奴的汉使全部放回，并派使臣前去汉朝进贡。

汉武帝赞许且鞮侯单于这种通情达理的做法，于是派遣苏武以中郎将身份出使，持使节护送扣留在汉地的匈奴使臣回国，顺便送给单于很丰厚的礼物，以答谢他的好意。苏武同副中郎将张胜以及使臣属官常惠等一百多人前往。他们到了匈奴，将礼品送给了且鞮侯单于，转达了汉朝的善意。且鞮侯单于见汉朝这样对待他，以为自己的力量仍对汉朝有威慑作用，竟一改唯唯诺诺的态度，骄横无礼起来。正当苏武等人要归汉时，发生了缑王与虞常等人在匈奴内部谋反的事件。

缑王是昆邪王姐姐的儿子，与昆邪王一起降汉，后来又跟随浞野侯赵破奴重新回到匈奴，策划以卫律统帅的那些投降者为主力，武力绑架单于的母亲归汉。虞常在汉的时候，一向与副使张胜有交往，私下拜访张胜，说道："听说汉天子很怨恨卫律，我虞常愿为汉廷埋伏弩弓将他射死。我的母亲与弟弟都在汉地，希望受到汉朝皇帝的照顾。"张胜许诺了他，把财物送给了虞常。一个多月后，单于外出打猎，只有阏氏和单于的子弟在家。虞常等七十余人就要起事，但其中一人却借着黑夜逃走了。他把虞常造反的计划报告了阏氏及其子弟。单于子弟发兵与他们交战，缑王等人战死，虞常被活捉。单于派卫律审理此案。张胜听到这个消息，担心他和虞常私下所说的话被揭发出来，就把事情的经过报告了苏武。苏武大怒道："作为使节，丧失气节、玷辱使命，即使活着，还有什么脸面回到汉朝去！"说着就要拔刀自刎。卫律大吃一惊，急忙抱住苏武，然而出手已晚，苏武已经把佩刀深深地刺入了自己的肌肤。卫律赶快派人骑快马去找巫医。巫医在地上挖了一个坑，在坑中点燃微火，再把苏武脸朝下放在坑上，轻轻地敲打他的背部，让瘀血流出来。苏武本来已经断了气，在巫医的摆弄下，竟然又苏醒过来。

匈奴人敬慕英雄，且鞮侯单于非常钦佩苏武的气节，经常派人去探望苏武。苏武的伤逐渐恢复了。且鞮侯单于想借机迫使苏武投降，便派使臣通知苏武一起来审理虞常和张胜的案子。虞常以谋反罪被处死。卫律道："汉使张胜，参与政变，谋杀单于亲近大臣，应当处死。"说罢举剑要杀张胜。张胜怕死，连忙跪地求降。卫律又对苏武说："副使有罪，你应连坐。"苏武道："我本来就没有参与谋划，又不是张胜的亲属，为何连坐？"卫律不答，举剑刺向苏武，然而苏武岿然不动。卫律见硬的不行，就假惺惺地对苏武说："苏君不怕死，但何必要死呢？我卫律背叛汉廷，归顺匈奴，单于赐我爵号，封我为丁零王，拥众数万，马畜弥山，荣华富贵应有尽有。而你何必白白去死，用自己的身体给草地做肥料呢？我劝你投降匈奴，与我结为兄弟。否则，你就再没有机会了！"

苏武啐了卫律一脸，痛骂道："你身为汉臣，却不顾恩义，背叛皇上，抛弃亲人，做了匈奴的走狗，有何脸面让我再见你？！你杀害汉使，不就是想借机挑拨汉匈关系，将汉匈推向战争和灾难吗？你不知道吗？南越王杀汉使，九郡被平定。大宛王杀汉使，头颅被悬挂在汉宫北门。朝鲜王杀汉使，随即被讨平。匈奴杀汉使，也必将被惩罪。"卫律无法胁迫苏武投降，就回报了且鞮侯单于。

且鞮侯单于更加敬重苏武，为了使苏武投降，他就把苏武囚禁在一个大地窖里，断绝了苏武的饮食。那时天降大雪，苏武在地窖里嚼着雪团和毡毛，聊以充饥。许多天过去后，苏武竟然没有饿死。匈奴人见苏武还活着，以为有神灵相助，就把苏武送到北海渺无人烟的地方去牧羊。临行前且鞮侯单于对他说，等到公羊生了小羊，就放你回汉朝。苏武的部下和随从也分别拘押在别的地方放牧。

苏武到北海后，没有粮食，只好挖鼠洞寻找鼠粮和草籽充饥。年复一年，苏武白天拿着汉廷的使节牧羊，睡觉的时候也搂在怀里，以至于使节上的旄都全部脱尽了。有一次，单于的弟弟於轩王来北海打猎。听说苏武会编结打猎的网和矫正弓弩，觉得苏武很有用处，就送给苏武衣服、食物。三年后，於轩王得了重病，自知不能再照顾苏武，就派人给苏武送来了一些马匹、牛羊、盛酒的瓦器和圆顶毡帐。

於轩王死后，他的部下也都迁离北海，剩下苏武一人在北海存身。冬天，丁零王卫律竟然派人盗走了苏武的牛羊，致使苏武又陷入了困境。恰在此时，且鞮侯单于又派降将李陵来劝降苏武。当年，李陵和苏武在汉朝为官，同为侍中，关系甚好。李陵来到北海，为苏武安排了酒宴和歌舞。李陵对苏武说："单于听说我与你交情深厚，所以派我来劝说阁下，说愿意谦诚待你。你对皇上的信义已经足矣，何必还要在这荒无人烟的地方受苦呢？"

同时，李陵又把苏武出使后他家人的遭遇告诉了苏武。苏武的大哥苏嘉为奉车都尉，跟随皇上到雍县棫阳宫，扶着皇上的车驾下殿阶时，不慎撞到了柱子上，折断了车辕，被定为大不敬罪，自杀了，皇帝只给了很少的钱用以下葬。苏武的弟弟孺卿跟随皇上去祭祀河东土神，骑马的宦官与驸马争船，把驸马推入河里淹死，那宦官逃走。皇上命令孺卿前去追捕，但他没有抓到人，害怕被皇上惩处，服毒自杀了。

李陵离开长安时，苏武的母亲已经去世。苏武的夫人年纪轻轻，也已改嫁。家中仅剩两个妹妹，两个女儿和一个男孩，如今又过了十多年，生死不明。李陵叹息道："人生苦短，譬如朝露，何苦这样折磨自己！我刚投降时，惶惶不可终日，几近发狂，痛心对不起汉朝，加上老母拘禁在保宫，不降之心怎能超过我李陵呢！并且皇上春秋已高，法令随时可能更改。大臣无罪被诛者已有十多家，福祸安危不可预料，你还打算为谁守节呢！我希望你能听我劝告，归顺匈奴！"

苏武说道："我苏武父子何德何能，受皇上栽培提拔，官至列将，爵为通侯，兄弟三人都是皇上的心腹近臣，这种恩情我终生难报。我愿意粉身碎骨报效国家，为朝廷死而无憾，即使受斧钺和汤镬等极刑，我也心甘情愿。"李陵与苏武共饮数天，苦苦规劝，但苏武不为所动。苏武说："我料定自己是必死之人，如果单于一定要逼迫我投降，那就让我死在你面前吧！"李陵见苏武对汉朝如此忠诚，感慨道："你真乃义士也！我李陵和卫律等人投降匈奴，实乃苟且之辈。天上的雄鹰岂可与山林小雀相比！"说罢带着满脸泪水，捶胸而去。

李陵再也不好意思去见苏武了，但对苏武更加敬佩。他不便给苏武送物品就让他的妻子给苏武送去了几十头牛羊。后来，李陵又去了一趟北海。他告诉苏武："我在边界上抓到一个云中郡的俘虏，说汉地举国上下都穿上了丧服，说是皇上死了。"苏武听到这个消息，面向南方，口吐鲜血，放声大哭。他早晚祈祷哭诉，长达数月。

后元二年（前87年），汉昭帝即位，汉匈恢复和亲。朝廷并没有忘记苏武，让出使匈奴的使节寻找苏武。匈奴壶衍鞮单于不能降服苏武，也不肯让苏武回汉地，就对汉使撒谎说苏武已死。随同苏武被扣在匈奴的常惠请求面见汉使，他原原本本地讲述了苏武他们在匈奴的情况，汉使也将朝廷寻找苏武的事告诉了常惠。常惠出主意说："你见了匈奴单于，就说天子在上林苑射猎，射得一只大雁，脚上系着帛书，说苏武等人在北海。"汉使就按照常惠所教的话去责问壶衍鞮单于。壶衍鞮单于无话以对，支吾道："苏武等人的确还活着。"始元六年（前81年），苏武在北海牧羊十九年后，手执光杆使杖，带着仅剩的九名随从，回到了长安。尽管北海牧羊十九年的沧桑岁月使苏武从风华正茂的英武将军变成了鬓发皆白的老翁，但他那大义凛然的风骨和宁死不屈的忠贞使他成了中华大地最受崇敬的英雄之一。

天亮了，郑莎起来，要到北海取水供大家洗漱。郑凯道："昨晚咱们吃的是烤鱼，今天我去打些山鸡或野兔给大家改改口味，如何？"郑莎道："好啊！我也和你一起去吧？"郑凯道："你还是留在这里吧。这地方如此荒凉，如果遇到歹人，谁来保护她们？"郑莎道："你说的是，那你就一个人去吧！不过要注意安全，不要走远，能打到山鸡野兔固然好，打不到也无妨，咱们可以再钓鱼嘛。"郑凯说："好，我去去就回来。"

本来，郑凯想在北海寻找一下苏武当年放牧的地方，向大英雄祭拜。怎奈这北海太过浩瀚，周边地域更是莽原雄浑，广阔无比。在这无边无际的地方，寻找苏武当年的牧羊之所，简直无处寻觅。郑凯也就只好作罢，带着弓箭朝北海东南面的松树林里奔去。

第五章　热曼成婚

在北海东南面的森林里,松果遍地,山鸡飞来飞去。不一会儿工夫,郑凯就打了十几只山鸡。他把这些猎物捆绑起来,搭在肩上,准备返回。突然,他发现有六驾高车由东向西朝他们扎营的方向驶去。为了防止高车上的人发现,他就施展出从小在华山上背着木材在山林中飞奔练就的功夫,尾随而去。

六驾高车到达郑凯他们扎营的地方后,从车上跳下来二十多位汉子。一见营地里只有六个女人,他们就像野兽见到了猎物一般,跳下高车就扑了过去。有一个汉子扑到燕然面前,叫道:"姑娘,来陪大爷玩玩。"颛渠阏氏吓得浑身发抖。郑莎大叫道:"住手!休得无礼!"一个跑到郑莎旁边的汉子张开双手也来抱郑莎,被郑莎一掌推飞。其余的歹徒见状,一下子愣住了。后面的一些歹徒立即取下身上的弓箭,拉弓搭箭,围住了六个女人。一个好像是劫匪头目的汉子高喊道:"不许动!把她们都给我捆起来!"话音未落,他竟一头栽到了地上。

紧接着,又有人倒在地上。前去扑抱姑娘的劫匪见势不妙,赶忙就往高车边上跑。他们试图爬上高车逃走,但一个接一个地都被暗器击倒。跑得最快的一个歹徒虽然已经爬上了高车,但还是被一枚石子击中太阳穴,摔下了高车。这时,只见郑凯从一堆灌木丛后面站起身来,手举山鸡,向大家摇晃。戈满和裴依赶忙取出绳子把这二十多个歹徒捆绑起来,一场危机顷刻间被郑凯化解。颛渠阏氏看着郑凯,欢喜地说:"郑凯,谢谢你救了我们!"郑凯道:"颛渠阏氏不必言谢,这是我应该做的。我刚才打了几只野鸡,马上烤来请您吃。"几个年轻人立即宰杀野鸡,开始烧烤起来。吃过野味,郑凯躺在帐篷里睡觉。热曼陪颛渠阏氏到北海边上散步,燕然和郑莎就在帐篷周围放哨,戈满和裘依则去了北海钓鱼。

中午时分,戈满和裘依也钓出来了十几条大鱼。这时,颛渠阏氏和热曼也回到了营地。大家又烧烤起来。等鱼烤熟后,颛渠阏氏叫醒郑凯,大家又享用了一次北海的生鲜烤鱼。颛渠阏氏考虑到丁零国虽是匈奴属国,但毕竟不是贵族联姻的匈奴嫡系,决定立即返回巴尔干草原。她让戈满和裘依给六个受伤较轻的劫匪松绑,让他们吃了些东西,驾驶高车,拉着其余被捆绑着的劫匪,奔向巴尔干草原。颛渠阏氏等人骑马随行。半夜时分,他们回到了巴尔干草原。在草原最北端,他们搭起帐篷,停下来休息。戈满和裘依又把六个驾驶高车的劫匪捆绑起来,扔到了车上。

次日早上,大家吃过饭,戈满和裘依又把昨日驾驶高车的六个劫匪放出来吃了些东西,正准备启程前去须卜王王庭,就见一支上千人的骑兵队伍飞驰而来。来者是须卜王的三子须卜海将军,他负责巴尔干草原北部的巡逻警戒。早上,按照惯例,他带着人马在巴尔干草原北部巡查。当他来到颛渠阏氏等人休息的帐篷时,一下惊呆了,赶忙跳下马背,拱手施礼道:"颛渠阏氏好!末将不知是颛渠阏氏驾到,没能及时赶来护驾,请颛渠阏氏责罚!"颛渠阏氏道:"须卜海将军护卫巴尔干草原有功,岂有责罚之理!我一来到咱们草原,心里就感到格外踏实。我要谢谢你和众位将士们!希望你们再接再厉,保卫好咱们的家园。"须卜海道:"我等将士一定遵照颛渠阏氏的教诲,尽心尽力,保卫好巴尔干草原!"随即他大声喊道:"百夫长须卜卫,请带上你的人马护送颛渠阏氏去王庭!"颛渠阏氏与须卜海告别,在百夫长须卜卫的护卫下,向须卜王王庭进发。

来到须卜王王庭,颛渠阏氏向须卜王讲述了这几天出行的情况,尤其是在北海被抢劫的事。须卜王说道:"本王只知道颛渠阏氏去了您父母那里,怎知道您又去了北海。最近一年多来,北海出现了一帮高车劫匪,专门劫持丁零国之外其他部落的游人,咱们部落就有数十名男女在北海失踪。我曾多次去见丁零王,要求他查处此事。丁零王说,丁零国下属的小部落众多,分布在北海四周。这些小部落的人驾驶着高车四处游走放牧,游动性太大,查处有困难。不过他保证一定尽力。早知道颛渠阏氏要去北海,本王一定会派大队骑兵护卫您。好在颛渠阏氏有惊无险,这已经是不幸中的万幸了。否则,本王可如何向大单于交代!"

颛渠阏氏说道:"是我不慎,请王爷不必自责。"须卜王道:"您真是命大福大造化大,竟然捕获了这帮高车劫匪,真是个奇迹。"颛渠阏氏说:"多亏郑凯出手救了大家,真得好好感谢这个孩子。"须卜王道:"郑凯的确是个好孩子。另外,颛渠阏氏想怎么处理这些劫匪?"颛渠阏氏道:"我准备马上派厉多将军将这些劫匪和高车都送到丁零王庭去,请丁零王处理,您看如何?"须卜王道:"厉多将军后天还要护送您回小泽,今日去丁零王庭,还不知明日能不能赶回来,不如让我派人押送劫匪去丁零王庭。"颛渠阏氏道:"还是派厉多将军去押送劫匪为好,不必由王爷出面和丁零国交涉,以免发生嫌隙。"

须卜王道:"也好。不过,您回小泽时,我派人马护送您。"颛渠阏氏道:"王爷不必多礼。后日弓弩将军来迎亲,会带着他的护卫前来。再说了,我不是还带来一千多人的卫队吗。途中经过右日逐王驻扎的安侯河,一路都会很安全的,请王爷放心!"须卜王道:"安全就好!就照颛渠阏氏的意思办!我这就派人去接您的父母。"

当日,在小泽的弓弩将军军营内,萨满大师来到了弓弩将军的新婚穹庐内,开始击鼓摇铃。她和三十多名弟子跪请喜神后,跳起了神舞。第二天一早,弓弩将军红缎结冠,身穿直襟短衣和合裆长裤,腰扎红丝绸带,脚蹬长靴,身背弓箭,带领一百名护卫和十辆马车,在鼓乐手的吹打下赶往安侯河右日逐王大帐,汇同保媒人右日逐王和祝颂人前往须卜王王庭迎亲。

到达王庭时,一群美丽的姑娘在须卜王王庭前围成了一个半圆形,拦住了去路。一位领头的姑娘带领大家唱起了出嫁歌。她们唱道:"是什么象征着洁白无瑕?是什么赛过草原上的鲜花?是什么甘甜超过了蜜糖?是什么人让你一生牵挂?"右日逐王请来的一群祝颂人对唱道:"是新鲜的牛奶洁白无瑕,是美丽的姑娘赛过鲜花,是婚嫁的配偶甜过蜜糖,是心上的女人一生牵挂。"姑娘们又唱道:"是什么把蓝天白云飞驾?是什么把草原大漠横跨?是什么能让人畅饮不醉?是什么人给了你幸福年华?"祝颂人对唱道:"是鸿雁把蓝天白云飞驾,是骏马把草原大漠横跨,是奶茶让人畅饮不醉,是女人给了你幸福年华。"祝颂人对答如流,伴娘们无奈,只得让路,并引领着弓弩和右日逐王等人进入须卜王王庭。颛渠阏氏、须卜王和热曼的父母赶忙起身迎接。

宾主落座后开始了盛宴。当盛宴正在进行时，须卜王王庭卫队长进来报告须卜王说："丁零王和厉多将军到了王庭，求见颛渠阏氏和王爷。"颛渠阏氏和须卜王亲自到门前迎接二位。一见到颛渠阏氏，丁零王就拱手施礼道："颛渠阏氏，今日正值令妹成婚大喜，小王带来一点贺礼和两辆高车，特此祝贺！同时，小王也是来请罪的。因小王治理无方，险些让高车劫匪危害到您，请颛渠阏氏责罚！"颛渠阏氏道："北海浩瀚，草原广阔，密林覆盖，部落众多。平日里牧民们都驾驶高车游牧于北海周围的山间密林之中，而高车劫匪则匿藏其中。他们在人烟稀少之地出没无常，查处此等劫匪实属困难。王爷何罪之有？倒是今日，您不顾山高水远，赶来恭贺家妹成婚，让我等感激不尽，在此我谢过王爷！"宾主入座后，举杯互敬，真挚长叙，直到深夜。

次日早饭后，热曼头戴珍珠彩串帽，身穿白色长裙和桃红色披风，腰扎草绿色丝带，显得格外美丽。在伴娘们的簇拥下，她来到了须卜王王庭前，与等候在那里的弓弩汇合。二人在右日逐王的陪同下携手走进王庭，跪拜颛渠阏氏、须卜王和热曼父母。他们接过热曼父母送上的马鞭，再次叩首谢恩，起身告辞，走出了须卜王王庭。须卜王亲自将热曼和弓弩扶上了带着大红花的马背。在鼓乐手的吹打下，热曼和弓弩骑马前行，卫队尾随其后。颛渠阏氏和右日逐王各乘一架高车，走在卫队后面，其后是拉嫁妆的马车。厉多将军带领一千人马殿后。

迎亲的队伍抵达安侯河时，右日逐王早已派人架设了大片的穹庐大帐。来到大帐时，国师和他的部分徒弟出帐迎接，送上了贺礼，恭贺热曼成婚。晚上，右日逐王设宴款待大家，并送上了须卜居次云和须卜当的贺礼。

次日早饭后，国师和他的部分徒弟随同弓弩的迎亲队伍一起去了小泽。在小泽驻防有一千名军人，除巡逻的二百人，其余士兵在千夫长则猛的带领下列队于道路两旁迎候。震天动地的锣鼓声把小泽喧嚣得热闹非凡。军营里到处插着各色旗帜。婚礼在新婚穹庐前的小广场上进行，右日逐王伊屠智牙师亲自主持婚礼，他大声宣布道："弓弩和热曼的成亲典礼现在开始。仪式进行第一项：三箭驱邪，新娘下马。"只见弓弩从箭囊中取出箭来，张弓搭箭,射向新婚穹庐上方,一连三箭,意在驱走妖魔鬼怪,然后热曼才由弓弩接扶,下马落地,走上红毯。弓弩将一串洁白的玉珠戴在了热曼的脖子上,热曼则把一柄金玉镶嵌的匕首交给了弓弩。右日逐王又宣布道:"仪式进行第二项:夫妻交杯,纳福全羊。"早已安排好的人送上了两杯葡萄酒,二人手臂相挽,交杯共饮。一位壮汉手托烤全羊,请弓弩将军切削。弓弩取出热曼送给的匕首,削下一片肉送到热曼嘴里,而后切下一片肉送入自己的口中。右日逐王再度宣布道:"仪式进行第三项:敬茶拜席。"弓弩带着热曼向入席的来宾一一敬上了热奶茶。颛渠阏氏带来的一千多名护卫加上小泽驻防的八百多名士兵欢聚一堂,共祝弓弩将军新婚大喜。右日逐王再次宣布道:"仪式进行第四项:"托抱新娘,步入洞房。"弓弩双手托抱起热曼,缓缓地走进了他们的新婚穹庐。二人在椅子上坐下,才感到有些饥饿。这时,护卫送来了一壶热奶茶和削好的一大盘烤全羊,二人赶忙吃起来。

穹庐外,广场上点燃了篝火,萨满大师带领三十多个徒弟,头戴牛羊马鹿等面具,身穿萨满神衣,手执神鼓,腰系神铃,围着篝火跳起了萨满神舞,祝愿新婚男女相亲相爱,富足幸福。跳毕,众多士兵按照千夫长则猛的安排,分批围着篝火跳起匈奴舞来。颛渠阏氏、右日逐王、国师及其徒弟们、郑凯、燕然、郑莎、戈满、裴依也都参与其中,边跳边唱,玩了一个晚上。直到天亮,众人这才回帐休息。

第二天傍晚,弓弩和热曼宴请在成亲晚上担任巡逻的二百名士兵。宴会结束时,右日逐王宣布,给弓弩放一个月假,小泽的防务暂由千夫长则猛负责。

第三天,颛渠阏氏一行、右日逐王、国师和他的徒弟们在厉多将军带领的一千多人马的护卫下,返回安侯河。萨满大师也同路返回。弓弩和热曼送父母去燕然山南麓的放牧地。至此,热曼的成亲庆典落下了帷幕。

颛渠阏氏一行又在安侯河留宿一夜后,与右日逐王告别,返回了单于庭。颛渠阏氏去见了大单于咸后,向咸汇报了热曼成婚的经过,也汇报了在北海被郑凯解救的事。咸说道:"郑凯两次救我夫妇性命,是个难得的少年英雄,也可以说是我们家的贵人。我们何以相报呢?"颛渠阏氏道:"我这一路上都在想这件事,我们得厚报于他。我想把燕然嫁给他,封他为副国师,把他留在我们身边,你觉得怎样?"咸道:"你和我想到一块去了,燕然喜欢郑凯吗?"颛渠阏氏道:"我问过燕然,她很喜欢郑凯。只是不知道郑凯喜欢不喜欢燕然。"咸道:"要不然找个人去问问郑凯吧。"颛渠阏氏道:"找谁合适?"咸道:"据我观察,郑凯对须卜居次云很是尊崇,派她去问郑凯可能是最合适的。"颛渠阏氏道:"那好,明天我就去见须卜居次云。"咸道:你也可以顺便看看麦田的生长情况。如果须卜居次云有空闲时间,不妨请他们夫妇二人来一趟单于庭。"颛渠阏氏道:"好的。"

燕然听说颛渠阏氏又要去余吾水和安侯河看麦田,也要求前往。她说她要和郑凯、郑莎、戈满、裘依一起陪颛渠阏氏前去,颛渠阏氏欣然同意。

一行人很快就到了余吾水的右骨都侯屯垦大帐。护卫报告说,右骨都侯夫妇去了安侯河垦区。颛渠阏氏就带着几个人赶往了安侯河。在安侯河的屯垦大帐内,颛渠阏氏见到了须卜居次云。

饭后,颛渠阏氏让右骨都侯带领郑凯和几个女孩子去安侯河一游。她和须卜居次云留在大帐里说话。颛渠阏氏说:"我这次来见你,有两件事请你帮忙。"须卜居次云道:"颛渠阏氏吩咐就是。"颛渠阏氏道:"第一件事是感谢你和右骨都侯在热曼成婚时送去的贺礼。第二件事是燕然的婚事。姑娘大了,当娘的就希望她能找到一个好小伙子陪伴她一生。这样,我们也就放心了。我们觉得郑凯这个小伙子很不错。燕然也很喜欢他,我和大单于也都喜欢他。我们想请你出面问问郑凯,看他是否愿意娶燕然为妻,留在漠北。"须卜居次云道:"关于热曼的婚事,我因为忙于安排从汉地掠来的两千多人的住宿及春播事宜,没能抽出时间去参加她的成亲典礼,非常抱歉。故此,才请右日逐王代我们送去了贺礼。至于燕然的婚事,明天我就找机会问问郑凯。"

次日,颛渠阏氏让右骨都侯陪同她和燕然等人去田野里看看麦田情况。须卜居次云向颛渠阏氏告假,并说要郑凯留下来帮她整理一些内务。当颛渠阏氏一行人在右骨都侯陪伴下离开大帐后,须卜居次云对郑凯说道:"郑凯,你来漠北一段时间了,感觉怎样,喜欢这里吗?"郑凯道:"漠北很美,山水如画,我很喜欢这里。"须卜居次云又道:"那你喜欢不喜欢燕然公主?"郑凯道:"她是我的结拜妹妹,我当然喜欢了。"须卜居次云道:"你既然喜欢燕然,能不能娶她为妻，一起生活在漠北呢？"郑凯道："那可不行。"须卜居次云道："为什么呢？"郑凯道："其一，我的亲人都生活在汉地，我不愿离开他们。我这次送燕然公主来到漠北，仅仅是尽一个结拜兄长的责任。其二，我爹娘在汉地已经给我订了婚，我已经有婚约。所以，我不能娶燕然为妻留在漠北。"

当天晚上，郑凯把须卜居次云问他的事告诉了郑莎。郑莎道："看来大单于和颛渠阏氏都喜欢上了你，燕然看样子也很想嫁给你。你不妨就在漠北当大单于的女婿得了。"郑凯着急地说道："你别胡说八道。想让我离开你，那是办不到的。再说了，咱们来漠北的任务已经完成，这两天咱们准备准备就可以离开漠北了。"郑莎道："问题是我们能不能离开呢？"郑凯道："他们没有理由再要我们留在漠北呀。"

须卜居次云将询问郑凯的情况报告了颛渠阏氏。颛渠阏氏说："原来是这么个情况，看来不太好办。另外，大单于说春播已毕，如果你们夫妇二人有空闲时间，不妨去单于庭一趟，大单于有事要和你们商量。"于是，颛渠阏氏偕同须卜居次云夫妇一同返回了单于庭。郑凯和郑莎把燕然拉到一旁，说道："我和郑莎送你回到了漠北，已经完成了我们的心愿。我们现在该对你说再见了。"燕然道："你们准备走吗，要到哪里去？"郑凯道："我和郑莎准备去一趟西域，然后回长安。"燕然道："凯哥，莎妹，你们即使要走，也不急于这几天吧。至少你们得和我一起先回单于庭，和我阿爸道别了再走嘛！再说，你们此去西域，路途遥远，也得做些准备不是。"郑凯道："我们去龙城买一些东西不就得了。"燕然说："那可不行！你们千里迢迢送我回到漠北，这要离去，得由妹妹帮你们准备才是。走，先回单于庭再说。"郑凯和郑莎只得随燕然返回单于庭。路上，燕然把郑凯兄妹准备离去的事也告诉了颛渠阏氏。

回到单于庭，咸召见了右骨都侯和须卜居次云。咸对右骨都侯说道："燕麦出苗了吗，情况怎样？"右骨都侯道："出苗了，情况很好。"咸又对须卜居次云说道："热曼已经成婚，你也不必再过忧心了。燕然、戈满和裴依你考虑怎么安排她们？"须卜居次云道："我建议任命燕然为女将军，暂时做我的帮手，带领一千军士协助我管理屯垦事宜。等她一切都熟悉了，我就和须卜当专门来做大单于的谋士，如何？"咸道："我同意燕然做你的助手，但你们两个还是主帅,不要想就此退位做谋士。"须卜居次云又说道:"关于戈满和裘依,我建议将她们配备给郝宿王室和贵人商议室,不知妥否?"咸道:"你的建议很好,我完全同意。"

随后,咸又召见了颛渠阏氏和燕然。咸说道:"颛渠阏氏,说说郑凯兄妹的情况吧。"颛渠阏氏道:"须卜居次云问过了郑凯,郑凯说他在汉地已有婚约。他的父母和爷爷都生活在汉地,他不愿离开他们,所以无法与燕然成婚留在漠北。"燕然道:"郑凯和郑莎准备近日就要离开漠北。他们准备先去西城,然后回长安。我准备帮他们安排出行事宜,然后送他们离开漠北。"咸说道:"好,我给你二百两黄金,你就帮他们准备去吧。"燕然道:"谢谢阿爸。"咸又问道:"你准备把他们送到什么地方与他们道别呀?"燕然道:"我就送他们到安侯河就行了。之后,他们沿着燕然山南麓西行,经过赵信城,去西域即可。"咸道:"好吧。"随后,咸又召见了戈满和裘依,对她们的任务做了安排。

第二天,郑凯兄妹在燕然、戈满和裘依的陪同下,与咸和颛渠阏氏告别。咸送给郑凯和郑莎二百两黄金及四匹良驹,祝他们一路顺利。

郑凯兄妹又在燕然、戈满和裘依的陪同下,先去龙城购置途中所需要的物品,又分别向须卜居次云和右骨都侯须卜当、右日逐王伊屠智牙师辞行。

又过了一日,郑凯兄妹在燕然、戈满和裘依的陪同下离开安侯河,踏上了西行之路。在燕然山东麓,五人挥泪告别。郑凯、郑莎沿着燕然山南麓,向赵信城方向行去,不久他们就来到了赵信城。二人决定前去拜见撒楞。

撒楞将二人迎入大帐,护卫送上了热奶茶和点心,热情招待他们。闲聊一阵后,撒楞说要出去方便一下,起身走出了大帐,大帐内就剩下了郑凯和郑莎。等待良久,却不见撒楞回来,郑凯和郑莎只得走出大帐去寻找撒楞。不想一出门,就见数千名骑兵已经把大帐围了个水泄不通。

国师的大徒弟卡宾骑在马上,对郑凯二人高声说道:"郑家兄妹,别来无恙啊!"郑凯道:"卡宾兄,你带这么多兵马到这里来,是为何故?"卡宾道:"我奉国师之命,前来查找单于庭金库丢失的黄金。不知郑家兄妹可否见到了丢失的黄金?"郑凯道:"来漠北时,我从汉地带来了一百多两黄金。离开单于庭时,大单于送给我二百两黄金。我身边就这么多黄金,难道你怀疑我们的这些黄金是单于庭金库丢失的吗?"卡宾道:"照你的说法,你们身边现在

有三百多两黄金,对吗?"郑凯道:"对!"卡宾道:"你们身边还有多余的黄金吗?"郑凯道:"没有!"卡宾道:"如果你们行囊里还有多余的黄金怎么办?"郑凯道:"如果我们行囊里还有多余的黄金,我甘愿接受任何责罚!"卡宾道:"既然这样,你们能不能让我们检查一下?"郑凯道:"请便!"

卡宾从郑凯身上和马背挂兜中找出了他们从汉地带来的一百多两黄金和咸送给他们的二百两黄金,接着又从其他行囊中找出了一千两黄金。卡宾道:"这一千两黄金从何而来?"郑凯惊讶地说:"怎么还有这么多黄金在我们的行囊中?"卡宾道:"这得问你自己呀!"郑凯大声吼道:"这到底是怎么回事?"他看着黄金,再也说不出话来。卡宾倒很平静,说道:"刚才你说过,如果你们行囊中还有多余的黄金,甘愿接受任何责罚。那好,我现在只好先委屈二位了。等我把事情查验清楚之后,会还你们一个清白的。"说罢,卡宾命人将郑凯二人捆绑了起来。

卡宾和他的部下押解着郑凯、郑莎穿过石头河大峡谷,来到了燕然山深处一个巨大的堰塞湖旁。这里四周有十几个堰塞湖和三十多个火山口。在其中一个巨大的堰塞湖附近,有一座锥形山峰。卡宾的手下把他们押上山顶时,郑凯和郑莎才发现这是一个漏斗状的火山口。火山口直径约有百余丈,深度达数十丈。火山口内,岩石黑褐,光滑陡峭,无任何出口。俯瞰火山口底部,只见凉气嗖嗖上升,令人不寒而栗。在这里,郑凯和郑莎分别被一帮士兵用长长的绳索吊到了火山口底部。随后,又吊下来一个士兵,帮他们解开了捆绑着的绳子,这位士兵随后又被吊了上去。尽管郑凯二人是疑犯,但并未受到虐待。他们的行囊用品和食物都被吊到了火山口底部。每天,上面的士兵都会给他们吊下来烤羊肉和热奶茶。甚至连待清洗的物品也都会帮他们吊上去,洗刷干净后再吊下来。火山口顶上有二百名士兵不分昼夜地轮班看守他们。

郑凯和郑莎自从被卡宾的部下捆绑后,在押解途中再没有说过一句话。被吊入到这锥形火山口底部后,一种与世隔绝的感觉随着时间的推移变得愈发明显。然而,他们只好做"井底之蛙",静观其变。他们白天睡觉,晚间不停地习练武艺。在漆黑的夜晚二人会拥抱在一起,贴着耳朵说话。

郑凯道:"莎妹,你说是什么人设下的这个套?设套者要达到什么目的?"郑莎道:"你想啊,你在漠北的表现何等优秀。你救过大单于和颛渠阏氏的命,是他们心目中的大英雄。匈奴人十分尊崇英雄,比如当年的张骞、苏武,他们宁死不降的英雄气概让匈奴人钦佩。所以,单于只是把他们囚禁起来,并不舍得杀害他们。这就是匈奴人的英雄情结。你在漠北的所做所为,让自己早就成了大单于和颛渠阏氏心中的大英雄,他们自然喜欢你。还有你那个燕然妹妹,她对你可不仅仅是崇敬和喜欢,而是非常喜爱。这些人的喜欢和喜爱,就让他们舍不得你离开漠北。"郑凯道:"我怎么没有看出来?"郑莎道:"当局则乱。"郑凯道:"这么说是大单于一家设了这个套,把我们困在了这里,是吗?"

郑莎道:"你想想看,在漠北这个地方,有谁会有留下你的动机和能力?"郑凯道:"是啊,在漠北这个地方只有大单于一家才能做得到。可他们明明知道我是不可能就范的,为什么还要这么干?"郑莎道:"你就范不就范暂且不讲。但他们今天稍稍使了一个小点子,不就轻而易举地把你给留在了漠北嘛。接下来,就是如何迫你就范了。他们可是有的是时间。"郑凯道:"我早就告诉过他们,我在汉地已有婚约,而且我的亲人都在汉地,我不愿留在漠北,这还说得不够清楚吗?我是绝不会让他们的阴谋得逞的。"郑莎道:"是很清楚,可人家就是舍不得你呀。外祖父不是说过嘛,匈奴人见到丰美的草场,飞奔的骏马,漂亮的女人,都是不惜一切要弄到手的。对于你这样优秀的男人,当然也不例外。当年张骞、苏武等人被囚禁在漠北,大单于就给他们成亲娶妻,让他们生儿育女。如今大单于也要做同样的事情。他要让你娶了燕然,给他生个大胖外孙子呢。"郑凯道:"这绝对不可能!"郑莎道:"燕然那么喜爱你,我要是你,就和她成亲算了。"郑凯道:"你又胡说八道!爹娘把你交给了我。我答应他们要一生一世和你在一起,照顾你。就是让我去死,我也绝对不会和别的女人成婚!"郑莎一下子抱住郑凯,动情地说:"我知道你心里只有我,谢谢你!"两人相互热吻了一番,才慢慢平静下来。

郑凯道:"现在我们要好好想办法,一定要逃出去!"郑莎道:"我在想,不知道燕然是否参与了设套?如果她没有参与,事情也许还有转机。"郑凯道:"如果燕然也参与了设套,逼迫我就范,我就让她的婚礼变成葬礼!"郑莎道:"那倒不必!燕然一家也是一片好意嘛!"郑凯道:"如果我始终不答应,他们

会把我们囚禁一辈子吗?"郑莎道:"他们肯定会把我们囚禁在这里的。"郑凯道:"那也好!咱们两个就永远待在这里,直到老死。"

郑莎道:"不,我不要囚禁在这里等死。我们一定要想办法逃出去。只有逃出去,我们才能永远自由自在地生活在一起。再说了,我们去西域寻找父母的心愿还没有实现,怎么就心甘情愿地让他们把我们囚禁在这里呢?"郑凯道:"那我们又有什么办法?"郑莎道:"一定会有办法的。车到山前必有路。我估计,很快就会有说客来找你的。咱们先听听他们是怎么说的,然后再将计就计。"郑凯道:"好!"郑凯接着又说:"莎妹,今后,咱们两个还是保持以前的状态,千万不能再有拥抱和亲昵的行为。如果让他们知道了你我的特殊关系,他们会首先杀了你的。"郑莎道:"为什么?"郑凯道:"为了断绝我的念想呗。"郑莎道:"我明白了,以后我一定注意。"二人反复商讨,心里越来越明白了问题所在。他们在火山口底部吃喝如常,练功不断,等待着说客的到来。

卡宾回到单于庭后即刻向国师报告了抓捕郑凯兄妹的情况,国师又赶忙向大单于做了禀报。咸再次指令决不可怠慢郑凯兄妹,一定要好好保证他们食宿。随后,咸召见了须卜居次云。咸道:"燕然跟随你去管理余吾水屯垦区,情况怎样?"须卜居次云道:"很好!她正随兰吾千夫长一道熟悉队伍的情况。等她具备了指挥军队的能力,再训练她管理屯垦的事情。到那时,她就可以独当一面了。"咸道:"很好!辛苦你了!不过,我今天要告诉你的是一件有关郑凯兄妹的事。"

咸把缉拿郑凯兄妹的事情原原本本地告诉了须卜居次云。咸道:"从郑凯兄妹的行囊中搜出了单于庭金库丢失的一千两黄金。如果是他们盗窃的,根据咱们匈奴人惩处盗窃犯的法规,小罪者扎,大罪者杀,郑凯兄妹犯的可是死罪。"须卜居次云道:"郑凯兄妹能不顾性命危险送燕然公主来漠北,足见他们有舍生取义的侠肝义胆,怎么会做出偷窃黄金这等偷鸡摸狗之事呢?我是绝对不相信的!"咸道:"我也绝对不相信郑凯兄妹会偷窃黄金。然而,毕竟在他们的行囊中搜出了那么多黄金,你说如何处理?"须卜居次云道:"大单于,这件事一定有问题,咱们千万不能冤枉了他们。这两个年轻人毕竟救过你和颛渠阏氏的命,以命换命,咱们也得保全二人的性命。"咸道:

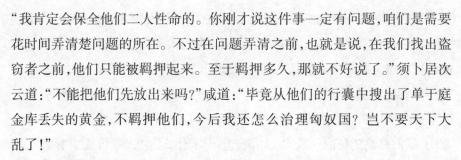

"我肯定会保全他们二人性命的。你刚才说这件事一定有问题,咱们是需要花时间弄清楚问题的所在。不过在问题弄清之前,也就是说,在我们找出盗窃者之前,他们只能被羁押起来。至于羁押多久,那就不好说了。"须卜居次云道:"不能把他们先放出来吗?"咸道:"毕竟从他们的行囊中搜出了单于庭金库丢失的黄金,不羁押他们,今后我还怎么治理匈奴国?岂不要天下大乱了!"

须卜居次云道:"真的就没有别的办法尽快恢复他们的人身自由吗?"咸道:"我倒有一个办法,只是不知道郑凯会不会同意?"须卜居次云道:"大单于有什么办法,请您明示。"咸道:"如果能让郑凯与燕然结为夫妻,我想也就不会再有人主张羁押他们了。"须卜居次云一听就完全明白了大单于的图谋,于是说道:"好啊!这样就能够尽快恢复他们的人身自由了。只是郑凯在汉地已有婚约,要他同意与燕然婚配,难呐!"

咸道:"有难度,但只要把利害关系和郑凯说明白,他那么聪明的孩子,一定会乐意接受的。再说,我女儿又不是嫁不出去。和她成婚,也不是什么丢人的事情嘛。"须卜居次云道:"燕然公主像花一样美丽,郑凯英俊潇洒,可谓天作地和的一对。他们若能成亲,那可是咱漠北最大的一件喜事。我可以去试试说服郑凯,但不敢保证就能成功。"咸道:"此事我就全权委托给你了。只要能达到目的,采取什么办法都行!"须卜居次云道:"好,我尽力去办。"

须卜居次云来到关押郑凯兄妹的地方,让看管郑凯兄妹的士兵把她吊到了火山口底部。须卜居次云见到郑家兄妹说:"我受大单于之命前来探望你们。你们还好吗?"郑凯郑莎齐声说道:"还好!谢谢您!"须卜居次云道:"事情的经过我都知道了。虽然我绝对不相信你们二位偷窃黄金,但毕竟黄金是从你们的行囊中搜出来的。你们两个可以说是别人盗窃的,偷偷地塞到了你们的行囊中。可又有谁能证明此事呢?又有谁能调查清楚这件事呢?没有人证物证,如何能洗清你们的冤屈,还你们一个清白呢?你们也许知道,匈奴人惩处犯罪的规定是小罪扎,大罪杀。漠北地区狱久者不满十日,一国之囚不过数人。早年汉使苏武虽然未被斩杀,却被囚禁于北海十九年。我想,大单于肯定不会斩杀你们这么优秀的青年才俊,但很可能会把你

们一直羁押在这深坑地洞里。因此,当务之急不仅是要救你们的性命,更重要的是尽快恢复你们的人身自由。为此,我们大家都在想办法。大单于和颛渠阏氏也为此事日夜难眠,后来他们想出了一个办法,只是不知道郑凯愿意不愿意接受?"

郑凯道:"首先我表明,偷窃黄金这种苟且之事我们兄妹是绝对干不出来的,我们是被冤枉的。其次,大单于想出了什么办法,不妨说来听听。"须卜居次云道:"大单于的办法是想让你和燕然结为夫妻。如果你成了大单于的女婿,谁还能主张治你们的罪?"郑凯道:"这个办法并不能澄清我们是被冤枉的。"须卜居次云道:"郑凯,我想请你考虑两个问题。第一,我们何年何月何日才能抓到那个盗窃黄金的人?第二,我们如果永远抓不到那个盗窃黄金的人怎么办?俗话说得好,好汉不吃眼前亏。等你和燕然成了亲,人家巴结你都来不及,还会有谁记起你行囊中有一千两黄金的事。"郑凯道:"我做人清清白白,绝不能为了活命和人身自由就甘受屈辱和冤枉。如果那样,我宁愿去死!再说,数日前我曾经告诉过您,我在汉地已有婚约,而且我的亲人都在汉地,我不愿留在漠北。所以,我无法和燕然成婚。"

须卜居次云道:"难道你真想一辈子被囚禁在这里吗?郑莎,你得好好劝劝你哥哥,不要犯傻!与燕然成亲又不是什么坏事。"郑凯道:"您说的这些道理我都明白,但燕然是我的结拜妹妹,我喜欢她,但绝对不是那种男女之间的喜爱。如果强迫我与她成婚,岂不害了她?"须卜居次云道:"郑凯呀郑凯,你太过迂腐,你可能不知道匈奴女子敢爱敢恨的个性吧。如果一个匈奴女子爱上了某个男人,她随时都愿为她的男人奉献一切。比如你们敬仰的大英雄张骞,他被囚禁在匈奴时,单于给他婚配了一个匈奴女子为妻。也许张骞根本就不爱她,但这位匈奴妻子非常爱张骞。看到自己的丈夫终日忧思,于心不忍,就舍命帮助张骞逃回了汉地。这样善良多情的匈奴女子难道不可娶吗?她应该和张骞一样被尊崇为大英雄。没有她,能有张骞的成功吗?所以,张骞的功劳中有她一半。"

郑凯道:"我要娶的妻子是我娘为我选定的女人,我怎么可能再随便接受别的女人为妻呢!"须卜居次云道:"郑凯,你这就太无知了。先不说你们尊敬的皇帝后宫佳丽无数,就说你崇敬的大英雄张骞、苏武吧,他们在汉地都有妻子。可他们来漠北后不都又娶了匈奴妻子吗？苏武的匈奴妻子为他生了儿子苏通国,后被汉帝赎回,封为郎官。所以,你和燕然成亲并不影响你在汉地的婚约。你和燕然成亲之后,可以离开漠北,去汉地再与你娘为你选定的女人成亲。但眼下最重要的是保全你的性命,恢复你的人身自由!"郑凯道:"这些也是燕然公主的想法吗?"须卜居次云道:"燕然公主尚不知此事。她已去余吾水垦区任职,整日在训练她的部下。"郑凯道:"我要见燕然公主。"须卜居次云道:"好,我马上去通知燕然公主来见你。"

自从送走郑凯兄妹后,燕然就到了余吾水垦区任职。她随同千夫长兰吾一道训练她们所带领的一千兵马。这段时间她观看了队伍骑射和攻击训练,今日她们又组织了撤退的训练科目。训练虽然也挺有意思,但这与她在长安时习惯的生活格格不入。在漠北她成了整日骑马射箭、舞刀弄棒之人,但生活却少了许多诗情画意,比如逛街、看戏、到茶馆喝茶、听说书人讲故事等。燕然不时想起和郑凯兄妹在一起时,那种游走天涯、自由自在的畅快心情。现在她留在漠北,实在感到孤独无聊。她想,这绝不是她想要的生活。她时常对自己讲:"早知道这样,就应该和他们一起去西域。"

正当燕然在马上走神时,护卫来报,说须卜居次云找她。燕然立即赶回余吾水屯垦大帐,见到了须卜居次云。燕然问道:"您从单于庭回来了,有什么事吗?"须卜居次云答道:"郑凯兄妹被国师的人抓了。"燕然惊讶地问:"他们不是已经去西域了吗？ 怎么被抓的,为什么要抓他们?"须卜居次云道:"在他们的行囊中搜出了一千两黄金,他们被怀疑盗窃了单于庭金库里的黄金。"燕然惊讶地大声喊道:"什么？ 他们偷了单于庭丢失的黄金,这是天大的笑话,我绝不相信!"须卜居次云道:"我也绝不相信他们偷窃了黄金,但问题是的确在他们的行囊中搜出了丢失的黄金。谁能证明这些黄金不是他们偷的？ 谁能拿出他们没有偷窃的证据？ 如果拿不出来,他们只有受罚。偷窃这么多黄金,那可是死罪呀!"燕然道:"就没有办法救他们了吗?"

须卜居次云道:"你阿爸倒是想出了一个办法可以救他们。"燕然道:"什么办法?"须卜居次云道:"让你和郑凯结为夫妇。如果他成了大单于的女婿,谁还敢治他的罪!这样不就很快可以救下他的性命,还他自由之身了吗?"燕然道:"郑凯在汉地已有婚约,他不会同意与我成婚的。"须卜居次云

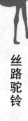

道："那你到底喜欢不喜欢他，愿不愿做他的妻子？"

燕然道："我喜欢他，也愿意做他的妻子。但用这种卑鄙的手段强迫他成婚，恐怕他不仅不会爱我，还会恨我。甚至连同我们结拜兄妹的情分也可能就此不复存在了。"须卜居次云道："大单于的办法如果你们都不愿意采纳，那可就真的没有办法解救他们了。"燕然道："不！我一定想办法救他们！我这就去见我阿爸和阿妈。"须卜居次云道："好吧，我在安侯河等你。"

燕然带着卫士立即去了单于庭，她首先见了颛渠阏氏。燕然道："阿妈，郑凯兄妹被抓了，你得想办法救他们。"颛渠阏氏道："我也正为此事发愁呢。至于如何救他们，你阿爸想了一个办法，那恐怕是唯一的办法。你还是赶快去和你阿爸谈谈吧。"燕然赶忙去见大单于。

咸对燕然道："国师的人在追寻单于庭丢失的黄金时，从郑凯兄妹的行囊中搜出了一千两黄金。我绝对不相信郑凯兄妹会偷窃黄金，但直到今日没有任何证据可以推翻对他们的指控。我不会斩杀他们，但在找到偷窃单于庭黄金的行窃者之前，必须羁押他们。如果行窃者一辈子都找不到，他们就只能一辈子被监禁在那里。"燕然道："不能现在就释放了他们吗？"咸道："不能！从他们行囊中搜出了单于庭丢失的黄金，如果不羁押他们，我今后还怎么治理大匈奴？目前，解救他们的唯一办法就是郑凯必须答应与你成婚。你们办了婚事，他成了我的女婿，自然也就没有人再敢治罪于他，也就恢复了他的人身自由。我想你还是去说服郑凯吧！"燕然道："郑凯在汉地有婚约，不会同意与我成亲的，那怎么办？"咸道："那我也就没有办法了。不过，你可以告诉郑凯，我是非常开明的。如果你们成了亲，婚后你们还可以去汉地，完成他在汉地的婚约。"燕然虽然对咸很是失望，但对咸说的话她没有理由可以反驳。

燕然离开单于庭，赶忙去见郑凯、郑莎兄妹。一到锥形火山口底部，燕然就对郑凯道："凯哥，自从你们西去后，我就到余吾水垦区任职了。要不是须卜居次云告诉我你们被囚禁在这里，我还以为你们已经到西域了。"郑凯冷冷地说："你们一家人设的局，还装什么？我只想问问你，即使咱们两个成了婚，你觉得我会爱你吗？你以为我会尽一点点做夫君的责任吗？"燕然道："天神在上，我发誓，事情不是你想象的那样。如果我与我的家人串通一气，逼迫你与我成婚,我走出这火山口就让响雷把我劈死。"郑莎赶忙说:"算了,算了,燕然姐姐,我相信你! 尽管你很喜欢凯哥,但也不会逼迫凯哥做他不愿做的事情。须卜居次云来这里和我们谈过了,说大单于有一个解救我们的办法。你去见过了大单于吗,他到底怎么讲的?"

燕然道:"我见了须卜居次云后就去见了我阿爸阿妈。他们说也绝对不相信你们兄妹二人偷窃黄金。只是,直到今日没有一点证据可以推翻对你们的指控。我阿爸说如若把你们放出去,他以后就无法治理大匈奴了。所以他只能把你们囚禁在这里。如果一直找不到窃贼,你们就只能被长期关押。他说解救你们的唯一办法是让凯哥与我成婚。这样别人就不敢再追究你们了。"郑莎道:"燕然姐姐,你真的要解救凯哥我们吗?"燕然道:"是! 我发誓,我每时每刻都铭记着咱们结拜时说过的话,有福共享,有难同当,齐心相助,永不背叛!"郑凯听着燕然这么说,也改变了态度,说:"妹妹,凯哥错怪你了。你是我的好妹妹,我信你!"郑莎道:"凯哥,燕然姐姐,难道我们就真的想不出一个逃离的办法吗?"燕然道:"咱们一起好好想想,一定会想出好办法的!"

郑莎道:"我一直在想,如果只有你们两个成婚,大单于才会释放我们的话,你们两个可否来个假成亲?"燕然道:"对呀,我们整个假成亲,不就可以从这里逃出去了吗!"郑凯道:"假成亲? 这怎么能行!"郑莎道:"就像我们小时候玩过家家那种假成亲嘛。"郑凯道:"我们现在都是大人了,成亲这事可不是闹着玩的!"燕然道:"咱们假成亲只是骗他们,然后我送你们从容不迫地离开漠北,如何?"郑莎道:"这件事的确非同小可。此事只准我们三个人知道,不准对任何人透漏一点实情。等你们举办了成亲典礼后,你们就给大单于说要到西域游玩一下,我们就可以顺理成章地逃离漠北。"三人在锥形火山口底部详细地计划了几日后,燕然去安侯河见了须卜居次云。

燕然在安侯河东部的屯垦大帐见到了须卜居次云,说道:"几日来,经过郑莎和我反复做工作,郑凯说只要在他与我成婚后还允许他去汉地履行婚约,他可以在漠北与我成婚。"须卜居次云赶忙让燕然带她去了锥形火山口底部,亲自询问郑凯的意见。须卜居次云道:"郑凯,看来你的两个结拜妹妹比我说话有份量。你真的想通了?"郑凯道:"只要不影响我答应爹娘的事,

允许我履行在汉地的婚约，我可以与燕然在漠北成婚。燕然妹妹贵为公主，而我只是一介布衣，只要大单于和燕然妹妹不嫌弃我，那就谢天谢地了。"须卜居次云得到了郑凯的亲口许诺，非常高兴，说道："我知道你是一个聪明的小伙子，一定会做出正确选择的。好，我和燕然这就去向大单于禀报，希望能尽快喝到你们的喜酒。"

须卜居次云和燕然立即赶往单于庭去见大单于和颛渠阏氏。须卜居次云报告了说服郑凯的情况，咸很高兴，决定十日后给他们举办婚礼。按照燕然的要求，她的成婚地点和婚房就设在余吾水屯垦大帐内。那里离单于庭较近，颛渠阏氏可以亲自安排成婚典礼事宜。

成婚前几日，须卜居次云和燕然带着婚服和一千人马去锥形火山口将郑凯兄妹接出。郑凯和燕然换上婚装，骑在高头大马上，格外耀眼。成亲队伍一路上旌旗招展，锣鼓喧天。他们先到单于庭向大单于咸、颛渠阏氏跪拜谢恩，大臣们齐聚单于庭大帐奉送贺礼，咸为二人举办了隆重的送婚宴会。各位大臣们也都悉数参加，以示祝贺。咸在宴会前发表讲话说："谢谢大家来参加我女儿燕然的成婚庆典宴会。郑凯兄妹送燕然来到漠北，表现非凡。之前，郑凯兄妹准备离开漠北，颛渠阏氏想送给他们一千两黄金在路上使用，但又害怕他们不愿接受，就让人悄悄地放入了他们的行囊。不想，在赵信城被追踪单于庭金库丢失黄金的检查人员查出，误认为是郑凯兄妹偷窃了单于庭金库的黄金。当时颛渠阏氏生病，也没有及时赶来向我通报情况，造成了一场误会。现在我宣布，郑凯兄妹是无辜的。今天当着各位大臣的面，我除了把这一千两黄金还给郑凯，还要再送给燕然和郑凯一千两黄金作为成婚贺礼。"大臣们齐声欢呼。随后，单于庭乐律坊献上了一场欢快的歌舞表演作为祝贺。大臣们推杯换盏，贺词连连，一直欢庆到深夜。

第二天，郑凯和燕然从颛渠阏氏手中接过两条金柄马鞭，在兰吾千夫长带领的人马护卫下，随同颛渠阏氏一道去设在余吾水处的新婚大帐。按照颛渠阏氏的安排，来参加燕然成婚典礼的各路宾客早已等候在那里。贵宾中有右日逐王、右骨都侯、须卜居次云、国师及其徒弟们、热曼和弓弩将军、萨满大师及其徒弟们等。

新婚大帐外，篝火晚会异常热闹。兰吾千夫长安排了一批又一批士兵陪同来宾狂欢,直到深夜。

天亮后,郑凯和燕然起了床。二人洗漱完毕,走出大帐去见颛渠阏氏。颛渠阏氏正在恭送来宾。右日逐王、右骨都侯、须卜居次云、国师及徒弟们、热曼及弓弩将军、萨满大师及数十名徒弟们、郑莎等也都在场。燕然和郑凯一一向大家致谢,感谢众人来参加他们的婚礼。送走客人,现场就剩下了颛渠阏氏、须卜居次云夫妇、燕然、郑凯、郑莎和兰吾千夫长。须卜居次云告诉燕然和郑凯,大单于给他们放一个月的假,他们可以去各处游玩观光。等他们回来后,大单于还有更重要的任务安排给他们。须卜居次云率领一千人马护送颛渠阏氏返回了单于庭,众人相互告别。

郑凯、燕然和郑莎随后也去了龙城,购置去西域用的食品、用品和马匹。燕然准备了六匹马。郑凯问:"燕然妹妹,你为什么准备这么多马匹?我和郑莎两人各自骑上一匹,再有两匹马驮行李就足够了。"燕然道:"那我呢?我骑什么?"郑凯道:"你好不容易回到了大单于和颛渠阏氏身边,应该留在漠北。"燕然怒吼道:"你觉得我还能留在漠北吗?一个已经举行了成婚典礼的女人,没有过一天成双的日子,就让丈夫给抛弃了,你觉得这样的女人还能在漠北待下去吗?她的阿爸和阿妈还有脸面见人吗?你是不是想让整个漠北的人都天天嘲笑我们?"郑凯如同被燕然点了穴道,一下子呆住了。很久,他才悲切地说:"哥哥有罪!是哥哥玷污了妹妹一生最珍贵的名誉。"燕然喘着粗气说道:"没有什么对不起的,是妹妹不好,与哥哥无关。"郑凯道:"我答应你,再不让你留在漠北。你和我们一起游走天涯吧!"燕然这才长出了一口气,说道:"好!今生今世无论哥哥走到哪里,妹妹都要跟随你走到哪里。不管怎样,妹妹是您名义上的妻子,我舍不得与哥哥再分开。"郑凯道:"我发誓,我们兄妹永远不再分开。不过,你得答应哥哥一件事。燕然道:"什么事?"郑凯道:"你得让哥哥为你找一个如意郎君!"燕然道:"我既然与哥哥一起离开漠北,一切都会听哥哥安排的,请哥哥放心!"这时,郑莎走了进来,说:"新婚宴尔,不舍得分开了吧?"燕然道:"莎妹,你好个没良心的。我和凯哥假成婚,才换来了咱们今天的自由。你倒好,还敢来戏弄与我,看我怎么收拾你。"说着,燕然就跳过去和郑莎玩闹。郑凯赶忙劝解道:"你两个不要再打闹了。要是让人听了去,报告了大单于我们是假成婚,那我们还走得了吗?"二人伸了伸舌头,不再说话。

次日,三人带着帐篷、粮草、食物、饮水和煮饭用具,经安侯河,穿过燕然山中部的石头河大峡谷和堰塞湖区,沿西流的扎布汗河向大湖盆地行进。

大湖盆地位于燕然山和阿尔泰山之间。盆地南高北低,分布着三百多个湖泊。大湖盆地由三个相对封闭的盆地由南向北排列。南部盆地是沙尔加音盆地,以荒漠植被为主。盆地内的主要湖泊是哈尔乌苏湖、哈尔湖和德勒湖。中部盆地是吉尔吉斯盆地,多为荒漠草原。盆地内的主要湖泊为吉尔吉斯湖。北部盆地是介于唐努马拉山与汗呼赫山之间的乌布苏盆地,以干草原为主,局部地区为荒漠草原。乌布苏湖是北部盆地内的主要湖泊。哈尔乌苏湖承接科布多河的来水,流入哈尔湖。而发源于燕然山北麓的扎布汗河则接受来自哈尔湖的水流,向北注入吉尔吉斯湖,将大湖地区的几大湖泊连到了一起。这里曾经是匈奴人早期生存繁衍的地方,后来成了右贤王的后方基地。

郑凯三人沿扎布汗河北岸向西挺进。在扎布汗河上游,他们看到了许多分散于河两岸草场上的穹庐。行进了一大段路程,他们感到有些口渴,就向一个穹庐奔去,准备向穹庐内的牧民索要一点热奶茶喝。不想还没有到达穹庐时,就见两个佩剑背弓的士兵分别用一只手提着一个三岁左右的孩子从穹庐中走出来。这时穹庐内跑出一个披头散发的女人,她死命地抱住小孩不肯松手。一个士兵飞脚向那女人踢去。可是任凭那士兵怎么踢她,她也不肯松开双手。这时,穹庐里又跑出一位男子,飞身抱住了那个踢女人的士兵,两人随即扭打在了一起。看来那男子是女人的丈夫。另一个士兵松脱小孩,一记重拳向那女人的后脑勺击去,那女人顿时被打晕过去。那士兵又立即抽出利剑,就要刺向与他的同伴扭打在一起的男子。

骑在马上的郑莎早已看不下去,她一个五指旋射就发射了一个石子,把那个出剑刺人的士兵打晕在地。接着又用一枚石子将另一个士兵打倒。燕然找出绳子把二人捆了起来,郑莎和燕然又把受伤的女人扶起,把小孩儿抱给那女人。那女人的丈夫从穹庐内取出了一些树叶贴在女人的太阳穴上。过了一阵子,那女人才慢慢醒来。燕然问道:"为什么他们要抢你们的孩子?"那女人的丈夫回答道:"我们夫妇是匈奴人的奴隶,整年给匈奴人放牧。

匈奴人规定，孩子三岁以后必须由匈奴母亲抚养。"郑莎问道："为什么？"那男子道："孩子三岁前最难抚养又没有太多记忆。三岁后，孩子逐渐有了记忆，他们由匈奴女人养大，再也见不到自己的生身父母，就只知道养育他们的匈奴女人是他们的阿妈。这样，孩子就完全被驯化成了匈奴人。"燕然和郑莎都点头道："哦，原来如此！"

正当她们谈话时，远处一队人马提弓握箭向这里奔来。原来，当郑莎出手击倒两个抢夺孩子的匈奴士兵时，同行的一位士兵在附近小解。他发现两位同伴被擒住，就悄悄地跑回到在此处执行巡查任务的百夫长处报告。百夫长听说此事后，立即带领手下部众赶来了。上百匹战马即刻奔到了面前。匈奴兵举弓搭箭，把郑凯三人包围了。

燕然道："你们是右贤王的人马还是须卜王的人马？"那百夫长道："我们是右贤王的三子圣都小王爷的人马。你们是什么人，竟敢来我们草原撒野？"燕然道："我是当今匈奴大单于的女儿燕然公主。"那百夫长道："在下百夫长冷丘。不过，在下并没有听说过公主的名号。"燕然道："请带我去见你们圣都小王爷！"冷丘道："圣都小王爷远在科布多大帐。他手下的塔奇将军就在前面，我还是带你们先去见见塔奇将军吧。"燕然道："带路！"

冷丘带着众人前行。他们翻过一个小山丘，前面出现了一片大草原。草原上一个军官正在指挥兵丁给奴隶烙印，分发帐篷、生活用具和牛羊。冷丘走上前去报告道："将军，我们抓来一男二女。有一个女的自称是当今匈奴大单于的女儿燕然公主，您看如何处理？"塔奇道："听圣都小王爷说，大单于好像有一个女儿。不过，我们谁也没有见过呀。"百夫长道："那怎么办！"塔奇道："那还不好办，带我去见燕然公主。"

塔奇将军中等身材，体格健壮，大头圆脸，小眼眯缝，典型的匈奴男人长相。他一见到燕然，就抱拳施礼道："不知公主驾到，有失远迎，请公主见谅！"燕然道："塔奇将军公务在身，打搅了！"塔奇道："圣都小王爷派人押送来三千多名从西域掠来的奴隶。我们正按照规定给他们烙印，分发帐篷、生活用具和牛羊。以后，他们就可以为咱们牧羊了。"燕然问道："是在手臂上烙印，还是在腿上烙印？"塔奇道："右地的奴隶都在右腿上烙印。"燕然看了一下那些奴隶，发现都是成年男性奴隶，又问道："没有掠来的女人吗？"塔奇

道："女人都分给咱们自己兄弟了，好让她们给咱们多生些孩子。"燕然又问："掠来的有孩子吗?"塔奇道："有! 三岁以上的孩子交由匈奴母亲抚养，他们长大以后就成了咱们匈奴人。"燕然道："我明白了。我这次是去西域游玩，今日路过此地，就不多打搅了!"塔奇道："有机会在这里遇到公主是末将的福气。现在天色近晚，若公主看得起末将，就给我一个款待您的机会，如何?再说了，须卜王的大公子须卜驼将军今天也来到了这里。咱们正好热闹一番。"燕然道："须卜驼将军怎么也在这里?"塔奇道："他是去科布多给小王爷贺喜的，路过我这里休息一下。"燕然道："那好，请带我去见须卜驼将军。"

恰在这时，有几个刚从囚车上下来的奴隶大声喊叫着说："如果不把老婆还给我们，我们就坚决不接受在腿上烙印。"一些匈奴士兵跳下马来，两个人拧着一个奴隶的胳膊，强行给他们烙印。烙印后，奴隶又被押解着去领帐篷。没想到有十多个奴隶突然挣脱匈奴士兵的手，四散奔逃。有的去抢匈奴士兵的马，有的往草原旁边的山林里跑。塔奇一声令下，万箭齐发。转眼工夫，那十几个奴隶满身都被射满了利箭，一个个变成了刺猬。看到这番情景，燕然等人也不由得惊愕了。塔奇赶忙说道："让公主受惊了!"他把后续工作布置给几个千夫长后，就带着燕然等人去了他的大帐。

在塔奇的大帐里，燕然等人果真见到了须卜驼将军。燕然一见到须卜驼，抱拳施礼道："须卜驼将军，咱们有幸又在这里相遇了。"须卜驼道："是啊，多亏圣都王子添了人丁，我这才奉我家王爷之命，前去科布多贺喜。"燕然道："我也要去科布多，正好咱们可以同路。"晚上，塔奇举办了一个丰盛的宴会欢迎燕然公主和须卜驼将军的到来。

第二天早饭后，燕然等人随同须卜驼将军以及他率领的一千人马沿着扎布汗河去了大湖附近的科布多。

早年，科布多曾是右贤王的王庭所在地。后来，右贤王王庭西移到了呼揭国的乌伦湖一带。但科布多留有一万兵马放牧守护，由卢浑的三子圣都王子掌管。右贤王卢浑与须卜王是儿女亲家，圣都娶了须卜王最小的女儿须卜丽为妻。这些天，圣都正在为喜添贵子高兴。这时护卫来报，须卜驼来贺，圣都赶忙迎出大帐。须卜驼把燕然、郑凯和郑莎向圣都一一做了介绍。圣都道："不用介绍了，五月龙城大会时我和公主她们就认识了。"燕然道：

"什么公主不公主的，按辈分我得叫须卜驼为叔叔。你是卢浑叔叔的儿子，应该是我的哥哥。那叔叔、哥哥请受小女一拜！"

其实，匈奴人没有辈分可言，这是他们的习俗。呼韩邪单于与王昭君结婚后产下一子，就是右日逐王伊屠智牙师。呼韩邪单于死后，其长子雕陶莫皋不仅继承了呼韩邪的单于位，也收继了除其生母之外的呼韩邪单于的所有女人，王昭君又成了雕陶莫皋的妻子。王昭君与雕陶莫皋生下两个女儿。长女名叫须卜居次云，次女名叫当于居次。三人虽为同母异父的兄妹，但呼韩邪单于实际上应该是伊屠智牙师的父亲，是须卜居次云和当于居次的爷爷。所以，燕然今日讲起辈分来，反倒弄得大家哈哈大笑起来。圣都赶忙请燕然等人入座，燕然取出一百两黄金，送给圣都，表示祝贺。大伙顶着满天的星辰，在圣都大帐外的小广场上生起篝火，开怀畅饮起来。他们大口吃肉，大口饮酒，好不痛快。之后，他们又手拉着手，围着篝火跳起舞来。直到天快拂晓，大家才分头去歇息。

在圣都大帐逗留两日后，郑凯等人逆科布多河而上，前往金微山。金微山山脊是北冰洋南部的制高点，西南的湿冷气流为金微山山脉带来了丰沛的雨雪。雪水顺坡南下，形成了额尔齐斯河与乌伦河两大水系。这两大水系一路向西奔流又形成了众多的湖泊、瀑布以及大大小小的支流。河上荒野千里，河中水流清澈。金微山拥有富饶的山地森林和丰美的高山牧场。牧民们常常赶着大群的牛羊和骆驼，缓缓走过这游牧人的天堂。在金微山东北坡的雪山冰峰处有一条宽达百多丈的达坂山口。山口两旁的山峰如斧剁刀砍，参差不齐，直插云天。北面山坡上耸立着四五十座冰川，像铺设在山间的玉带，蔚为壮观。郑凯三人从这一山口翻过金微山，顺喀纳斯河行进。

喀纳斯河是布尔津河的主要支流，河水来自喀纳斯湖。湖水倾泻而下，在山谷中蜿蜒流淌，形成了卧龙湾、月亮湾等美轮美奂的水湾河滩。在喀纳斯湖南端出水口之下的河段两旁巨石密布，水流湍急，浪花四溅。在鸭泽湖到卧龙湾河段，河面宽阔，水流缓慢，河滩上绿草如茵，河岸上林木葱郁。郑凯三人沿布尔津河南下，越过额尔齐斯河抵达了乌伦湖。乌伦湖地界属于呼揭国。西汉文帝时，匈奴人征服了呼揭国，将呼揭人迁移到漠北高原，变

成了匈奴的奴隶。呼揭国从此变成了匈奴右贤王的牧地。

右贤王部居于匈奴右地，王庭曾先后设于塔尔巴哈台、巴里坤湖和乌伦湖一带。右地西南与乌孙的恶师城和车延城接壤，东南与汉朝的上郡相邻，北与坚昆相接。此时，右贤王的王庭就设在乌伦湖。

乌伦湖呈不规则斜长方形，长轴为西南至东北走向。呼伦湖西岸是连绵起伏的山峦和陡峭的悬崖峭壁，东岸和南岸则地势平坦开阔。乌伦湖湖盆由断层陷落形成，湖北岸也都是断崖。发源于阿尔泰山的乌伦河流入湖中，成为乌伦湖的主要水源。乌伦河由东向西先流入吉力湖，再经库依戈河向西北流入乌伦湖。吉力湖东岸及乌伦河河口两侧，芦苇茂密，杂草丛生，野鸭成群，海鸥飞翔。白天鹅和斑鹤也常在湖中游弋。乌伦湖东岸则是柔软的白色石英砂沙滩。沙滩洁白细腻，宛如银色的绸带围绕着清澈见底的湖水，尤为迷人。

郑凯三人正沿着乌伦湖东岸行走，迎面飞驰过来一队人马。待他们来到面前时，燕然抱拳施礼道："各位兄弟，在下是匈奴大单于的女儿燕然公主，专程来右地看望右贤王卢浑叔叔，请予通报。"一个领头的军官抱拳施礼道："原来是燕然公主驾到，欢迎！欢迎！在下吉塔，在右贤王庭任千夫长，请公主多多关照！"随即，吉塔喊道："哈驮百夫长，请快去通报右贤王，就说燕然公主驾到。"哈驮百夫长领着一队人马沿乌伦湖向南驰马奔去。

郑凯等人随同吉塔千夫长来到乌伦湖南岸的右贤王庭时，卢浑带着右贤王庭的大臣们已在大帐外迎接。卢浑道："是什么风把公主给吹到了乌伦湖？"燕然道："是卢浑叔叔的东风把我给吹来了。"卢浑道："昨天一个去单于庭办事的人回来说，你和郑凯已经成婚，是真的吧？"燕然道："卢浑叔叔的消息真够灵通的，我的夫君郑凯你是认识的。"郑凯赶忙上前抱拳施礼道："右贤王好！"卢浑道："五月龙城大会时我们见过面的。"郑莎也上前抱拳施礼道："右贤王，您还记得我吗？"卢浑道："和燕然一起弹琵琶的漂亮姑娘，我会不记得吗？我还没有那么老吧。"燕然道："卢浑叔叔正值壮年，英雄了得，何提一个老字，再过四十年也不会老的！"卢浑哈哈大笑道："我只比你阿爸小两岁，也是四十多岁的人了，和你们这些年轻人比可就老多了。"燕然道："叔叔正是四十不惑的年龄，脑力和体力都处于人生的巅峰时期，我们这些不懂世事的孩子,都羡慕死你们了。"卢浑道:"你们羡慕我们,我们羡慕你们,咱们就互相羡慕吧!"

卢浑邀请三人入帐后又问:"我说大侄女,你们刚刚完婚,不在漠北好好待着,来右地干什么?"燕然道:"听人说,西域有三十多个城郭之国,就像串在叔叔腰带上的珍珠一样,侄女心生好奇,就想来看看,不知叔叔想不想让侄女看呀?"卢浑道:"这些珍珠残缺不全,有什么好看的!"燕然道:"难道这些西域诸国都和叔叔作对不成?"卢浑道:"冒顿单于时,我大匈奴就东败东胡,南吞楼烦和白羊河南王,北服丁零、坚昆,西破月氏,夷平西域。当下,天山南北诸国,大部分都归顺了我大匈奴,但大沙漠以南的昆仑山北沿诸国尚属新朝。"燕然道:"我匈奴国不也是新朝的属国嘛。"卢浑道:"现在名义上我们是新朝的属国。但实际上,我大匈奴正在与新朝对抗,伺机在各地夺取地盘。你阿爸为我大匈奴制定的方略就是维持稳定,自我发展,伺机而动。我的任务就是伺机进攻,把整个西域变成我大匈奴的属地。"燕然道:"我阿爸和您的大计我不甚理解,我现在最关心的是如何到西域游玩一番。您告诉我,离叔叔大帐最近的是哪个小国?"卢浑道:"离我王庭最近的当数焉耆和乌孙了。向东南是焉耆,向西南是乌孙。"燕然道:"那我们就先去乌孙看看。"

卢浑道:"乌孙曾是西域大国,疆域宽广,有六十多万人口,胜兵十多万。后来,大小昆弥分治,双方互相攻伐,国家陷入分裂,国力大减。当下,乌孙局势混乱,盗匪四起,你们去乌孙可得注意安全!"停了一下,卢浑又道:"要不然我派些人手保护你们?"燕然道:"不劳烦叔叔了,我们自己当心就是。"

卢浑道:"特克斯河流域是乌孙人的夏都。此地距离我们不太远,有我匈奴须卜兰公主的孙子,也就是我匈奴的曾外孙小昆弥治理。赤谷城由汉朝解忧公主的孙子大昆弥治理。王莽尚未篡位当皇帝时,匈奴和乌孙同属汉朝天子。乌珠留若鞮单于还做过大小昆弥的说客,希望他们能和睦相处。乌孙大昆弥伊稚靡和小昆弥安犁靡也曾派代表入朝觐见过汉朝天子。此后,乌孙大昆弥伊稚靡和小昆弥安犁靡的长子分别继位,我这些年也经常与二人打交道。不妨我给他们写个书信,遇到麻烦时,也许能够帮到你们。另外,你们如果还要去天山南沿诸国走走的话,我也分别给姑墨国、焉耆国、尉犁国、危须国、车师国的国王们和南将军写个书信，这样你们在西域行走也就比较安全了。再说，你夫君郑凯武艺出众，五月龙城大会时他就出手救过大单于的命。有他在你身边，我也就放心了！"

郑凯等人在乌伦湖周围游玩两日后，与卢浑告别，驰马向西南行进。他们经过魔鬼城、百口泉、白碱滩，前去乌孙的恶师城。

第六章　乌孙双都

恶师城是乌孙东北部毗邻匈奴的边塞小城。早年,这里城池坚固,易守难攻。如今,恶师城破败,城墙倒塌,无人整修,成了周围农牧民的大巴扎。乌孙小昆弥派遣一千余人马驻扎在恶师城南部,维持治安和税收。恶师城北面有一个大湖盆,名叫莲花池。湖中碧波荡漾,湖边青草如茵。郑凯等人经过莲花池进入城中,街上人来人往,倒也热闹。他们在大巴扎里逛了一圈,买了些烤馕、奶茶和烤肉作为晚餐。

傍晚,三人来到城外,在城西面一段尚未倒塌的城墙处搭起帐篷过夜。上半夜,两个姑娘坐在帐篷外聊天,郑凯睡觉。后半夜,郑凯放哨,两个姑娘去帐篷歇息。大约丑时,就见一群黑影朝帐篷围来。原来郑凯等人在逛大巴扎时,已经被人盯上。待这帮人走近时,郑凯从帐篷后突然跳出,问道:"来者何人?"来人也不答话,前面两人举剑便刺,郑凯挥棒击打。这些人根本经不住郑凯的大棒攻击,手中的利剑即刻被击飞。郑凯就势下滑,向下击打。二人"啊"的一声,扑倒在地。后面的人继续挺剑来刺,也被郑凯一一击倒。不多时,冲上来的十多个匪徒都抱着受伤的双腿倒在地上,"哎呀!哎呀"地叫嚷着。

郑莎和燕然被外面的打斗声惊醒,走出帐篷,问郑凯道:"这些是什么人?"郑凯道:"国裂四方乱,贼寇平地起。在这边境小城,恐怕多是盗匪吧。这里天高皇帝远,恐怕也没有什么官衙能审理他们,就放他们走吧。"三人也不搭理这些受伤的盗匪,任由他们叫嚷着。劫匪们见没有人搭理他们,就慢慢地爬起来,相互搀扶着逃走了。

第二天早上,待两个姑娘睡足觉后,三人才去大巴扎吃早饭。他们买了一些烤馕、烤肉、奶茶和水果，饱餐一顿，又备足了途中的食物、饮水和粮草，骑马向南行走。在城南部的一个检查站，有一队士兵正在检查过往的行人。当郑凯三人经过时，身后有两个汉子跑上来对检查的士兵道："就是这个小子昨晚打伤了我们，我们两人奉命一直在监视他们。"检查站的士兵走到郑凯等人面前说道："有人指证你们昨夜打了人，还抢了人家的东西，你们可承认？"郑凯道："昨晚一帮盗匪来抢劫我们，被我打伤，但我们并没有抢他们的东西。"那士兵道："打了人，抢了别人的东西，还不承认。走，到大帐去让我们千夫长给你们评评理。"十来个士兵押着郑凯三人向不远的营帐走去。

来到一个大帐前，一个士兵报告道："千夫长，昨晚打伤我们兄弟的人带来了。"大帐内的千夫长瓮声瓮气地喊道："把他们带进来！"那军官把郑凯等人推进了大帐。郑凯一眼看到，一个满头红发、深目高鼻的壮汉坐在一张台案的后面。此人眉毛邪立，眼睛暴突，凶神恶煞地盯着郑凯、燕然和郑莎。突然，他又哈哈大笑起来。陡然间，他收起笑脸，厉声道："就你们三个人，能打伤我巡逻队的十多位兄弟？"郑凯吃惊地问道："千夫长，那十多个要抢劫我们的人原来是您的巡逻队？"那千夫长道："怎么，不信？"郑凯道："我信！只是我要问一下阁下，您的巡逻队为什么要夜间来抢劫我们？"那千夫长道："胡说！我的巡逻队是维护城内秩序的。你们打伤了我的巡逻队，抢走了他们的东西，该当何罪！"郑凯愤怒地说："明明是你的巡逻队要抢劫我们，怎么成了我们抢劫他们了？你说说，你的巡逻队晚上出去巡逻还带着东西吗，他们可带着什么东西？"那千夫长眨巴着眼睛，又大吼道："你少给我狡辩！我说你们抢了我巡逻队的东西，你们就是抢了！来人，把他们三个给我捆起来！"

燕然大声喊道："休得无礼！本姑娘是当今匈奴大单于的女儿燕然公主，我这里有右贤王卢浑写给小昆弥的信。"那千夫长道："什么匈奴的燕然公主！您不在漠北待着，跑到我乌孙来干什么？你们分明是骗子，收起你那什么右贤王卢浑的信吧！"他对着手下的士兵大吼道："为什么还不动手？"六七个士兵立即动手就要捆绑郑凯等人。郑凯双掌前推，把身边的两个士兵击翻，一个腾跃跳到了那千夫长身边。那千夫长从腰里抽出短刀向郑凯刺来。郑凯一掌打在那千夫长的手腕上，伸手抓住那千夫长的手腕一扭，夺下了短刀并把他扭按在了台案上。随即,他用左手点了那千夫长的肩贞穴,那千夫长双手顿时再无法动弹。

郑凯跳上台案,一把把那千夫长提起,大喊道:"都给我住手!否则我就杀了他!"众人闻声一看,郑凯已经把那千夫长制服,只得停手。郑凯对那千夫长道:"你是想死还是想活?"那千夫长道:"好汉饶命,小人听您吩咐。"郑凯道:"你要想活命,让你的人都给我退到一边去。"那千夫长命令手下士兵赶快让开,又命令士兵把郑凯他们的坐骑牵来。郑凯左手抓住那千夫长的后领,用短刀顶住那千夫长,走出了大帐,并让那千夫长把帐外的人马都退到两丈之外后,三人骑上马,押解着那千夫长,向奎屯河奔去。他们朔奎屯河而上,在奎屯河大峡谷内行进。

奎屯河发源于北天山的依连哈比尔尕山的中段北麓,由山上的积雪融化而成。孟克特达坂坐落在依连哈比尔尕山之巅的峡谷中。这个冰雪达坂终年积雪不化,气候变化无常,道路异常险峻。早年,乌孙人就是通过这条走廊式的峡谷通道从河西走廊迁居到了伊犁河谷。郑凯等人在孟克特达坂前把那千夫长放脱后,越过孟克特达坂,来到了依连哈比尔尕山的南麓。他们涉过喀什河,又翻过阿布热勒山顶的冰川达坂,就到达了巩乃斯河流域。三人沿巩乃斯河西行,在巩乃斯河与特克斯河交汇处,转弯西行,朔特克斯河而上,就来到了天山山脉的中部。

天山山脉是亚洲中部最大的山脉,横亘在西域大地上。它由大致平行的三列褶皱状断块山脉组成,有海拔五千米以上的高峰数十座。这些高峰分布于天山山脉的东西南北中。东天山有博格达山、巴里坤山和喀尔力克山等,西天山有托木尔峰、汗腾格里峰、博格达峰、瓦斯基配卡维里山、德拉斯克巴山、蒄雷孜山、史卡特尔山、孜哈巴间山等山峰,南天山有科克沙勒山、哈尔克他乌山、科克铁克山和霍拉山等山峰,北天山有阿拉套山、婆罗科努山和依连哈比尔尕山等山峰,中天山有乌孙山、那拉提山和额尔宾山等山峰。天山中部的乌孙山与天山主脉哈尔克他乌山之间有一个山间盆地,人称特昭盆地。发源于汗腾格里峰北侧的特克斯河由西向东穿行于这个盆地的峡谷中。特克斯河起初向东流往喀德明山,在流出八百多里后,它与发源于西天山艾肯达坂上的巩乃斯河汇合,折向西流,再与发源于依连哈比尔尕山东麓的喀什河汇合,向西北流入伊犁河,最终流入巴尔喀什湖。

特克斯河在由西向东奔流的过程中,不断有众多的来自天山南部山峰上融雪流出的支流注入其中。特克斯河最主要的支流有木扎尔特河、夏特河、阿克苏河、阿克牙孜河、库克苏河、乔拉克铁热克河和阔克铁热克河等河流。

阔克苏河以东、喀甫萨郎河以南,有一条东西走向的山脉叫喀拉峻山。山两侧沟壑梳状密布,山峦跌宕起伏,像大海里掀起的波浪,蔚为壮观。山峦间生长着茂密的云杉。喀拉峻山上有一个巨大的山脊草原名叫喀拉峻草原。这个山脊草原地势相对起伏和缓,视野开阔致远。草原上碧草茵茵,上百种野花的花蕾争相开放,把草原装扮得五颜六色,绚丽多彩。青草织出的绿色地毯,一直铺设到坐落于南面的白雪皑皑的天山主脉脚下。喀拉峻草原南接库尔代峡谷和琼库什台草原,是一个典型的山地草甸型草原。走进喀拉峻草原,就见远处的牧民正在草原上放牧。山坡上飞奔的马群、滚动的羊群牛群与美丽的草原融为一体,彰显着喀拉峻草原的勃勃生机。这里曾是乌孙王的御用夏牧场,又称为乌孙夏都。汉乌交好与和亲的诸多往事就发生在这片草原上。

元狩四年(前119年),汉武帝命张骞为中郎将,率三百人、六百匹马,携带大量丝绸、金帛,浩浩荡荡第二次出使西域。此时匈奴势力已被逐出河西走廊,西域道路通畅,张骞的出访队伍顺利到达了喀拉峻草原。张骞给乌孙王猎骄靡送去了丝绸和金帛,乌孙王猎骄靡分外高兴,他盛宴款待张骞一行。张骞劝说猎骄靡带领他的族人东返故地,但猎骄靡年事已高,不能决定,随即召集大臣们议事。大臣们都惧怕匈奴途中攻击,不愿迁徙,猎骄靡只得谢绝了张骞东迁的建议,但乌孙人愿意与汉朝交好。元鼎二年(前115年),猎骄靡配备了向导和翻译,护送张骞回国,同行的还有数十名乌孙使者。乌孙王送给汉武帝数十匹良驹,汉武帝收到这些良驹后非常喜爱,赐名为天马。同来长安的乌孙使者回到乌孙后,把汉朝的富庶强大和长安的宏伟壮丽都告诉了猎骄靡。经过慎重考量,猎骄靡毅然决定在喀拉峻草原上选出一千匹天马作为聘礼,向汉武帝请求和亲。喜爱骏马的汉武帝看着那些健硕的天马,心中十分高兴,毫不犹豫地答应了猎骄靡的请求,并即兴写下了一首《西极天马歌》。诗歌是：

　　　　天马徕兮从西极，

　　　　经万里兮归有德。

　　　　承灵威兮降外国，

　　　　涉流沙兮四夷服。

　　早年，乌孙人和月氏人都在祁连山一带的河西走廊放牧，两国为争夺草场经常发生战争。猎骄靡出生不久，乌孙就被月氏攻破，其父难兜靡被杀。乌孙大臣布就翎侯携带他逃往匈奴，被匈奴单于冒顿收养。猎骄靡长大后，冒顿单于又将乌孙民众交给他统领。后来冒顿攻击月氏，将月氏逐出了河西走廊。月氏一族败逃到伊犁河谷一带。十多年后，匈奴单于再度统兵西击月氏。猎骄靡为报杀父之仇，请求随军西征。月氏惨败，国王被杀，西奔大宛。在征服了大夏之后，月氏在妫水一带重建了大月氏国。匈奴大军凯旋东归漠北，匈奴单于令猎骄靡带领乌孙军民留守伊犁河一带。

　　猎骄靡胸怀大志，励精图治，经过三十多年的发展，乌孙成了人口六十多万，胜兵约十万人的西域大国。乌孙长期归属匈奴。猎骄靡虽感念匈奴人的养育之恩，但又不愿长期蜷伏于匈奴的肘腋之下。尤其是匈奴人试图在猎骄靡走后任命匈奴子弟担任乌孙王一事，使猎骄靡再也不可能坐以待毙。于是，乌孙王主动寻求与汉朝和亲结好。

　　元封六年(前105年)，江都王刘建之女刘细君奉汉武帝之命，以公主之身远嫁乌孙王猎骄靡。细君公主出生于帝王之家，其父刘建虽因谋反被诛，但她从小就被带到长安宫中，生活在富贵之乡。良好的宫廷教育使她能诗善文，精通音律。随着年龄的增长，她长成了一个肤色白净、花容月貌的美女。

　　汉武帝以丰厚的嫁妆送细君公主出嫁，并命官员、乐队、工匠以及侍女等三百多人随去乌孙侍奉。送嫁那天，送亲队伍锦旗蔽日，鼓乐喧天，浩浩荡荡向西域进发。来到喀拉峻草原时，猎骄靡为细君公主举办了隆重的迎亲大典。大路两旁官民夹道欢迎。人们奏起胡乐，载歌载舞，欢迎汉家公主的到来。猎骄靡见细君公主生得纤弱娴静、白嫩艳丽，且能歌善舞，才貌双全，非常高兴，封其为右夫人。

匈奴人得知乌孙与汉朝和亲的消息后,唯恐乌孙倒向汉朝,随即选派匈奴美女须卜氏婚配猎骄靡。乌孙国临近匈奴,离汉朝遥远。猎骄靡畏惧匈奴势力,为避免匈奴攻击,虽然匈奴的须卜氏后嫁,却仍封其为左夫人。乌孙和匈奴的习俗一样,以左为上,细君公主自然屈居于须卜氏之下。猎骄靡以此来平衡乌汉和乌匈之间的关系。

生长于漠北草原的匈奴公主,从小就纵马草原,挽弓射箭,而生长在深宫中的细君公主却很难适应逐水草、远迁徙、钻毡房、睡穹庐的游牧生活。由于语言不通,细君公主与猎骄靡沟通困难。更糟糕的是,身为左夫人的匈奴公主处处与细君公主为敌,使得细君公主的生活雪上加霜。

作为汉朝的公主,细君公主深知自己的使命重大。为了汉乌结盟大业,为了大汉边疆的安宁,她不懈地向乌孙人展示着自己的聪明和才智。除了安排三百名随从到眩雷地区垦荒种地,展示和传播中原先进的农耕技术,她还经过猎骄靡同意,命令随行的工匠为自己建造了宫室。在节日岁时,她就请猎骄靡来宫室饮酒欢乐。同时,她用汉武帝所赐的丰厚嫁妆,尤其是匈奴人喜爱的精美丝绸、金帛、铜镜等,赐予王室左右的贵族和仆人,广泛交游,上下疏通,以巩固汉乌联盟。乌孙人见汉家公主如此美丽尊贵,又心地善良、乐善好施,都非常喜爱细君公主。

汉武帝也没有忘记这位为国献身的汉家公主。他每隔一年,都会派遣使臣携带大量的绫罗绸缎、金银珠宝、陶器玉器等礼品前来探望,以减少细君公主对家乡的思念。然而,细君公主身处塞外边陲,满耳充闻异族声,满目皆为异域风。她常在梦中见到江都那绮丽的南苑景色和长安城繁华的都市美景。细君公主也常常感叹命运的悲凉,无法排遣匿藏在灵魂深处的忧伤。于是,她就拿出汉武帝送给她的琵琶不时弹奏,以倾诉无尽的忧伤。

一个秋日的早上,郁闷已久的细君公主走出宫室,来到美丽的夏特河边。远处的高山巍峨矗立。山中的塔松墨绿挺拔。脚下的牧草青青铺地。她眺望着草原上飞奔的枣红色骏马,环视山坡上游荡的洁白羊群,孤独地抚摸着河岸上蒲草旁串串透红的水蓼花。猛然间,她看到一对天鹅由西向东缓缓飞去,一下勾起了这位汉家公主强烈的思乡之情,悲戚之感油然而生。她心中的苦痛终于汇成了诗句喷涌而出:

吾家嫁我兮天一方，

远托异国兮乌孙王。

穹庐为室兮旃为墙，

以肉为食兮酪为浆。

居常土思兮心内伤，

愿为黄鹄兮归故乡！

这首《黄鹄歌》传到长安后，天子也闻而怜之。但是，为了大汉王朝的江山社稷，汉武帝又怎能召回细君公主呢。他遂派使节携带黄金宝玉、绫罗绸缎和美味佳肴前来乌孙慰问细君公主，勉励她安心边塞，不辱使命。

猎骄靡是乌孙历史上一位杰出的政治家。他虽已年迈，但智慧过人。细君公主的哀怨他怎能看不出来呢？按乌孙的礼俗，国王死后，年轻的王后必须嫁给王室子孙为妻。猎骄靡考虑到他过世后细君的幸福，担心将来莫测的时局变化对细君不利。于是，猎骄靡决定在生前就将细君转嫁给乌孙王位的继承者、年纪与细君相仿的孙子军须靡。这是乌孙国的传统习俗，但对于受儒家教育培养长大的细君公主来说，实在难以接受。她上书汉武帝，如若猎骄靡归天，请将她召回故土。汉武帝接书后，内心充满了悲怜之情。但联乌抗匈的大政方略无法让汉武帝召细君公主回汉。汉武帝只能强忍悲怜回书道："从其国俗、欲与乌孙共灭胡。"细君只得再嫁猎骄靡的孙子军须靡。

细君虽然与军须靡年龄相当，但她早已心灰意冷，终日郁郁寡欢。虽为军须靡生下一女（名少夫），但产后失调，加上抑郁、思乡成疾，不久就撒手人寰。虽然细君公主病逝，但她所带来的中土文化使乌孙人受益匪浅。猎骄靡依据细君自建宫室的实践，并以长安城和西域诸国都城为参照，广招西域匠人，与细君公主带来的工匠们一起，在乌孙国先后建起了恶师城、车延城、坡马城等一座又一座城堡。此后，猎骄靡又倾全国之力，在阗池湖畔建起了乌孙的冬都赤谷城。乌孙由此进入到了以畜牧业为主、以农业为副的西域城郭之国的行列。

郑凯站在草原上，无意观赏草原上的景色，倒是在追忆着细君公主，心头充满了无限的感慨。他心想："细君公主为了汉乌联盟，把自己的碧玉年华和纤弱身躯全部献给了这片草原,让人叹服和钦佩。"

　　燕然和郑莎在草原上蹦蹦跳跳地采集着各种野花,又到河边折了一些树枝,编制了三顶花环。她们戴上花环,又跑到郑凯面前,给他戴上了一顶。恰在这时,一队人马飞奔而来。领头的百夫长对他们大声喊道:"你们是什么人? 到我们草原来干什么?"燕然道:"我乃匈奴单于的女儿燕然公主,来贵国出访,请带我们去见你家小昆弥。"那百夫长道:"原来是燕然公主驾到,欢迎,欢迎! 小的这就带公主去见突就将军,突就将军方能带领公主去见小昆弥。"燕然道:"有劳百夫长和兄弟们了!"

　　随后燕然等三人跟随那百夫长向草原深处行走。转过一个山坳,就见前面山坡上安扎着一排排穷庐。百夫长带领他们来到一个众多穷庐围住的大帐前停下,他们跳下马,走进了大帐。百夫长行礼道:"将军,匈奴国的燕然公主来访,说要见小昆弥。"突就站起身来,抱拳施礼道:"不知公主驾到,末将未能出迎,请公主见谅!"燕然道:"我等来访,打搅了!"突就是个身材魁梧的汉子,面部棱角分明,两眼深邃透明。他请燕然三人落座,并命护卫送来了奶茶和点心。突就道:"公主不远千里奔波,来到喀拉峻草原,一定有重要事情见我家小昆弥。我刚才正好接到小昆弥的命令,要我今日赶往小昆弥王帐。如果公主身体无恙的话,我即可陪同公主去见小昆弥,不知公主意下如何?"燕然道:"我们昨夜在草原附近的山坳里休息,今早来到草原,没有远行的疲劳,可随将军同去小昆弥王帐。"于是,突就带了三十多名护卫,偕同燕然等人朝库什台方向奔去。

　　燕然等人随突就将军翻过起伏的山峦,越过小库什台,又转过一个山弯,雄伟的雪山突然间就出现在了眼前。极目远望,蓝天白云下是刺破青天的雪山,雪山下是郁郁葱葱的云杉林。云杉林下是美丽的琼库什台草原,山坡上绿草青青,路两旁的草地上盛开着密密麻麻的小花朵,在青草的衬托下显得格外娇艳。这是一个天山半坡上的草原,清澈的库尔代河从山前穿流而过,将喀拉峻草原与琼库什台草原从中分开。此时,乌孙小昆弥的大帐就设在琼库什台这个空中草原上。库尔代河畔驻扎着众多的人马。在一座小桥旁有一处检查站,大家在这里被拦住检查。突就呈上通行令牌,并向检查的士兵介绍说,燕然是匈奴的使节,要见小昆弥,并递上了匈奴右贤王写给小昆弥的书信让士兵查看。士兵们让突就带着燕然等人过桥去小昆弥大帐，其余人员都留在河这边，由一个士兵带他们到附近的帐篷里歇息。

燕然一行人过河不久，向密布着穹庐的地方走去。穹庐周围布满了岗哨。又有一个检查站检查他们。随后，他们被护卫带到了一个中心大帐旁。护卫让他们在外面等待，他进入大帐向小昆弥报告。不一会儿，护卫出来带领他们进入到了大帐内。一个衣着华贵的红发男子坐在正中的宝座上，他两眼狡黠，不时翻动着双眼，像在思考着什么。宝座的两旁站着一帮大臣。当小昆弥看到突就进来时，直视着突就道："你来得正好，我正有事与你商量。"突就介绍道："这位是来访的匈奴国燕然公主和她的两个随从，公主带有右贤王写给您的书信。"燕然拿出右贤王的信递给了突就，突就把信转给了小昆弥的侍从，侍从拿上信走上高台把信递给了小昆弥。

小昆弥看了看信，赶忙走下高台，来到燕然面前拱手施礼道："不知公主驾到，有失远迎，请公主见谅！"燕然也拱手施礼道："我等匆匆来访，多有打扰，请小昆弥海涵！"小昆弥说道："右贤王信中说公主要去赤谷城，路经乌孙夏都。公主的到来使我乌孙夏都倍添荣光，何来打扰一说。只是公主一路劳顿，先到客栈歇息一下，晚上我设宴为公主接风。"燕然道："小昆弥日理万机，不必专为我等劳神。"小昆弥道："公主来访，有幸相会，请公主一定赏光。另外，公主如有其他事情，也请不吝吩咐。"燕然道："我等确有一事相求，望小昆弥能拨冗办理。"小昆弥道："公主何事，请见教。"燕然道："我等想请小昆弥给我们办理三张通行令牌，以便我们能在贵国自由通行。"小昆弥道："没有问题，我马上就派人给公主送去。"小昆弥随后派人送燕然等人去客栈休息。当晚，小昆弥设宴款待燕然一行。

次日，燕然等人收拾好行装准备去和小昆弥道别。不想此时小昆弥已赶来客栈，与燕然三人话别。小昆弥道："公主何不多留几日，在我夏都周围走走看看？"燕然道："多谢小昆弥的好意，等以后时日宽裕，我会再来麻烦小昆弥的。"小昆弥道："公主这次不愿麻烦我，我倒有一事想麻烦公主，不知公主可否帮忙？"燕然道："小昆弥有何事，请您道来。"小昆弥道："我们在赤谷城有一些商铺和客栈，人手不够，准备加派人手。可赤谷城不给夏都的乌孙人发放通行证，使得这些商铺人手缺乏，无人干活。我想请公主为我带去三

十名伙计,如果赤谷城盘查,就说是您的随从,不知可否?"燕然道:"带三十人去赤谷城,没有问题。"于是,燕然三人与小昆弥告别,带着小昆弥送来的三十名伙计就出发了。燕然一行人沿特克斯河南岸溯流西行,来到了特克斯河的支流夏塔河。夏塔河边有一座城池叫夏塔城。夏塔城此时归乌孙小昆弥治理,由吉米将军率军驻守在夏塔城。小昆弥送来的三十名护卫中有一个领头的名叫巴烈。他身体健壮,机敏灵光,做事干练。巴烈骑马来到城门下,搭弓射箭,把小昆弥的信射上了城楼。不多时,吊桥放下,燕然三人及三十名随从进到了夏塔城内。巴烈和燕然等人被带到吉米将军的大帐,其余的人被带到城内其他地方歇息。

走进大帐,巴烈拱手施礼道:"将军,小的名叫巴烈,奉小昆弥命令,带着这二十九位兄弟随同匈奴燕然公主去赤谷城。这位是燕然公主,其余两位是公主的随从。"吉米站起身来,拱手施礼道:"公主一路奔波,辛苦了!"燕然道:"有巴烈先生照应,一路尚好!"吉米道:"有机会见到公主,此乃末将的荣幸。公主一路飞马颠簸,面带倦意,先去休息休息,晚上我设宴为公主洗尘。"燕然回复道:"给将军添麻烦了,谢谢!"随即,燕然三人去客帐歇息,巴烈留在大帐继续与吉米交谈。

第二天,燕然一行人别过吉米,偕同巴烈等三十个伙计西去赤谷城。他们途径木札特河与纳林果勒山口之间的坡马,再经纳林果勒山口西行,而后再向南行。西面有一个大湖泊,人称阗池湖。湖面浩瀚,宽阔无比,是典型的高山大湖。阗池湖多面环山,北面是昆格山,南面是泰尔斯凯山,西面是吉尔吉斯山。他们从湖东面越过阗池湖来到了位于阗池湖东南面的乌孙冬都——赤谷城。

赤谷城是一个双重高墙大城。城墙上由四方形的赤色大条石砌出的垛口,城四角和城门上方修有城楼。不时可以看到一队队士兵挎弓佩剑在城楼上巡逻。赤谷城有东西南北四个坚固城门。城门外是一条护城河。对着城门的护城河上架着吊桥。太阳升起后,吊桥落下,供来往客商和周围民众进城出入。太阳落山时,吊桥升起,任何人不准再出入城池。眼看太阳就要落山了,燕然等人牵着马走过吊桥,来到城门口,他们被守城的士兵拦住了。一位什长问道:"你们是什么人,有通行令牌吗?"燕然道:"我是匈奴的使者,来给大昆弥送信。"那什长又问："其他人是干什么的?"燕然道："他们都是我的随从。"那什长道："请把送给大昆弥的信拿出来让我们检查一下。"燕然取出右贤王写给大昆弥的信递给了那位什长。那什长说："请你们稍候,我呈给百夫长看看。"他一边说一边跑向城内。不一会儿,他跑出来喊道："请匈奴的使者过来一下。"燕然把马缰绳交给郑凯,自己朝那什长走去。那什长带她往前面走,迎面过来了一个汉子,什长道："百夫长,这就是匈奴的使者。"那百夫长道："走,咱们带她去见千夫长。"

燕然跟随二人又来到一个条石垒起的房子前,百夫长进去报告。一会儿,一位红发浓眉、身体健硕的汉子走出房子来。他手里拿着右贤王的信,看了看燕然,随即拱手施礼道："原来是燕然公主,欢迎您来赤谷城。您现在可以进城去见大昆弥了。"燕然道："谢谢千夫长。"随后燕然和什长一起回到城门口,带着郑凯等人向城内走去。巴烈赶上前来,对燕然说道："公主,谢谢您带我们进了赤谷城!"燕然道："不客气!"巴烈又说道："我看太阳快要落山了,公主是否今晚就去会见大昆弥?"燕然道："今天天色已晚,明日再去见大昆弥也不迟。"巴烈道："公主今晚可有住处?"燕然道："前面大街上肯定有客栈,我们找一个客栈去投宿就行。"巴烈道："如果公主不嫌弃,可以随小人去西街大客栈住。那里可是赤谷城最好的客栈之一,也是我们奉命去那里帮工的地方。再说了,公主带我们来到了赤谷城,我们非常感谢,给公主找个好客栈住下,也算是我们对公主的一点答谢吧。"

燕然转过头来对郑凯道："凯哥,你觉得去西大街客栈住怎么样?"郑凯一路都在想："巴烈等三十人都是健壮的士兵,怎么会是来做帮工的呢? 这里面肯定有问题。不妨去探究一番。"他于是高声说道："好啊,咱们就随巴烈先生住西大街客栈吧。不过,现在已到了吃晚饭的时间,不如咱们去右面那家烤肉店里吃了饭再去住店,公主以为如何?"大家往右面一看,果然有家烤肉店,里面有不少客人正在就餐。巴烈道："好啊,我请客! 感谢公主把我们带进赤谷城。"于是,一行人就去了烤肉店吃烤肉。

吃过晚饭,郑凯等人来到了西街南侧的大客栈。他们一看,客栈果然是豪华气派。大条石台阶上有一个石板铺设的平台。平台后面是条石垒起的高大门楼,门楼右面几丈外有一个打开的圆形大门。他们来到圆形大门前,

跳下马背,陆续把马匹交给伙计,而后又来到旁边的高大门楼处。走进门楼,里面挂着许多灯笼,把大厅照得通亮。厅内有一个石板垒起的半圆形台面紧靠后墙。

一位在前台看台的小伙子一见三十多人进来,大声喊道:"客官,你们都是来住店的吗?"巴烈道:"对,都是来住店的。你去告诉你们老板巴旺,就说巴烈来了。"不一会儿,一个身材中上、精明干练、两眼机灵有神的汉子来到了大厅。他一见巴烈就喊道:"二哥,赤谷城现在进出检查很严,你没有通行令牌怎么进来的?"巴烈道:"过来巴旺,我介绍一下,这是匈奴的燕然公主,她来赤谷城要会见大昆弥。"巴烈又对燕然介绍道:"这是我的堂弟巴旺,是这个客栈的老板。"巴旺拱手施礼道:"公主万福!"燕然也拱手道:"巴旺老板,给你添麻烦了!"巴旺道:"公主能下榻本店,实乃本店的荣耀。"巴烈对巴旺说:"公主一路奔波,非常辛苦。你赶快把公主她们三人安排到安静的后院住下,让她们好好歇息。"巴烈又对燕然道:"公主一路辛苦了,请先行歇息吧。"燕然道:"多谢二位!"一个伙计提着灯笼领着燕然等三人去了后院客房。

三人来到后院,发现后院四周有高高的围墙。一个二层木楼背依着南面的围墙,木楼前是一个空旷的小广场,木楼完全用圆木搭建而成。三人被安排在右面的一个门洞里。一楼不住人,外面的楼梯直通二楼。他们上到二楼,推门进入,中间是一个大厅,左面有台案,可以举办宴会。右边是一个空旷的舞池,可以跳舞、唱歌。后面有两个房门,是两处住室,室内有干净的就寝物品。那伙计为他们点上了蜡烛,嘱咐了几句后就离开了。郑凯住右面客房,燕然和郑莎住左面客房。燕然和郑莎一路劳累,关上房门就上床睡觉了。

郑凯推开后窗,跳上后面的围墙,飞速来到客栈的前院。客栈前院由两个独立的大院子组成,右面的院子里并无灯光,左面院子里有一座长长的木楼,里面有许多房间的窗户透着亮光。看来,巴烈带来的那些伙计都被安排在了左面的院子里居住。

待那些伙计们住房里的灯光熄灭后,左面院子最前边的一间房子的窗户里仍透着亮光。郑凯来到这间房子前,轻轻跳下围墙,贴着窗户倾听,就听巴烈和巴旺二人正在谈话。巴旺道："我七天前就收到消息，说小昆弥将派三十个人过来。我已陆续辞退了所有住店的住客，就准备你们到来。今年以来，赤谷城防卫非常严格，你们竟然如此容易地进来了。"巴烈道："是匈奴的燕然公主带我们入城的。她是匈奴的使者，带上几十个随从是很正常的。明天一早你去东城外给吉米将军的人带口信，让他报告小昆弥，就说我们三十人都已平安进入赤谷城。他们得到口信的第三天晚上即可带大队人马从东城门进入赤谷城。"巴旺道："大昆弥在外城的四个城门都派有一千余人马把守，你带来三十个人就能夺下东城门吗？"巴烈道："你放心，这三十个人都是从军中选出来的精兵。半夜时分，我们装扮成换岗的士兵，夺下东城门应该不成问题。那时小昆弥就可指挥大军悄悄进入城内。先消灭驻扎在外城的右大将率领的人马，之后就可以集中力量攻打内城。你手下的十几个人也随我一道参加夺取东城门的战斗。"巴旺道："好。"

沉默了一会儿，巴旺问："后院住的那三个人你打算怎么办？"巴烈道："明天一早，我带上十来个人去后院，先把那个男的给宰了，再把那两个女人给捆起来，扔到房子里，等到你我兄弟胜利后再享用她们。也许你明天晚上送信回来，我们两个就可以开荤了。"巴旺道："为什么今晚不动手？"巴烈道："晚上黑灯瞎火的，再说夜深人静，别弄出什么动静来，让街上巡逻的士兵听到，岂不坏了我们的大事。明天天亮以后动手，那时候城内到处会有响声，即使咱们弄出点动静，也不至于招来巡逻的，你说是不是？"巴旺道："还是你想得周全。"

第二天早上，巴烈带着十来个汉子来到了后院，郑凯三人已经站在二楼门口等待了。巴烈等人根本就没有把郑凯和两个姑娘放在眼里，以为即使空手搏击也会像老鹰抓小鸡一样把三人抓住，何况他们还手握利剑呢。他们大步走进后院，后面的一个随从随手就把后院大门给插上了。郑凯问道："巴烈先生，你们来后院有事吗？"巴烈道："我是来取你性命的！"郑凯道："我们一无怨二无仇，为什么要取我性命？"巴烈道："因为你妨碍了我们的大事！"郑凯道："妨碍了你们什么事？"巴烈道："妨碍了我们什么事现在还不能告诉你！"郑凯道："是攻占东城门的事吧！"巴烈惊慌失措地说："你怎么知道？"郑凯道："我猜的呀！"巴烈大叫道："给我上，把他们三个都给我抓起来。"

　　巴烈带的那十来个汉子呼啦一声就围住了楼梯口。郑凯对郑莎道："你守住楼口，我下去收拾他们。"郑凯一跃而起，跳到了楼梯护栏上。他大步腾跃，犹如闪电一样，几步就跳到了地上。十几个汉子把他团团围住。郑凯使出大头棒法与这帮匪徒较量起来。郑凯棒法娴熟，功力非凡。他指东打西，指南打北，来去无影，攻如闪电。一阵格斗下来，十来个汉子不是手腕击断，就是脑袋破裂。只听到噼里啪啦和哎呀哎呀的惨叫声。那些汉子没有多长时间都被打倒在地。巴烈躲在后面，见情况不妙，赶忙向后院门口跑去。他试图开门逃走。郑凯一个飞扑伸棒，点在巴烈后脑勺上。巴烈一下摔倒在了门旁。郑莎和燕然赶忙找来绳子，把巴烈和那些汉子捆绑起来，嘴里塞上衣布，把他们扔到了一楼的楼梯下。

　　三人拉上后院大门，来到了客栈左面的院子。他们将其余的伙计都一一击倒，捆绑起来，嘴里也塞上衣布，锁在了房内。此后，他们又来到马厩，把看管马匹的伙计也一一制服，捆绑后扔在了马厩内。他们把各处的门也都锁上，坐在前台，专等巴旺送信归来。

　　太阳落山前，巴旺赶了回来。一进客栈大厅，就被郑凯击晕，捆了起来。同样，他嘴里也被塞上衣布，被扔到了一间客房内。三人骑上马，锁上客栈大门，赶往赤谷城的内城门。经过内城门护卫的盘查，最后他们见到了守卫内城的将军兀盘。兀盘看了看右贤王的信说："原来是燕然公主驾到，欢迎，欢迎！此时天色已晚，不如明天来见大昆弥吧。"燕然道："我们有重要事情必须立即报告大昆弥，还望将军尽快带我们入宫。如果晚了，赤谷城恐有大难！"兀盘道："好，我这就带公主去见大昆弥！"兀盘不敢怠慢，立即陪同燕然等人来到了大昆弥宫。经向宫内传报，宫廷卫队长前来迎接燕然三人进宫。

　　王宫大殿仿汉朝未央宫建造，颇为壮观。他们进入王宫大殿，就见靠大殿后墙处有一个大台子。台子中央有一个宝座，宝座上端坐着一位身着华贵衣服的男子。他两眼聪慧睿智，目光友善和蔼。大台子前面，左右分别站着两排人，一看就知道是乌孙的大昆弥在和朝中的大臣们讨论国事。

　　大昆弥宫卫队长报告道："大昆弥，这是匈奴国的使节燕然公主和她的两个随从，他们有急事求见大昆弥。"大昆弥拱手施礼道："是燕然公主来访，欢迎！欢迎！"燕然也赶忙拱手施礼道："大昆弥好！小女子匆忙来见，请多多包涵！"大昆弥道："公主有何急事，不妨直言。"燕然道："此事关乎赤谷城的安危，我想不宜在朝堂上公布。"大昆弥随即宣布散朝，仅让左大将和宫廷卫队长留下。

待朝臣们离去，大昆弥道："公主请讲。"燕然把在乌孙夏都见到小昆弥，小昆弥让她带三十名伙计进入赤谷城，以及入住西街大客栈发生的事情述说了一遍。大昆弥一听大吃一惊，说道："看来小昆弥要来偷击我赤谷城。"他立即命令卫队长和左大将迅速加强大昆弥王宫和内城的警戒防卫，命令右大将带领其部下对外城戒严，抓捕小昆弥派来的人。燕然道："大昆弥，不必惊慌！我们已经将小昆弥派来的三十个人逮住了，他们都被关押在西街大客栈内。请允许我们三人随同右大将前去拘押他们便是。"大昆弥道："也好！那就辛苦公主了！"大昆弥又命令右大将道："你随燕然公主他们去拘押小昆弥派来的人。之后，把公主安排在大昆弥客栈下榻。明天晚上，我要宴请燕然公主。同时，你要连夜审讯小昆弥派来的人，审讯的结果，要立即上报于我。"

右大将道："诺！"随即带着燕然三人离开了大昆弥王宫，来到了右大将的军营。这个军营就坐落在东大街上。右大将亲自率领一百多名士兵护卫，带着十几辆大车赶到了西街大客栈。右大将命令士兵们将那些被捆绑的汉子抬到大车上，令百夫长押解着他们回军营。随后，他陪同燕然三人来到了北大街的大昆弥客栈，安排好三人的住处，才起身离去。

第二天，郑凯三人睡到太阳一丈高时才起床。三人别无他事，就上街闲逛，寻找特色小吃。来到街上，他们发现赤谷城虽然不及长安城宏大壮丽，但主要街道上还是人来人往，非常热闹的。街道都是石头铺成的路，街旁的房子许多是中原建筑。看着这些与汉朝相似的房屋街道，郑凯不由想起了在赤谷城生活了半个多世纪的解忧公主。

当年，细君公主殡天，乌孙王军须靡派出和亲使团赶赴长安，向汉武帝陈述细君公主逝世的情况，并恳求与汉朝再度和亲。为巩固汉乌联盟，汉武帝同意了军须靡的请求。太初四年(前101年)，汉武帝挑选楚王刘戊的孙女刘解忧为和亲公主，出嫁军须靡。这次和亲比细君公主出嫁时更为隆重，

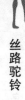
护送解忧公主的人马达数千之众。解忧公主的随从也超过细君公主的随从，有近千人。

汉武帝对解忧公主寄予厚望。出嫁那天，浩浩荡荡的送亲队伍由长安城西去，一路上锣鼓喧天，旌旗飘扬。汉武帝亲临城门为解忧公主送行，解忧公主向天子辞别，行君臣大礼。汉武帝与公主对视无语，两眼传递着无限的期待。他轻轻挥手，示意公主起驾。天子远望西去的婚车，直到人去尘绝，方返回未央宫。解忧公主一行夜宿晓行，出敦煌，过玉门，长途跋涉于西域的荒漠戈壁之中，最终来到了那拉提草原。

那拉提草原位于那拉提山北坡，草原上繁花织锦，泉眼密布，流水潺潺。这是乌孙人重要的夏季牧场。为了表示对汉家公主的盛情和期待，军须靡把迎接解忧公主的地方前移到了那拉提草原。这天，美丽的那拉提草原上行来了威武雄壮的汉朝送亲队伍和乌孙派出的迎亲队伍。前面走着一名骑着高头大马，手执旌旄节仗的汉子；随后是数十名旗手，高举着各色锦旗，迎风飘扬；跟着是三千名身挎弓箭、腰系长剑的骑兵队伍。骑兵队伍之后是公主的婚车和随从人员，之后是武钢车队和辎重车队以及三千名弓弩手和盾牌兵，最后是三千名乌孙的骑兵迎亲队伍。衣着华贵的乌孙王军须靡早已带领着乌孙国的众位大臣和牧民等候在草原上。

待解忧公主的车队到达后，军须靡立即来到婚车前，打开车门，手扶解忧公主走下婚车。夫妻二人骑上红、白纯色的两匹高头大马，并肩前行。送亲队伍跟着乌孙王和解忧公主前行。军须靡满面笑容，在高头大马上大声宣布成亲仪式开始。顿时，整个草原沸腾起来。赛马、叼羊、摔跤、射箭、赛羊、赛牦牛、赛骆驼、斗羊、放鹰等活动在草原上展开。军须靡、解忧公主、乌孙国的大臣们和汉朝送亲的队伍，以及草原上的牧民边走边看着草原上展示的各项活动。

太阳西下时，草原平静下来。在草原上搭起的一排排帐篷里，军须靡和解忧公主摆起了盛大的宴会。乌孙王用最高的礼仪来宴请群臣和汉朝送亲的使节及官兵。乌孙人用烤全羊、手抓肉、奶酪、奶茶、烤馕、抓饭等美食庆贺军须靡与解忧公主大婚。盛宴之后，草原各处都燃起了篝火。不论是平民还是国王，大家同欢共庆，载歌载舞，一直跳到深夜。连续三天，草原上表演不断，歌声此起彼伏。第四天，军须靡命人为汉军补充好足够的粮草、食物和饮水，送亲队伍启程回返。军须靡带着解忧公主和朝臣及随从，前往乌孙夏都。在乌孙夏都逗留几日后，他们一起前往乌孙冬都赤谷城。

不过，解忧公主的婚后生活并不如意。军须靡延续猎骄靡的大政方略，在迎娶了解忧公主之后，又迎娶了匈奴的须卜兰公主。军须靡仍然册封匈奴的须卜兰公主为左夫人，册封解忧公主为右夫人。左夫人使用各种手段争宠于军须靡，并为军须靡诞下一名男婴，取名泥靡。解忧公主备受左夫人的排挤，处境艰难。不久，军须靡患病过世。去世前，他把王位传给了堂弟翁归靡，并约定他的儿子泥靡为翁归靡的继位人。

翁归靡继承了军须靡的王位，也继承了军须靡的女人。须卜兰又成了翁归靡的左夫人，刘解忧也成了翁归靡的右夫人。但翁归靡非常喜爱解忧公主，对解忧公主言听计从，并与她生有三男两女。解忧公主建议翁归靡利用赤谷城的地理优势，大力发展商业。在解忧公主的指导下，随同解忧公主前来乌孙的汉族工匠和招来的西域工匠在赤谷城建设了众多的街道、商铺、餐饮铺和客栈，使赤谷城的外城全部成了商业街。任何客商都可以租赁和经营商铺、餐饮店和客栈等场地，乌孙国只收取租金。对于来往客商的货物，乌孙国不收取任何税赋，客商可自由往来，自由贸易。这使得远近的客商都愿意来乌孙做生意，他们大批云集赤谷城，为乌孙带来了滚滚财源。

解忧公主还把汉族的文化、农耕技术和冶炼技术传播给了乌孙，使乌孙很快富裕起来。这一时期是乌孙历史上最鼎盛的时期，赤谷城也成了东连汉朝、西接中亚的商贸大城。

然而，对于这样一个完全倾向汉朝的乌孙，匈奴人无法容忍，便要求乌孙背离汉朝，但翁归靡不为所动。于是，匈奴就派遣大军攻击乌孙。匈奴大军取车延、占恶师，掠走当地的乌孙百姓，并要求乌孙交出解忧公主方考虑退兵。解忧公主和翁归靡遣使上书汉帝，请汉朝出兵，乌孙愿发乌孙一半精兵共五万骑兵，与汉军一道共击匈奴。

本始三年（前71年），汉宣帝发汉军十五万与乌孙五万劲旅共击匈奴，匈奴大败。联军俘获匈奴单于叔、嫂及小王以下四万人，牛羊马驼等牲畜七十余万头。壶衍鞮单于咽不下这口气，亲自带领一万多骑兵偷袭乌孙，抓获

了一些乌孙老弱。这时，天降大雪，一天内达数尺深。匈奴百姓和牲畜纷纷冻死。此后几年，乌孙、丁零、乌桓等国乘虚而入，又斩杀了匈奴数万人，匈奴从此一蹶不振。

地节三年（前67年），西汉政府派侍郎郑吉率兵在车师屯田，并护卫和管理天山以南各地。不久，匈奴虚闾权渠单于升天，匈奴发生内讧。右贤王屠耆堂在颛渠阏氏的帮助下继承了大单于位。理应继承单于位的左贤王之子、日逐王先贤掸却被人篡权后排挤。

神爵二年（前60年）秋，先贤掸率部众数万人降附西汉王朝。汉宣帝随即设立西域都护府，任命郑吉为首任西域都护，管理天山南北各地事务。之后，乌孙王翁归靡为汉乌世代友好着想，上书汉宣帝册立解忧公主的长子、汉外孙元贵靡为乌孙王储，恳请汉宣帝为元贵靡赐婚，求娶汉室公主。汉宣帝欣然同意，将解忧公主的侄女相夫封为公主，人称少主，下嫁元贵靡。乌孙派出三百人入汉迎亲，汉宣帝派长罗侯常惠为使节，送少主至敦煌。但少主尚未出塞，却听到翁归靡猝死的消息。乌孙亲匈奴派抓住翁归靡猝死的时机，趁机发动宫廷政变，拥立军须靡与匈奴须卜兰公主之子泥靡为乌孙王，致使乌孙和汉朝制定的和亲大计破灭。

依乌孙习俗，解忧公主只得又一次下嫁泥靡。泥靡号称狂王，为人暴虐无道，引起朝野不满。解忧公主虽然为狂王又生下一个儿子鸱靡，但状况并没有丝毫改善。狂王与解忧公主的关系仍是剑拔弩张，随时欲致解忧公主于死地。因此，解忧公主不得已与来访的汉使卫司马魏和意以及副侯任昌设计刺杀狂王。然而，刺杀未遂，狂王负伤逃走。狂王之子细沈瘦发兵围困公主于赤谷城达数月之久。西域都护郑吉率西域诸国兵马抵达赤谷城，细沈瘦率领人马逃遁。

此时，翁归靡与匈奴须卜兰公主所生之子乌就屠乘机发兵，率部占领了北山，扬言要请匈奴兵马来讨伐。他杀死了逃亡的狂王，自立为乌孙昆弥。乌孙内乱，汉朝派破羌将军辛武贤率兵数万于敦煌城待命，又派遣已嫁乌孙右大将为妻的解忧公主的侍女冯嫽去说服乌就屠归顺汉朝。

冯嫽冒险来到北山见到了乌就屠，陈说利害。乌就屠早闻汉朝大军已待命敦煌，也知道乌孙人对其行为大为不满，不得不接受冯嫽的规劝。于

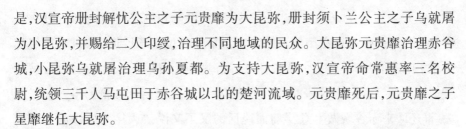

是,汉宣帝册封解忧公主之子元贵靡为大昆弥,册封须卜兰公主之子乌就屠为小昆弥,并赐给二人印绶,治理不同地域的民众。大昆弥元贵靡治理赤谷城,小昆弥乌就屠治理乌孙夏都。为支持大昆弥,汉宣帝命常惠率三名校尉,统领三千人马屯田于赤谷城以北的楚河流域。元贵靡死后,元贵靡之子星靡继任大昆弥。

此时,解忧公主上书汉宣帝表示自己"年老土思,愿得归骸骨,葬汉地"。言辞哀切,天子动容,随即派人接解忧公主回汉。甘露三年(前51年),年逾七十的解忧公主终于回到了阔别半个世纪的长安城。红颜离家,皓首归来,虽然长安的繁华依旧,但公主的青春已经不再。汉宣帝也为之感慨,以极高的规格接待和安置了这位大汉的女英雄。她被安置在上林苑的蒲陶宫,朝见礼仪与皇亲公主待遇相等。长安的百姓也非常欢迎公主归来。

说书人也常常在茶馆讲述解忧公主的故事。长罗侯常惠在赤谷城为解忧公主65岁祝寿时即兴咏成的诗句也在长安各界流传开来。诗句是:

群山环抱着你啊,美丽的赤谷都城;

碧波万顷的阗池湖啊,也好似扬波歌颂。

蜂飞蝶舞般的各族人民啊,如同百鸟朝凤;

乌孙山的塔松高耸入云啊,装点着西天山的苍穹。

四海之内谁不知道啊,大汉王朝的中兴天下无比;

畅饮甜水时要思源啊,乌孙国的兴盛来源于乌汉联盟。

德高望重的乌孙王啊,堪称乌孙国的一代精英;

有目共睹啊,汉家的和亲公主个个都沥血呕心!

郑凯边走边回想着解忧公主的故事,不知不觉和走在前面又说又笑的郑莎和燕然落下了好一大段距离。二人回头看看远处的郑凯,又赶忙跑回到郑凯身边。郑莎道:"凯哥,你今天走路怎么这么慢?看来你对赤谷城的街道挺有兴趣嘛!"郑凯道:"是啊!这里的街道可是当年解忧公主和她带来的汉朝工匠们设计修建的。你们看,赤谷城尽管常常受到一些外来的力量攻伐,但现在的客商还不算少。"郑莎道:"早饭后,咱们可以到各处转转,游览一下赤谷城,你看如何?"燕然道:"那太好了。我自小在长安城长大,逛街可是我的最大爱好。"郑凯道:"好,我今天就陪你们两个好好逛逛。"

三人来到了一家烤肉店，买了些烤肉、烤馕和奶茶，坐在食案前用餐。烤肉店内有一些人也在用餐。就听旁边桌上有位汉子说道："诸位，你们都听说了吗？前几天，有一个从汉朝来赤谷城做生意的商队在凌山山口被抢了。"另一位汉子道："这段时间，已经发生了好几起商队被抢的事。这样下去，谁还敢来赤谷城做生意？"前面说话的汉子又说："大昆弥应该派人马剿灭这些抢劫商队的匪徒，否则，不说商人不敢再来赤谷城，就是赤谷城内的商贩也不敢出去做生意呀！"郑凯心想："这些游走四方的商队，货物随时可能被抢，人身也很不安全。做买卖着实不是一件容易的事情！"三人走出烤肉店，郑凯建议去东大街至内城门的路上看看，三人就顺着街道逛起来。

　　东大街到内城门的路上开门的商铺不少，各种各样的货物也应有尽有。他们来到一个水果店门前，见货架上摆满了石榴、葡萄、甜瓜、胡桃、杏干、葡萄干等各种干鲜果品，就买了两个甜瓜让店伙计洗干净后切开来吃。吃过甜瓜，他们又买了一些胡桃和葡萄干，边走边吃。三人无拘无束地在街上闲逛，感到格外开心。逛累了，他们就在街上的石凳上坐着休息一阵。直到天近傍晚，他们才回到大昆弥客栈。刚进大昆弥客栈的大门，宫廷卫队长就迎了上来。原来他已经在门口等候多时了。三人稍作装束，乘着马车随卫队长去了大昆弥王宫。

　　来到大昆弥王宫，大昆弥已经在等候他们。宾主相互施礼，互致问候。随后，大昆弥带领大家进入了宴会厅。宴会厅内除了左右大将和宫廷卫队长外，并无其他人员在场。大昆弥招呼大家坐下。不一会儿，仆人就将各种美食摆满了桌子。大昆弥为大家斟上葡萄酒，举杯致欢迎辞。他说："欢迎燕然公主一行来到我赤谷城。"燕然道："我来介绍一下，这位是我的结拜兄长、郑凯，这位是我的结拜妹妹郑莎，感谢大昆弥的盛情款待。"大昆弥道："二位原来不是公主的随从，是公主的兄妹。慢待了，慢待了！我先饮了这杯酒，以表歉意。"接着，大家举杯共饮。

　　酒过三巡，大昆弥道："公主，我有一事不解，想请教于你。"燕然道："大昆弥不必客气，有话请讲。"大昆弥道："你为匈奴的公主，为什么不帮助匈奴的外孙小昆弥，却要帮助我这个汉朝的外孙？"燕然道："您说的是捉拿小昆弥派来的那三十个人的事情吧？"大昆弥道："正是。"燕然道："在夏都，小昆弥要我带三十人来赤谷城。如果我们不同意，肯定会有麻烦，所以我们就把这三十人作为我的随从带进了赤谷城。我兄长郑凯探听到这三十人不是来做工的，而是来伺机夺取东城门的，以便引小昆弥的大队人马进攻赤谷城。我们不愿做这种被人利用的事。再者，这帮人一进赤谷城，就要加害我们。所以，我们只能把他们捆绑起来。当然，还有一点，也是最重要的一点，那就是我尽管是匈奴人，但从三岁起我就生活在长安，直到今年春天才去漠北并辗转到此。也可以说，我实际上是一个汉化的匈奴人。郑凯和郑莎就是我在长安时认识和结拜的汉族兄妹。所以，我们兄妹三人都愿意帮助大昆弥。"

大昆弥道："原来公主竟有如此的人生经历，我相信公主所说的一切。右大将已经突审了巴烈和巴旺等人，他们已经供出小昆弥此次攻打赤谷城的计划。我准备给小昆弥一个有力的反击。对此，三位有何高见，还望赐教。"燕然道："凯哥，你有什么想法，不妨与大昆弥谈谈。"郑凯道："我的想法很简单，四个字——将计就计。"大昆弥道："如何将计就计？"郑凯道："按照巴烈和巴旺兄弟与小昆弥的约定办。"大昆弥道："我们具体应该怎么做？"郑凯道："第一，右大将除了注意东城门之外的三个外城门的巡逻，还可安排四千名弓弩手明天晚上埋伏在右大将的军营内，并布置三千名弓弩手分别埋伏于临近东城门的左右大街的街口旁。第二，左大将可布置六千名弓箭手埋伏在从东城门到内城门一线的房顶上，并布置三千名弓箭手埋伏在内城门左右的街口旁。第三，宫廷卫队长可布置四千名弓箭手埋伏在东城门及附近的城墙上，并于明晚子时打开东大门，放下吊桥，让小昆弥的人马能悄然进入赤谷城内。我猜想，小昆弥想偷袭赤谷城，首先是要攻陷右大将的军营，然后再集中力量攻击内城。我们等到他的人马悄悄进入右大将军营时，埋伏在军营和街道房顶上以及街口处的弓弩手一齐跃出，射杀小昆弥的人马。此时，宫廷卫队长布置的四千名弓箭手除了射杀吊桥上和东城门下的敌人，还要升起吊桥，关闭东城门。等到射杀了大部分敌人后，各路人马方可持刀攻杀顽抗之敌。这样我们就可大获全胜。"大昆弥听后拍手称赞道："好计谋！"他转而问左右大将和卫队长："你们觉得怎么样？"三人都竖起大拇指称赞。

郑凯又道:"还有一个关键问题,那就是一切行动务必保持安静。不可弄出任何响动,以免让小昆弥的人察觉。尤其外城墙上的巡逻人员,一定要保持与以往一样的状态,不可有任何紧张的表现,更不可增加巡逻人员。"大昆弥道:"好! 左右大将和宫廷卫队长一定要交代清楚,要严格纪律,违者杀无赦!"大昆弥又转而对郑凯道:"明晚,我也要去东城门上,亲自看看小昆弥的阴谋被粉碎后他是什么样子。你们三位愿不愿与我同往?"燕然道:"我巴不得去看个热闹呢!"大昆弥道:"那好,明晚我们就一同前往!"随即,大昆弥对卫队长道:"你去把宫廷副卫队长叫来。"不一会儿,宫廷副卫队长来了。大昆弥对燕然道:"公主,今晚你们三位就住在宫廷内,你看怎样?"燕然道:"谢谢大昆弥款待!"大昆弥又对宫廷副卫队长道:"你带公主他们三位去宫廷偏殿,安排他们休息。"宫廷副卫队长道:"诺!"三人随即与大昆弥拱手辞别,跟随宫廷副卫队长走出了宴会厅。

次日晚上,赤谷城笼罩在了黑夜中。左右大将和宫廷卫队长调兵遣将,亲自布置,静悄悄地安排好了弓箭手。待一切布置完毕,月亮才慢慢地爬上了天山的峰顶。大昆弥带着五十多名贴身护卫,并偕同燕然三人也躲藏在东城门的门楼上。眼见子时已到,大昆弥低声命令放下吊桥,打开东城门。东城门刚刚打开,小昆弥的人马就悄悄地拥入了城门,向右大将的军营大门冲去。

等到小昆弥的人马进入军营后,就听军营内响起了急促的战鼓声。顿时,埋伏在各处的弓箭手,万箭齐发,杀声震天。小昆弥的人马瞬间人仰马翻,一片惨叫。没一会儿工夫,小昆弥的一万多人马就横尸在了右大将的军营内和赤谷城的大街上。此时,大昆弥的弓箭手都抽出长剑,高声呼叫着冲上街头,把没有被射死的敌兵一一斩杀殆尽。大昆弥起身推开城门楼的窗户向东城门外望去,只见小昆弥带着身后的数千人马停在了东城门外,不敢再靠近赤谷城。宫廷卫队长指挥弓箭手向城外小昆弥的人马不停地射箭,小昆弥带着人马仓皇逃走了。大昆弥命令打扫战场后,军队回归营地。

赤谷城大捷,大昆弥犒劳三军。在大昆弥王宫,大昆弥设国宴庆贺,论功行赏,并接见了立功将士代表。大昆弥属下的朝臣和千夫长以上的军官悉数参加。大昆弥还将郑凯兄妹三人介绍给大家。一时间,郑凯兄妹三人成了赤谷城的贵客。大昆弥希望三人能留在乌孙国,为乌孙的发展献策献力。但郑凯表示,三人要去尉头、温宿、姑墨和龟兹一带游历,谢绝了大昆弥的好意。大昆弥虽有些不舍,但不好强求。他一再向郑凯等人表示,赤谷城就是他们的家,无论何时何事,都欢迎三人再来赤谷城。宴会后,三人即与大昆弥辞别。临行前,大昆弥派人送来了一千两黄金,并送来了三张通行令牌以及他分别写给尉头国国王和温宿国国王的信。

郑凯带着燕然和郑莎又到赤谷城市场逛了一圈,买了两头骆驼和六十件羊皮大衣和帽子。燕然问郑凯道:"凯哥,你买三件羊皮大衣就足够我们三个人穿了,为什么还要买这么多羊皮大衣?"郑凯道:"我在龟兹那面有几个朋友。西域天气寒凉,我想见到他们时,把大衣作为礼品送给他们。"郑凯让皮衣店的伙计把羊皮大衣用绳子捆好,搭在了驼峰间。随后,他与燕然和郑莎一起走出了赤谷城,向凌山山口走去。

南去天山的路相对比较平坦。刚进山口,就见一个商队在他们身边走过。商队有十个人,前面有两个人引路,后面是一队驮着大箱子的骆驼,再后面是八个骑马人追逐着骆驼队。那十人见郑凯三人只有三骑和两头骆驼,驮着不足百件的羊皮大衣,头也不抬地冲了过去。山路陡峭起来,山峰一座连着一座。越往山里面走,道路上的冰雪越多。两旁的山峰都盖着厚厚的积雪。达坂的道路上全是冰雪。

再往前走,他们发现在山路旁躺着十位满脸都是白粉,昏迷不醒的汉子。郑凯心想:"这些人如果在这雪山上这么躺着,要不了几个时辰,恐怕都会变成冻尸。"郑凯用手摸了摸他们的鼻孔,还好都有呼吸。他想:"眼下救人要紧。"于是,他招呼燕然和郑莎赶紧把骆驼背上的羊皮大衣卸下来,分别给这些昏迷的人每人穿了一件。然后,他们又用一块丝绸擦去他们脸上的白粉,给每人背下铺了两件羊皮大衣,身上又盖了两件羊皮大衣。冰达坂上非常寒冷,三人也各自穿上了羊皮大衣。

等了好久,这些人才慢慢苏醒过来。有的开始摇头,偶尔急促地呼吸着空气。又过了一会儿,有人已经呼着粗气,用力睁开双眼。又过了一会儿,这些人才慢慢苏醒过来。一个长相英俊,年龄与郑凯相仿的小伙子,看样子是他们的头领,他说道:"谢谢你们救了我们。"郑凯问:"诸位是哪里人士?

要到哪里去?"那小伙子道:"我们是长安茂通商队的,从龟兹运送丝绸去赤谷城,不想在这凌山山口被人抢劫了。"郑凯道:"你们的货物是不是用十头骆驼驮着的大箱子?"那小伙子道:"对呀! 你们看到劫匪去哪里了吗?"郑凯道:"我们刚进山口时遇到了一个商队,有十个人。每个骆驼背上都驮着两个大箱子,那可是你们的货物?"那小伙子道:"正是。看来那帮劫匪是去了赤谷城了。"郑凯道:"那些劫匪是如何得手的?"那小伙道:"那帮劫匪戴着头盔,骑马冲来,手中不停投掷药包砸到我们脸上。药包一碎,药粉就弄得我们满脸都是。我们吸入这些药粉,就迷迷糊糊地摔倒在马下。"郑凯道:"原来这帮劫匪是用迷魂药攻击了你们。"小伙道:"正是这样!"郑凯又问:"你们现在打算怎么办?"那小伙道:"我们是去赤谷城送货的。如今货物被抢,我们怎么回去交差。我们得去赤谷城,把发生的事情报告给我们在赤谷城的货栈。另外,我们得追查劫匪的下落,夺回我们的货物。"郑凯道:"好,有志气! 不过,眼下你们身体有恙,需要休息,体力恢复后方可去追查劫匪。这样吧,我们先送你们去赤谷城。"那小伙道:"仁兄救了我们的命,还如此帮助我们,叫我等如何报答?"郑凯道:"举手之劳,何谈报答!"那小伙子道:"要不这样吧,如果仁兄不嫌弃我们,我们愿与仁兄结为异姓兄弟,不知仁兄意下如何?"

郑凯非常喜爱这个聪明、机灵、英俊的小伙子,爽快地答道:"好啊! 我愿意结拜。"其他苏醒过来的小伙子也喊道:"程涵师兄,我们也愿和你们一起结拜。"燕然道:"凯哥,我们兄妹已经结拜过。今日,我们何不再一起与程涵等兄弟一起结拜呢!"郑凯道:"言之有理,程涵兄觉得如何?"程涵道:"我巴不得大家一起结拜!"于是,十三人各自通报姓名和年龄,一齐跪地发誓道:"今日我们十三人结拜为兄弟姐妹,从此以后,有福共享,有难同当,齐心相助,永不背叛!"十三个人在这凌山达坂上磕了三个响头,按照年龄大小,排出了顺序。郑凯十九岁为兄。程涵年龄小郑凯两个月为弟。刘壮十八岁,排位第三。燕然年龄小刘壮五个月,排位第四。郑莎十七岁排位第五。其余排位名次分别为韦光、张明、李唤、乔千、马腾、蒋威、韩笑、章江。十三人结拜完毕,一起去了赤谷城,住进了南大街的赤石客栈。

第二天,程涵和刘壮以及郑凯三人去了长安茂通商队在赤谷城的货栈。

程涵的二师兄肖进经营这个货栈。程涵将郑凯、燕然、郑莎三人介绍给了肖进，也把肖进介绍给了郑凯三人。随后，程涵把货物在凌山达坂遭抢劫的事以及被郑凯、燕然、郑莎相救的事原原本本地向肖进做了汇报。肖进说："谢谢郑凯兄妹救了我师弟程涵等人。这帮匪徒看来是靠撒迷魂药将他们迷倒的，他们自己为什么没有被迷倒？"程涵道："他们攻击我们时，每人都戴着一个头盔，而且脖子上围着长围巾，显然不会吸入迷魂药。"

肖进道："最近已经发生了几起商队在凌山达坂附近被抢劫的事。我派人做过暗访和跟踪，这帮劫匪来自康居国的郅支城。他们抢劫的货物都直接运到了郅支城。"程涵道："无论如何，我们都得想方设法夺回我们的货物。"肖进道："我认为，我们要首先摸清这帮劫匪的行踪和销赃地点，然后才可能夺回货物。"郑凯道："肖兄说得在理，不入虎穴焉得虎子，我想去一趟郅支城。"肖进道："你准备带几个人去？"郑凯道：我们兄妹四人足矣。"肖进道："我还得再给你们加上一个人，此人名叫突屠。虽然他只有十五岁，但机灵敏捷。他在郅支城长大，对来去郅支城的道路和郅支城内的情况了如指掌，可以助你们一臂之力。"

郑凯道："肖兄是从何处觅得这样一个人才的？"肖进道："突屠的父亲原是卑爰疐投靠康居时，带去康居的八万部众中的一员。后来他们在郅支城待久了，就经营点丝绸生意。突屠的父亲经常带儿子来我这里批发一点丝绸去郅支城贩卖。后来，好几年不见他来进货。两年前，我在大街上见到突屠在赤谷城要饭。他告诉我说，他爹爹生了重病，无法再做生意，最后病魔还是夺去了他的生命。那时突屠只有十三岁，母亲早亡，又失去了爹爹，对这个孩子来说真是太过不幸。他知道赤谷城繁华，就跑来赤谷城要饭。我看这孩子在街上要饭，挺可怜的，就收留他在我这里当了小伙计。这小子其实很机灵，暗访和跟踪凌山劫匪的活儿就是他干的。我想，这小子一定能帮你们找到那帮劫匪的老巢。"郑凯对肖进说："你送给我们这样一个活地图实在太好了。我们一定会查清这帮劫匪在郅支城的巢穴。另外，随程涵来押送丝绸的其他九位兄弟，我已经安排他们住在了南大街的赤石客栈。等一会儿回去，我再给他们留下一百两黄金吃饭用，请肖兄不必担心他们，专心招呼货栈的生意就是。等我们回来时，咱们再好好聚聚。"肖进道："郑凯，

你也太仗义了吧,连我们送货兄弟们的食宿你都管了!郑凯道:"都是自家兄弟,不必大惊小怪。"肖进道:"那好吧,我就等着你们的好消息了。"

郑凯、程涵、燕然、郑莎和刘壮与肖进一一施礼。肖进叫来突屠和郑凯等人相见,又吩咐了一番,大伙跟着郑凯去了客栈。回到客栈,郑凯见住在客栈的九个兄弟都已恢复健康,就带大家到外面的食店里吃饭。他们在附近的一个大烤肉店内点了烤全羊、烤馕、奶茶、葡萄酒以及干鲜水果,就围坐在一张大桌子旁吃了起来。饭后,大伙都想逛逛赤谷城。郑凯就带着大家在赤谷城美美地转了半天,又顺路买了十头骆驼,两百件羊皮大衣和帽子,让店家打包装箱,一个骆驼分挂两箱货物。傍晚,郑凯又请大伙在外面的烤肉店美餐一顿,这才回到客栈休息。

第二天起床后,程涵召集大伙开会,宣布他和郑凯等人要离开赤谷城几天,要求留在赤谷城的兄弟一切听从师弟刘壮的号令,如有大事发生,就去请示肖进师兄,一切听从他的指挥。同时,程涵还要求大伙在客栈住着,不准闹事,不要单独外出。郑凯给刘壮留下两百两黄金,要他安排兄弟们的饮食。

郑凯等五人扮作商贩,赶着骆驼离开了赤谷城。他们沿着吉尔吉斯山南麓向西行进。在突屠的指引下,他们穿过蒂扎舒山口,再沿塔拉斯山北麓行进。随后,五人又沿着从吉尔吉斯山和塔拉斯山之间谷地中流出的都赖水,前去郅支城。

第七章　郢支之城

　　郢支城位于都赖水的山前冲积扇上。虽然不能像素叶水那样在赤谷城西北面形成一条狭长的绿色地带深入沙漠中去，但在山前形成的绿洲同样能给前来的商人提供充足的食物和饮水。因此，都赖水河谷与素叶水河谷具有同样重要的商道价值。建立于都赖水河谷的郢支城与赤谷城一样，也同样是重要的商业重镇。

　　郑凯心中的郢支城是陈汤焚烧过的郢支城。甘露四年（前50年），北匈奴郢支单于和南匈奴呼韩邪单于都派使者到长安献礼。事后郢支认为，汉朝对呼韩邪的支持超过对他的支持。尤其是他看到南匈奴发展强劲，国力日渐强大，十分害怕汉朝支持呼韩邪袭击他。初元元年（前48年），郢支单于上书汉朝皇帝，要求归还他在长安做质子的儿子。汉元帝随派谷吉为特使护送郢支的儿子回北匈奴王庭。但郢支却残忍地杀害了谷吉及其全部随从人员。郢支害怕汉朝报复，随即率部向西迁徙。北匈奴挺进西域后，击败了小昆弥乌就屠，建都坚昆。

　　康居与乌孙历来为争夺草场而打仗，康居又多次被乌孙打败。大臣们向康居王建议将郢支迎来，安置于康居东境，以对付乌孙。康居王遂派人到坚昆向郢支面陈康居王的建议，郢支听后十分高兴。于是，他带领三千部众迁居到了康居与乌孙相邻的都赖水中上游一带，并在两年多时间内建起了郢支城。康居王将自己的女儿嫁给郢支，郢支也把自己的女儿嫁给了康居王。从此，北匈奴以郢支城为都城，多次向康居借兵，攻打乌孙和大宛，杀掠民众，抢夺牲畜。

　　建昭三年（前36年），西域都护府副校尉陈汤根据乌孙和大宛的报告，

决计发兵消灭北匈奴。然而,西域都护甘延寿对北匈奴采取的是画地为牢、不去主动出击的策略。他对陈汤的建议犹豫不决。不久甘延寿生病。陈汤借甘延寿生病之机,假传朝廷号令,调集西域屯田的汉朝兵马和西域各属国的兵马四万余人出击郅支城。甘延寿无奈,也只好任陈汤调遣,随军出征。陈汤命令一半人马前往大宛,自己亲自率领另一半人马前往康居。途中陈汤在赤谷城西部遇到了进犯赤谷城的康居人马。陈汤击败了这部康居兵马,抓到一名康居的显贵。陈汤从这位显贵的口里了解到了郅支城的情况,立即率军来到郅支城下,四面围住了郅支城。

郅支城长宽不过二里左右,主城用夯土筑成,主城外还有两重木城。匈奴有上百人披甲在木城上守卫。城下百余名骑兵来往驰骋,还有百余名步兵持剑夹门而立。陈汤命令弓弩手一阵急射,把城外的步兵和骑兵都驱赶到了城内。晚上,汉兵以柴草烧木城,并射死了企图冲出重围的数百名郅支骑兵。半夜后,两重木城均被烧毁,匈奴兵只得退守在土城内。陈汤不给郅支留有喘息的时间,接着就开始了进攻。郅支见形势危急,亲率大小王后和亲兵等数十人登城守卫,也被陈汤部的弓弩射中鼻部,被人扶下城去。黎明时分,陈汤部击鼓呐喊,山摇地动,一鼓作气撞开四门,攻入土城。陈汤部斩杀了郅支单于及其阏氏、太子和北匈奴的大臣们及将兵一千多人,俘虏一千多人,获得了郅支城大捷。

郅支城大捷并不被汉元帝认可,他责令追究陈汤假传圣旨的责任。陈汤和甘延寿联名上书汉元帝,做自我辩护。他们在奏章中写道:"明犯强汉者,虽远必诛!"尽管陈汤和甘延寿仍然被追究了责任,但这一豪言壮语从此却成了汉家儿女保家卫国、一往无前的行动指南。

郑凯一行人沿着都赖水河谷一直向西北行走。河谷越来越宽阔,变成了冲积地带。又行走了不远,前面出现了一个木屋和一排拦路的木架子。一队康居士兵正在检查来往通行的商队、民众。依照康居的规定,到康居经商者,根据所携带货物的价值,必须缴纳一定比例的税金,缴纳金币或者缴纳货物均可。郑凯他们有十头骆驼,带了两百件羊皮大衣,他们上交了二十件羊皮大衣作为税金。

离开关卡不久,他们就来到了郅支城。眼前的郅支城只留下了原来的土城城池。土城外被大火烧去的双重木城经过修整,周围盖起了许多夯土和石块砌墙的房屋。在陈汤剿灭北匈奴之后,这里成了康居人收留乌孙叛逃者的基地。竟宁元年(前33年),乌孙小昆弥乌就屠升天,其长子拊离继位小昆弥。建始三年(前30年),拊离的弟弟日贰谋杀了小昆弥拊离。汉朝又立拊离之子安日为小昆弥。日贰害怕汉朝的惩罚,带着一帮随从逃到了康居。小昆弥安日随派贵人姑莫匿等三人,伪装成叛逃者,投奔日贰,并寻机刺杀了日贰。

鸿嘉末年(前17年),安日被康居前来投降的乌孙暴民刺死。汉朝册立安日的弟弟末振将为小昆弥。末振将害怕被大昆弥兼并,就派贵人乌日领诈降了大昆弥,并寻机杀死了大昆弥雌栗靡。末振将害怕汉朝治罪于他,也逃到了康居。末振将的弟弟卑爰疐随后纠集了八万乌孙部众也投靠了康居,并向康居借兵攻打乌孙大昆弥。后来,末振将被大昆弥属下的翕侯难栖杀死。西域都护段会宗又设计擒杀了末振将的太子番丘。汉朝立安日的儿子安犁靡为小昆弥,继续维持乌孙大小昆弥分治的局面。

康居国经过多年收留乌孙叛逃者,使郅支城成了乌孙人、康居人、大宛人以及西域各国人士杂居的地方。各地商人的到来,使郅支城的商业得到了发展。康居王派遣了一千人马驻扎在郅支城外,并在四面设立关卡。从关卡这里,康居王每年都能收到一笔丰厚的税金以及多种货物,郅支城也就成了康居王手上的一块肥肉。他派遣康居太子亲自掌管郅支城。康居太子把收到的税金和货物定期送往康居国都城卑阗城。康居太子治理郅支城的策略是:只要交税,欢迎任何国家的商人来郅支城经商。这倒促进了郅支城的商业发展。在康居太子的治理下,郅支城街道倒也井然有序。

郑凯等人牵着马和骆驼,先在市场内逛了一天。他们了解了郅支城的货物价格,尤其是郅支城的马匹、牛羊、粮食、丝绸和羊皮大衣的价格。突屠告诉郑凯,大约在四五年前,郅支城来了一帮大夏国的商人。他们在郅支城内一个空地上盖了几间大木房,起名叫郅城商铺,经营各类产品。由于郅城商铺产品多样,价格低廉,很快兴隆起来。比如丝绸和棉帛,他们的价格比市场上任何商铺的价格都低。这个商铺很快挤垮了许多其他商铺,垄断了郅支城的丝绸买卖。突屠父亲那样的小商贩,自然是无法经营了。

突屠带着众人来到位于郅支城主街上的这家大店铺。突屠告诉大家，这家店铺的规模比几年前又扩大了许多。在一个由十多个大木房连成的铺面架子上摆放着各种各样的货物。各种色泽的丝绸和棉帛琳琅满目，羊皮大衣、各种鞋子、各种帽子应有尽有。在铺面后面连着一个夯土建成的大院子。大院子左右各有一个大门，左面的大门内有马匹、骆驼和车辆进出。看样子是这家商铺装卸货物的地方。大院右面的大门内有两个相通的小院落，四周都是住人的房间，是郅城商铺经营者居住的地方。

傍晚，郑凯等人在距离郅城商铺大院不远的一块空地上安营扎寨，支起了帐篷。他们把货物从骆驼背上卸下来，放到一个帐篷里。郑凯、程涵和突屠住一个帐篷，燕然和郑莎住一个帐篷。深夜，郑凯和程涵二人悄悄走出帐篷，去郅城商铺夜探。他们来到郅城商铺左面院子的后墙处，郑凯一纵身，轻轻地跳到了院子内。程涵轻功有限，先跳上围墙，而后再跳入院子。

二人悄无声息地溜着墙根，借着月光往院子内观看，发现最右面有一排连通的大房子，里面传出马吃草料的声响，那定然是马厩无疑。院子左面也有一个连通的大房子，估计是商铺的库房。二人轻轻把大门推开一道缝，钻进了库房，再轻轻合上大门。库房内有许多木制货架，上面摆放着丝绸和棉帛。架子旁边放着一些大箱子，程涵一眼就认出这是他们被抢的货物。在库房的墙角处，有一个柜子，里面摆放着十多个方方正正的铜盒子和十多个头盔。铜盒子里面装着石灰粉一样的东西。郑凯取出一个铜盒子挂到了自己腰间。这时，他们听到马厩里传出了咳嗽声，估计是马夫在为马匹添草料。二人静候着，直到马夫添完草料回去入睡后，才悄悄退出库房。郑凯轻轻拉上库房大门，和程涵一起跳上墙头，离开了大院子。

第二天，突屠带着大家去找他小时候一起玩耍的朋友佝逯。佝逯的父亲是卖羊皮大衣和皮鞋的商户，他自己会制作羊皮大衣和皮鞋，成本低廉，所以不怕别人降价竞争。佝逯的父亲只愿出很低的价格收购郑凯从赤谷城带来的羊皮大衣。考虑到能尽快出手，虽然赔了一些钱，郑凯还是决定将带来的货物卖给佝逯的父亲。处理完羊皮大衣，郑凯等人去了牲畜市场。他们又卖掉了骆驼，买回两只绵羊。郑凯一行人带着绵羊去了郅支城郊外的都赖水旁，郑凯让大家离开一段距离。他自己牵着绵羊走出好远。之后，他左手拿一块湿棉帛捂住自己的鼻孔和嘴巴，右手取出从郓城商铺得到的铜盒子内的白粉末，向两只绵羊迎面撒去。不一会儿，两只绵羊都晕倒在地了。郑凯用湿棉帛擦去了右手上的白粉末，走到河边洗了洗手，这才走向众人。他告诉大伙，迷倒程涵兄弟们的迷魂药已经找到，郑凯又把夜探郓城商铺的情况告诉了大家，并和大家制定了制服劫匪、夺回货物的计划。

郑凯等人又回到郓支城。他们美餐一顿后，在帐篷内休息起来。丑时刚过，郑凯就让突屠留在帐篷内看管马匹。其余三人随郑凯前去郓城商铺大院子，夺取程涵他们被抢劫的货物。四人悄悄进入右侧大院子的前院，将迷魂药吹入每间房子。随后，四人又来到左面的大院子。程涵进入马厩寻找马夫，却寻不到人。不想从马槽后面飞出一人，挺剑向程涵刺来。程涵躲闪不及，眼看就要被刺中前胸，不想在旁边的燕然伸手抓住了刺来的利剑。程涵趁机回身一剑，将那马夫刺死，赶忙撕下一块自己的衣服，给燕然包扎。郑凯和郑莎把劫匪库房内装迷魂药的铜盒子和十几个头盔装入一个大袋子提了出去，又把程涵他们被抢的丝绸箱子也搬到了院子里。程涵从马厩内拉出十头骆驼，与郑凯把箱子一一架在了骆驼背上。他们随即拉上骆驼，轻轻打开院子的大门，离开了郓城商铺大院。他们会同突屠，立即离开了郓支城。黎明后，他们来到了郓支城南面的关卡。郑凯一行人在关卡处留下一箱丝绸交税后，原路回返赤谷城。

走出半日后，他们遇到了前来接应的肖进和留住赤石客栈的刘壮等九位兄弟。郑凯道："肖兄，你不在赤谷城看好你的店铺，怎么跑来接应我们？"肖进道："你们走后，我越想越觉得不对劲，就把店铺交给我的两个伙计看管，叫上刘壮等几位兄弟赶来了。"郑凯道："被抢的货物已经取回，人也基本完好，就是燕然受了一点伤。"肖进道："伤势要不要紧？"燕然道："只是手上受了一点剑伤，不要紧的。"郑凯道："众位弟兄，我们还是赶路要紧。我们携带着货物，行动缓慢，康居兵马也许会马上追来。"不想话音刚落，就听到了远处一阵战马的嘶叫声。

原来郑凯一行人离开郓支城时，郓城商铺的门店内有两个执勤的伙计。黎明后，二人锁上门店的大门，去郓城商铺大院内吃早饭。发现前院和后院里的人都昏迷不醒。他们再到马厩里一看，喂马的马夫已被人刺死，二人

赶忙去南面的关卡报告。当日在郅支城南面关卡执勤的是康居的一个百夫长。这位百夫长询问执勤的哨兵,知道有一队商队黎明后离开了郅支城。于是,这位百夫长亲自率领六十名兵马,向赤谷城方向追来。

郑凯道:"康居的人马追来了,突屠,此处可有躲避的地方。"突屠道:"前面不远处有个三岔路口,中间的道是去赤谷城的,南面那条道是去大宛的,北面还有一条羊肠小道,可进北山躲避。"郑凯道:"好,咱们就先去北山躲避一下。等康居的追兵过后,咱们再回赤谷城。"

突屠带着大家,转向去了北山的羊肠小道。小道只有几尺宽,右拐是一个向上的大斜坡,两旁是陡峭的山坡,山坡的两旁长满了树木。郑凯一行人只能牵着马匹和骆驼上坡行进。上到山坡顶时,有一条弯道。向北转过弯道,前面是个长长的山洞。山洞很大,可容纳上百号人马。

郑凯让大伙在山洞里停下吃些东西。之后,郑凯让程涵和突屠一起照看马匹和骆驼,尤其要程涵好好照料右手受伤的燕然,然后和肖进带领其余人返回到了山坡小道上。郑凯猜想,康居的兵马一定会分兵三处,来追击他们,于是就着手准备对付康居的追兵。郑凯和弟兄们从山上搬来一些大石块放在小道的坡顶,并让刘壮和两位健壮的兄弟埋伏在坡上。康居追兵快到坡顶时,就把大石块推下山坡。其余的兄弟都埋伏在坡道两旁的树林中,郑凯、肖进和郑莎埋伏在入口处。

康居的百夫长带着人马来到三岔路口时,果然命令士兵分头追击。二十人向大宛方向追击,二十人向北山追击,他自己带领二十人向赤谷城方向追击。向北山追击来的二十个士兵见去北山的路是一个几尺宽的羊肠小道,而且是一个上山的大斜坡,就牵马向上攀行。走在最前面的士兵刚走到离坡顶十来步时,就见大石块从坡顶一块接一块地飞滚下来。前面的士兵一下子被大石块砸翻,马匹受到惊吓,转身向坡下奔跑。一时间,坡道上的马匹和士兵相互踩踏,乱作一团。走在最后面的兵士见状,死死拉住受惊的马匹,转身就要逃出坡道。郑凯、郑莎一人一个五指旋射,就把要逃跑的康居士兵击翻在地。肖进等兄弟抽出长剑,从路旁的树林中跳出,挥舞长剑向被马匹踩伤的康居士兵砍去。没有多长时间,二十个康居士兵就全部被斩杀了。郑凯等人赶忙将康居兵士的弓箭和佩剑收集起来,牵着没有受伤的马匹赶往前面的山洞。

郑凯简单向程涵、燕然和突屠三人讲述了伏击的经过,并将夺取的弓箭和佩剑分发给了大伙。休息过后,郑凯等人牵着骆驼和马匹继续向北山深处转移。他们跟着突屠在山里转悠了两天。第三天,当他们刚要走出位于北山东面的山口时,就看到一队人马正要进入山口。郑凯让突屠、程涵、燕然带着骆驼和马匹后撤一段,自己带领其余弟兄赶忙占领了出口两侧的山梁。来者不是别人,正是康居百夫长带领的二十名兵士。他们追了两天也没有见到驮着货物的骆驼和马匹,就返回来了。那百夫长认为,他们追击的目标可能躲进了北山。于是,他带着二十名士兵来到了北山东面的山口处。那百夫长试图带领士兵悄悄进入到山口,占领两侧的山梁。郑凯等人在康居士兵全部进入山口后,拉弓放箭。接连一阵狂射,二十个康居士兵连同他们的百夫长均被射死。郑凯等人打扫完战场,带着缴获的弓箭、佩剑和马匹,返回赤谷城。

郑凯一行人牵着骆驼来到了赤谷城西门,刚要入城,就被守城的士兵拦住了。十多个人都携带着弓箭和佩剑,引起了守城士兵的注意。守卫西城门的百夫长问道:"你们是什么人,为何携带兵器进城?"燕然道:"我是匈奴的燕然公主,来拜见大昆弥,他们是我的护卫。"百夫长道:"大昆弥有令,不准任何人携带兵器进城。至于您是匈奴的公主,能不能携带兵器进城,我得请示我们千夫长。"燕然道:"要不然这样,你带我去见你们千夫长好了。"那百夫长道:"也好,请公主随我来。"

燕然和那百夫长来到千夫长的大帐,那千夫长在赤谷城大捷的庆功宴会上见过燕然。所以,他一见到燕然就立即站起身来,说道:"这不是燕然公主吗? 公主有何贵干,请您吩咐!"燕然道:"康居国的劫匪劫走了我兄弟的丝绸,我们去郅支城给取了回来。我的手下都带着弓箭和佩剑,百夫长能让我们进城吗?"那千夫长对百夫长道:"这是燕然公主,咱们赤谷城的大恩人,赤谷城大捷就是燕然公主和她的手下设计的。要不是公主有别的事情,大昆弥早就任命公主担任咱们乌孙的国师了。"那千夫长又对燕然道:"公主殿下,恕属下不认得公主,怠慢了,请公主见谅。"燕然道:"百夫长和守城门的兄弟们也是执行大昆弥的命令,没有什么不妥当的。所以,我才请百夫长带我来见千夫长，以便当面向千夫长讲明缘由。"那千夫长道："多谢公主体谅在下！我这就送公主入城。"燕然道："千夫长公务在身，就不劳您大驾了，我和百夫长去城门带上我的护卫入城就是。"那千夫长道："也好，请公主走好。"

燕然随百夫长来到城门，带着大伙进了赤谷城。他们来到肖进打理的丝绸货栈，卸完货物，肖进就在货栈附近的食店宴请大伙。肖进道："郑凯兄弟，你们兄妹四人和突屠远涉郅支城，取回了被劫走的货物，这可是大功一件。我先敬你们五位一杯。"众人举杯，一饮而尽。刘壮等兄弟也分别向郑凯等人敬酒。郑凯道："多亏肖兄、刘兄带领众位弟兄及时赶来增援我们。要不然，我们就麻烦大了，更不可能获得伏击追兵的胜利，把货物顺利带回来。感谢众位兄弟！来，我敬兄弟们一杯！"程涵、燕然、郑莎、突屠也分别向大伙敬酒。

肖进道："郑凯兄弟，您觉着突屠怎样？"郑凯道："在这次行动中，突屠可是发挥了关键性的作用。我有一个建议，不知当讲不当讲？"肖进道："你我兄弟，有什么当讲不当讲的，讲！"郑凯道："我建议老兄收突屠为徒，让他跟您学些武艺，也好让他更好地协助您，兄台觉得如何？"肖进道："我没有意见，只是不知道突屠意下如何？"郑凯问突屠道："你可愿意拜肖进为师？"突屠道："我做梦都想拜肖叔叔为师的。"郑凯道："好，此刻你就行拜师大礼吧，我们大伙给你做证！"突屠立即双腿跪地，向肖进磕了三个响头。肖进将突屠扶起，突屠道："师父，从今往后，师父指到哪里，徒弟就打到哪里，绝无二话！"郑凯道："好，这才是个好徒弟。来，大伙举杯，为肖兄收了一位好徒弟干一杯！"大伙又一饮而尽。

就在这时，程涵站起身来，举杯对大伙说道："各位兄弟姐妹，程某今日借着酒兴，表达一点心意。我今日还能坐在这里与众位兄弟姐妹喝酒，聊天，多亏凯哥、燕然妹妹、郑莎妹妹在凌山达坂上相救。这次在郅支城，又多亏燕然妹妹伸手抓住那把刺向我的利剑，否则，我恐怕就不能坐在这里喝酒了。今日我就当着大伙的面发誓，我这一辈子都要好好报答兄弟姐妹们的救命之恩。"郑凯道："涵弟，你我兄弟姐妹无论谁人有难，都会拼死相救的，何出报答一词，这不是见外吗！"燕然道："涵哥，你我兄妹不可以说这样见外的话。要说报答，我应该好好报答你一路上的细心照料才是。来，咱们兄妹四人再干上一杯！"郑凯、程涵、燕然和郑莎举杯，一饮而尽。郑凯道："涵弟，我还有一事相托。"程涵道："请凯哥讲，我一定不负重托！"郑凯道："燕然妹妹为了救你，伸手抓剑，可谓以命相搏。我就把她托付给你了，你今后可得好好照顾她！"程涵道："凯哥放心，燕然妹妹救了我的命，我绝对可以把命交给她，更不要说好好照顾她了。"郑凯道："好，一言为定，咱们兄妹四人再干一杯！"

大伙酒足饭饱后，郑凯等人与肖进和突屠告别，回到了赤石客栈。

第二天，郑凯等人把两次大捷得到的马匹留下十多匹马供程涵等十位兄弟骑之外，就把大部分马匹卖掉，把卖马钱平均分配给了大家。随后，郑凯在集市上买了四百件羊皮大衣，借用程涵运丝绸的骆驼驮运，带着帐篷、食物、饮水等物品启程前往龟兹。

他们一行十三人走出赤谷城南门，向凌山山口进发。刚入山口，就见有十个人押着两个被捆绑在马上的姑娘向山口奔来。郑凯悄声对程涵道："你照看好燕然和货物，我们去救那两位姑娘。"他做了个手势，大伙立即跳下马背，取出弓箭，拉弓搭箭，站立于山口两侧。对面那伙人一见迎面过来的人取出了弓箭，有两个大汉立即抽出佩剑，跳到捆绑着两个姑娘的马背上，一人搂住一个姑娘的腰，一只手把剑架在姑娘的脖子上。他们两腿一夹，两匹马向郑凯等人迎面奔来。这帮人高喊道："闪开，不然我们就先杀了这两个姑娘。"这帮人试图以两个姑娘为人质，冲过郑凯等人的拦截。

郑凯一挥手，众人立即放箭向那奔来的马射去。两匹马的前面一下子射入了多只利箭，被射中的马前腿急速向空中跃起，坐在马上的姑娘和大汉都被向前飞奔又突然向空中跃起的马掀翻在地。那两匹马前腿落地后，带着插在身上的利箭，继续向郑凯他们飞奔而来。众人赶忙让那狂奔的马奔过，后面的人也试图跟着前面的马逃出山口。但郑凯等人岂能让他们逃走，支支利箭不停地向他们劲射，那些想冲出山口的人都被射落到了马下。郑凯和刘壮赶忙去解救那两个姑娘。刚到那里，有一个被马掀翻在地的汉子突然跃起，举剑向旁边被捆着的一个姑娘刺去。刘壮一见，顾不上其他，立即鱼跃而起，趴在了姑娘身上，被刺下的利剑刺透了左肩。郑凯即刻使出推岩掌向那汉子推去。那人一下子被推出数尺远,摔倒在地。几个人立即上前把他捆绑了起来。这伙人共有十人,由于他们冲过来的距离太近,利箭穿透了他们的胸膛,没有几个生还的,郑凯等人只活捉到三个俘虏。

郑凯赶忙撕开刘壮肩上的衣服,并在他的伤口处撒上了药粉,撕下一块衣布捂住了伤口。郑莎用剑给两个被绑着的姑娘挑开绳子,问道:"姑娘,你们是哪里人?"一个姑娘理也不理她,站起身就径直去看刘壮的伤势。她边跑边解开自己缠在腰间的丝绸带,帮助郑凯把刘壮的伤口给包扎住了。另外一个姑娘则回答道:"我们是尉头国人,那是我家阿索公主,我是公主的侍女佩玲。"郑莎又问:"你们是怎么被人劫持的?"佩玲道:"昨日公主带着我和三名侍卫到赤谷城买东西,今日经凌山山口回尉头国时从对面来了十名劫匪把路给拦住了。公主的三个侍卫奋力拼杀,也敌不过这帮劫匪。他们都被劫匪给杀害了,我和公主也被他们捆绑了起来。这帮劫匪还问我们,是不是去过郅支城,是不是抢夺了他们的丝绸,那些丝绸现在藏在什么地方?我们不明白他们在说什么。他们要把我们二人押回郅支城去。多亏你们救了我们,要不然我们就死定了。"

这时,郑凯和阿索一道扶着刘壮走了过来。他们把刘壮扶上了一头骆驼。郑莎对郑凯说:"凯哥,佩玲姑娘说,这帮匪徒原来是抢劫程涵他们货物的那帮人。在郅支城我们没有来得及收拾他们,他们居然又追到这里来寻找我们五人复仇。他们把阿索、佩玲和三个护卫误认为是去郅支城夺取丝绸的五个人了。今日也该他们有这个下场。"郑凯道:"看来我们在郅支城就不该放过这帮劫匪,他们居然又来祸害人。"众人赶忙处理掉被射死的匪徒尸体,押解着俘虏和货物,向凌山山口深处走去。

走出凌山山口,郑凯一行人在阿索和她的侍女引领下,沿着一条从凌山山口流出的小河继续南行。在小河与一条东流的大河的交汇处,他们转向西行,沿着大河逆流而上,走入了一条大峡谷。大峡谷北面是天山的支脉阔克夏勒山,南面是喀拉铁克山。两座高耸的大山夹持着一个绵长的大峡谷。峡谷的谷底收集着冰川融化的雪水,汇成了这条奔流不息的大河。谷口内,河水贴着左面的悬崖向东奔流,谷口右面的悬崖边有一条长长的狭窄小道。谷口两面的半山腰上也有盘山小道,盘山小道上摆满了大石块,小道旁的悬崖上还有许多洞穴。

他们正往前行，就听山腰处有个汉子喊道："阿索公主，你们五个人从赤谷城回来了？"阿索大声喊道："对，我们回来了。路上我遇到一些朋友，来咱们尉头谷住几天。"那汉子喊道："好嘞，欢迎你们。"郑凯也大声喊道："谢谢你，兄弟！"郑凯心想："听说这尉头国人口不足三千，胜兵不过八百，何以能够在此立国？原来尉头人占据着大山和峡谷。谷口如此险峻，可谓一人守隘，而千人弗敢过也。他们进可攻，退可守，纵横于中上游数百里的茫茫群山和峡谷中，再多的人马来攻也无济于事。他们衣着和习俗与乌孙人相同，传说曾是乌孙下属的一个小部落，迁徙到此，自立为国。"过了谷口，又走过许多狭窄的弯道，众人才来到宽阔的河谷之中。阿索对郑凯道："这就是我们尉头人赖以生存的地方——尉头谷。"

河两岸长着树木，远处的山坡上碧草如茵，牛羊遍布。山腰里松林茂盛，墨绿连片。一排白色的帐篷就屹立在河岸上，不时会有人进出于那些帐篷。

阿索告诉大家，自西域都护府成立以来，尉头人就是大汉的子民了。从此，中土和西域，西域和西部国家就开启了通商贸易，沿路的人民都从中获得了利益。尉头国是一个小国，但地处商道关口。每年都能见到无数的商队经过此地。谷口内的那排帐篷就是尉头谷的市场，有不少商人来此经商。他们收购牛羊马匹、牛皮羊皮以及产自高山的药材，也带来丝绸棉帛、铁器制品、金银珠宝、衣帽鞋袜等货物。

一行人走过那排白色的帐篷，峡谷两旁露出了大山的雄姿。许多白色的帐篷散落在望不到尽头的峡谷草场上。近处的帐篷旁，可以看到挤奶的女人和玩耍的孩子，远方一个山坡高地上有一大片帐篷。阿索道："前面高坡上的那片帐篷就是我父王的王帐。"郑凯道："公主殿下，我想请你先去报告一下你的父王，允许我们在附近扎起帐篷休息几日。当然最主要的是能让刘壮兄弟有一个安静养伤的地方。"阿索道："你们是我的救命恩人，刘壮兄弟是为了救我受的伤，我怎么能让你们在这里自己搭帐篷养伤呢？你们必须住进我父王的王帐客栈。我要亲自来照料刘壮兄弟，直到他的伤口痊愈。"

两人正在说话，一队骑兵迎了上来，原来是尉头谷的巡逻队。他们见到阿索，就打招呼道："公主好！"阿索道："各位兄弟，巡逻辛苦了！"又往前走了一段，来到了山坡高地前，阿索正要带大家去王帐见自己的父王，就见王帐卫队的副队长扑刀走来。阿索道："扑刀，我父王呢？"扑刀回答道："王爷去角力场看角力赛了，公主有事吗？"阿索道："我去赤谷城游玩，被劫匪攻击。幸亏碰到这帮朋友出手相救，才得以活命。只是一位朋友为了救我，受了重伤，我们得赶快安排他住下来养伤。"扑刀道："这样吧，我先带你们去王帐客栈住下，然后请王帐御医来治一治，你看如何？"阿索道："好。"

　　扑刀将郑凯一行人安排在了王帐客栈休息，又派人去安排郑凯等人的马匹和骆驼，并把几个俘虏也带走了。郑凯和阿索将刘壮扶到一个帐篷内，让他躺下。不多时，扑刀也派人请来了御医。御医帮刘壮清洗了伤口，撒上药粉，又包扎起来。不久，扑刀又派来了一些侍女。她们带来了热奶茶，各种干果、点心，请大家食用。阿索拿来热奶茶亲自侍候刘壮饮用，弄得刘壮还有点不好意思，但阿索一点都不在乎。

　　太阳快要落山的时候，阿索让侍女取来了烤肉、热奶茶、烤馕以及瓜果。大伙这才感到又累又饿，就狼吞虎咽地吃起来。饱餐一顿后，大家分别回到各自的帐篷内，倒在铺上呼呼大睡起来。阿索坐在刘壮养伤的帐篷内，看护刘壮。也许她实在累了，就在旁边打起盹儿来。刘壮被伤口疼醒，见阿索守在自己身旁，心里很是感动。他叫醒阿索，请她回去休息。阿索笑笑说："我不会回去的，留下来就是要照顾你。对不起，刚才我打了个盹。伤口还痛吗，想不想喝点水？"刘壮道："好多了，口是有点渴。"阿索就给刘壮喂了些水。刘壮伤口痛得睡不着，阿索就干脆陪他聊天。

　　第二天早上，阿索等刘壮醒来，帮他洗漱。不久，侍女们送来了早饭。阿索又亲自侍奉刘壮吃饭。一连数天，阿索天天如此。大伙看得出来，阿索是爱上了刘壮。

　　这几日，阿索事无巨细，一手包揽了照顾刘壮的事。郑凯想为二人提供更多单独相处的机会，于是就请求去角力场看比赛。阿索就安排右骑君陪同郑凯等人去了角力场，尉头谷每年春秋两季都要举办角力赛。尉头人认为他们虽然是小国，但要生存，就必须强身练武，自强不息。为此，他们在尉头谷西面山崖下修建了一个巨大的角力场。角力场紧靠山崖的地方修有一个台子。每逢角力赛，大部分尉头人都来角力场观看比赛。角力赛是尉头谷的盛会。

开幕式时，尉头王到场讲话，然后进行马术、赛马、叼羊、斗狗、斗羊、斗鸡等表演项目。尉头王最看重的角力赛项目是马上射箭、负重攀岩和徒手格斗这三项。他认为这三项最能体现尉头人追求生存的能力。马上射箭是杀伤敌人的有效手段，负重攀岩是抢占有利山地的基本能力，而徒手格斗则是近距离克敌制胜的法宝。所以，尉头王早有规定：获得这三个单项比赛的前四名，方有资格参加全能比赛。参加全能比赛的十二名赛手都要经过抽签，两两对垒，通过马上射箭、负重攀岩和徒手格斗三项比赛分出胜负。胜出的六人进入第二轮比赛，再淘汰掉三人。第二轮胜出的三人进入决赛，再决出一、二、三名。以往，第一名会得到尉头王的重奖，前三名都会编入王宫卫队，成为家族和年轻人的荣耀。今年秋季的角力赛非同寻常，尉头王亲自组织，要求年龄在十六至二十二岁之间的青年，无论来自何方，无论从事何种职业，无论家境贫富，都可以参加比赛。尉头王还宣布：他的女儿阿索已经年满十六岁，他将把阿索许配给此次角力赛的第一名。为此，尉头王亲自带领左都尉和王帐卫队长全程观看比赛。

郑凯等人赶来观看角力赛时，角力赛已经进入全能比赛。第一天的比赛结束后，尉头王在角力场接见了郑凯等人。尉头王道："你们在凌山山口救了我的女儿，老夫感谢你们。听说你们中的一位小伙子为了救我女儿受了重伤，现在可好一些了吗？"郑凯道："回禀尉头王，已经好多了。"尉头王道："这几日我忙着观看角力赛，再说救我女儿的那个小伙子剑伤还没有痊愈，我就没有安排宴请你们。等你们那位小伙子伤好了，角力赛也结束了，我一定设宴款待诸位。"郑凯道："多谢尉头王的美意！"尉头王道："好，咱们就一言为定。"

第二天的比赛结束后，胜出的前三名明日将进入决赛。

这些天来，刘壮在阿索的精心照料下，剑伤已经好转。他没有想到，这位娇生惯养的公主竟能如此温柔体贴，无微不至地照顾自己。看着阿索姑娘的瓜子脸、尖下巴、细眉毛、大眼睛、高鼻梁、深眼窝，刘壮不由得心生爱

意。其他人都去看角力赛了，帐篷里只剩下他们二人。阿索问刘壮道："刘壮哥哥，你为什么那么傻，扑到我的身上，用身子护住我？如果那劫匪往下走一点剑，恐怕就不是穿透你的左肩膀这么简单了，那可就要穿透你的心脏了。你说，你为什么要舍命救我？"刘壮道："我当时什么也没有想，只知道用我的身体护住你，你才不至于被刺到。"阿索道："你不顾自己的性命救我，让我非常感动。"刘壮道："我师父说过，救人就要不惜付出性命。"阿索道："刘壮哥哥，我非常喜欢你。你喜欢我吗？"刘壮不好意思地说："喜欢。"阿索道："你愿意一辈子和我在一起吗？"刘壮道："我愿意！"阿索道："那好，我们就一辈子在一起，永不分离！"刘壮道："好！一辈子在一起！"阿索高兴地扑过去要抱住刘壮，刘壮也不由得张开双臂去抱阿索，不想一下扭动了受伤的肩膀，疼得他咬牙憋气，还低沉地嗯了一声。阿索爱抚地说："对不起，弄疼你了！"刘壮道："肩膀虽疼，心里高兴！"逗得阿索咯咯地笑起来。阿索道："等你伤好了，我就跟你走，无论天涯海角，我再也不离开你！"刘壮道："要是你父王不同意怎么办？"阿索道："我就逃出去？谁也别想阻拦我们在一起！"刘壮道："这样恐怕不好吧！"阿索道："我们的事我如果向我父王讲了，他肯定不会同意。现在，他正在举办角力赛，目的就是为我选男人。你有伤在身，也无法参加角力赛，所以我们得另想办法才行。我觉得郑凯哥哥他们也许会有办法，我们不妨请求他们帮助。"刘壮道："你说得对，我们应该请郑凯他们帮助。"阿索道："等郑凯他们从角力场回来后，我们就和他们说我们的事，好吗？"刘壮道："我听你的。"

晚饭后，众人都陆续回各自的帐篷休息。刘壮叫住郑凯、程涵、燕然和郑莎，说有话要对他们讲，四人就留下来等刘壮说事。只见刘壮满脸通红，支支吾吾说不出来。一旁的阿索着急了，她张口说道："两位哥哥和两位姐姐，刘壮哥哥可能有点不好意思，我替他说吧。我们两个相爱了。我们发誓一生一世都不分离，要永远在一起。"郑凯道："我也正为你们的事担心呢！我听说你的父王已经当众宣布，他要把你许配给这次角力赛的第一名。你父王当众说出的话那是绝对不可能更改的。"阿索道："是呀，我父王当众说的话一定会兑现，除非刘壮哥哥能战胜这次角力赛的第一名。可现在的情况是刘壮哥哥为我受了伤，他无法参赛。再者，即使刘壮哥哥能够参赛，能有把握取胜吗？你们几位说说该怎么办？"郑凯道："这的确是一个大难题。"
程涵道："谁有什么好办法，请讲出来吧。"大家都沉默无语。见大家不作声，
程涵着急了，说道："如果大家都没有好主意，我这里倒有一个馊主意，也不
知当讲不当讲。"郑凯道："馊主意总比没有主意强，快讲来听听！"

　　程涵道："你们想想看，今年的角力赛，尉头王有什么规定？"郑凯道："尉
头王的规定是：年龄在十六至二十二岁之间的青年，无论来自何方，无论从
事何种职业，无论家境贫富，都可以随时参加比赛。"程涵道："是啊，这就是
说任何人都可以参加比赛嘛！咱们大伙都去参加比赛，不管谁赢了，帮刘壮
兄弟把阿索领回来不就得了。"郑凯道："这是什么办法？谁赢了，谁就得娶
阿索的。阿索要嫁的不是别人，而是刘壮，你要弄清楚了。"程涵道："我觉
得，不管谁参赛，只要赢了就行。我不相信咱们兄弟谁赢了，就会真把阿索
娶走。所以，假娶一下不就得了。你们说呢？"郑凯道："这比武招亲可不是
闹着玩的，难道你也想玩假结婚的事？"程涵道："刘壮兄弟为救阿索负了重
伤，他能参赛吗？不能！而事情又迫在眉睫，如果我们再不出手，阿索和刘
壮兄弟一辈子的幸福就没了。你们说说，还有什么办法？我的办法恐怕是
唯一的办法。"郑凯道："你想出来的办法，你就准备去参加比赛吧！"程涵道：
"我去参加比赛可以，但不能保证能赢。要是不能赢，岂不害了阿索和刘壮
兄弟。我觉得，还是请武艺最好的、最有把握赢的兄弟去参赛。"郑凯道："谁
的武艺最好，谁能有把握？"程涵道："大家心里都有数呀！你们几个也说说
嘛，你们看谁的武艺最好。"郑凯道："燕然妹妹、郑莎妹妹，你们也说说。"燕
然道："程涵兄的办法的确是唯一解决问题的办法。至于谁的武艺最好，那
当然是你了。"郑凯道："又让我弄假结婚的事，我怎么这么倒霉。"程涵道：
"什么又让你弄假结婚的事，你弄过假结婚的事吗？"郑凯一看说漏了嘴，赶
忙说道："你刚才说让我弄假结婚的事，燕然也让我弄假结婚的事，这不叫又
弄假结婚的事吗？"刘壮道："事到如今，还有别的办法吗？我们也只有这么
一个办法了。那就请郑凯兄不要再顾虑什么，该出手时就出手吧！"

　　第三天，胜出的三名赛手进入到了决赛。没有多久，就决出了一、二、三
名。左都尉张口就要宣布比赛结果。这时，郑凯大声喊道："左都尉，我有事
想请教尉头王，不知可否？"尉头王大声说道："有事请讲！"郑凯道："此次角

力赛尉头王的规定是:年龄在十六至二十二岁之间的青年,无论来自何方,无论从事何种职业,无论家境贫富,都可以随时参加比赛。对吧?"尉头王道:"对!"郑凯道:"那么我们从长安来的几个兄弟能否参加比赛?"尉头王道:"左都尉,你说呢?"左都尉道:"王爷,是不是有点迟了?"郑凯道:"尉头王规定此次角力赛可以随时参加。虽然我们来得迟了一点,但左都尉您不是还没有宣布比赛结果嘛。没有宣布比赛结果,比赛就不能说结束了。现在参赛,应该还是符合规定的,您说呢,左都尉?"尉头王道:"有意思,我看可以参赛!你想怎么参赛?"郑凯道:"我请求与此次角力赛的第一名竞技。"尉头王道:"好啊!左都尉,这次角力赛的第一名是山鹰吧!那就让这个小伙子与山鹰来场比赛,也让我们开开眼界嘛!"郑凯道:"谢谢尉头王。"

左都尉大声宣布道:"郑凯与山鹰的比赛现在开始!比赛第一项:骑马射箭!"山鹰先行出场。他跨上战马,飞驰而来,对着数丈以外的靶子连射三箭。三箭三中,全部射中靶心。郑凯也提马奔出,接连三箭,也全部射在了靶心。第一项比赛二人打成了平手。左都尉又大声宣布道:"第二项比赛:负重攀岩!"山鹰和郑凯各自身负百斤重的大包,向两条陡峭的山道奔去。这些山道也是尉头人在危难时登上后山,躲避于群山之中的应急方法。二人施展登岩技能和力气,向上攀爬。登在这种小道上,郑凯感到如同他在华山时背着上百斤重的木材在悬崖小道上奔跑一样,不一会儿工夫就把山鹰甩出了一段距离。第二项比赛,郑凯获胜。

左都尉再次大声宣布道:"第三项比赛:徒手格斗!"二人来到场中,山鹰身材健壮,郑凯显得相对单薄。左都尉心想:"山鹰曾在西域各处投师学艺,练就了一身武艺。徒手格斗,也许山鹰会赢。二人如果战平,那就得比剑术了。"二人来到台子中央,抱拳施礼后,山鹰出手急攻。他一招连着一招快如闪电。郑凯左格右挡化解攻势。山鹰却非等闲之辈,功夫不同寻常。两人来来回回格斗起来。他们出招拆招上百个回合,不分胜负。这时,山鹰似乎急躁起来。他一个伸掌扫面,试图闪晃郑凯,接着提腿击裆直击郑凯要害。郑凯一个旋身跨步,闪到一旁。山鹰抬脚旋踢直追郑凯。郑凯快步闪身,山鹰跟进不及。郑凯越闪越快,一下就闪到了山鹰背后。郑凯使出推岩掌法,双掌推出,推在山鹰的脊背上。山鹰不由得身体前扑。郑凯飞身而起,双脚向山鹰登去。山鹰一下摔倒了地上。不想,他竟翻身而起,从靴子里抽出一把短刀冲到郑凯面前,向郑凯猛劈猛刺起来。郑凯一个腾空旋踢击中了山鹰的手腕。随着匕首飞向空中,山鹰的手腕也被踢断。郑凯脚一落地,向前猛推,山鹰站立不稳,摔倒在地。郑凯赢得了比赛。徒手格斗,不准使用武器,山鹰犯了大忌。尉头王大怒,命人把山鹰捆绑起来,打入了死牢。

次日傍晚,尉头王在王帐举行宴会,招待郑凯一行人。尉头王举起酒杯说道:"我今天在此设宴,第一件事是感谢诸位好汉在凌山山口救了我女儿阿索的性命。为此,你们的一位兄弟还受了重伤。来,谢谢你们,咱们先干一杯再说!"大家一饮而尽。尉头王接着说道:"我要说的第二件事是郑凯和阿索的婚事。我决定在三日内为他们举办成亲仪式。郑凯有什么想法和要求,请大声告诉我。"郑凯道:"谢谢尉头王!我们能在凌山山口与公主相遇,实在是上天的安排。感谢尉头王和公主对我的厚爱,我代表几个兄弟也敬尉头王一杯!"大家又是一饮而尽。郑凯接着说道:"关于我和公主的婚事,一切听从尉头王和公主的安排。"尉头王道:"甚好!"

第二天开始,整个尉头谷都忙碌起来。大人们搭台挂旗,宰杀牛羊,小孩们穿着新衣裳,到处奔跑欢笑。人人脸上挂着笑容,祝福阿索公主幸福。王后派人将阿索的帐篷布置成了婚房。

第三天太阳升到一丈高的时候,阿索和郑凯的成亲仪式在王庭下新搭建的台子上举行。尉头王和王后以及左右都尉、左右骑君和王庭卫队长等都早已到达台子上落座。左骑君主持成亲仪式。一系列仪式过后,左骑君大声宣布:"歌舞狂欢开始!"一群老汉敲起了羊皮鼓。台下的小伙子和姑娘们围在一起,跳起了疯狂的旋转舞。郑凯和阿索也走下台子,和程涵、燕然、郑莎以及程涵商队的弟兄们,跟着尉头谷的小伙子和姑娘们,狂欢起来。婚礼台子周围,尉头王早已安排好了众多厨师。烤全羊、烤肉串、烤馕、热奶茶以及各种点心、瓜果,供大家尽情享用。一天狂欢,直到深夜,人们才回到帐篷休息。第二天,一批换岗下来的士兵前来狂欢。第三天,又一批换岗下来的士兵前来狂欢。经过三日的狂欢,这个三千人口,胜兵八百的西域小国,几乎都参与和见证了阿索的婚礼。

又过了十多天,刘壮的身体已经基本恢复。郑凯和阿索前去向尉头王

辞行。郑凯道："我受伤的兄弟刘壮,伤势已好。我准备带阿索回一趟长安,让阿索见一见我的父母,不知尉头王可否批准?"尉头王道："我们就这么一个女儿,我们真的不舍得她离开我们。但你要带她去长安见你的父母,这是无法拒绝的理由。我批准你们。"

第二天,尉头王在王帐举行欢送宴会,尉头国的大臣们都应邀参加。尉头王道："我的女婿郑凯要带阿索公主去长安,拜见他的父母。为此,我在这里举办欢送宴会,为他们送行。我希望他们能早去早回,一路平安。来,大家干上一杯!"众人举杯,一饮而尽。

郑凯道："谢谢尉头王和王后,生养了阿索公主这样一个美丽无比的姑娘。来,我和阿索敬尉头王和王后一杯。"郑凯和阿索为尉头王和王后斟满酒,举杯畅饮。接着,郑凯又说道："在这里,我也要感谢阿索公主,她心地善良,甘愿嫁于我。来,我敬你一杯。"两人斟满酒,碰杯饮用。郑凯再次说道:"我今天在这里也要表个态:我一定一辈子对阿索公主好。"两人再次斟酒碰杯。

阿索说道："除了感谢我阿爸阿妈的养育之恩外,我也要感谢尉头谷里看着我长大的各位长辈,以及和我一起玩耍、一起长大的兄弟姐妹们,是你们陪伴着我长大的。这份恩情我永远不会忘记!我阿索从小就知道,我阿爸是汉帝颁发印绶的尉头王,我们尉头人是大汉的子民。一直以来,我就有一个梦想,就是去我们都城长安看一看。明天,我就要随我的夫君前往长安拜见他的父母。无论我走多远,尉头谷永远在我的心里。来,为了咱们尉头谷的明天更美好,干杯!"众人又是一饮而尽。

第二天早上,郑凯一行人就要出发了。尉头王和王后偕同左右都尉、左右骑君和王帐卫队长等朝臣亲自赶到王室客栈为他们送行。郑凯道："请尉头王放心,我一定用生命保护好阿索,决不让她受到丝毫的伤害!"阿索道:"阿爸,请原谅女儿要去很远的地方。女儿知道您最疼爱我,但女儿很想去外面看一看,长长见识,历练历练。谢谢您成全了女儿。"阿索的侍女佩玲舍不得离开阿索,尉头王也批准她与阿索同行。

郑凯等人将弓箭和佩剑等兵器送给了尉头王,以示对尉头王的感谢。尉头王非常高兴得到这些兵器。郑凯等人骑上马,牵着骆驼离开了尉头谷,沿着托什干河北岸前去温宿国。

温宿国位于天山南麓,托什干河的中游地带,人口近万,胜兵一千五百。国王之下设有辅国侯、左右将、左右都尉、左右骑君、译长等管理国家。随着丝路商道的开启,温宿国依据东临姑墨,西接尉头,尤其西北连通乌孙赤谷城的地理优势,成了丝路商道上的重要城郭之国。温宿国北部是天山山脉,南部为卡拉铁克山。北部和南部的山前均为戈壁。托什干河由西而东穿流而过。河两岸的沙地和砾石坡地上,生长着茂密的沙枣林。沙枣又名沙棘,是一种在河谷阶地、平坦沙地和砾石质山坡上生长的耐干旱、抗风沙植物。深秋的沙枣已经成熟,一串串的沙枣金黄发亮,挂满了树枝。

阿索告诉大家,沙枣可是个好东西,味道微酸微涩,吃惯了还会觉得有点甜。相传,尉头人曾把一些疾病缠身又不忍杀掉的老马放逐。可是过了不久,这些老马又回来了。它们雄姿勃发,恢复了往日的彪悍。出于好奇,人们就跟踪着这些马匹来到了一大片沙枣林中,发现这些马匹整日以沙枣和沙枣叶为食,体格由此变得健壮起来。后来,人们也就开始食用沙枣,以强身健体。沙枣也就成了传说中的圣果。托什干河中游是沙地和砾石质沙地,特别适合沙枣树生长,因此河岸上长满了沙枣林。大伙听阿索公主这么一说,就下马牵着马匹和骆驼,走入路旁的沙枣林中采摘沙枣。大家边走边吃,甚是惬意。

落日前,郑凯等人来到了温宿国国都温宿城。郑凯等人在西大街找到一家好的沙阁客栈住下后,就带着大家到街上吃饭。温宿城虽不过是万人的城池,但商业繁荣。街道上店铺颇多,经营着各类商品。除了织物类、皮草类等服饰,金银、玉器等饰品也琳琅满目,本地的特产更是满街都是。郑凯等人进了一家大的烤肉店,要了两只烤全羊、一些烤肉串、烤馕和热奶茶,大伙饱餐一顿。

饭后,郑凯又和大家一起去瓜果店买了一大筐鲜果,让刘壮带着大伙返回客栈去了。程涵则带着郑凯、燕然和郑莎去了他三师兄杜鑫在温宿城打理的丝绸货栈。进到货栈,程涵把杜鑫介绍给大家,又把一路上的简单经过对杜鑫讲了一遍。杜鑫道:"涵弟,你此番赤谷城送货,可谓一路艰险。多亏遇到了郑凯兄妹三人,否则,损失可就大了。"他转过脸来对郑凯三人说道:

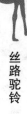

"谢谢三位的相助，不然，程涵是难以向我师父交代的！"郑凯道："自家兄弟，不必客气！"程涵道："鑫哥，你这里还有别的什么事情吗？有什么话还需要我带给师父吗？"杜鑫道："你告诉师父，我这里的货还没有卖出多少，最近一段就不要再往我这里送货了。再者，如今西域局势动荡，货物还是存放在龟兹、赤谷城和莎车城这些大城里保险。"程涵道："你今日怎么情绪不高，好像有什么心事吧？"杜鑫道："的确，我正为一件事烦心呢。"程涵道："什么事呀？"杜鑫就讲起了他的烦心事来。

原来，在货栈旁边有一家土特产货栈，由一个三口之家经营。他们主要经营本地的一些干鲜水果。父亲达邝经常去城外收购土特产，货栈的铺面生意则由达邝的妻子和女儿打理。达邝的女儿名叫訾果，人长得非常漂亮，由此招来不少买干鲜水果的人，尤其是年轻人。他们都想借着买水果的机会目睹一下訾果的芳容。本来这是一件好事，不想却招来了大麻烦。

温宿城有一个恶霸叫稣巴。他听说这里有一位漂亮姑娘，也来买水果，还动手调戏姑娘，被姑娘扇了一个大嘴巴子。这恶霸是个恶贯满盈的地痞，他依仗自己有钱，养着一帮打手，在温宿城到处寻花问柳，欺男霸女，干了不少伤天害理的事。仅这两年，他就霸占了温宿城两位漂亮的姑娘，逼死了她们的父母。这两日，他又故技重演，让两个打手来请姑娘的父亲达邝。理由是他要举办一个大的宴会，在达邝这里订购一些上好的干鲜水果招待客人。不过，他要求达邝必须亲自带一些干鲜水果样品，到他家里谈这笔生意。达邝原本不愿与稣巴这样的人打交道，但又怕得罪了这个恶霸，就带着样品去了稣巴家。他女儿訾果去姑姑家串亲戚回来，听说父亲去了稣巴家，一直未归，知道凶多吉少，就向杜鑫求救。可他们的师父让杜鑫在这里打理货栈，不许他惹事生非。他正为此事发愁。

程涵道："看来訾果姑娘与师兄关系不错嘛！"杜鑫红着脸道："邻居有难，岂能坐视不管。"程涵道："这样吧，货栈先留给凯哥他们看护一阵，咱们两个去看看情况。"郑凯道："二位留步，听我说。杜兄还要长期在此打理货栈，不可出面管这等事情。我想好了，程涵和燕然你们两个留下来照看货栈，我和郑莎去找那恶霸，救出訾果的父亲。"程涵道："好，一切听凯哥安排。"于是，郑凯和郑莎就带着杜鑫出去了。

郑凯让杜鑫指认稣巴的住宅后回去等待消息,他和郑莎就来到了稣巴的住宅处。稣巴的住宅是一个四周有夯土围墙的院子。他和郑莎来到了院子后面的围墙下,一纵身跃上了墙头,又轻轻落到了院子内。院子是个二进院,二人落下的地方是院子的后院。

他们二人悄悄来到正屋的门口听着屋内的动静,就听稣巴说道:"达邛,你欠下了我一千两黄金,这是字据,就等着你按手印了。"达邛道:"稣巴,你这个狼心狗肺的东西,你让我来谈生意,为什么把我捆起来?"稣巴道:"不把你捆起来,你能老老实实地听话吗?"达邛道:"老子就是死,也绝不会在什么字据上按手印的!"稣巴道:"这可由不得你了!来人,拿刀在他腿上划个口子,把血涂到他右手指上,在欠钱的字据上按上手印。"只听一阵挣扎和号叫,那帮打手抓住达邛的手,强行在字据上按上了手印。稣巴道:"还有一张字据,也按手印。"又是一阵挣扎和号叫。

稣巴笑道:"达邛,这张字据对我来说最重要。因为你还不起借我的一千两黄金,愿意把你的女儿抵押给我,做我的小妾。知道吗,过不了多久你的女儿就要成为我的女人了。她不是野性十足,抽过我一个大嘴巴子嘛。以后,我倒要看看她有多野!"话音刚落,一个人影已飞到眼前,两张字据也被那人抓了去。紧接着,那人又飞出房门,跑到了院子里。

稣巴如梦初醒,从旁边的刀架上抽出长剑,追了出去。所有的打手也都抽出长剑跃入院中。稣巴低声喊道:"上,把这贼人给我杀了。"追到最前面的两个杀手挺剑向郑凯刺去,郑凯手执大头棒,一个上格,接着一个旋击,两个打手的右手腕就给击断了。只听二人"啊"的一声,抱着右手腕呼呼喘粗气。郑凯不容他们呼叫,左旋下打,击在了二人的脑袋上,顿时二人摔倒在地。郑凯一个前冲,左右双击,又将后面两人刺来的利剑击飞在一旁,接着又一个下滑击腿,两人的膝盖被击碎,跪倒在地。郑凯接着一个平扫,直击二人的脑袋,二人一下倒在了地上。这帮打手只顾跟着稣巴跃入院子,没有注意门旁贴着墙壁站立的郑莎。此时,郑莎挥舞大头棒向前击打在打手们的后脑勺上,他们一声不吭地倒在了地上。

转眼工夫,院子中间只剩下了稣巴一人。他挺剑向前猛扑,郑凯狠劲一击,剑被击飞到了一旁。郑凯又一个回击,结结实实地打在了稣巴的头上,

稣巴闷声不吭地躺到了地上。

二人赶到房内,为达邙松绑。达邙虽被捆绑着,但并未受重伤。他跪倒在地,磕头向郑凯二人谢恩,二人赶忙扶起达邙。达邙冲到院子里,捡起一个打手的利剑,向那些倒地的家伙猛刺起来,把稣巴和那些打手都送去见了阎王。郑凯和郑莎见达邙已解了心头之恨,就架着达邙的胳膊跃上墙头,跳出了院子。三人分头行动,消失在了街头。

达邙回到家中,妻女见他完好无损,既高兴又惊奇。訾果问达邙:"爹爹,您是怎么逃出虎口的?"达邙道:"今天多亏有一男一女两位大侠相救,否则,我这条老命也就完了。"于是,达邙把自己如何被稣巴等人绑架,稣巴如何强行让自己在字据上按手印,大侠是如何打伤稣巴及众多打手的,一一讲给訾果和她母亲听。訾果道:"爹爹,如果您在街上再遇到这两位大侠,您还能认出他们来吗?"达邙道:"今晚天这么黑,我怎么能看清楚他们的脸面。如果明天在街上碰到他们,我肯定也是认不出他们的。你问这些干什么?"訾果:"这两个大侠是我们的救命恩人,我还真想见见他们长什么样子。"达邙道:"大侠交代,如果官府来调查,就说稣巴要宴请右骑君,让我给他准备一些上等的干鲜水果,谈完这事后我就离开了稣巴家,其他什么也不知道。"訾果道:"真可惜,这两位大侠与我们擦肩而过,我竟然没有运气见他们一面。"

郑凯和郑莎返回杜鑫的店铺,简单地向杜鑫、程涵和燕然讲了事情的经过。郑凯对杜鑫说道:"今晚天黑,訾果的父亲看不清楚我们的面目,即使明天我们在大街上碰到达邙,他也认不出我们来。所以,无论到任何时候,任何人来找你调查,你都说不知道就是了,这就减少了不必要的麻烦。现在,我们四人也该回客栈了。明天早上,我们就要去姑墨国都城。"四人起身,与杜鑫告辞,返回了客栈。

回到客栈,郑凯又叫来刘壮和阿索,向二人叙述了去见杜鑫和救达邙的经过。毕竟杀死了十多个人,在温宿国绝对是个天大的案子。四人讨论了明天出城可能遇到的困难以及可能被盘查的各种问题和对策。阿索道:"尉头国和温宿国世代都是好邻居、好朋友。前年春夏之交,我还陪同我的父王在前面的沙枣林一带与温宿王一起狩猎、吃烧烤。如果有人不让我们出城,我可以去见温宿王,请他出面帮忙,会让我们出城的。"郑凯道:"如果我们被拦住不让出城,那也只好请阿索公主出面了。"

第二天早饭后,郑凯等人来到了东城门。果然,城门已经关闭,有不少要出城的人被拦了下来,并且被叫去一一盘问。温宿国出了杀人大案,温宿王令分管东西城门的左右骑君亲自盘查出城人员。轮到郑凯他们时,阿索被带进了城门前的一间房子内。

一进门,阿索就认出来了左骑君枰弘。阿索道:"左骑君,别来无恙啊?"枰弘抬起头看着阿索道:"原来是阿索公主,两年不见,您可是长成了漂亮的大姑娘。您何时来的温宿城,去见过温宿王了吗?"阿索道:"我昨日天快黑的时候才来到温宿城,住在西大街的沙阁客栈。本想今天早上去拜见温宿王,可听说城内出了人命案子。我想温宿王正忙着处理此事,也就不好意思去打搅他老人家。听说这起命案死的是一位地痞恶霸,不知真假?"枰弘道:"哪里听说来的?"阿索道:"客栈和食店里的人都这么说。"枰弘道:"老百姓说的可能不假,死了十一个人,至今不知何人所为。"阿索道:"听百姓讲,说是天神所为。老天不想让这帮地痞恶霸搅乱温宿人的生活,你说对吗?"枰弘道:"谁说不是!"阿索又靠近枰弘的耳朵小声说道:"我随着一个商队走走,做点小买卖,赚点零花钱。"

枰弘大笑道:"哪有公主亲自干这种营生的!我看你是闲得没事干,要干些出格的事,找乐子罢了。"阿索道:"你怎么能这么看我?"枰弘道:"你都成大姑娘了,找个王子嫁了,当太子妃多好。再过一些年,不久熬成了王后,那可是正道。"阿索道:"我好多地方都没有去过,这么活一辈子太窝囊。所以,我得跟着商队到各地走走,那多开心!"枰弘道:"好吧,公主就和你们的商队去各地观光吧。我们做下人的,只有看家护院的命。"阿索道:"你是左骑君,统兵的将军,是贵人,岂是下人!"枰弘道:"公主就别拿我开涮了。现在这城门不开,越聚人越多。我这就去禀告大王,恳请他下令打开城门,公主意下如何?"阿索道:"好啊!我到外面等着你,希望你速去速回!"枰弘给副骑君交代了几句,骑马去了内城。

过了一阵子,枰弘回来了。他来到阿索面前,说:"公主,大王下令可以打开城门了。辅国侯和左右大都尉亲自去了死者稣巴的家。他们调查发

现,稣巴雇佣了十多名打手,到处欺男霸女,抢占别人的财产和货物,还关押着十多名姑娘。这些姑娘都控诉稣巴把她们的父母逼死,强行霸占了她们。稣巴让人关押着这些女人,随时被叫去侍候这个恶霸。百姓们都说,上天开眼,为他们除去了一个大祸害。所以,大王命令打开城门,不再追查什么人杀死了稣巴。走,我给你们开城门去。"阿索道:"谢谢左骑君!"

郑凯和阿索带着大伙离开温宿城,继续沿着托什干河东去,向姑墨国行进。河岸上到处是沙枣林和聪慧果林。像樱桃一样的聪慧果鲜红透亮,甜酸可口,传说经常吃这种果子会让人变得聪明。大伙就下马牵着骆驼,到林中采摘聪慧果吃。就在这时候,郑凯发现远处的林子里有十来个汉子正追赶着一位看上去只有十六七岁的小伙子。那小伙子好像边跑边哭,被那群汉子追赶着。由于距离较远,郑凯也听不清他们在说什么。只见有两个汉子冲到那小伙子面前,抓住了他的两只胳臂。其余人围上前去用绳子把那小伙子捆绑住,拴到了马背上。郑凯道:"我去看看前面发生了什么事情。"郑莎道:"我也去!"

两人跃上马匹,双脚一踢马肚子,向前奔驰起来。郑凯来到那群人面前,问道:"为何劫持这小伙子?"那被绑的小伙子喊道:"壮士救我!"一个领头的说道:"此事与你无关,请少管闲事!"郑凯道:"请把人放下!"那领头的说道:"不放怎样?"郑凯抽出大头棒,飞马向那些人攻去。那帮人来不及抽出长剑就被飞扑过来的郑凯左右开弓,击落马下。郑莎则从后面左右旋射,射出了一颗又一颗石子,把后面要抽剑的汉子一一击落在马下。

郑莎给那位被捆绑着的小伙子解开了绳子。郑凯迎上前去,对那小伙子道:"兄台,他们为什么要劫持你?"那小伙子道:"这些人都是我父王派来的卫士,要捉拿我回温宿城。"郑凯道:"这么说兄台是温宿国的王子了!"那小伙子道:"在下温宿王子寞桢。"郑凯道:"这我就不明白了,仁兄不好好做你的王子,为何被你的父王捉拿?莫非你谋反不成?"寞桢道:"不是我要谋反,而是我自己不想活了。"郑凯道:"自己不想活了,那又是为何?"郑凯这么一问,寞桢不由得泪流满面。这时,阿索等人也赶上来了,阿索一见寞桢,说道:"原来是温宿王子呀,你的绮丽公主可好?"阿索这么一问,寞桢竟忍不住号啕起来。

原来，温宿国东临姑墨国。在西域都护府治理的数十年里，两国地缘相近，相处和睦，很是亲近。每逢春秋之季，两国国王都会在自家领地举办一次双方百姓也可以参加的聚会。会上，两国各自展示自己的节目，如赛马、叼羊、射箭、斗鸡、狩猎、歌舞等。双方的国王、王后、王子、公主、朝中大臣都会悉数参加。

温宿国太子寞桢和姑墨国公主绮丽年龄相仿，爱好相同，非常投缘。他们在一块玩耍，经常不愿分开。温宿王见绮丽聪明漂亮，活泼可爱，又和寞桢性情相投，就向姑墨王提亲，希望姑墨王把绮丽许配给寞桢。姑墨王见寞桢英俊潇洒，德才兼备，也就满口答应了。去年，绮丽年满十五岁时，两位国王为他们举行了订婚礼。两个年轻人非常高兴。从此，寞桢就可以名正言顺地去姑墨国看望绮丽了。两个人经常带着护卫和侍女来这片林地游玩，久而久之，这片林地成了寞桢和绮丽最依恋和向往的地方。

二人都期盼着绮丽年满十六岁时，他们就可以成婚结对，天天厮守在一起。然而，姑墨国派兵参加五威将王骏率领的联军攻打焉耆叛军时，姑墨国军队临阵反叛，配合焉耆和匈奴军队攻杀了王骏，改变了西域的局势。虽然，姑墨王受到了西域都护李崇的传信责备，但他并不悔改，而是更加亲近匈奴。姑墨王也不再与温宿国来往，并且不再允许寞桢去见绮丽。前两天，姑墨王又传信通知温宿王，取消了寞桢与绮丽的婚约。

寞桢为此受到沉重打击，无法排遣。昨天下午，他独自骑马出城，要去姑墨国王治南城去找绮丽公主。然而，温宿王早有安排，派了十多名王宫卫士跟随着寞桢，一是保护寞桢，二是防止姑墨国捉拿寞桢，把他作为人质看管起来。温宿王有令，如果寞桢一意要去姑墨国国都，就把他捆绑回温宿城。寞桢一夜不归，在这片林地里来回兜圈子。一夜过去了，卫士们都累了，寞桢仍然不愿回去。护卫们决定把他捆绑起来，押回温宿城。听完寞桢的哭诉，大伙都为温宿王子对爱情的赤诚而感动。但如何劝解和帮助他，众人一时倒没有良策。

第八章　绿洲城国

　　见寘桢痛苦的样子,郑凯大声说道:"王子殿下,我非常理解你现在的心情。但除了痛苦,除了寻死觅活,难道我们就找不出一个解决问题的办法吗?"寘桢吼道:"有什么办法?"郑凯道:"去见姑墨公主呀!"温宿王子道:"他们不让我见绮丽,而且,即使见到了绮丽,那又能怎样?"郑凯道:"带她走呀!"寘桢抹抹双眼,睁大眼睛直盯着郑凯,自言自语道:"带她走,带她走?"郑凯道:"是啊,天地如此之大,何处不能容身?"寘桢问道:"仁兄,你是说像你们一样行走天下吗?"郑凯道:"只要你愿意,当然可以!"寘桢仰天大笑道:"好!好!好!你这么说可就太好了!我这就见绮丽去。"

　　突然,寘桢又一把拉住郑凯的手,大声说道:"要我去见绮丽,仁兄必须先答应我一个条件!"郑凯道:什么条件?"寘桢道:"与在下结拜为兄弟!"郑凯道:"好啊!你这么重情重义的王子,我巴不得与你结拜呀!"二人随即跪下,对着苍天磕头起誓,结拜成了兄弟。寘桢年龄小郑凯半岁,为弟。郑凯年长,为兄。寘桢一扫多日的痛苦,面带笑容地对郑凯道:"凯哥,咱们这就出发吧,不久咱们就可以抵达姑墨国都王治南城了。"这时,那十多个被郑凯和郑莎击伤在地的护卫们都爬了起来。他们见无法把寘桢押回温宿城,也只好作罢,拱手与寘桢告别,回温宿城复命去了。

　　郑凯一行人由寘桢带路,继续向姑墨国行进。

　　姑墨国位于托什干河的下游。西天山流出的托什干河与南天山流出的白水在姑墨国汇流成姑墨川水后流向东南,再与叶水河汇流成塔里木河向东流去。在姑墨川水的冲积带上,姑墨国以种植为主,是西域的重要城郭之国。姑墨国人口近三万,胜兵四千五,是温宿国的三倍。姑墨王之下设有姑墨侯、辅国侯、都尉、左右将、左右骑君和译长等管理国家。

郑凯一行人从姑墨国都城西城门进入城池，在西街一家客栈住下。众人都感到饿了，就到街上寻找食店吃饭。姑墨国物产丰富，都城繁华。南城虽不及赤谷城大，但也是西域大城，街道宽阔，商业兴旺。大街上店铺众多，各种货物齐全。当地盛产稻米、葡萄、苹果、胡桃、红枣。其中红玉葡萄、白玉甜枣、糖心苹果、胡桃等干鲜水果更是驰名西域，也是姑墨国与各国进行贸易的主要物品。永光五年（前39年），汉元帝下旨，遣右部后曲侯屯田姑墨，种植稻米和燕麦，成为西域都护府的重要粮仓。姑墨国所产的糖心苹果，外表光滑细腻、色泽光亮，皮薄肉厚、果香浓郁、甘甜味厚、汁多无渣。名扬西域三十六国的红玉葡萄更是香气扑鼻、甜脆可口。

窦桢告诉郑凯，红玉葡萄的出现还伴随着一个凄美的爱情故事呢。传说，在西汉早年，姑墨国有位年仅十四岁的少年猎手，名叫伯克里。他因善于打猎而被姑墨王选入宫中，陪伴他的九个王子和唯一的公主练习马术、射箭和打猎。久而久之，姑墨王的宝贝女儿那孜古丽公主爱上了伯克里。姑墨王得知此事后大怒，就把伯克里抓起来关入了大牢。同时，姑墨王也把那孜古丽囚禁在了王宫的后花园内思过，待机嫁给别人。那孜古丽坚贞不屈，宁死不嫁。姑墨王就命人把伯克里押到后花园，下令将伯克里杀死，鲜血染红了花园内的葡萄树。那孜古丽看到伯克里被杀，也殉情撞死在伯克里被杀的葡萄树旁。伯克里和那孜古丽公主死后，两人的鲜血浇灌的白玉葡萄树竟然结出了鲜艳的红葡萄，其果肉中透着淡淡的黄色。每个红玉葡萄内都有两枚小小的果核，宛如那孜古丽和伯克里坐在葡萄中。听着窦桢所讲的故事，郑凯心想："决不能再让爱情的悲剧在姑墨国重演。"

吃过饭，郑凯又去市场上买了十头骆驼，二十包大米。程涵问郑凯道："老兄，你买这么多大米干什么？"郑凯道："西域都护府有我两位朋友，我准备把这些东西送给他们。"

本来，程涵还要带郑凯、燕然和郑莎去长安茂通商队在南城的丝绸货栈见他的四师兄廖亮的。由于郑凯要和大伙商量解救绮丽公主的事，就取消了这一安排。回到客栈，郑凯、程涵、燕然、郑莎和窦桢等人仔细研究了南城周围的地理状况和王宫的布局，制订了一个救人计划。郑凯让窦桢给绮丽

公主写了一封信带在身边。他和郑莎要夜探姑墨王宫。程涵、燕然和寰桢也要求同去。郑凯道："夜探王宫不宜人多,不然容易暴露,郑莎我们二人去,足矣。"众人知道郑凯说得有道理,再说他们俩人的武艺也是最好的,也就不再多说什么。

天黑以后,二人离开客栈,来到内城墙下。他们悄悄爬上了内城墙,然后跳下城墙,来到了王宫。二人又用飞爪攀上了宫墙,悄无声息地潜入了王宫的后花园。后花园内有东西两个长廊和几个亭子。南面靠近王宫的地方是几间带有走廊的房子,通往王宫处有一个大门关闭着。花园内看来并无护卫把守。二人猜想,绮丽公主有可能被关押在靠近王宫的房子里,就绕着东面的连廊来到了南面的房子旁,发现房子内有灯亮。

二人贴着窗户探听里面的动静。只听一个姑娘说："公主,天已晚了,你就赶快上床睡觉吧。"另一个姑娘道："我睡不着呀,躺在床上翻来覆去,感到头痛。"那姑娘又说："要么你再看会儿书吧。"另一个姑娘道："看书已经看得眼痛了,不想再看!"那姑娘道："现在我们不睡觉干什么?"另一个姑娘道:"我还想再去花园里走走?"那姑娘道:"外面天冷了,我给你找件保暖的衣服披上。"郑凯二人赶忙来到门前,把寰桢写给公主的信插进了门缝里。二人害怕吓着公主,又闪身躲在了一旁。

两个姑娘刚刚打开房门,一封信就落到了地上。一个姑娘捡起信交给另一个姑娘。二人又走进房内,在灯光下观看。一个姑娘惊喜地对另一个姑娘说道："是寰桢王子给我的信,是谁把信夹在了我们的门缝里? 走,出去看看有没有送信人。"不等公主的侍女回答,敞开着的房门口传来一个声音:"我是寰桢王子的信使。"绮丽公主说道:"请信使到房内说话。"郑凯二人走进房间,落座后说道:"我们有话要对公主一人讲。"绮丽公主道:"这是我的侍女偶娜,像我的亲妹妹一样,请公子不必忌讳。"郑凯道:"那好。我就把寰桢王子的情况讲给公主听听。"

郑凯把寰桢王子的情况告诉了绮丽公主。听毕,绮丽公主道:"寰桢哥哥和我一样都陷入了极度的痛苦中。我不能答应我父王把我另嫁他人的要求,他就把我关押在这里。"郑凯道:"现在,寰桢王子已经来到了南城,要救公主出去,过你们自己想要的生活,公主意下如何?"绮丽公主道:"我愿意一生一世与賨桢哥哥在一起,可我如何才能逃出这深宫呢?"郑凯道:"我有一个办法,可以帮助公主逃走。"绮丽公主道:"请兄台讲来听听。"郑凯就把计划告诉了绮丽。

第二天早上,王宫侍女和护卫来给绮丽公主送饭。绮丽公主写了一个奏章,要求护卫立即去面呈姑墨王。姑墨王见到奏章,即刻就带着王后来到了后花园。绮丽公主向她的父王和母后施礼道:"女儿这些天在这后花园里思过,终于想通了。那个温宿国是一个人口不足一万的小国,没有什么可留恋的。真到了温宿国,也许我就会天天想念父王和母后的。你们辛辛苦苦把我养大,我真的舍不得离开你们。所以,我的婚事都听父王和母后安排。"

姑墨王道:"这就对了嘛! 我们也是不忍心你离开我们。所以,才取消了与温宿王子的婚约。再说,目前西域局势动荡,谁知道温宿国这样的小国还能不能生存下去呢? 好了,我女儿这些天受了委屈,你有什么要求,可以给父王讲,父王一定答应你!"

绮丽道:"女儿这些天在这后花园里闷坏了。明日,我想去城外河边的大胡桃园里走走,散散心,不知道父王可否准许?"姑墨王道:"准! 我派三十名强悍的护卫保护你! 这些士兵都是去年参加焉耆大战,攻杀过汉将王骏的勇士,肯定能保你平安。"绮丽道:"谢谢父王!"

姑墨王下令道:"让东门守城都尉勒徒来见我。"不久,勒徒被带到姑墨王面前。姑墨王道:"勒徒,明日你派上三十名士兵负责保护公主,她要到外面转转。"勒徒道:"保卫公主的安全事情重大,我将亲自带队护卫公主。"姑墨王道:"好,就这么着吧! 不过,我要强调的是,现在西域局势混乱,你要特别当心,千万不能出差错。否则,本王是不会饶恕你的。"勒徒道:"请大王放心!"

次日,绮丽带着侍女偶娜和三十名护卫出东城,奔向远处的胡桃林。来到胡桃林,绮丽和偶娜跳下马背,把马交给勒徒,就在林中欢快地到处奔跑起来。勒徒不敢怠慢,命令护卫下马跟随。绮丽和偶娜跑出一段路后,坐到地上喘着粗气。绮丽对勒徒道:"勒徒都尉,我们想去前面方便一下。请你们停在这里,不要紧跟着我们两个女孩子。"勒徒道:"好的,公主!"绮丽站起身来,拉着偶娜向前面的林子走去。她们越走越远,从勒徒的眼前渐渐消失了……

勒徒等人在原地等了好大一阵子，就是不见绮丽和偶娜返回，不由得心中大惊。他向前奔跑着大声喊道："公主，您在哪里？"没有人回答。勒徒随即命令护卫全体上马，向前追赶。他们奔出大片的胡桃林，被一条河流拦住了去路。河水在两岸连绵不断的山丘中由北向南静静地流淌着，河滩里有一条小道，就见有几个姑娘拉着骆驼正向南方行走。由于距离太远，勒徒也看不清她们的面貌，立即骑马追下河滩，沿着河滩小道追去。

勒徒等人走出不远，就遇到了一段狭窄的小路。西面是小山的峭壁，东面是河流。当勒徒等人全部进入这条狭窄的小道时，突然被头顶上飞来的沙土给灌了个满头满脸。郑凯等十多位男人从河岸的小山后面站起身来，居高临下，借着勒徒等人被沙土迷住眼睛看不清楚物体之时，每人手里提着一袋鹅卵石，向勒徒等人劈头盖脸地猛砸起来。石头雨铺天盖地而来，把勒徒等人都砸落到了马下。有的被砸中头部，当场毙命。有的被砸到胳膊，无法取弓射箭。有的被砸到脊背上，掉落马下，不能动弹，一会儿工夫勒徒这三十多人就失去了反抗能力。郑凯等人收起他们的弓箭和佩剑各自配挂一套在身，又收集起那些士兵的马匹，继续向南赶路。郑凯高声说道："寘桢王子，今天我们可以把绮丽公主交给你了，你可要一辈子对她好啊！否则，我们大伙是不会答应的。"寘桢道："大伙放心，我这一辈子如果让绮丽受一丁点委屈就天打五雷轰。"郑凯道："绮丽公主你听到了没有，寘桢太子可是当着大伙的面发了毒誓的。"绮丽道："多谢凯哥。"郑凯道："前几日，寘桢思念你痛苦至极。等到了龟兹国都，你们再好好倾诉彼此的相思之苦吧。"寘桢道："凯哥，你就不要再取笑我了！我都不好意思了。"绮丽也害羞地低头笑了。程涵道："凯哥，我有一个想法，想对大伙讲。"郑凯道："请讲！"程涵道："我们这里离现在的西域都护府城比较近。你在都护府城不是还有朋友吗。我想，咱们先去都护府城，然后再去龟兹国都，你们觉得怎样？"大伙一致同意程涵的意见，想先去都护府城。程涵道："咱们一直向东走，一准就能到达都护府城。"

秋天的西域，天气已逐渐变冷。台兰河也因南天山化雪减少，河水变得越来越少。西域的河流进入到了枯水期。郑凯一行人在河面宽阔，水流很浅的河面涉过台兰河,继续向东行进。又走了多半天,前面又出现了一条河流。绮丽告诉大伙,前面的河流是喀拉玉尔滚河。

喀拉玉尔滚河源于南天山的托木尔峰东侧的琼库孜巴依峰南麓,由三条支流汇流而成。喀拉玉尔滚山则是天山南麓哈里克套山脚下的一座小山,流经这座小山的喀拉玉尔滚河依偎着它蜿蜒流向南方。从枯水期里流出的喀拉玉尔滚河一改入夏时犹如千万匹脱缰的野马咆哮奔腾的暴躁和疯狂,变成了一位安静的少女。

郑凯等人从宽阔的河面涉过浅流,来到了对岸。起伏的河岸上长满了密密麻麻的红柳树。大伙刚刚准备进入红柳林,就听有人大喊:"你们看,有追兵!"众人回头一看,河对岸一队上百人的骑兵队伍仰仗人多,挥动长剑追杀过来。郑凯立即低声喊道:"姑娘拉马去后面的红柳林,勇士准备弓箭阻击!"大伙立即张弓搭箭,等待号令!郑凯道:"靠近一点再射!"待那些骑兵进入到有效射击距离后,郑凯大喊一声:"射!"一支支利箭向那些挥剑而来的骑兵射去。

原来,这些骑兵是姑墨王派来寻找绮丽公主的。姑墨王是一个非常狡诈的人,昨日,他对绮丽突然转变婚姻态度心里就有一些犯嘀咕。今早起来,他越发觉得有些怪异。以绮丽的性格,她是至死也难以改变婚姻态度的。她提出今日要出城游玩,看起来合情合理,也似乎非常高兴,这使得姑墨王更加怀疑起来。他派人去东城门打听,回来的人报告说勒徒都尉早已护卫绮丽出城游玩去了。为防万一,姑墨王立即通知四城都尉来见,要求他们各派一百人马出城向四个方向追赶,寻找绮丽公主和勒徒。东城副都尉摩里随即派出一百名士兵,在百夫长鸠赤的带领下,向东城外寻去,在路两旁的胡桃林仔细搜查。在台兰河的河滩小道上,他们发现了勒徒等人。鸠赤随即率领一百人马,跨过兰台河向喀拉玉尔滚河方向追击。在喀拉玉尔滚河边他们发现了郑凯一行人。于是,他依仗人多,挥剑追杀过来,不想被隐藏在河对岸红柳林中的郑凯等人射死射伤约二十人。鸠赤在河对岸整顿一番后,再次冲杀过来,他们这次分散冲击且手执弓箭,若发现可疑动静,就放箭射击。待那些骑兵再次进入到有效射击距离时,郑凯又大喊一声:"放箭!"顿时,又有几个姑墨兵被射中。鸠赤的人马也不停地向红柳林这面射

击。双方在喀拉玉尔滚河大战起来。鸠赤的人马暴露在河谷里，处在明处，而郑凯等人则在红柳林中隐藏。到天近黑时，鸠赤又留下二十多条尸体，逃回到了河对岸。

郑凯见姑墨兵马逃回到河对岸，就立即退回到红柳林后面。大伙为几个受伤的兄弟包扎好，继续前行。他们在大片红柳林围绕的一座又一座大沙丘中穿行，不久就来到了一条小干沟旁。

这条小干沟深约两丈，宽约一丈，长约二十丈。郑凯等人穿过小干沟，就停下来吃食物，开始轮班休息。

鸠赤的人马逃回喀拉玉尔滚河对岸后，在河边放哨，吃了些食物也开始休息。鸠赤思来想去不能入眠，他想："前面这帮人肯定劫持了绮丽公主。自己既然已经发现了目标，如果不追回公主，回去是无法向姑墨王交代的。如果去追，前面这帮人可不是善类。"想来想去，鸠赤决定还是借着夜色掩护，偷偷奔袭。于是，他命令手下悄悄渡过河去，继续追击。过了喀拉玉尔滚河，并不见绮丽公主和驼队的影子，于是就沿着穿行于沙丘和红柳林中的小道追赶起来。追了一段路程，他们就来到小干沟西口。小干沟两侧是连绵不断的大沙丘和红柳林，小干沟是唯一的通道。鸠赤等人只得拉马走进了小干沟，快要走出东出口时，东出口两旁突然射出了一支支利箭。马中箭后在小干沟中狂奔乱踢，大多数马掉头向西出口狂奔。被掀翻在马下的士兵任由战马踩踏，一时间哭叫声响成一片。郑凯等人不容那些士兵还手，放箭猛射，稍后，郑凯等人冲进小干沟，挥动长剑攻击落马的姑墨士兵。没有多久，除了逃出去很少一部分士兵，大部分姑墨士兵都成了刀下之鬼。大伙收拾好这些姑墨士兵的尸体，收起他们的弓箭、佩剑和马匹，继续向东行进。

一天，郑凯等人来到了龟兹西川水冲积形成的大平原上。据说，龟兹西川水源自天山汗腾格里峰。它流经喀拉库勒冰川后，由西向东依次接纳了来自布斯浪河、台勒维丘克河、卡拉苏河、克孜尔河的河水，汇集成为龟兹西川水。之后，龟兹西川水冲过却勒塔格山，由龙口奔腾而出，在南部冲刷出了一个水资源丰富、地势平坦、土地肥沃的冲积平原。这片平原东临龟兹西川水，北依却勒塔格山，是一个理想的种植之地。龟兹人早已在这里春播秋收，垦荒种地。自从西域都护但钦被杀，李崇继任西域都护之后，鉴于轮台

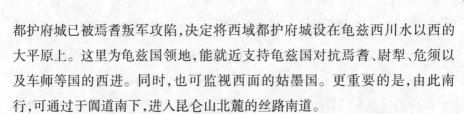

都护府城已被焉耆叛军攻陷,决定将西域都护府城设在龟兹西川水以西的大平原上。这里为龟兹国领地,能就近支持龟兹国对抗焉耆、尉犁、危须以及车师等国的西进。同时,也可监视西面的姑墨国。更重要的是,由此南行,可通过于阗道南下,进入昆仑山北麓的丝路南道。

郑凯等人向前行走,路旁出现了一块块田野。田野四周有小排水渠,田地里留着收过庄稼的痕迹。在一些田地里,还可以看到收割后的燕麦秆还残存在田地里。远处的原野上出现了一座高高的城池。程涵叫道:"你们看,那就是都护府城!"大伙欢呼振奋起来,马匹和骆驼也加快了脚步。

郑凯等人来到西城门,受到了士兵的盘查。士兵问道:"这里是西域都护府的所在地。你们是何处来的商队,到都护府城干什么?"郑凯道:"我们是长安来的商队,要到龟兹经商。今晚想留宿都护府城,不知能否给我们安排一个休息的地方?"那士兵道:"没有问题,但你们的弓箭和佩剑等兵器必须暂时交由我们保管,等你们离开时再还给你们。"大伙立即把弓箭和佩剑交给了那些士兵。他们由一个士兵带领,来到城内的一排土坯房前,这里就是都护府城的客栈,有专人负责管理,象征性地收一点住宿费。

客栈附近还有一些小食店,可能是都护府城的家属们办的。小食店有各种长安的面食。面食有汤饼、蒸饼、炉饼、胡饼等。饭食有豌豆、扁豆、胡豆、绿豆等品种。肉食品多为撸串儿,并配有鲁豉以及腌制的胡瓜片、葱、蒜等。郑凯等人买了许多撸串儿、各种面食,饱餐了一顿。吃过饭,大伙回到都护府城客栈准备休息。郑凯告诉大伙,他和郑莎要去会一会在都护府城的朋友。

二人来到中城门,告诉站岗的士兵,他们是长安来的郑凯、郑莎,带来了李崇家人的口信。士兵们听说这两个年轻人带来了李崇家的口信,立即派人到内城李崇的住处禀报。不一会,李崇和卫梨花就来到了中城门。郑凯见到李崇,大声道:"都护大人和夫人,长安商人郑凯兄妹带来了您家人的口信,请大人和夫人在百忙中单独接见我们。"李崇和卫梨花望着郑凯都愣住了。随即他们想到儿子李凯可能有别的用意,所以才极力掩饰他们的关系。李崇大声道:"好吧,随我们来! 其他人都各忙各的去吧!"。护卫们散去后,李崇夫妇才带着郑凯和郑莎走进了内城门的住处。

　　走进李崇的住处，郑凯关上房门，把李崇和卫梨花扶坐在正面的位子上，然后叫上郑莎，跪在了二老面前，说道："爹娘在上，请接受儿子和你们未来儿媳的跪拜！"说着，二人接连磕了三个响头。郑凯接着说道："离开长安时，华山的爷爷和外公都希望我今后行走江湖时用郑凯这个名字，以减少麻烦。一路走来，证明他们的话是对的。因此，儿子恳求爹娘允许孩儿继续使用郑凯这个名字，请爹娘谅解！"李崇道："名字就是一个标签，我们同意他们的意见。你可以继续使用郑凯这个名字，行了吧！"郑凯道："谢谢爹娘！"李崇道："起来吧，让我们好好看看你们。"郑凯和郑莎站起身来，卫梨花走过来，扶住两人的肩膀，端详一阵，把两人搂在了怀里。她不由自主地低声抽泣起来。李崇道："怎么哭起来了？见到他们，你应该高兴嘛！"卫梨花道："我这是高兴的眼泪。"随后，她抹去泪水，摸着郑莎的脸蛋问道："你可是当年我去华山时见到的那位小姑娘？"郑莎道："正是！"卫梨花道："是郑家人在长安把你捡到的，对吧？"郑莎道："是！"

　　郑凯道："娘，您就不要再问这些问题了！郑莎和我从小一起长大，一起练功，我们是师兄妹。离开长安前，华山我娘又把她许配给了我！我们离开长安有三件事要做。一是送我的结拜妹妹，匈奴的燕然公主回漠北；二是为郑莎寻找她的生身父母；三是看望你们二老。请问爹爹，你们可知道莎车康是什么意思吗？"李崇道："昆仑山北麓有一个城郭之国叫莎车，国王的太子名叫康，莎车康应该是这个意思吧。"卫梨花道："照这么说，郑莎应该是莎车国太子康的女儿了。"李崇道："不妨我给莎车太子写封信，询问他十年前是否在长安丢失过一个女儿。"郑凯道："那太好了，等我们从龟兹都城回来，我们就带上您老的信，去莎车寻找郑莎的生身父母。"李崇问："这么说你们是先要去龟兹都城了？准备什么时候动身？"郑凯道："明天上午就出发！"卫梨花道："不能多待一日吗？我们还想知道你们是如何一路走来的。"郑凯道："多留一日也行！要不，我现在就把我们一路走来的事讲给你们听听？"李崇道："好啊！"于是，郑凯就把他们一路走来的经过简单地说了一遍。

　　郑凯说的是轻描淡写，李崇和卫梨花听的是心惊胆战。李崇道："没有想到这半年多的时间里，你们经历了这么多危难，真是苦了你们。"郑凯道："身在乱世，岂有安稳之地。爹娘坚守在这西域边地，岂不更加危险！"李崇道:"我是朝廷命官,镇守西域是我的职责。你是布衣百姓,不必冒这种风险。再说,你是我们唯一的孩子,我们只希望你一生平安。所以,我希望你从龟兹都城回来,就和郑莎去莎车寻亲,然后返回中原,过安稳平静的日子。这里有我们就行了!"郑凯道:"那怎么能行!我就是来和你们一起坚守西域的。"李崇道:"坚守西域是我们大人的事,你们小孩子家,就不必掺和了。"郑凯道:"我已经十九岁了,是成年人了。坚守西域也是我们的责任和义务。"

李崇道:"你了解当前的局势吗?你懂得为什么要坚守西域吗,你懂得如何坚守西域吗?"郑凯噘嘴道:"谁不知道。"李崇道:"你讲讲看?"郑凯道:"王莽新朝,施行新政,朝令夕改,激化了国内矛盾。祸不单行,天灾加人祸。黄河决口多年,朝廷不予治理,造成大批灾民流民。在对待周围属国问题上,新朝皇帝玩弄换印游戏,引发多个属国反叛。尤其匈奴,不断侵掠边地,争夺西域和东北,大小战事不断。现在可谓时局动荡,内外交困。在这样的形势下,王莽新朝恐怕再无力支持西域。因此,长期坚守西域,已经成为您的根本任务。当然,目的只有一个,那就是护卫丝路商道的畅通,促进商贸繁荣,造福民众和国家。我觉得要实现长期坚守西域的目标,必须从三方面入手。一是经营好都护府城。主要是做好练兵守城和屯垦自给两件事。二是团结西域诸属国,共同抗击匈奴。这方面要施行南抚北防的策略,也就是要安抚昆仑山北麓的属国,同时与塔里木河北沿的属国共同防范来自东西两个方向上反叛者的进攻。当然,反叛者的背后是匈奴。三是保护丝路商道的畅通,促进商贸往来。我的话说完了,请爹爹指教。"

李崇见郑凯讲得头头是道,说:"好,看来我儿子真的长大了。对时局的看法比较全面、深刻,而且讲解精辟,方略清晰,措施得当。问题是这些都是我已经做过或正在做的事情,你留在西域能做什么?"郑凯道:"我想成立或加盟一个商队,从经济上支持您长期坚守西域的战略。我们这次来,带来了四百件羊皮大衣和帽子,还有二十袋大米,算是我们孝敬爹娘和支持坚守西域将士们的一点心意吧。"李崇道:"爹娘现在拿不出东西来送给你们,倒是要起你们的东西来了。"郑凯道:"这是应该的,爹娘的恩情我们是永远报答不尽。另外,我们途中缴获了一些弓箭和佩剑,已交给了城门门卫保管。请爹爹责成他们帮我们保管好,我们需要的时候再来取。"李崇道:"放心吧!

我一定让他们帮你们保管好。"

卫梨花见天色已晚,想留郑凯二人在城内休息。郑凯道:"爹娘一定要记住,我们是郑家兄妹,决不可泄密,更不可给予特别对待!"李崇道:"好吧,明天上午,我带你们参观一下都护府城,也熟悉熟悉这里的环境。"郑凯道:"和我们一起来的人都可以参加吗?"李崇道:"当然了,只是我没有钱招待你们吃饭。"郑凯道:"都护府客栈附近有许多食店,那里的饭食非常好吃。我想请爹娘带上都护府的主要官员一起去那里吃个便饭,算是西域都护府大人给长安义士郑凯兄妹的一个薄面,二老觉得怎样?"李崇道:"你是说你们请我们吃饭?"郑凯道:"当然是郑氏兄妹请客了。"李崇道:"好吧,我们去吃。"郑凯道:"谢谢爹娘能和我们一起吃个团圆饭。"

第二天快近午时,李崇夫妇偕同西域都护府的府丞任政、司马刘偕、侯张团等官员和副校尉陈通来到了都护府客栈。郑凯告诉李崇说:"今早我与燕然和郑莎商量过了,除了四百件羊皮大衣和帽子、二十袋大米,我们还要给西域都护府捐助一千两黄金。"李崇道:"你把钱都捐给了西域都护府,你们组建商队或加盟商队的事怎么办?"郑凯道:"我们还有钱,请爹娘不必担心。"随后,郑凯把同来的十七人一一介绍给了都护府的官员们。当介绍到程涵时,李崇说道:"不用介绍了,我们大家都认识他。"原来去年春上,程涵和师父刘大漠来都护府城资助过都护府一千两黄金。今年他和师父又来过都护府城捐助黄金。正是他们的捐助,才使西域都护府上下更加有信心坚守西域。

中午,郑凯等人在都护府客栈附近的食店里请李崇夫妇和都护府官员吃饭。各种食物上桌后,郑凯请李崇讲话。李崇致辞道:"今日,长安义士郑凯、燕然和郑莎三兄妹送来了四百件羊皮大衣和帽子、二十袋大米,还有一千两黄金,请府丞、司马、侯带人接收。现在,请大家鼓掌表示感谢!"大伙都鼓起掌来。

午饭后,李崇和卫梨花以及都护府官员带着郑凯等人登上了都护府城墙,绕城参观了一圈。卫梨花悄悄告诉郑凯:"当下西域都护府属下的士兵有六百人,住在外城内的屯垦人员有一千多人。不过,有三重城这座平原上的大城,有每日坚持训练的六百名士兵的守护,西域都护府还是比较安全的。去年守城屯垦以来,当年粮食就达到了自给,住在外城内的屯垦人员立下了大功。现在,城内各种商品都有,皆是都护府派人从龟兹或姑墨购买来的。"郑凯道:"坚守西域,首要的是吃穿有保障,安全有屏障。二老一面抓队伍训练,一面抓屯垦种植,可谓远见卓识。来自中土的商队若能给予更多财力支持,西域都护府就能更好地管理西域,这也是我要组建或者加盟商队的目的。"卫梨花道:"我准备建议你爹爹,用你们资助的一千两黄金建一个制作弓弩和利箭的作坊,以防大敌来犯。"郑凯道:"好主意! 应尽快开始弓弩和利箭的制备。"

次日,郑凯等人辞别李崇和卫梨花等人,前往龟兹都城王治延城。一路上,郑凯不停地向程涵询问有关龟兹国和延城的情况。程涵告诉郑凯,龟兹国位于南天山的中部,大沙漠的北沿,处于雪山与大漠之间。龟兹是一个寒暑变化剧烈的地域,气候特点是春秋短而夏冬长。一年中,春秋时间较短,夏季约有四个月,而冬季则长达六个月。不过,近五个月的春夏季节已经能够满足一季农作物的生长期。虽然龟兹降雨稀少,但天山南坡融化的雪水可以提供充足的水源,使农作物不依赖降雨,而以天山雪水灌溉生长。

龟兹国内有众多的河流经过。除了南面大沙漠边沿的塔里木河在龟兹南部穿流而过外,龟兹东西还有两条大河。一条是龟兹西川水,另一条是龟兹东川水。龟兹西川水冲刷出一大片肥沃平原,位于西域都护府周围。龟兹西川水东侧约六十里处,有一条帮助导出天山雪水的河流即龟兹东川水。由于山地阻碍,龟兹东川水收集的雪水无法与龟兹西川水汇合,只得独觅一条山谷河道,向南穿出却勒塔格山。与龟兹西川水一样,在下游拓展出了一片富饶的冲积平原。龟兹都城延城就坐落在龟兹东川水畔。龟兹国水源充足,土地肥沃,适宜于农牧业的发展,是一个水草丰茂的地方。龟兹的农林作物有稻、粟、菽、麦、麻、黍、葡萄、石榴、桃、杏、梨等。畜牧产品有马、牛、羊、骆驼、细毡等。龟兹还以盛产葡萄、白杏、黑杏、干果而闻名西域。

龟兹的富庶并非主要来自农林业、畜牧业和冶铁业,而大量来自商业和贸易。龟兹是一个以农业为基础、以商业为主导的城郭之国。龟兹人善于酿造葡萄酒,其葡萄酒在西域广为流行,是广受西域百姓喜爱的饮品。穿梭往来的商队,数不清的货栈、客栈、铺面和食店给延城带来了繁荣和丰厚的

商业利润,也使延城成了西域的商业中心。市场通过金币和汉钱结算,带来了贸易的便利。农牧业和商贸业的发展养育了较多的人口,使龟兹成了西域的人口大国和经济强国。西域都护府长期设在龟兹国内,也使龟兹成了西域的政治中心。从四面八方来龟兹经商的商队也都把货栈、客栈、铺店和食店设在延城。

郑凯问程涵:"你们是如何来到西域的?"程涵道:"我们是跟随师父来到西域的。那是两年前的春上,长安茂通商队的二师伯因腿伤不能继续主持西域商务,商队大首领冯动大师就指派他的三徒弟刘大漠来延城主事。多亏冯动大师早有准备,他多年前就收养了我们这二十多名五至八岁的孤儿,让我们跟随刘大漠师父习练武艺。我们长到十七八岁或十五六岁时就随师父来到了西域。师父善于经营。他以龟兹为中心,在西域各地布局货栈,收益大增。他先后让大师哥魏广带着赵新和吴汉两个小师弟管理延城的客栈和食店,让二师哥肖进管理赤谷城的丝绸货栈,让三师哥杜鑫管理温宿城的丝绸货栈,让四师哥廖亮管理姑墨城的丝绸货栈,让五师哥宋坡管理莎车城的丝绸货栈,让六师哥林原管理焉耆员渠城的丝绸货栈,让七师哥管代管理于阗西城的丝绸货栈,让八师哥魏干管理楼兰城的丝绸货栈,师父自己带着杜晨和杨晋等几个师弟管理延城的丝绸货栈。年龄稍小的师弟由我和刘壮负责,到各处取货送货。不料,焉耆反叛,杀死都护但钦,伏击五威将王骏,攻伐新任都护李崇,引起了西域局势的动荡。"郑凯道:"是啊,西域一些属国反叛,造成了西域的动荡和经商的困难。只要我们不怕困难,想办法克服困难,就一定能安定西域。"他们一路聊着,不知不觉就到了延城脚下。

走进延城,郑凯看到延城街道宽阔,房屋基本都是仿长安建筑。街道两旁,店铺连着店铺,数不清的货栈、客栈、店铺和食店,展示着西域第一大都市的繁荣。程涵带着大伙住进了大师哥魏广管理的客栈,并把大伙介绍给了魏广。郑凯交给魏广五十两黄金,请他为大伙安排住处,并准备一桌丰盛的宴席,庆贺大伙来到了延城。魏广坚决不收郑凯的钱,他说道:"我们都是兄弟,怎么能收你们的钱?"郑凯道:"你如果不收钱,我们就另找其他客栈住。"无奈,魏广只得收下郑凯的五十两黄金。晚上,众人在魏广的长安食店又饱餐了一顿家乡的菜肴。魏广买了十坛葡萄酒,大伙相互敬酒,边吃边喝，实在开心。

第二天早饭后，程涵和刘壮去长安茂通商队见师父刘大漠。郑凯带领其他兄弟来到延城马市，把在兰台河奇袭和小干沟伏击中缴获的十多匹战马卖掉，把所得钱币分给了大伙。之后，他们在延城到处游逛起来。

程涵和刘壮则在刘大漠处，向他汇报这次去赤谷城送货的情况。他们把在凌山冰达坂被劫，郑凯兄妹相救，与郑凯兄妹结拜，以及去郅支城夺货，凌山山口救人，尉头国角力赛，温宿国除霸，姑墨国夜探皇宫，兰台河阻击，小干沟伏击，都护府捐助等经过向刘大漠做了汇报。刘大漠听后，说道："这么说来，这次送货多亏郑凯三兄妹相救，否则我们可就人财两空了。这三个人可是咱们长安茂通商队的贵人。听着，你们两个回去安排，明天晚上我要在长安茂通食店宴请郑凯兄妹。"接着刘大漠又询问了郑凯三人的其他一些情况。

次日晚饭时，魏广、程涵和刘壮安排好宴席，大伙都入席就座，静等刘大漠师父到来。不久，一位身高体健的壮年男子走了进来。他脸盘方正，棱角分明，浓眉大眼，眼神炯炯，一看就是一位精明老成、智慧过人的练武之人。程涵把大伙介绍给师父相认。刘大漠和大伙一一握手。握到郑凯时，他大手用力一握，如同握到一块生铁一般，知道郑凯武艺非同寻常。

大伙坐定，刘大漠说道："昨天，程涵和刘壮给我讲了他们这次去赤谷城送货的情况，让我非常感动。商队被劫，人伤货失，危在旦夕。多亏郑凯兄妹，救人取货，才使我们师徒再次重逢于延城。来，为了我们今日的相聚干杯！"大伙举杯饮尽，又添满酒杯。刘大漠接着说道："一路上，郑凯带领大伙斗匪除霸，扶助弱小，勇挫强敌，一路凯歌，老汉由衷地敬佩。来，我再敬大伙一杯。"大伙再度举杯畅饮。刘大漠又说道："在尉头谷，阿索公主和佩玲走进了你们的队伍。在温宿国和姑墨国，實桢、绮丽和偶娜加入到了你们的行列。加上程涵他们十个师兄弟，你们的队伍已经达到了十八人。你们团结一致，同心同德，无往不胜。我祝福你们！来，干杯！"大家欢快地又饮下一杯。

接着，郑凯致辞道："首先我要感谢刘师父的盛情款待。来，为了这份感谢干一杯！"大伙开怀畅饮。郑凯接着说："其次我要感谢程涵、刘壮等十位兄弟、阿索、佩玲、寔桢、绮丽、偶娜等兄弟姐妹们，以及我的两个妹妹燕然和郑莎一路上的鼎力支持。正是他们的全力支持才使得我们能够一起行走西域，屡度险关。我们大伙都是从危难中走到一起的好兄弟、好姐妹。为了这份情谊让我们再干一杯！"饮毕，郑凯又道："魏广、程涵和刘壮三位兄弟受刘师父的嘱托，设下此宴，辛苦了！来，为刘师父和三位兄弟干上一杯！"大伙纷纷站立，碰杯畅饮！

郑凯又说道："今日，我们十八个年轻人来到了延城。程涵、刘壮等十位弟兄将根据刘师父的安排，行走西域运货送货。至于我们其余八人今后要干点什么？我想借此机会，发表一些看法，也好请刘师父给我们指点指点。"刘大漠道："我希望你们能加入我们商队。如果你们自己也想干点什么，我也全力支持。"寔桢道："我已经和绮丽、偶娜商量过了，我们愿意随郑凯兄行走天涯，一切听从郑凯兄的安排。"阿索问道："刘壮哥哥，你说我和佩玲怎么办？"刘壮道："我听从师父的安排，你和佩玲得听郑凯哥哥的安排。"郑凯对刘大漠说道："刘师父，您老也许不知道，程涵和燕然，阿索和刘壮，寔桢和绮丽已经相爱了。我们不能将他们分开。因此，我考虑，我们成立一个联合商队。程涵、刘壮他们十位兄弟按照您的安排，运货送货。而我们八个人也参加每次的运货送货行动。同时，我们也准备在这个过程中贩运一些相似或者不同的货物。这样，我们就可以自己养活自己，不给大家造成负担，你看怎样？"

刘大漠道："成立联合商队，我同意！他们几对恋人既可以在一起互相帮助，又可以做一些他们自己喜欢的事情。"郑凯道："谢谢刘师父成全！您最近可有运货送货的差事？"刘大漠道："我最近准备派程涵、刘壮他们去焉耆贩运粮食，不知道你们可否有兴趣？同时，我也希望你们了解一下龟兹和焉耆的马匹价格。"郑凯道："刘师父您一直在西域经商，对市场观察敏锐。我们几个都是生瓜蛋子，什么也不懂，一切听从您的安排。"

原来，焉耆大战之后，西域局势动荡。最近，刘大漠敏锐地了解到焉耆粮价和马匹价格都在快速上涨。商人重利，哪里有利就到哪里去。焉耆粮价上涨，西域的粮商就往焉耆贩粮。刘大漠很早就从粮市大力购粮，已经囤积了十多万斤燕麦，故让程涵投放一万斤粮食到焉耆市场，以探寻西域粮食的动向。郑凯也从龟兹粮食市场上购买了一万斤燕麦。他们用骆驼驮运，随程涵等人前往焉耆。刘大漠还让程涵他们给在焉耆的丝绸货栈送去两百匹丝绸。郑凯等人准备就绪后，就赶着骆驼上路了。一路上，不时可以看到往焉耆贩运粮食的商队。他们穿过乌垒城，来到了铁门关。

铁门关位于焉耆国的西南部，是孔雀河上游陡峭峡谷的出口，也是焉耆国稽查商旅、缴收税费的关隘。关隘前面建有一排排房舍和院子，这些房舍和院子有的是客栈，有的是食店。来往的客商和行人就下榻在客栈内。食店为商客提供各种各样的焉耆饮食。这里也有干鲜果品店，为商客提供各种干鲜果品。郑凯等人住进了一个叫铁关人的客栈。

翌日，在铁门关入口处，郑凯等人也和众多的粮商一样，受到了焉耆关隘检查站的盘查。见郑凯等人贩运的是粮食，检查站收了他们一些麦子作为税费，也就放行了。他们沿着孔雀河进入到了一条约三十里长，曲折幽深，岸壁如刀劈斧凿的峡谷中。峡谷由光秃秃的大山夹峙，一线中通，路倚奇石，侧临深涧，险峻无比。他们小心翼翼地走过峡谷，来到了峡谷北口。走出北口，前面就是焉耆盆地了。

焉耆盆地是由天山、霍拉山和库鲁克塔格山环抱的一大片较为平坦的谷地。它北有天山护卫，西有霍拉山为屏，南有库鲁克塔格山的铁门关关隘，东有西海依托，是一块道险易守、固若金汤的风水宝地。焉耆国，人口三万二千，胜兵六千，都城为员渠城。焉耆国国内泉水溪流交织如带，四季气候温和宜人。这里草原繁茂，土地肥沃，适于耕作。焉耆生产稻、粟、菽、燕麦等食粮和枣、葡萄、梨等水果，是一块鱼米之乡。汉初焉耆隶属匈奴。匈奴日逐王曾在此地设置僮仆都尉，常驻焉耆、危须、尉犁一带，向西域各国征收赋税，转输匈奴。神爵二年（前60年），汉置西域都护府，驻焉耆西南乌垒城，焉耆归西域都护府管辖。这里东通车师，西临龟兹，是连接天山南沿丝路商道上重要的绿洲城国之一。汉朝皇帝曾赐给焉耆王八龙纹金带扣，以示对焉耆国的重视。

郑凯等人一路向北前往焉耆都员渠城，迎面走来一些贩运粮食的马车。郑凯心想："大多数商贩是往国员渠城运粮，怎么还有人往铁门关方向运粮？"又走了一程，员渠城已经举目可见了。

员渠城城池方二里,城墙四周砌有堡垒和小城,北有敦薨水怀抱,东西南三面都修有护城河环绕。

郑凯眺望着这座城池,对这个出发过七千人马攻杀西域都护但钦和伏击王骏的城池充满了好奇。突然,郑凯背后奔来了两匹快马。郑凯转身看去,就见跑在前面的是一位姑娘,跑在后面的是一位脸带刀疤、相貌丑陋的壮汉。那姑娘在前面拼命奔逃,那壮汉则策马狂追。两马在郑凯身旁并齐。那壮汉一跃跳到了姑娘的马背上,狠命抱住了那姑娘,两手在那姑娘胸前不停地乱摸乱抓。那姑娘惊叫着拼命挣扎,却被那壮汉死死抱住,无法挣脱。

郑凯见那壮汉竟敢在光天化日之下如此侵犯姑娘,不由得心中大怒。他一个腾跃,从自己的马背上跃上了那姑娘的马背,并顺手一掌朝那壮汉击去。那壮汉倒是敏捷,一扭身就把姑娘猛力推给了郑凯。郑凯只得收住掌力,抱住姑娘落到了地上。那壮汉见郑凯人多势众,一提马缰,双腿一夹,驰马向远方逃去。那姑娘喘着粗气,战战兢兢地向郑凯拱手施礼道:"多谢公子救命之恩!"郑凯道:"姑娘受辱,在下岂能袖手旁观,请姑娘不必客气。"那姑娘道:"一点没有言重,你不知道那恶人是谁。那人是匈奴南将军的公子,崤沙千夫长。他左脸上有一条大刀疤,长相丑陋,让人恶心。崤沙依仗南将军掌控西域属国的威名,在这些属国中为非作歹,肆意妄为,无恶不作,也不知道他糟蹋和残害了多少西域姑娘。去年,我父王举办庆贺焉耆大战胜利的祝捷宴会时,我从门缝里曾见到过他一眼。如果今天我落到这个恶棍手里,你说我还能活吗!"

原来这姑娘是焉耆王的女儿碧玉公主。今日她带着两个侍女出城游玩,不想在路上遇到了从焉耆运粮去铁门关北口城堡的崤沙等人。好在碧玉非常机灵,她谎称自己内急,要求方便一下才没跟崤沙走。崤沙觉得一个小姑娘在这一马平川的草原上也逃不到哪里去,就同意了碧玉的请求,让她骑马到不远的沟渠里方便。碧玉常来此处游玩,对这一带的地形格外熟悉。她来到河沟下面,俯身于马背之上,一拍马肚子,那马像箭一般射出,沿着沟渠向员渠城方向奔来。崤沙等候了一会儿,不见碧玉回来,知道上当了,立即驰马追赶。追了好大一阵子,他才追上碧玉。不想遇到了郑凯等人,救下了碧玉。

郑凯道:"公主是得救了,可你那两个侍女怎么办? 要不然我们去追?"碧玉道:"铁门关北口城堡内有上千的匈奴兵马,他们有刀枪弓箭和城堡。你们赤手空拳不等于去送死嘛。我想还是回城禀告父王,让他想办法救那两个侍女吧。"郑凯道:"姑娘说得在理,那咱们就赶快进城吧。"碧玉道:"进城可以,但你必须得答应我一件事。"郑凯道:"什么事?"碧玉道:"你救了我的性命,就如同我的再生父母。可你年纪太轻,又不能做我的父母,就只能做我的兄长了。所以我想和你结拜为兄妹,你可愿意?"郑凯看碧玉聪明机灵又知道感恩,也就同意了她的请求。阿索听后,大声道:"郑凯兄,跟随你走了这么远的路,我们几个人都没有与你们结拜? 我们能不能也与你们一起结拜为兄妹?"绮丽也附和道:"是啊,还有我、佩玲、偶娜,我们也都想成为你们的结拜兄妹。"郑凯道:"好啊! 程涵、刘壮他们十位兄弟再加上我们九人,共计十九人。今日,就让这美丽的焉耆草原作证,我们十九人就一起结拜为兄弟姐妹,好吗?"大伙一阵欢呼。结拜完毕,郑凯等人由碧玉带路,向员渠城行去。

来到员渠城门口,守城的士兵见是碧玉公主带人进城,就赶忙让路放行。进入员渠城,大伙看到城内街道平整,商铺林立,市场繁荣。街道两旁除了商铺,就是成排成排的住宅,住宅都带有围墙和庭院。焉耆人善于经商谋利,喜爱负钱怀货,对于珍奇异玩更是爱不释手。他们除了喜爱丝绸锦帛,对于金银财宝更是喜爱非凡,铜镜、银币、金属饰件、玉石等物品也多有收藏。焉耆民众尤其善于修坑存粮,家家户户都有数年用之不尽的粮食。遇到对外用兵打仗,焉耆王如果从市场收购不到足够的粮食,就会摊派给百姓,以高于市场的价格收购。

碧玉公主给郑凯等人在南大街上找了一处叫作天山客栈的地方住了下来。等办完入住手续和停放车马货物后,碧玉道:"郑凯哥哥,今日我与你们十八位兄弟姐妹相遇相识,结拜为兄妹,这是我人生中的一件大事,今晚我想请客,好好庆祝庆祝。你们想吃点什么?"寘桢道:"碧玉妹妹,咱们焉耆国东临西海,水产丰富,弄点鱼虾吃吃怎么样?"程涵道:"其他土生土长的西域人觉得怎样,请发表意见!"阿索道:"我、佩玲、绮丽、偶娜,还有寘桢,都是土生土长的西域人,大伙愿意吃鱼吗?"大家都说愿意。于是,碧玉带大家去了员渠城最好的鱼虾食店——西海鱼斋。鱼斋的伙计介绍说："西海盛产鲤鱼。这里的鲤鱼体态修长,腹部平缓,鳞片金黄,颜色鲜亮,臀鳍淡红,肉质鲜嫩,味道鲜美醇厚。"于是,他们点了十几条烧烤鲤鱼、一些水煮虾蟹、烤馕、扁豆旗子汤和葡萄酒,痛痛快快地吃起来。吃过晚饭,郑凯等人把碧玉送回了王宫。

第二天上午,程涵和刘壮带着郑凯等人来到位于员渠城北大街的丝绸货栈。程涵把林原介绍给大家,又把郑凯等人介绍给了林原,并将刘大漠师父送来的两百匹丝绸也交给了林原。林原把大伙让到货栈内,落座后,程涵问:"师兄,你这里销售情况怎样?"林原道:"你知道,自从焉耆大战以来,员渠城的丝绸棉帛生意一直都很好。除了大战中受伤的士兵需要丝绸棉帛包扎伤口,百姓们都担心焉耆大战会造成丝路商道阻隔,进入焉耆的丝绸棉帛会越来越少。因此,上至王公贵族,下至黎民百姓,都想购置一些丝绸棉帛储存起来。因此,尽管丝绸棉帛价格昂贵,但都愿购买。"程涵道:"这样就好。如果需要,过一段时间我们可以再来送货。"林原道:"如果短期内能卖完,我就回龟兹一趟,到时候你们再来送货不迟。"程涵道:"好吧,那我今天就告辞了。"林原道:"如果你们有时间,我请你们吃个饭吧。"程涵道:"这次就不吃了,下次来了再吃。师父让我带来了万斤粮食,我得去粮市卖粮。等我们销售完粮食,就直接回龟兹了。好,师兄再见!"

下午,郑凯等人带着两万斤燕麦来到了焉耆粮市。市场上购粮者不多,只有一家。市场上的所有卖粮者基本上都卖给了这家购粮者。员渠城的粮价比延城的粮价的确高出许多,这也是大批商贩云集焉耆的原因。郑凯等人的两万斤粮食盈利不错,除了程涵的利润要交给刘大漠师父,郑凯他们赚的钱,除去成本,大伙都平均分了。

回到客栈,郑凯把程涵、燕然和郑莎叫到自己房间,说道:"这些粮食是什么人购买的,粮食运到了何处,我们得追踪一下,回去好向刘大漠师父汇报。"程涵道:"我们去粮市守住那个购粮者,就能弄清楚他把粮食运到了什么地方。"郑凯道:"我也是这么想的。这样吧,我和郑莎这就去跟踪那个购粮者,看他把粮食运到了什么地方。"程涵道:"我和燕然也一起去吧。"郑凯道:"你们还是留在客栈。这里有一大帮兄弟姐妹,需要你们照料。"燕然道:

"他们二人武艺最好，我们还是听凯哥的吧。"

天黑之后，郑凯和郑莎来到了焉耆粮市，就见那位购粮者正和十多个帮手往马车上装载成袋的粮食。等他们装好马车，就赶着粮车，向城西方向行去。郑凯二人尾随其后。马车来到西南角的城墙时，赶车人将马车赶进了一个打开的边门内。边门连接着城边的一个小城。郑凯二人待那帮人关上边门后，赶到边门上贴着耳朵听了一会儿。等到里面安静之后，他们才用飞爪攀上了城墙，跳到了小城内。小城是个长宽十多丈的大院落，里面有许多粮仓和运粮的马车。等到十多辆马车都装满了粮食后，二十个运粮者赶着马车走出了小城通往外面的大门。郑凯心想："这些人可能就是碧玉公主所说的那些运粮去铁门关城堡的匈奴人。"二人追出城外十多里，见运粮车果真去了铁门关城堡的方向，也就借着天黑，返回了员渠城。很明显，匈奴人正在大量收购粮食以备他用。随后，郑凯二人原路返回了客栈。

第二天早上，郑凯、郑莎二人把追踪粮食去向的情况告诉了程涵和燕然。他们又带着大伙去了员渠城的马市询问马匹价格。听贩马的商贩讲，大宛汗血宝马、乌孙天马和骆驼的价格也陡然上升了，招来大批马贩子来到了员渠城。其实，匈奴马和焉耆马的耐力不错，但因它们个头偏小，无法与体型高大、奔跑速度快的汗血宝马和天马相比。尽管如此，匈奴马和焉耆马的价格也跟着上升了。有趣的是骆驼的价格也上涨了不少。焉耆马市的情况与焉耆粮市的情况相同，也是一家购马者在敞开购买。他们向其他卖马者了解后得知，原来购马者也是匈奴人。了解了焉耆的粮市和马市的情况后，郑凯和程涵等人商量，把带来的骆驼也变卖了，郑凯又把变卖骆驼的所得平均分给了大伙。

郑凯等人回到客栈门口，见客栈门口停放着一辆豪华的带篷马车，马车旁整齐地站着上百名士兵。一位军官模样的人迎上前来问道："哪位是郑凯？"郑凯走上前去，回答道："在下郑凯，请问军爷有何吩咐？"那军官道："我是王宫的卫队长西摩。我家大王邀请你去王宫一趟，请上车吧！"郑凯道："只邀请我一个人去吗？"那军官道："只邀请你一个人去。"程涵道："为什么只邀请郑凯一个人去？郑凯一个人不能去，要去我们大伙一起去！"西摩道："这是我们大王的命令，没有为什么！"燕然、郑莎、刘壮和众位兄弟立马冲上

前来,护在了郑凯前面。西摩一挥手,周围的士兵都张弓搭箭,对准了众人。眼见就要发生冲突,郑凯大声喊道:"住手,谁也不许动,我一个人去就是!程涵、燕然、郑莎你们三人带着大家回客栈等候,不许盲动!"大伙还从来没有见到过郑凯如此怒目威严地说话,只得目送郑凯乘上马车,随西摩和那些士兵去了。

来到王宫,郑凯被带到王宫大殿右面的一间客厅内,一位满脸胡须的老者正无精打采地坐在一张宝座上。西摩对那人道:大王,郑凯带来了。"焉耆王道:"好,我和郑凯谈谈。"西摩退出屋子,关上了房门。焉耆王抬头注视着郑凯,说道:"你就是商人郑凯?"郑凯道:"正是在下!"焉耆王道:"你告诉我,你怎么认识我家碧玉公主的?"郑凯道:"那是两日前,在来员渠城的路上,我看到一个脸带伤疤的汉子,在光天化日之下肆无忌惮地侮辱碧玉公主。我忍无可忍,要出手教训这个恶魔。他见我们人多势众,把碧玉公主推给我,就骑马逃走了。"焉耆王道:"后来呢?"郑凯道:"碧玉公主不仅美丽而且善良,她重情重义,坚持要与在下结拜为兄妹。"焉耆王道:"英雄救美,倒也精彩。只是你这么一来给我们焉耆国带来了灭顶之灾。"郑凯道:"您这是什么意思?难道我救人倒是救错了?"焉耆王道:"你知道那个欺负碧玉的汉子是谁吗?"郑凯道:"听碧玉公主说是匈奴南将军的公子峻沙千夫长。"

焉耆王道:"是啊,我们怎么得罪得起南将军的公子嘛!他们会像灭掉呼揭国一样把我们焉耆灭掉的!峻沙抢走了碧玉的两个侍女,恐吓她们。他从她们嘴里得知碧玉是我的女儿。昨天他来见我,要我把碧玉许配给他。"郑凯道:"这个不知廉耻的家伙,还有脸来求亲!您答应他了吗?"焉耆王道:"我告诉峻沙,我需要和碧玉商量商量,我们得考虑考虑不是。"郑凯道:"他怎么说?"焉耆王说:"峻沙说他可以给我三天时间考虑。临走时,他对我说,碧玉这样的美女只能嫁给英雄。我问他谁是英雄?他说能打败他峻沙的男人才算英雄,也才有资格娶碧玉为妻。你看看,这不是明摆着想抢亲吗?这几天,我把碧玉关在房内,就是担心峻沙派人来抢碧玉。"郑凯道:"您有什么打算?"焉耆王道:"碧玉希望我把她许配给你。碧玉说,如果我把她许配给峻沙,就立马撞死在我面前。我的女儿是何等刚烈呀!她说到的一定会做到的!这就是为什么我会把你找来。现在,只有你能够救她!

明天早上，你就带着碧玉逃走吧！"郑凯道："我绝对不会同意您把碧玉许配给我。但是，我可以帮助您阻止峻沙逼婚或抢亲！"焉耆王道："什么？你能够帮助我阻止峻沙逼婚或抢亲？"郑凯道："没错！"焉耆王道："你有什么办法，说来听听！"郑凯道："您需要去见一个人。"焉耆王道："见什么人？"郑凯道："碧玉的结拜姐姐，匈奴大单于的女儿燕然公主。"焉耆王道："燕然公主在哪里？"郑凯道："贵国都城。"焉耆王道："走，咱们赶紧去见燕然公主！"于是，焉耆王立即命令宫廷卫队长备车护驾，来到了天山客栈。

在郑凯的引导下，焉耆王来到了燕然的住处。他拱手施礼道："公主殿下，不知您大驾光临，有失远迎！"燕然道："焉耆王客气了！小女经我阿爸和右贤王卢浑叔叔应允，到西域来随便走走，不敢惊动您老人家，请多包涵！右贤王卢浑叔叔还让我给您带了一封信呢。"说着，燕然找出信来，交给了焉耆王。焉耆王看过信，说道："公主是贵客，怎么能住在这里。走，到本王的宫室里去住。"燕然道："我还有好多兄弟姐妹在这儿，就不打扰您了。"焉耆王道："你是碧玉的结拜姐姐，碧玉现在有难，急需你的帮助。我希望你能去陪陪碧玉。"燕然看看郑凯，再看看程涵，见他们都点头支持，就接受了焉耆王的安排。

焉耆王安排宫人飞马去报告碧玉，说郑凯等人要来宫中。碧玉得到消息后打扮了一番就在宫门口等候。

不久，大伙来到焉耆王宫。碧玉见到了大伙，分外高兴。碧玉请大伙入住到了公主宫。

晚上，焉耆王请燕然等人吃饭，不准任何人作陪。酒足饭饱后，焉耆王支走了所有王宫人员，亲自关上门户，并命令任何人不得打搅。焉耆王这才把峻沙逼婚的事向燕然等人讲了一遍。请燕然想办法阻止峻沙逼婚。燕然道："我们兄长郑凯有的是办法，让他讲讲吧。"郑凯道："办法很简单，明天不就是峻沙与焉耆王约定的第三天吗。明天一早，焉耆王就带些礼品，拿上右贤王写给你的信去拜见南将军，把燕然公主在焉耆王宫接见峻沙的事告诉他。燕然公主、碧玉、郑莎和我等峻沙到来。之后，我们会和他坐下来聊聊。"焉耆王道："你们和他聊聊，能解决问题吗？"郑凯道："您老就放心吧！"焉耆王看郑凯说话信心满满的，也就不再多说什么。

第二天,焉耆王带着礼品和右贤王卢浑的信前去拜访南将军。峛沙带着一千人马进入了焉耆都城。峛沙随身带着一百名亲兵卫队进入了焉耆王宫。来到公主宫,他让一百名亲兵卫队封住宫门,自己就大摇大摆地进了宫室。一看有三个美女坐在那里,就在前面的一个座位上坐了下来。燕然道:"峛沙千夫长,你可认得我?"峛沙道:"你是……"燕然道:"当今匈奴大单于的女儿燕然公主。这是右贤王卢浑叔叔写给南将军的信。你可以看一看。"峛沙拿起信函一看,果真是右贤王卢浑写给南将军的信,上面有右贤王的印章。他赶忙拱手施礼道:"不知公主驾到,失礼!"燕然道:"你今天带兵来焉耆王宫找碧玉,想干什么?"峛沙张口结舌地说:"我,我……"燕然道:"是来抢亲的吗? 碧玉是我的贴身侍女,你要跟我抢她吗?"峛沙道:"不敢! 不敢!"燕然道:"你带来的所有人马,我的下属已经命令他们返回防地,你也走吧!"峛沙道:"诺!"慌忙逃出了焉耆王宫,离开了焉耆都城。果真,他的人马一个不剩地离开了。原来,颛渠阏氏把大单于咸给她的调动兵马的金质令牌偷偷给了燕然。郑凯在焉耆国左将军陪同下已经用金质令牌调走了峛沙的人马。

郑凯见峛沙逃走,也带领众人迅速离开了焉耆都城。碧玉一心想游走天涯,就给焉耆王留了一封信,与大伙一道向铁门关奔去。

第九章　还保龟兹

郑凯等人来到铁门关北面的峡谷入口时，早有一千名匈奴骑兵等在那里。一位千夫长走到郑凯等人面前，威严地说："我是匈奴南将军的属下乌囤千夫长，奉命在这里等候碧玉公主，请你们把她交出来吧！"燕然走向前去，大声喝道："什么碧玉公主？我是匈奴乌累若鞮大单于的女儿燕然公主。乌囤千夫长，我这里有漠北单于庭的通行令牌，也有右贤王卢浑叔叔写给南将军的信。怎么，你一个小小的千夫长，在这里要拦截本公主和我的随从吗？"乌囤看了看燕然手中的金质通行令牌，知道是单于庭的令牌，又看了看右贤王卢浑写给南将军的信，顿时脸上堆满了笑容，低声说道："末将不知道燕然公主驾到，多有冒犯，请公主降罪。"燕然道："我在员渠城听说南将军的公子崆沙千夫长要强娶焉耆王的女儿碧玉公主为妻。你回去转告南将军，这样做对我大匈奴影响很不好。希望他不要再为难焉耆王。否则，南将军在大单于和右贤王那里都不好交代。"乌囤道："是！是！南将军现在就在城堡内，我一定将公主的话禀告南将军。公主您这是要出铁门关吗？要不要末将护送？"燕然道："我有这么多随从和侍女照应，就不麻烦你了。"乌囤立即命令士兵让开道路，恭送燕然等人走进了铁门关峡谷。

郑凯一行人原路返回延城，路上不时遇到前往焉耆的贩粮车马，他心想："看来西域的粮食、马匹正往焉耆流动。"

回到延城，程涵带着郑凯、燕然、郑莎和刘壮去见刘大漠师父。他们把在员渠城和一路上见到的情况向刘大漠做了汇报。刘大漠师父说道："你们了解到的情况非常重要。这样吧，明日我们运送两万斤麦子去都护府城。同时，我们也把你们了解到的情况向西域都护通报一下，供他们参考。"

第二天，刘大漠偕同郑凯等人，运送了两万斤麦子来到都护府城。刘大漠带着郑凯和程涵去拜见李崇都护，并将两万斤麦子无偿捐献给了都护府。李崇表示感谢。之后，刘大漠让郑凯和程涵向李崇详细汇报了匈奴人在焉耆粮市和马市收购粮食及马匹的情况。李崇问道："你们认为匈奴人在焉耆收购粮食和马匹要干什么？"郑凯道："匈奴人囤积粮食和马匹，目的只有一个，那就是准备打仗。一旦他们完成收购，就可能下一道命令，禁止粮食和马匹离开员渠城。那时，西域的大部分粮食和马匹就都存留在了焉耆国，可以支撑攻击我们的战争。"李崇道："你们分析得对，我们必须尽快把这一情况通报给龟兹王，采取有效措施，打破匈奴人的图谋。好，事不迟疑，我们现在就出发去延城。"李崇带着十多名护卫和刘大漠等人马不停蹄地去了延城。

来到延城，李崇带着刘大漠、郑凯和程涵三人去了龟兹王宫，拜见了龟兹王弘。郑凯和程涵向弘汇报了匈奴人在焉耆购粮购马的情况。李崇道："我分析，匈奴人在员渠城购粮购马要达到的目的有两个：一、储备足够的粮食和马匹用于打仗；二、吸引西域的粮食和马匹源源不断地流入匈奴人控制的焉耆国。当然，这一切的目的都是打仗。"弘道："我们也注意到了延城粮市和马市的变化。都护大人可有什么破解的办法？"李崇道："延城是西域最大的粮食市场，我们要维护住这个市场。我建议：一、立即下令禁止粮食和马匹运出延城，只准进不准出，阻断粮食和马匹外流。二、龟兹也要提高粮价和马匹价格，吸引更多的商贩到龟兹来。"弘道："好主意，我这就下令实施。"李崇道："另外，我希望龟兹王从现在开始，要密切注意铁门关附近的动静，匈奴人是不会对龟兹和都护府善罢甘休的。"弘道："焉耆大战以来，焉耆人和匈奴人未能来对付我们。我想第一个原因是他们需要时间准备人马，第二个原因是匈奴人不久前还在柳中城和交河城一带与郭钦将军打仗。尽管几次战事他们都胜了，但他们还没有腾出手来对付我们。一旦匈奴人腾出手来，也就会对我们发动进攻。"

第二天，延城四城门开始施行粮食和马匹管制政策，只准进不准出。同时，龟兹王下令提高收购粮食和马匹价格。刘大漠也不失时机地让程涵和郑凯等人把他库存的十七万斤麦子逐步卖了出去，不仅收回了购粮的成本，还赚了不少利润。随着延城粮价和马价的上涨，丝绸也跟着涨价，长安茂通商队收获颇丰。

郑凯等人完成售粮事宜后，未见形势有变，就准备和郑莎一起取道都护府城，前去莎车国寻找郑莎的生身父母。二人向燕然、寰桢、阿索、绮丽、佩玲、偶娜、碧玉等人通报了他们要去莎车的打算。大伙听后都不同意郑凯和郑莎两人单独行动，众人一致同意陪同他们前往。刘大漠知道了郑凯等人的打算后，也不同意联合商队分开。他让程涵和刘壮带领接货送货的徒弟一道去莎车，并分派给程涵他们两项任务：一是将长安茂通商队在西域赚的金钱伺机送回长安；二是从长安运送一批丝绸来西域。联合商队成员准备了几天后，与刘大漠、魏广、赵新、吴汉等人告别，一起前去莎车国。途径都护府城，郑凯等人前去拜会了李崇夫妇。李崇给莎车王以及昆仑山北沿诸国国王写了信件，以便他们通行方便。郑凯提议，晚上举行一次聚餐，邀请李崇夫妇和都护府的官员一起参加，李崇欣然答应了。

郑凯等人把从延城带来的两坛葡萄酒摆上，请大家饮酒助兴。聚餐前，李崇做了简短讲话，他感谢长安茂通队和联合商队运来的两万斤麦子，并祝长安茂通商队和联合商队一路行商顺利。正当大家推杯换盏、畅叙友情之时，一名斥候匆忙跑来向李崇报告，说匈奴大军已经包围了延城。李崇问明情况后，命令斥候继续打探情况，斥候即刻离去。李崇对大伙说道："匈奴大军包围了延城，一场大战即将爆发！请都护府各位同僚和刘大漠师父、郑凯、程涵移步内城，到都护府会议厅议事。"

刘大漠、郑凯、程涵随李崇等人来到都护府会议厅。大伙坐定后，李崇道："匈奴大军包围了延城，目的就是要攻占西域的经济和商业中心，以便他们重新控制西域。我们必须支援龟兹，确保延城的安全。现在的问题是我们兵力太少，如何解延城之围，请大家献计献策。"副校尉陈通道："我建议都护大人和军侯高胜率三百人马固守都护府城。我带领三百人马偷袭匈奴大营，打乱匈奴人的进攻计划。"郑凯道："都护府城仅有六百人马，守卫城池兵力尚显不足，再派三百人马偷袭匈奴大营，守城兵力就更显不足。另外，匈奴人会不会围困龟兹尚不明晰，而设下伏兵于都护府通往龟兹的道路上，也未尝没有可能。因此，龟兹和都护府应以固守为上策，免得出城后被匈奴人围而歼之。"李崇道："你所说的问题的确需要我们认真考虑。但不去救援龟兹，那是无论如何也说不过去的。"郑凯道："我认为，现在的关键问题是迫使匈奴人退兵，但同时也不能拿鸡蛋往石头上碰。"李崇道："你有什么主意？"郑凯道："我们联合商队的兄弟姐妹准备去攻击匈奴的粮草大营，让匈奴人无法进攻延城。"李崇道："这倒是一个好主意！不过，要实现这个计划，你们十九个人恐怕难以完成。我可以支援你一百人马！"郑凯道："我们不需要更多的人马，十九个人就足够了！不过，我有一事相求。"李崇道："请讲！"郑凯道："上次我们路过都护府城时，寄存在这里一些刀剑和弓箭。今日，我们可否取走这些刀剑和弓箭？"李崇道："这些东西本来就是你们的，没有什么可否的问题。"李崇接着高声喊道："来人，把郑凯他们的刀剑和弓箭取来。"

　　不久，郑凯等人就拿到了刀剑弓箭。他们立即与李崇告别，回到了都护府客栈。郑凯召开了联合商队会议，将匈奴人包围龟兹都城的消息报告了大伙。郑凯道："众位兄弟姐妹们，匈奴大军包围了延城，一场大战即将爆发。不知道多少人又要死于这场战火。我想和诸位兄弟姐妹一起去扑灭这场战火，不知道大伙愿意不愿意？"燕然道："围攻延城的匈奴部队一定是南将军的部队，要不要我去见一见南将军，劝他退回巴里坤草原？"程涵道："控制西域是匈奴大单于和右贤王的大政方针，南将军是在执行这个大政方针。你能改变得了吗？"郑凯道："劝说他们是毫无用处的，只有想办法迫使他们退兵。"窦桢道："诸位兄弟姐妹可有良策？"众人不语，都看着郑凯。郑凯道："我有一个办法可以使匈奴大军无功而返。"刘壮道："什么办法，请给大伙讲讲！"郑凯道："我想和大伙一起重返焉耆国，那里有匈奴大军的粮草大营。他们的粮草就储存在铁门关北口的城堡里。如果我们能进入那个城堡，烧毁匈奴大军的粮草，他们自然就得退兵。你们觉得这个办法怎样？"程涵道："这个办法好，可谓釜底抽薪，一招致命。燕然你同意我们这样对付匈奴大军吗？他们可是你的母族呀！"燕然道："当我离开漠北的那天起，我就已经是你们的一员了。我坚决反对发动战争，阻断丝路畅通的匈奴军队。我们应该有力地阻止他们。"大伙就此详细地制订了攻击匈奴粮草大营的计划。

　　第二天早饭后，郑凯等人就要离开都护府城。李崇、卫梨花和都护府官员前来送行。卫梨花走到郑凯和郑莎面前，眼含热泪，呜咽着说："孩子们，你们此去龙潭虎穴，非常危险。刀箭无眼，你们一定要注意安全！"郑凯大声说道："请都护大人和夫人放心，我等兄弟姐妹一路从枪林箭雨中走来，刀山敢上，火海敢闯，什么困难也难不倒我们。请大人和夫人等待我们胜利的喜讯吧！"郑凯等人身挎佩剑，背跨弓箭，绕过延城，向铁门关进发。

入冬后的几场大雪，给西域大地盖上了一层厚厚的白棉被。一丛丛红柳，琼枝玉叶；一棵棵胡杨，披银坠玉。起伏的沙丘犹如大海般波浪翻卷，白雪装饰的西域显得浩瀚、空旷、静谧。

郑凯一行人驰马来到铁门关前，守关的士兵已经换成了匈奴人。燕然高声叫道："何人在此守关？快来见我！"一个长官模样的汉子跑过来，说道："我是守关的百夫长脊山，请公主吩咐。"原来这个百夫长上次随乌囤千夫长在铁门关北口拦截郑凯等人时见过燕然。燕然道："乌囤千夫长呢？"脊山道："乌囤千夫长在北口的城堡里。"燕然道："那好吧，我去北口找他，你们好好在这里守关！"燕然说罢，带着郑凯等人走进了铁门关峡谷。

燕然等人来到铁门关北口，有十名匈奴士兵在关口站哨，他们都认出了燕然。什长海巴问："公主殿下，延城在打仗，您怎么还不赶快离开西域？"燕然道："我这不是要去巴里坤，然后去漠北吗？龟兹那面要打仗，这几天还有客商和行人经过铁门关吗？"海巴道："客商和行人已经不来铁门关了。"燕然道："乌囤千夫长呢？"海巴道："他在城堡里。"燕然道："天寒地冻的，你们几个兄弟守在这里多冷呀。走吧！带我去找乌囤千夫长。"海巴等人巴不得到城堡里暖和暖和，就带着燕然等人来到了西面的城堡前，门前有十来个士兵正在站哨。他们一见什长海巴带着这么多人到来，立即手握长剑大声喊道："站住！没有千夫长和百夫长的命令，不准任何人进入城堡！"海巴道："木卡，燕然公主是来城堡找乌囤千夫长的，你快去向千夫长报告，就说燕然公主驾到。"站岗的什长木卡道："好吧，你们在这里等着，我去报告！"

等了一阵子，突然城堡的两扇大门轰然一声打开了。从城堡里分左右冲出来两队骑兵，张弓搭箭，把燕然等人围了起来。随后，从门里慢慢悠悠走出来两名军官来。燕然一见是乌囤，高声喊道："乌囤，你敢如此对待本公主，你想造反吗？"乌囤二人径直来到燕然面前说道："公主殿下，小将不敢！只是上次小将放走了你和碧玉公主，受到了南将军的责罚。如若不信，可以问问我身旁这位日归百夫长。"日归道:"南将军说,千夫长不执行他的命令,本该处死。他念及千夫长曾救过他的命,才做了降职处分。"乌囤道:"我现在就是个双百长,带着两百人守护铁门关和这个城堡。南将军说了,如果我再见到你时,一定要把你扣留起来,交给他处理。我这也是不得已而为之。"燕然道:"你敢犯上作乱?本公主让你吃不了兜着走!"乌囤道:"公主不必动怒。对于公主,小将一定会好好款待的。至于你的随从,我必须执行南将军的命令,暂时把他们关押起来,等候南将军处理。走吧,公主殿下,你就随我到大帐里去,陪我喝喝酒,乐和乐和,不很好吗?"燕然道:"慢!"她指着郑莎道:"这是我的贴身侍女,她必须随时侍奉于我,不能离开我半步!"乌囤道:"公主想带一名侍女侍奉,未尝不可,那就带上吧。不过,你不能带更多的人去!"乌囤又对日归道:"你把咱们的人分成两部分,一部分人去把公主的随从关押到这个院子的库房里去,另外一部分人把他们的马匹送到马厩里去。办完这些事后,就让兄弟们早点休息。"日归应声将任务分配下去,然后他和乌囤带着燕然、郑莎来到了乌囤的大帐。

一进房子,乌囤就对日归道:"日归兄弟,今天咱们两个可是交了桃花运,上天给我们送来这么多美女。你说,你我兄弟多久没玩女人了?"日归道:"大哥,开始吧,我等不及了!"说罢,日归冲过来就要抱郑莎。郑莎使出推岩掌,向日归当胸推去。日归没想到一个文弱女子竟然武艺在身,他猝不及防,被推倒在地上。日归就地一滚,就要跃起。郑莎飞身追击再次把日归踢翻。她身子一落地,双手狠劲向日归背上的几处穴位点去。日归趴在地上,再也动弹不得。燕然那面,乌囤一个鱼跃,向燕然扑去。燕然退后不及,被乌囤巨大的冲力冲翻在地。乌囤趁势趴在了燕然身上,他双手用力抓住了燕然的双臂,使燕然动弹不得,顺势迅速骑在了燕然的身上。正当危机之时,郑莎赶来,用劲点了乌囤肩上和背上的穴位。乌囤感到浑身酸麻,不能动弹。郑莎一脚将他踢到了一旁,拉起燕然,找来绳子,将乌囤和日归捆绑起来。她们用破布塞上二人的嘴,提着乌囤和日归的长剑,走出乌囤的大帐。二人来到关押郑凯等人的库房,就见两个士兵已经被从后窗跳出来的郑凯旋射出的石子打翻。三人赶忙取出那两个匈奴哨兵的钥匙,打开库房的大门,将程涵等众人放出。然后,他们悄悄来到匈奴士兵休息的房子,给每个房内吹了一些迷魂药。不一会儿，他们就分别进入房间，将那些匈奴士兵都一一捆绑起来，嘴里塞上了破布。

郑凯等人顺着院内敞开的大门，从东院进到中院和西院。原来这个城堡是由夯土高墙围住的三座相通的大院，外墙高约三丈。每个院落的直径足有五十丈。左面院落是驻扎士兵的地方，前面是一排排士兵的住房，后面是一排排马厩。中间院落是储备粮食的仓库，左面的仓库里装满了一袋又一袋粮食，右面的仓库里装满了一包又一包饲草。穿过两个巨大仓库的中间通道，他们来到了最西面的一个院落，院落内是一排排马厩，马厩里喂养着数百头骆驼。这些骆驼是专门用来往前线运送粮草的。

郑凯等人拉出骆驼，装上足够的粮草，又把剩余的骆驼和乌囤等人的一百多匹战马收集起来，让程涵和几位姑娘带着这些骆驼和战马在城堡外等候。他和其他兄弟把一部分饲草转移到了粮食仓库里。准备完毕，他们同时点燃了两个仓库里的饲草。大火很快蔓延开来，火越烧越旺。待大火无法扑救时，郑凯等人汇同程涵和七位姑娘赶着骆驼再次走进了铁门关峡谷，他们马不停蹄地往铁门关南口赶去。

来到铁门关南口附近，程涵等十位赶骆驼的好手按照郑凯的要求，把骆驼赶得狂奔如飞，一溜烟地冲出了铁门关南口。站岗的十来名匈奴兵见骆驼群汹涌奔出，只得让道两旁，不知所措地观看着。大伙跟着奔驰的骆驼，催马前行，郑凯和郑莎断后。二人奔驰到站岗的匈奴兵附近，使出五指旋射武艺，左右发射，将那些匈奴兵打得东倒西歪。众人冲出铁门关南口，沿孔雀河河谷向前奔驰。等到军营里的大队匈奴兵在百夫长脊山的带领下赶到时，郑凯等人和骆驼队早已无影无踪。

脊山百夫长将受伤的哨兵救起，送回营帐。之后，他把其余的士兵分成三部分：一部分由什长塔空带领继续在铁门关南口守关站岗，一部分由什长秃鹰带领去追击郑凯等人，脊山亲自带领三十人去铁门关北口的城堡救援。

脊山等人来到铁门关北口城堡时，粮草基本烧尽了。他们从东院没有着火的房屋内救出了乌囤等人。由于骆驼和战马被郑凯等人带走，乌囤只得命令没有战马的士兵步行去铁门关南口。他从秃鹰手下的一个士兵手里夺过一匹战马，带着秃鹰手下的三十人向铁门关南口奔去。

来到铁门关南口，乌囤一面命令脊山百夫长带部分人马在铁门关南口守关。一面派日归百夫长带领三十名士兵前去增援秃鹰等人。乌囤自己则带着几个随从去了延城前线，向南将军汇报。

郑凯等人沿孔雀河河谷向楼兰方向挺进，秃鹰则带领着三十名匈奴士兵沿孔雀河河谷驰马追击。

孔雀河由西海流出，经铁门关先南后西，再折向东南，经尉犁国、墨山国，流向广袤的大漠之中。它犹如一条长龙蜿蜒盘旋，向盐泽滚动。冬天的西域，大多数河流都已冰冻停流，而孔雀河依然有清澈透明的河水流动。此时，孔雀河岸边的胡杨林已经披上了银色的盔甲。皑皑白雪，给茫茫原野带来了圣洁，也带来了袭人的寒气。

秃鹰带领三十名匈奴士兵狂追不舍。不久，他们已经远远地可以看到驼队的踪影。突然，从左边一道小山梁后面站起一排人来。随即，一支支利箭射向了这些匈奴兵。伏兵居高临下，从侧面攻击，三十多名匈奴兵来不及取箭还击就被陆续射落马下。原来这是郑凯、程涵、刘壮、郑莎等人设计的伏击圈。他们冲下小山梁，将射落马下的匈奴兵一一斩杀殆尽，收拢起这些匈奴士兵的战马，处理好死者的尸体，追上燕然等人，又继续沿着孔雀河河谷前进。

此时，西域都护府城，李崇把西域都护府城的所有屯垦人员召集在一起，凡是能张弓射箭的人都发给弓箭和佩剑。除了留下一百名士兵和发了武器的屯垦人员登城守城，李崇亲自带领五百名士兵向延城方向进发。他们刚出都护府城不远，就遇到了等待在那里的两千多匈奴人马。匈奴人见李崇部有十多辆武钢车围成了营寨，就采取迂回战术，试图把李崇的人马包围起来，再围困攻击。李崇见情况不妙，命令队伍后撤。匈奴人见李崇部撤退，就从两翼发起攻击。李崇部一边射箭还击，一边往城内撤去。这一仗又损失了一百多人马。进入都护府城，李崇下令关闭城门，固守城池。匈奴人只得将都护府城围了起来。

一日，郑凯等人来到了墨山国国都营盘城。郑凯等人在营盘城外，发现有许多带有马厩和住房的护栏马场。一打听，这些护栏马场是出租的。于是，郑凯等人就租下了一处护栏马场，把骆驼、马匹安置在马厩内。

第二天早上，郑凯带着程涵、燕然和郑莎进了营盘城。

营盘城位于楼兰城西北部约四百里处的孔雀河边。城池呈圆形；城墙则由夯土加柳条筑成。营盘城北依兴地山，南临孔雀河，有东西两个城门。从营盘城去往东南，可达楼兰、敦煌；西北经尉犁、乌垒，可前往龟兹；西南通鄯善、且末，也可前往于阗、莎车、疏勒。营盘城周围地势开阔、平坦。孔雀河边生长着茂盛的芦苇、红柳和胡杨。城西北有高大的红柳沙丘，红柳沙丘周围是大片的农田和水渠。墨山国除了饲养马匹和牛羊外，也是骆驼的繁养地。这里盛产燕麦、粟米、棉花、葡萄、西瓜和桃子。清澈的孔雀河水为绿洲的农牧业提供了水源。营盘城是丝路商道的咽喉，也是往返于中原和西域的军旅、商队和行人的重要补给地。

营盘城内道路平坦，房屋整齐，店铺林立，客商云集。街道上人来人往，非常热闹。郑凯等人来到马市，了解骆驼和马匹的价格。营盘城因焉耆马市价格上涨，马匹和骆驼的价格也出现上涨。

五人在食街上买了许多烤肉串、烤馕和西瓜，带回城外的驻地。大伙一起吃着烤肉串和烤馕，商量着处理骆驼和马匹的事宜。

翌日，郑凯等人挑选出了两百头骆驼和两百匹高头大马，准备带往长安，其余的大部分骆驼和马匹分次带去马市卖出。郑凯让程涵和几个姑娘留在住处看守。他带着刘壮、寘桢等众位兄弟去营盘城卖马。考虑到天气越来越冷，郑凯等人在营盘城又购买了一些帐篷和羊皮大衣等保暖用品。又一日，郑凯让刘壮带着昨日卖马的兄弟留守护栏马场。他和程涵带着姑娘们去营盘城游逛。

太阳落山前，郑凯等人出城回返。快要到达驻地时，郑莎轻声对郑凯道："你看！驻地周围好像有些异样！"郑凯举目望去，果然发现房子两侧有异常动静。郑凯叫住燕然，让她带着其余的人慢慢行走，他和郑莎驰马向前奔去。他们刚到驻地门前跳下马，从房屋的左右两侧跳出来三十来个手握长剑的壮汉。郑凯左手一挥，一把石子飞向了左面扑来的汉子。他右手一挥，一把石子又飞向了右面扑来的汉子。一些汉子的眼睛和脸面被击中，一下子迷失了方向。郑凯和郑莎挥动手中的大头棒左右开弓，把前面一些匪徒击翻在地。郑凯对付左侧攻来的敌人，郑莎对付右侧攻来的敌人。二人

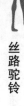
不停地击打，近身的匈奴人不是手腕被击断，就是头颅被击裂。尽管这些匈奴兵一波一波向前攻击，但来者都个个剑飞人倒，无一幸免。后面的匈奴兵见郑凯和郑莎如此凶悍，拔腿要逃，就听后面有一人高喊道："不准后退，向前冲！"郑凯和郑莎听声音倒有点熟悉，原来喊话者是日归。二人更加精神抖擞，棒到之处，匈奴兵个个脑浆迸裂、血肉横飞。匈奴兵不再顾及日归的督战，转身就逃。郑凯和郑莎立即腾起，犹如大鹏展翅，追击着这些匈奴兵。日归见状，拔腿就逃，被郑凯击中后脑勺，摔倒在地。此时，寘桢和六位姑娘也赶来了。寘桢从地上捡起一把利剑，见到有活着的匈奴兵就补上一剑。郑凯打开房门，给程涵等十位兄弟解开了绳子。郑凯问程涵："你们怎么被捆绑起来的？"乔千道："都是我和马腾的责任。"

原来，当天下午，程涵等人在屋里睡觉，乔千和马腾在外面放哨。这时，护栏马场的主人祈胡带着六个汉子来到了乔千和马腾面前。祈胡道："两位好汉，你们的头领在吗？"乔千和马腾还没有来得及搭话，就被几个汉子制服，捆了起来。那些人又来到往处，往屋里吹了一些迷魂药，把屋里睡觉的人都迷倒了。随后，他们把程涵等人都捆绑起来，把乔千和马腾也扔进了屋里。

郑凯道："这是一个深刻的教训呀。站岗放哨时，绝对不能让外人接近我们。如果哨兵警惕性不高，就可能把大家陷入死亡的境地。"众人赶忙将这些匈奴兵的尸体投进马场的一个深井里，并把井封上了土。乔千对郑凯道："郑凯兄，护栏马场主祈胡肯定是匈奴的暗桩，我们最好找到此人，把他除掉，以免后患！"郑凯道："今天我们在这里杀了三十名匈奴人，如果被墨山国发现，就会派兵来捉拿我们。因此，我们必须趁着夜幕的掩护，尽快离开这里。否则，我们很快就会遇到大的麻烦。至于祈胡的问题，将来如果有机会，咱们再收拾他也不迟。"于是，郑凯等人借着夜色，悄悄离开了墨山国，向楼兰城奔去。

楼兰城乃西域名城，曾为楼兰国国都。楼兰国是丝绸之路上最接近华夏大地的当道小国，曾为匈奴人控制。为开通丝绸之路，楼兰国就成了汉匈争夺的焦点。楼兰国国王曾在汉匈之间摇摆。

征和元年（前92年），楼兰王薨，楼兰遣使前来索要侍子回国，欲立为王。但楼兰侍子在汉犯法，被处宫刑，汉朝不予放还。楼兰国更立他人为王，数年后又逝。匈奴得知此事后，立即送还楼兰国在匈奴的侍子，立为新王。新登基的楼兰王亲匈远汉，多次拦劫杀害汉朝使节。

元凤四年(前77)，西汉王朝派平乐监傅介子刺杀了亲匈奴的楼兰王，册立归降汉朝的尉屠耆为王，更国名为鄯善。尉屠耆担心遭到匈奴攻杀，随之迁都于距离楼兰城西南一百五十里外的扜泥城，并请求汉朝派军队在扜泥城东八十里外的伊循城屯垦。于是，汉朝就派了一位司马和四十名士卒驻屯伊循城。之后，随着屯垦规模的扩大，汉朝在伊循城设立了伊循都尉，护卫楼兰。楼兰城是中原地区与西域各国乃至中亚客商进行商品贸易的繁华之地。来自中原的丝绸、棉帛、茶叶和来自西域的马匹、骆驼、玉石、干果等物品，常常在这里进行交易、集散。尽管楼兰国迁都它地，但楼兰城作为商贸名城，仍然客商云集，贸易兴隆。

楼兰城的城池略成正方形，城墙由泥土、芦苇和树枝相间筑成。一条由西北至东南走向的河流从城中穿过。城内的房屋大都由胡杨木修建，木梁、檩条、椽子上都刻有花纹。郑凯等人穿城而过，在城东门外的护栏马场住下。次日，郑凯留下刘壮等大部分兄弟在护栏马场守卫，他偕同程涵、燕然、郑莎、賨桢等人到设在楼兰城的茂通商队丝绸货栈，拜会程涵的八师哥魏干。魏干很高兴认识郑凯等一帮兄弟姐妹，程涵向魏干传达了师父刘大漠的要求后，即与魏干告别。郑凯等人采购了足够的食物，补充了饮水和草料，又购买了三十多袋葡萄干、三十多袋胡桃和三十多袋杏干，就匆匆离开楼兰城，经居卢仓向盐泽东北部的龙堆行进。

龙堆是盐泽东部一片辽阔的盐碱滩上耸立的土丘群。无数一丈多高的长条土丘从东北向西南断断续续地横亘在数百里浩瀚的戈壁滩上。土丘群平时覆盖着白色的盐碱层，犹如一条条白龙游弋在白浪翻滚的茫茫大海上，龙堆也由此得名。如今，高耸的土丘被白雪覆盖，有的土丘像高昂的龙首，有的土丘像伏卧的龙背，似乎随时就要腾飞而起。郑凯等人沿着沙道来到龙堆的一个入口处，一座上面平整的土丘就耸立在道口旁。郑凯用双手攀上土丘，举目四望。虽然天不作美，雾蒙蒙一片，但登高望远倒也别有一番景象。东面是茫茫无边的龙堆。西南面是碧波荡漾的水天一色的盐泽。这

个大海一样的湖泽因含有大量盐碱,终年不冻。北面是起伏的山峰,重重叠叠,不见尽头。西面来路上,灰蒙蒙的天与雾茫茫的地迷漫在了一起。突然,他发现一群小黑点正向这里移动。过了一阵子,他发现那些小黑点是一队骑兵。郑凯心想:"匈奴人的粮草被烧,看来他们是不会放过我们的。之前来追击的两批匈奴兵都是乌囤的部下,这次追来的匈奴兵是从哪里来的?会不会是南将军派来的追兵?"果然不出郑凯所料,追来的匈奴兵马正是南将军从延城前线派来的。

原来,乌囤前去延城前线向南将军汇报了燕然等人烧毁城堡粮草的事情。南将军本来就对郑凯等人抢走碧玉公主的事情怀恨在心。听说他们又烧毁了城堡中的粮草,使他攻打龟兹的计划彻底泡汤,南将军怒不可遏,恨得咬牙切齿。他立即命令乌囤带领一支百人骑兵,穿上老百姓的服装,每人配备三匹战马,马不停蹄地驰援秃鹰和日归,要求乌囤一定要把郑凯等人缉拿归案。乌囤在营盘城暗桩处了解到郑凯等人的行踪后,立即狂追而来。

郑凯跳下土丘,向众人报告了情况后就带领众人沿着穿越龙堆的通道向前行走。走不多时,他们发现有一条两边都是不高的土丘夹住的土沟通道,不高的小土丘正好可以遮掩伏兵。郑凯觉得这里正好可以伏击匈奴的追兵。于是,郑凯让佩玲、偶娜和碧玉三位姑娘带着驼群和马群继续慢慢向前行走,他和其他人就埋伏在两旁的土丘后面,静等匈奴人的到来。乌囤带领他的人马进入土沟通道后,郑凯等人立即跃上土丘,居高临下,张弓搭箭,奋力射杀。他们首先射杀马匹。受伤的马匹掀翻马背上的匈奴兵,在深沟中横冲直撞起来。顿时,土沟里马嘶人叫,乱成了一团。这时,郑凯等人瞄准没有被掀落马下的匈奴兵,一一射杀。不一会工夫,马上的匈奴兵都被射落到了马下。郑凯、郑莎、程涵、刘壮等人见时机成熟,从土丘两端跳入沟内,挥剑斩杀那些受伤的匈奴兵。这一战,匈奴兵被斩杀殆尽,无一幸免。处理好匈奴兵的尸体,收拢起战马,郑凯等人继续前行。

天色越来越暗,风越来越大。不久,狂风裹着暴雪开始在土丘群之间来回扑打冲撞起来。龙堆中的道路本来就坑坑洼洼,崎岖难行。这场暴风雪使龙堆笼罩在白茫茫的大雪中,难于分辨方向。大伙只得小心翼翼地牵着马匹和骆驼在茫茫的雪海中行进。走着走着,突然有人喊道:"我们怎么又转回来了!"大伙定眼一看,果然又回到了伏击匈奴追兵的那个土沟通道。看看天色已晚,郑凯与大伙商量决定找地方休息过夜。他们寻找到两个比较高大宽阔并且断裂出数丈宽的一个大土丘的避风处,搭起帐篷,准备过夜。安排好巡逻值班顺序,大伙吃了一些东西,就挤在帐篷内休息起来。为了防止马匹和骆驼冻伤,郑凯和程涵也给马匹和骆驼背上披上了羊毛大衣。过上一段时间,他们就把马匹和骆驼赶起来溜达一阵。就这样,大伙在风雪严寒中度过了一个难熬的夜晚。

第二天,天放晴了。郑凯等人穿过龙堆,来到了沙西井。他们在沙西井略作休息后,准备穿越三垄沙。

三垄沙是一个两百多里长的流动沙丘带。西域百里风区的强大狂风把戈壁大漠上的沙尘铺天盖地卷来,形成了沙丘。这些沙丘犹如游蛇,在风中不停地游动。人若在沙丘中行走,流沙沿足盘旋,进而掩埋膝盖,迅速把人吞没。若遇到沙尘暴,风如鬼号,黑尘遮日,瞬间就会把一切物体掩埋于沙山之下。有时,沙尘暴也会把物体卷走。那些卷入天空的东西就会飘落到千里之外。

郑凯等人选择了一个晴朗无风的天气,一大早就开始穿越三垄沙。上半天,他们还算侥幸,天气良好,风平沙静。众人不敢耽搁片刻,急速前行。不想太阳刚刚偏西,天边的黑云就遮天蔽日地滚滚压来。一场沙尘暴就这样不期而遇了。郑凯询问程涵:"你们来西域时不是也经过这条道吗? 附近可有避难之所?"程涵道:"有的,前面不远处的一大片洼地里有一个汉代的驿站。据说那是贰师将军李广利第一次讨伐大宛时,为了防范六万人马在半道被沙尘暴吞没,就在沙丘前方的一大片低洼地里修建的一些地窝子。咱们赶快去那里躲一躲吧。"众人拉着马匹和骆驼,顶着狂风,向地窝子奔去。大部分人员和骆驼、马匹刚刚冲进地窝子,沙尘暴就铺天盖地袭来了。谁知,李唤和偶娜已有恋情。两个年轻人走在驼队最后面。一者他们可以驱赶后面的马匹和骆驼,二者可以自由交谈,加深感情。没想到沙尘暴铺天盖地而来。两人试图把最后面的一些骆驼赶入地窝子,不想狂风卷起,他们连同一些骆驼一下子就被狂风给卷走了。郑凯在清点人员、马匹和骆驼时,才发现李唤和偶娜丢失了。他要冲出地窝子去寻找,被程涵、刘庄、燕然、郑

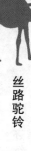

莎等人死命拉住。在大伙的劝阻下,郑凯才没有冲出地窝子。沙尘暴在外面山呼海啸般地扑打了一夜,联合商队也在痛苦交加中度过了一个揪心的夜晚。大伙心里都明白,李唤和偶娜可能再也回不来了。

第二天早上,郑凯等人用铲子铲走沙尘,开出道路,才走出地窝子。他们大声呼唤着李唤和偶娜的名字,可哪里还有李唤和偶娜的踪影。大伙一步一回头地继续向都护井行进。

都护井是玉门关西部约一百里处的一个洼地,是东去玉门关的最后一站。历史上,进出玉门关的军旅、商队和行人常在这里驻足过夜。北面的疏勒河河谷有水渗透于此,挖井取水和起火造饭甚为方便。汉朝多次对西域用兵,尤其是贰师将军李广利曾两次率军攻打大宛,都路经此地安营扎寨。长此以往,这里就留下了多处深井、房舍和马厩。郑凯等人见天色将晚,决定在都护井过夜。他们取出麦子做饭,又取出肉干、烤馕和葡萄干,吃喝了一番。多日的行走,大伙都感到非常疲劳。郑凯安排好巡逻的兄弟和换班次序及时间后,吩咐大伙去土房内休息,然后和程涵去了不远处的马厩内照看骆驼和马匹。二人给骆驼和马匹喂饱了草料和饮水后,就在了马厩内过夜。半夜时分,郑凯突然被轻微的踩雪声惊醒,知道外面有人蹑手蹑脚地正往马厩门口走来。郑凯推了一把程涵,二人悄无声息地来到门口旁。那人轻轻推开马厩门,走进了马厩。郑凯伸手卡住那人的脖子,顺势点了那人的穴位,一用力就把那人按倒在了地上。程涵也按住那人的双腿,脱下那人的袜子塞到了那人的嘴里。程涵又找来绳子,把那人捆绑了起来。这时,又有一个男子走来。他低声喊道:"麻三,你在哪里?"郑凯听声音觉得有点熟悉。突然,他想起来了,这声音是漠北刺杀匈奴单于咸的刺客尹身的声音。郑凯和程涵一动不动地守候在门旁。尹身走进门来,又喊道:"麻三,赶快把骆驼和马匹赶出来呀!"他话音刚落,就被郑凯一棒击晕过去。二人把尹身捆绑起来,嘴里塞上了袜子。就在这时,前排房子外有人在喊叫。一个人大声问道:"尹师弟在哪里?"一个汉子答道:"师父,尹师父去找麻三了。"那人又喊道:"赶快去叫他们把骆驼和马匹牵来,把这些美女和男子都给我捆到马背上去。"有个汉子又跑步来到郑凯和程涵藏身的马厩门口。刚进入马厩,就被郑凯制服。大队劫匪等了一阵子,就是不见骆驼和马匹的影子,一下子紧张起来。那个被人称为师父的汉子带领众人来到了马厩门前。他大声喊道:"出来吧,好汉,你们的人都给我捆起来了。你一个人躲藏在马匹和骆驼中间,能藏多久!"郑凯听出来是尹身的师哥沙图的声音。

原来沙图这个恶棍带着他的三十多名亲信和徒弟,从漠北逃到了敦煌。他们经常出没于都护井附近,抢劫过往的商队,夺取商队的财物,然后进入敦煌或楼兰销赃。昨夜,他们来到都护井外的山梁上,观察到一个商队和数百匹高头大马及骆驼住进了都护井。半夜时分,他们悄悄摸进了都护井,制服了张明和蒋威两个巡逻的哨兵,又用迷魂药迷倒了在前排房子内休息的刘壮及燕然等十三人。唯独他们没有想到的是,郑凯和程涵与马匹、骆驼睡在一起。

透过门缝,郑凯看到沙图等三十多人肩背长弓,腰挎箭筒,手持长剑,围在了房门口。沙图又大声喊道:"好汉,你要是再不出来,我可让人往房内射火头箭了。那时,马匹受惊,会把你踩成肉泥的。"说着,沙图让人取出火头箭点燃,搭于弓上,准备发射。郑凯往门口一扬手,一把石子抛撒了出去。沙图似乎早有防备,一拉身后的披风,把石子都给带飞到了一旁。也就在这个时候,只听沙图一声惨叫,太阳穴被石子击中,倒在了地上。郑凯一跃而出,挥动大头棒向沙图的亲信、徒弟攻去。程涵也手持长剑,紧随其后,向众歹徒冲杀。让他们惊讶的是,沙图的亲信和徒弟竟不能与他们拼杀,一些人抱头号叫,摔倒在地。

原来,有一位白衣老者坐在马厩房顶上像天女散花似的甩射着石子。没有几下,三十多个歹徒都被打翻了。郑凯起身定眼望时,白衣老者已经跳下房顶消失了。

郑凯心想:"这白衣老者莫非是爷爷郑奇的师父白影大仙?"爷爷曾给他和郑莎讲过不少有关白影大仙的故事。最有意思的是爷爷投师学艺的事。爷爷说,自从他的父亲去世后,他就成了一个孤儿。一个十三岁的孩子好像突然长大了,他独立门户,挑起了生活的全部重担。每天,他都一个人上山打柴,到镇里卖柴,以此为生。由于成了孤儿,他的性格更加内向。他平时言语不多,为人厚道,忠实可靠,做事实在,干活卖力。因此,附近年龄相仿的乡民常常请他去帮助干些杂活。郑奇总是随叫随到,顺便还能混上一顿饭。

一日，一个乡民成亲，请他去牵马，等到帮完这个乡民的忙，日快落山。他不顾天色变晚，仍然上山去砍柴。上到山上，月亮还没有升起来。山林中黑洞洞一片。突然，一团白影从树上飞落下来。来者低声问道："小伙子，白天没有上山打柴，晚上上山，不害怕吗？"郑奇道："天天来这里砍柴，习惯了，不害怕。"来者又道："山上虎豹豺狼等野兽经常出没不说，有时也有歹人和山匪抢劫，你想不想学点拳脚防身？"郑奇道："若师父肯教我，我愿意做您老人家的徒弟。"来者道："做我的徒弟可以。但你必须答应我三件事：一、练了拳脚不可向任何人卖弄。二、要积德行善，扶助弱小。三、要行侠仗义，除暴安良。你可做得到吗？"郑奇答道："我一定做到！"

郑奇俯身下跪，向师父磕了三个响头，这就算拜过了师父。从此，他每天晚上上山，跟师父学习武艺，练完拳脚之后，再砍一捆柴下山卖。一晃许多年过去了，一日晚上，师父告诉郑奇，他要走了。郑奇吃惊地问道："师父要去何处？"师父说："我要浪迹天涯，到各地走走看看。"郑奇道："师父教我武艺，大恩大德未报，弟子还不知道师父姓名，它日何处才能与师父相见？"师父道："为师乃嵩山游侠黄盖，绰号白影大仙。我今后居无定所，你也不必挂念。如果有事，我会来找你的。只是，你要记住你答应我的三件事，我就心满意足了。否则，我是不会饶恕你的。"话刚说完，白影一闪，师父就消失在了密林中。郑奇没有想到教授自己多年的师父竟然是白影大仙。

正当郑凯站在那里发愣时，程涵已经手提利剑，把倒在地上的劫匪斩杀了一遍。程涵拉着郑凯，赶忙去到最前面的那排房子里。二人见大伙都被捆绑着，就赶忙给大家解开绳子。过了一阵子，大伙才苏醒过来。二人又找到了张明和蒋威。据张明和蒋威讲，他们分头在外面巡逻，在房子的转弯处突然头被击中，一下子就昏厥了过去。醒来时，他们被捆着，躺在房子内，嘴里还塞着破布。二人至今还感到头痛不已。

天亮之后，郑凯等人生火造饭。饭后，一行人启程前往玉门关。

玉门关因迎接西域的玉石进入关内而得名。它位于敦煌西北一百六十里处，北距塞墙六里地，是西汉玉门都尉的治所。关城近方形，由夯土筑成。西门为入关之门，也是税收之地。郑凯等人交完关税，通关前行。经几日行走,他们到达了敦煌郡郡治敦煌城。

敦煌城位于河西走廊的最西端。元狩二年(前121年),汉武帝设立了酒泉、武威两郡和玉门关、阳关两个军事关隘,并修筑了长城。元鼎六年(前111年),汉武帝又设张掖郡和敦煌郡,史称列四郡,据两关。敦煌郡治就在敦煌城。随着封疆遣吏,驻军筑城,屯田戍守和移民兴业,敦煌城也就成了集结士卒、转运武器、囤积粮草、向西域进军的重镇。随着西域都护府的设立和丝路商道的繁荣,敦煌成为内地通往西域道路上的军事、商贸、文化、政治重镇和交通要道。敦煌城建在氏置水岸边,全部由夯土筑成。城四角筑有高大的角墩。

郑凯等人牵着高头大马和骆驼从城中经过,引起了行人的驻足围观。人群中不时有人赞叹道:"好漂亮的天马呀! 真让人喜欢!"他们穿过城池,在东城门外租借了一处带有马厩和房屋的护栏马场住了下来。郑凯心想:"如此多的高头大马和骆驼已经引起了行人的赞赏,势必会引起盗贼和劫匪的关注。"于是,他一面让刘壮带领几个兄弟到敦煌城购买敦煌美食,一面带领其他人到周围观察地形,制订防范劫匪的措施。

晚饭后,他们租借的马厩内仅留下郑凯、刘壮二人饲养马匹和骆驼。其余的人分成两组,埋伏于隔壁两个无人租用的护栏马场的马厩内。刚过丑时,郑凯等人就发现有五十多人围住了护栏马场,有两个盗马贼寻觅着骆驼和马匹吃草料的声响,悄悄来到了马厩门口。两人轻轻推开马厩大门,企图盗走马匹和骆驼。他们刚进入大门,就被郑凯和刘壮卡住了喉咙,二人顺势点了他们的穴位,并用绳子把他们捆绑起来。郑凯抽出一把短刀,对着一个劫匪道:"你们是什么人? 老实交代,否则,立即丧命!"那劫匪摇头不语,郑凯只得用刀在他的脖子上划了一个刀口,郑凯道:"如果你再抗拒不说,我就割断你的喉咙!"在郑凯的威逼下,那劫匪才开口说话。

原来,这是一个五十多人的匪帮,匪首名叫三危煞。他们专门抢劫和盗窃来往的商队马帮。昨日,在敦煌城的一个匪徒亲眼见到郑凯等人带着三百多匹昭苏天马和二百多头骆驼经过敦煌城,就追踪而来。见郑凯等人住进了这个护栏马场,他就报告了匪首三危煞。晚上,三危煞带领全部人马围住了护栏马场。他派出两个劫匪企图悄悄打开马厩大门,把马匹和骆驼偷

走,不曾想被郑凯抓获。

郑凯让刘壮关上马厩大门。二人爬上了马厩房顶,俯身观察动静。

匪首三危煞率领众匪徒在护栏马场外等待多时,不见两个匪徒回来,随即带领众匪徒向马厩冲来。他们围着马厩乱奔乱射,马厩的门上、墙上留下了不少利箭。正当匪徒们冲击马厩时,他们身后突然射来了一排排利箭。埋伏在隔壁护栏马场的兄弟姐妹在程涵、燕然的带领下已经悄悄潜回到郑凯所在的马场内,从背后向劫匪猛烈射击。郑凯在马厩房顶张弓搭箭,一箭射中了三危煞。不多时,三危煞等五十多个劫匪都被射翻。众人把受伤的劫匪捆绑起来,给他们包扎好伤口。

第二天早上,郑凯派程涵、刘壮和燕然去敦煌县衙报案。敦煌县令亲自带领一帮衙役来到护栏马场勘察取证,之后,县令将劫犯们带回县衙审理。几日后,敦煌县令做出宣判:三危煞数年来在敦煌一带多次抢劫商队和马帮,杀死商人数十人,立即斩首示众,对有血案的劫匪也立即问斩,几个尚无血债的劫匪关押后流放。郑凯等人待县令宣判后,在敦煌城游逛两日,补充了粮草和饮水后启程前往长安。他们经酒泉,过张掖,走武威,抵金城,再经祖厉、安定,历时数十天抵达了长安。

程涵和刘壮带着大伙来到长安城西北角横门附近的茂通大客栈。大师叔华阳将众人安排住下。随即,程涵带着刘壮、郑凯、燕然和郑莎去了宣平门附近的居民区。在一个四周有高墙的大院内,他们见到了茂通商队的总头领冯动大师。冯动大师年逾六十,鹤发童颜,精神矍铄,体魄健壮,行动敏捷,一看就是身怀绝技的武林高手。程涵和刘壮向师爷叩头行礼后,把郑凯、燕然和郑莎介绍给了冯动大师。冯动请大家入座,叫仆人上茶。程涵先呈上了刘大漠师父的书信,并将一路经过向冯动大师做了简单汇报。冯动大师听后甚是高兴,说道:"刘大漠带领你们在西域经商实在不易。郑凯三兄妹施以援手,夺回了货物不说,关键是救下了你们十人的性命。救命之恩无以回报,你们可要好好珍惜这份情谊。为了感谢郑凯三兄妹,也为了表彰你们的英勇顽强,明日中午我要在茂通食店设宴款待你们。另外,刘大漠要求再送五千匹丝绸去西域。不过,这段时间即将过岁首节。你们在长安先好好过节,等过了节,筹备好货物后再去西域不迟。"郑凯道:"谢谢大师的夸奖和安排。我们兄妹十七人计划先在长安玩上几天,然后去华山过节。初五前后再回来给您老人家贺岁,不知大师可否同意?"冯动心想:"程涵等十人都是他收留的孤儿,他们愿意与郑凯等人一起去华山过节,倒是一个不错的去处。"于是,他欣然同意。程涵和刘壮把刘大漠师父在西域经营获得的数万两黄金交给了冯动大师,冯动大师随即叫来管家冯瑞收银入账。

第二天中午,冯动大师在茂通食店设宴款待从西域回到长安的十七位年轻人。食店老板是冯动大师的二弟子关武。程涵把寰桢、阿索、绮丽、碧玉、佩玲等人介绍给了冯动大师,又把十七人一一介绍给师叔关武。大家落座后,冯动大师讲话。他说:"快过节了,我提前给大伙贺岁!"冯动大师随即喊道:"管家,快代我发贺礼!"管家冯瑞给在场的人每人送上了二百两黄金。大伙拱手致谢,恭祝冯动大师、关武师叔和冯瑞管家节日愉快。

第三天,郑凯、燕然和郑莎三人带着大伙逛长安城。他们从未央宫、长乐宫、明光宫、北宫、桂宫一路转来,虽然只能看个宫门,但其宏伟壮观之气让大伙赞叹不已。寰桢、阿索、绮丽、碧玉和佩玲五人第一次来长安,感到特别震撼。走了一段,大伙感到疲劳了。于是,他们就来到食街就餐。食街上有各种各样的吃食,有烤肉、烤串、条面、面饼等。汉朝时,皇宫内专设汤局,为皇帝和后宫制作面食。面食包括条面和饼面。条面有米儿面、麻食面等。面饼有锅盔、石子饼、油饼、夹肉饼、夹蛋饼、蒸饼、泡饼等。这些皇宫吃食随着宫廷汤局师父的退隐和更换,也很快传到了民间。食街上各种新的吃食也不断涌现。郑莎提议,这几日要让寰桢、阿索、绮丽、碧玉等第一次来长安的兄妹尽可能地把长安的美食都尝一尝。他们吃过这种美食,下顿饭就换另外的美食,可谓顿顿不重复。

第四天,郑凯等人开始逛市场。他们从东市逛到西市,也只是走马观花地转了转。长安的东市和西市最为出名,但长安市场有九市之多,他们很难都逛上一遍。大伙只得准备以后有机会再来细逛。

第五天,郑凯带着大伙去茶馆饮茶,听说书人讲故事。当天下午,他们又到百戏坊观看歌舞表演。百戏是大汉乐舞杂技的总称,常以多人共舞、双人对舞、独舞、歌伴舞等形式展现于舞台。再加上伴奏队伍和各类乐器道具的使用,使得演出丰富多彩,气势恢宏。据传汉高祖刘邦平定了淮南王英布

叛乱,在返回都城的途中莅临沛县老家,设宴召集乡亲们饮酒。席间他亲自击筑,唱起了他的诗赋《大风歌》。他边唱边舞,慷慨抒怀,激动地流下了眼泪。从此,皇室亲王、朝中大臣都以习练歌舞为荣。宫廷设立乐府,专门收集整理民间歌曲、舞蹈和故事,供乐府改编为乐曲和歌舞,为宫廷享用。朝臣、官僚、地主、富商也效仿宫廷,广招歌童舞女,编排歌舞。贵人、友人来访,少不了设宴款待,歌舞共赏,以享荣华富贵。宫内许多后妃多为歌舞高手,经常活跃在各种宫宴和聚会上。民间艺人更是结社组队,四处表演。从此,西汉百戏、歌舞、杂耍等娱乐活动尤为兴盛。

郑凯买好戏票,带着大家进入了百戏坊的大院。正面是一个带棚子的大舞台,他们刚刚入座,高亢的《大风歌》乐曲就响了起来。一种豪放、自信、感性和质朴的艺术魅力震撼心扉。

第一个节目是剑舞。只见两名男性舞者飘入舞台。他们以身带剑,以剑催身,以拧、倾、圆、曲的舞蹈身法和轻快敏捷、干净利落、身剑合一、刚柔并济的剑舞技巧,展示出剑走龙蛇、龙飞凤舞的风采。他们动中有韵,静中有势,迂回婉转,闪转腾挪,妙不可言。传说,当年在鸿门宴上,项庄舞剑,意在沛公。为了楚汉联盟,项伯舞剑以对,实为保护刘邦。刘邦手下大将樊哙趁机冲入宴会大帐,护卫刘邦逃出了险地。从此,剑舞就成了汉宫和百姓的必舞之舞。

第二个节目是巾袖舞。两个舞女身穿长袖巾服,挥袖起舞。舞者细腰长袖、罗衣从风、纱裙飞鸾,甚是美妙。

第三个节目是百戏杂耍。众多杂耍艺人轮番上场表演。顶碗、仰卧登坛、肩上顶杆、跳剑弄丸、吞刀吐火、戴竿走索、飞身钻圈,每个表演都让人惊叹。

第四个节目是盘鼓舞表演。一个表演者跃上盘鼓,在盘鼓上或高纵轻蹴,浮腾累跪;或飞舞长袖,衣袖飘扬;或踩鼓下腰,踏盘顿鼓;或按鼓倒立,顶天立地;或身俯鼓面,拍击鼓响;或单腿立鼓,扬手按下;或纵上蹴下,鼓面滚躺,可谓舞姿多变,优美矫健。

第五个节目是建鼓舞表演。建鼓舞融宫廷雅乐与民间俗乐于一体,是汉代社会各阶层最常见的艺术表演形式。乐队以羽葆流苏装饰的建鼓为中心，配以编磬、编钟、抚琴、排箫、吹埙等乐器，闪亮登场。建鼓在乐队中起着控制节奏、指挥全局的作用。只见建鼓两旁的击鼓乐师头戴高冠，手舞鼓槌，左右轮番击打着鼓面、鼓心、鼓边、鼓身，发出不同的音响，产生不同的音律。铿锵的鼓声和繁杂多样的鼓点节奏，再伴以抚琴、排箫、吹埙等乐器的悠扬乐声，形成了和谐的舞乐。

第六个节目是角抵。随着锣鼓声响，两名力士走上台来。他们两人来到舞台中央，抱拳施礼后开始角抵。一人一手在前，一手在后，用弓箭步直取对方。另一人则双臂弯曲，低俯身体，左右回旋，伺机反攻。之后，两人双手相格，不断厮拉，进而两人头部相抵，双臂缠绕，来回拼摔。两人都在寻找角度，寻找时机，以求取胜。汉武帝时，角抵更兴，规模宏大，百姓观看助威，轰动京城。此后，角抵在民间广泛普及，深受百姓喜爱。

第七个节目是踏歌舞。有十二位女子举袖搭肩，斜排踏舞，款款而来。她们舞姿婆娑，歌声婉转，犹如莺娇燕姹。踏歌声声柔媚，软语寄情，感人至深，表达了姑娘们期盼才子到来、闺中待嫁的心情。

第八个节目是龙舞。一个手拿球形彩灯的人在龙头前起舞引领，带领着一条满身透光的大龙来到了舞台。在多人的举持下，龙不停地上下翻滚，摇头摆尾。每节龙体内都燃有灯烛，节下装有木柄，舞者持柄而舞。

第九个节目是相和歌。一段华丽而婉转的抒情乐曲之后，一队衣着长裙丽服的女子随着器乐的演奏，唱起了美妙的歌曲。歌词是："上邪！我欲与君相知，长命无绝衰。山无棱，江水为竭，冬雷震震，夏雨雪，天地合，乃敢与君绝！"歌词展示出人们对爱情的坚贞专一和对美满幸福生活的追求。歌毕，十几位女子和着鼓声、乐声，飘入舞台，欢快地载歌载舞起来。她们婀娜的身姿、快速的舞步与轻快的旋律，汇成了一派朝气蓬勃、欣欣向荣、绚丽多彩的美妙意境。

看完百戏坊的歌舞表演，窦桢、阿索、绮丽、佩玲、碧玉等人赞叹不已，格外享受。阿索道："大汉歌舞实在是太美了！歌美，舞美，人更美！"燕然道："是啊，舞者婀娜多姿，仪态万方。"郑莎道："歌声甜美，余音绕梁！"郑凯道："明日我们要去华山。到了华山，我请大家赶庙会，看大戏，如何？"大伙一片欢呼！

晚饭后,郑凯和郑莎陪大伙回到客栈。两人向程涵、燕然、刘壮告假,说去探望一位家住长安的亲戚,程涵等人嘱咐二人早去早回。两人各拉着一匹马,带上一袋葡萄干、一袋胡桃和一袋杏干前往卫府,探望他们的外祖父卫玄。

来到卫府,外祖父卫玄见郑凯、郑莎平安回到长安,甚是高兴。二人简洁地向卫玄汇报了李崇和卫梨花的情况。为避免外祖父担心,他们没有给外祖父讲一路上遇到的危险事。卫玄得知李崇和卫梨花在都护府城屯垦守卫,心里也就踏实了。郑凯说准备去华山一段时间,卫玄也欣然答应。

次日,郑凯等人离开长安,前去华山。

华山脚下,有一座小镇,名曰仙山镇,是附近乡民买盐打醋、卖柴扯布、山货交易之地。每年春暖花开的季节,仙山镇都会迎来大批游客,这些游客大多是来自京城长安或各地的达官贵人、公子小姐。这些人个个身着绸缎锦袍,浓妆粉黛,富丽堂皇。那时,小镇内外车马成串,人众云集,热闹非凡。游客们常常把车马停放在仙山镇上,留下家丁和佣人看守,他们则三五成群登山游历,赏景观光。下山后,他们又会在镇上喝茶小歇,购得一些木耳、蘑菇、松子、野菜等山珍野味,乘兴而去。故此,仙山镇上也就出现了许多茶馆、食店、客栈和山货店铺。这些茶馆、食店、客栈、商铺在旅游季节顾客盈门,生意兴隆。不过,到了隆冬季节,大雪封山,山道积雪,游客变少,生意清淡。大多数茶馆、食店、客栈和商铺只好休店,只有个别商铺勉强开张,但也没有太多生意可做。

郑凯和郑莎的师娘名叫刘月,本是仙山镇最东头刘氏茶馆的小姐。竞宁元年(前33年),汉成帝刘骜继位后就开始重用他母亲王政君的家人和亲戚,擢升王政君的哥哥王凤为大司马、大将军,领尚书事。王政君的其他三位兄弟王立、王商、王根也分别位居要津。西汉王朝的朝政是"王凤专权,五侯当朝"的局面。宫内有太后王政君把持,皇帝刘骜成了摆设。他的皇帝当的是既轻松又乏味,整日无所事事。于是乎他也懒得理事,整日沉迷于酒色之中。

刘骜不仅迷恋女色,更痴迷男宠。张放便是汉成帝刘骜的第一男宠。他经常与上卧起,宠爱殊绝。而且,张放还常常伴随刘骜微服出游,斗鸡走马，不务正业，放浪形骸。刘骜开始还喜欢宫廷里选来的权贵女眷、大家闺秀，后来腻歪了，就想找些野果子吃。

张放投其所好，到处寻觅市井奇花、歌姬舞女、山野美人，然后或买或抢，弄到自己府上，经其"调教"，再邀成帝来享用。张放的富平侯府经常收养着数十位通过各种手段弄来的各色佳丽。赵飞燕赵合德姐妹二人就是张放从穷困市井、老光棍赵临手中买来的女子。

刘骜在张放府邸见到赵飞燕后，被她迷倒。张放就把赵飞燕呈送给刘骜，赵飞燕受到专宠，后来封为皇后。张放的恶行曾多次被朝臣禀报给太后王政君。太后发话，贬张放出京。张放先后被贬为北地都尉、天水都尉和河东都尉。过后，刘骜又把张放调回身边，封为光禄大夫。张放的行为虽有所收敛，但偷抢手法更加隐蔽、歹毒。

鸿嘉元年（前 20 年）春上，张放到华山游玩，下山后来到刘月家的茶馆游逛。突然，他发现了当时年仅十五岁的刘月美若天仙，光彩照人。这个歹徒心想："在这山野之中竟然藏着这样的美人，真是天然璞玉，纯洁无瑕。""公子，你要些什么？"刘月问了张放三次，他才缓过神来。张放柔声细语地答道："姑娘，请给我们上来三十壶茶水、三十包炒花生、三十包炒瓜子、三十包炒松子。"刘月还从来没有遇到过这么多客人一起来喝茶的，高兴地答道："好的，公子！请稍坐片刻，这就送来！"随即，刘月就赶快忙活起来。

郑行是刘月在华山经常一起采蘑菇、拾松子、挖野菜的好朋友。当时正来镇上买东西，见刘月家来了三十位游客，就赶忙过来帮着担水、烧茶。等刘月把炒花生、炒瓜子、炒松子送上来后，刘月的父母刘明夫妇和郑行已将茶水泡好，一一送上茶桌。张放一帮人众喝茶闲聊，直到天色渐晚，才付账离去。然而，张放喝茶闲聊之时就策划了一个恶毒的抢人计划。他见天色将晚，就带着十多个美女和十多个护卫沿着官道返回长安了。他又安排了四个心腹壮汉和一辆马车，等天黑后再返回仙山镇刘月家抢人。他们约定得手后在长安的霸城门相会。

郑行帮完刘月的忙，又去镇上买东西。办完这些事，他才往镇外山坳里的家中走去。他隐隐约约听到不远处有人说话。借着夜色，他施展轻功，悄无声息地飞扑过去，发现有辆马车停在路旁，车前有人在小声说话。一个似乎是首领的人说道："小四，你在外面看车。老二、老三和我一起进去。你们两个要干净利落地把姑娘的爹娘处理掉，注意不要留下伤痕。"郑行无法看清他们的面目，也听不太懂他们的谈话。他匆忙赶回家中，把事情经过简单地给爹爹郑奇说了一遍。郑奇说："这几个歹徒可能计划着要杀人！"

　　二人担心刘月家被抢，就拿起大头棒匆匆往刘家赶去。然而，他们已经来迟。刘月的爹娘已经惨遭毒手，刘月也不知去向。郑奇推测，这帮人晚上行车一定会走官道。于是，他们就沿着通往长安的官道追去。在灞河桥上，他们终于追上四个壮汉乘坐的马车。郑奇和郑行杀死了四个歹徒，把他们的尸体和马车都推到了河中，带着刘月回到了华山。张放在霸城门等了很久，也不见他派出的人回来，就进了长安城，回到了北阙甲第的富平侯府。又等了几天，仍不见人车的影子，张放知道出事了。但他不敢声张，生怕太后王政君知道了此事，又会贬他出京，虽然丢失了几个贴身手下，但此事也只好不了了之。刘月因惊吓过度，精神错乱，后经郑奇和郑行四方求医，多年照料，才逐渐恢复，与郑行成亲。

第十章　华山拜天

冬日的仙山镇虽然游客稀少,但此时正值节日前夕,集市连日开市,街上方显得热闹。四周乡民聚集在集市上,购买米面、牛肉、羊肉、猪肉、芹菜、萝卜、食油及各种调料。郑凯让八位兄弟在街口看管马匹,他带着程涵、燕然、郑莎就在集市上逛起来。突然,有人在背后伸掌向郑凯肩上拍来。那人手掌尚未触摸到郑凯的肩膀,就被郑凯推出了数步。

郑凯回首观看,原来是他儿时的好友华蕊,在华蕊身旁还站着她的哥哥华峰。兄妹二人曾和郑凯兄妹在一个师父门下学习多年。几年前,华峰去外地的大食店当学徒。华蕊因爱舞枪弄棒,也去了外地投师学艺。由于郑奇、郑行和刘月从小就嘱咐郑凯郑莎学习武艺绝不可在人前显露,所以,华蕊兄妹并不知道郑凯兄妹有武艺在身。华蕊大声嚷道:"郑凯,好小子,你居然藏着一身武艺! 今日要不是我躲得快,险些被你击倒。来来来! 我得和你比试比试!"说着,华蕊拉开架势,就要动手。华峰一把拽住华蕊,说道:"小妹,休得无礼! 我们老朋友多年不见,上来就要比武,太不像话。再说,你看郑凯兄妹还带着这么多客人回来,你可不能无理取闹!"郑凯拱手施礼道:"原来是老朋友呀! 我这面有礼了!"华蕊道:"好吧,今日看在我哥哥和众位的面上,我就暂且饶你一把。"郑凯道:"谢谢老朋友。"华峰道:"郑凯,听说你去了长安,我还没有抽出时间去长安看你呢。现在你回华山,想必是要在华山过节吧?"郑凯道:"是啊,爷爷和爹娘在,回来过节那是必须的。"华峰道:"爹娘的家永远是孩子的家,我们也欢迎你回来过节!"郑凯道:"多谢! 你最近见到过我爷爷和爹娘吗,他们身体怎样?"华峰道:"爷爷和大叔大娘的身体都很好。他们已经整修了刘氏茶馆,在镇子上住下了。我们经常都

能见到他们。走,我给你们带路!"于是,华峰兄妹带着郑凯等人前往刘氏茶馆。途中,燕然把郑凯拉到一旁问道:"你爹娘给你定亲的姑娘可是这位?"郑凯摇摇头道:"过几天我会告诉你的。"

刘氏茶馆位于仙山镇东头,是一个宽大的无门院落。院落周围有齐腰高的木棍围成的墙围。院落四角有几棵已经落叶的大槐树。地面由石砖铺设,打扫得干干净净。三间正房就坐落在院落北面。若在旅游季节,院内可以摆上一些条案和坐榻,供游客饮茶休息,院落四角的大槐树正可遮阳。这里的确是一个优雅的露天茶馆。郑凯等人和三十多匹高头大马一下子进入院子,院子就显得小了。华蕊对着挂着竹帘子的正屋房门大声喊道:"爷爷,大叔大娘,你们看谁回来了!"刘月正在屋内收拾米面,准备做饭,听到院内有喊声,就应声道:"谁呀?进屋吧!"华峰用手揭开竹帘,让郑凯和郑莎先行进入。刘月定眼一看,竟是自己日夜想念的孩子,不由得目瞪口呆,随即泪水溢满了双眼。母子二人相拥而立。过了一阵子,郑凯擦去眼泪,说道:"娘,华峰和华蕊,还有我们许多结拜兄妹都还在院里站着呢!"刘月这才赶忙抹去眼泪,说道:"郑凯,快请他们都进屋吧!"她搬出来坐榻,让大家坐下。郑凯把众位一一介绍给了刘月。华峰道:"大娘,爷爷和大叔不在家吗?"刘月道:"你爷爷和大叔带着六个弟弟一早就上山砍柴去了,家里就剩下了我一个人。"华峰道:"大娘,你家里有没有这么多住宿的地方?有没有喂养三十多匹高头大马的马厩?"刘月道:"我家后院还有三间正房、两间东屋和一个灶房。虽然可以挤着住下人,但没有马厩,肯定没有办法喂养马匹。"华峰道:"我提议,郑凯他们不如住到我爹爹的客栈去。那里可以容纳上百位客人,也有一个可以容纳上百匹马的马厩。另外,我开的那个食店,可以供咱们两家吃饭。尤其这快过节了,你们老人家也辛苦了一年,得好好休息一下不是。你看我的提议行吗?"华峰不愧是个做生意好手,见有商客,立即就显出了本色。郑凯道:"娘,华峰兄说得有道理。爷爷和爹娘就带上六个小弟弟和我们十七个人一起入住华林叔叔的客栈吧,吃饭问题就包给华峰兄妹。咱们今年就和华林叔叔一家一起过节,好吗?"

刘月刚要说话,就听院子里有人高声喊道:"爷爷、爹爹,你们看,咱们院子里怎么有这么多高头大马呀?"郑凯和郑莎一听,知道爷爷和爹爹带着六个小弟弟回来了。两人掀开门帘冲了出去，叫道："爷爷，爹爹，弟弟们，我们回来了！"两人分别扑到爷爷和爹爹怀里，拥抱在一起。六个弟弟也围在他们周围，抱着他们的双腿。过了一阵子，郑凯道："爷爷，爹爹，还有好多兄妹都在屋里等着你们呢！"郑奇、郑行和六个弟弟随着郑凯和郑莎走进了房内。刘月、华峰、华蕊和程涵等人起身迎接，郑凯又给大伙相互做了介绍。华峰道："我和郑凯兄商定，今年我们家和你们家一起过节，爷爷和大叔可有意见？"郑奇道："郑凯大老远回来，又带回来这么多好朋友。我们大伙一起过节，我高兴！"刘月道："郑凯，你和华峰安排你们十七个人的食宿就可以了。爷爷、六个小弟弟和你爹爹我们晚上还是住在家里吧！"郑凯转过头来对华峰道："华峰兄，我们入住你家客栈，每天的晚餐由你的食店提供，如何？"华峰道："没有问题！"郑凯道："好，咱们就这么说定了。不过，我们亲兄弟得明算账。一切费用我该付多少就付多少，一分钱也不能少。"华峰道："你我老朋友了，何必这么认真！"郑凯道："如果你不答应，我就入住别人家的客栈和食店！"华峰只得点头道："好，我答应你！我现在就和华蕊回去安排。一会儿，我让华蕊来接你们。"郑凯取出一百两黄金交给华峰，说道："我先交你一些定金。以后，我每五天会给你结一次账。"华峰只好收下，带着华蕊一道回家去准备了。郑凯让兄弟们把从西域带回来的几十袋葡萄干、杏干和胡桃卸下，除了留下三袋准备送给华峰父母，其余的都交给了刘月。刘月洗了一些葡萄干和杏干，砸了一些胡桃，让大伙品尝。六个小弟弟高兴地大口吃起来。郑行泡了几壶绿茶请大家品尝，大家有说有笑，甚是热闹。郑凯对六个小弟弟道："你们报一下自己名字，以便大哥哥和大姐姐们记住你们的名字，好吗？"六个小家伙站成一排，自我介绍起来。六人分别叫郑华、郑山、郑高、郑与、郑天、郑齐。若把他们的姓去掉，把名字连起来就是"华山高，与天齐"，寓意六个孩子如华山一样峰高雄伟，壮志齐天。不久，华蕊来请大伙入住郑家，众人在华蕊引领下前去华林开办的仙山客栈。

　　仙山客栈是仙山镇最大的客栈，坐落在西街上。华蕊带着大伙先来到侧门，把马匹一一交给伙计，送入了马厩。安置好马匹后，郑凯等人跟着华蕊走进了客栈正门。客栈前庭宽敞，台案洁净。客栈老板华林在前台迎候。郑凯把一袋葡萄干、一袋杏干和一袋胡桃送给了华林，华林深表感谢。华蕊

好奇地问道:"郑凯,你怎么会有这么多西域的干果送给我们?"郑凯道:"我们十七人从西域归来,当然要送你西域的特产了。"华蕊道:"你们去了西域?好啊,你得好好给我讲讲西域的事。"郑凯道:"等闲暇时,我一定讲给你听。"华林给郑凯等人一一安排了房间,让伙计们打开房门,请大伙入住休息。华林对郑凯道:"华峰已经去准备饭菜了。大伙先休息一会儿,饭准备好后,他会来通知咱们。"大伙在房间内休息了一会儿,华峰就派伙计来请大伙去仙山食店吃饭。

华峰开办的仙山食店位于西街口。食店高出地面三尺,由一排排圆木框架支撑。框架上用木柱、木板、木顶构成大厅。大厅面对街道的一边留着几个大窗户。窗户上吊有竹帘和棉帘。大厅内摆放着几张食案。华峰准备了饭菜和几坛黄酒招待大伙。华峰的家人和几个伙计围坐一起,郑奇、郑行、刘月和六个小弟弟围坐一起,刘壮等八位兄弟围坐一起,郑凯、程涵、燕然、郑莎等围坐一起。华峰请郑奇爷爷讲话。郑奇道:"今年咱们两家一起过节是你和郑凯的主意,我支持。既然是你们两个人的主意,我们大伙都听从你们两个人主持就是了。"华峰道:"好吧,既然爷爷让我和郑凯两个人主持,那我就先致个欢迎词。"华峰清了清嗓子,接着说道:"自从我去华阴大食店学徒至今,已经有好几年没有见到郑凯和郑莎了,后来听说他们去了长安。"华蕊插嘴道:"他们还去了西域呢。"华峰道:"哦,他们还去了西域呀。今天,郑凯和郑莎带着十五位兄弟姐妹回到了华山,我们大家都感到非常高兴。这第一顿饭就算是我为你们举办的接风宴吧!来,大伙举杯,为郑凯、郑莎以及十五位兄弟姐妹来到华山,干杯!"

宴席后,郑凯安排大伙回客栈休息。随后,他和郑莎又随郑奇、郑行、刘月及六个小弟弟回到了刘氏茶馆。郑凯、郑莎和六个小弟弟玩耍了一阵,刘月才带他们到后院休息。郑凯、郑莎、郑奇、郑行四人一边喝茶,一边闲聊。刘月安置好六个小弟弟睡觉后,又回到了前院。郑凯这才开始向郑奇、郑行和刘月讲述他们二人北上漠北和行走西域的情况。郑奇、郑行、刘月三人听后,都大为感慨,又为郑凯郑莎感到骄傲。他们心想:"这两个孩子在不到一年的时间里,踏破雄关漫道,横跨戈壁大漠,凭借坚强的意志和过人的智慧,战胜了一个又一个艰难险阻,如今安然无恙地站在他们面前,这实在太不容易了。"

沉默了一会儿,郑奇说道:"你们烧了匈奴的粮草,实现了保卫龟兹的目标,这可是奇功一件。今后,你们还有什么打算?"郑凯道:"我们虽然烧了匈奴人的粮草,这只是暂时的胜利。匈奴人是决不会善罢甘休的,西域的局势将会更加动荡。我们有责任帮助西域都护府维护边疆的安定。另外,我在西域见到了我的生身父母,可郑莎的生身父母我们还没有来得及去寻找。我们得重返西域寻找郑莎的生身父母。"刘月道:"和你们同行的那十五个兄弟姐妹,他们有何打算?"郑凯道:"我们十七个人同属联合商队,程涵等九位兄弟隶属长安茂通商队。他们还要运送丝绸去西域。刘大漠师父让我们十七个兄弟姐妹组成联合商队,就是要在西域做些经商贸易的事情,以便帮助西域都护府维护西域安定。"郑行道:"自汉武帝派遣张骞开通丝路商道以来,许多商队把中原的丝绸、棉帛等物品运往西域。他们又把西域的战马、玉石和干果运来中原,形成了一条通往西域、中原以及更远地域的丝路商道。你们十七个人运货送货,做丝路商贸事宜倒也合适,只是风险比较大。"郑凯道:"人们常说,风险越大的事,获利也就越大。长安茂通商队一直在做西域的贸易。我们与长安茂通商队的九个兄弟姐妹组成联合商队,心里是有底的。但是,华山永远是我们的家,我们十七个人永远是你们的孩子。"郑凯和郑莎随即取出一千两黄金交给郑奇、郑行和刘月,说这是他们孝敬爷爷和爹娘的。刘月道:"你们去西域经商需要钱。再说,我们经营这个茶馆足够养活我们九个人了。另外,余万今年又去襄邑走货,让你爷爷同去。他又送来三百两黄金,家里的钱足够用。"郑凯道:"娘,我们两个留下这点钱是想让爷爷和爹娘在茶馆附近也建一个客栈和马厩。下次回来,我们十七个兄弟姐妹也有个住宿的地方,您看行吗?"郑奇道:"刘月,你就收下吧。我们是需要给孩子们建立一个属于他们的窝了。这样,他们任何时候回来,也就有了落脚的地方。"刘月道:"好吧,这钱我就收下,过段时间就开设客栈和马厩。"郑凯道:"这就对了!"刘月又道:"你们两人的身世和关系,那十五个兄弟姐妹都知道吗?"郑凯道:"他们都不知道。不过,对于我的身世,还是保密吧。至于我和郑莎的关系,我准备找机会告诉他们。"

第二天,太阳升起很高的时候,郑凯和郑莎才起床。刘月正好带着程涵等十五个人和华蕊一起回到刘氏茶馆。刘月告诉郑凯兄妹，郑奇和郑行一早就带着六个小弟弟上了华山。刘月也带着程涵等十五个人和华蕊在街上吃了早饭。他们顺便给郑凯、郑莎带回了早饭。二人吃过早饭，询问大伙去何处一游。碧玉道："郑凯哥哥，你常说你是华山人，那华山为什么叫华山？有什么说法？"郑凯道："华山之所以称为华山，据说有两个原因。一个是华山东西南北四峰如同花瓣一样，中峰如同花心，形状如花。古时候，花、华同音同意，华山故此得名。另外一个是我们汉族的老祖母名叫华胥氏。由华胥氏这个母系氏族首领所创立的国度叫华胥国，华胥国的子民为华胥族，简称华族。华族崇拜花，希望华族人能聚天地之精华，如花一样年年开花结果，繁衍不断。关中地区这座大山就是华胥国最初形成和居住的地方，自然而然地就被冠名为华山。华山是汉民族的圣山，古往今来，一脉相承。"碧玉又问："为什么汉族又称为华夏族呢？"郑凯道："据我所知，在远古时期，关中、晋南和豫西一带居住着华族部落，河西走廊和黄土高原上居住着夏族部落。后来，两个部落融为一体，形成了华夏族。华夏族的老祖母华胥氏生了太昊，太昊又生了伏羲和女娲。女娲生了少典，少典又生了炎帝和黄帝。后来，华夏族的子孙繁衍得越来越多，踪迹遍布中原大地、三山五岳。中原及周围的许多氏族部落也被黄帝及其后代尧、舜、禹统一在一起，繁衍生息于黄河中下游一带。另外，从字义上来讲，华字有美丽的含义，夏字有盛大之意，连起来就是华丽而盛大的意思。华夏族人以服饰华彩美丽为华，以疆土广阔、文化繁荣、文明道德昌盛为夏。故而先祖们自诩自己为华夏族。从炎黄二帝起，文明兴盛，蓬勃发展。九州大地以德教化，以律治邦，文明昌盛，生活富裕，华彩锦绣。到了汉代，汉高祖因曾被封为汉王，由此定国号为汉。强大的汉王朝改称自己为汉族。百姓则自称自己为汉人。"碧玉道："这么说来，华山意义非凡。我们可否去华山一游呢？"碧玉这个姑娘从小就跟随一位去西域经商的汉人学习汉文化，读过不少汉书古籍，对汉文化颇有涉猎。郑凯道："要游华山，一天时间恐怕不够。华山有东南西北中五座高峰，如果想把五峰都游到，至少需要两天时间。我建议，咱们今天做些准备，明日一早，我们就带上食物、饮水、防寒衣物、布帐和绳子去游华山。你们觉得怎样？"大伙鼓掌拥护。

第二天早上，郑凯等人加上华蕊共计十八人，从华山北麓谷口向北峰攀爬。多少世代以来，华山都是祭拜朝圣和旅游观光之地。历朝历代都投入了大量人力物力，凿石修道，固桩连索，供游人攀爬。

位于华山峪口五里之处的五里关是攀登华山的第一关。它西依绝崖，东临深壑，地形险要，一入此关就可以感觉到华山的绝岭之风。再往前行，有一石门，人称华山石门。登山游人均须穿门而过。此乃攀登华山的第二关。过了华山石门前行二里，有一片坪地，名曰莎萝坪，此处因坪上栽植莎萝树而得名。继续前行，他们到了一处叫毛女洞的地方。郑凯招呼大家停下来休息一会儿。他给大伙讲了一段毛女洞的故事。据说，秦始皇时，有一名宫女叫玉姜。她为了逃避骊山殉葬之灾，负琴与秦宫役夫相携逃入华山，就潜藏在这个山洞里。一个隐居于华山的高人指点他们说，饿了可食松叶；渴了可饮清泉水。他们依照高人的指点，就此活了下来。不过，因为常年食用松叶，他们体生绿毛，显得有些怪异，故玉姜被称为毛女。大伙听了这个故事，对毛女的经历既感到同情，也很向往。碧玉道："我要是能成为毛女就好了，自由地生活在华山之巅，也不需要如此艰难地攀爬了。"郑莎开玩笑说："现在我们就把碧玉留在毛女洞算了。"大伙哄然大笑。

郑凯等人经毛女洞、青柯坪、千尺幢、百尺峡、仙人桥、老君犁沟等山路，登上北峰。之后经擦耳崖，他们来到了金锁关。

金锁关路旁的铁索上锁有成千上万的连心锁和红丝带。据说是寓意锁定的爱情。郑凯把早已准备好的一包锁头和一大团红丝带取了出来。他大声说道："今天，我要在这里宣布几件大事。第一，郑凯与郑莎虽为兄妹，但并无血缘关系。我爹娘为我订婚的姑娘就是郑莎。现在，我们要把我们两人的连心锁锁在这金锁关的铁索上。"燕然一下睁大了眼睛，她万万没有想到郑凯的爹娘为他订婚的姑娘竟然是郑莎。她拉住郑凯问道："凯哥，以前，你为什么不告诉我，你爹娘为你订婚的姑娘是郑莎？"郑凯道："我以前没有告诉你，是因为我觉得时机还没有成熟。"燕然无语，大脑一片茫然，心想："郑凯竟然一直对自己隐瞒此事。"想到这里，她不由得怒从心起，她又质问郑凯道："你隐瞒这事就是对我不信任！"郑凯道："燕然妹妹，我们每个人都应该允许别人保留一点自己的小秘密吧。再说了，我爹娘要求我不准对任

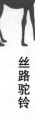
何人讲此事。你说,我是不是应该尊重老人家的意见?"燕然一下子被郑凯给问住了。程涵劝说道:"郑凯是个大孝子,当然要听爷爷和大叔大娘的话了。"燕然一时理屈词穷,不再说什么。她转念又想到:"郑凯和郑莎一起在华山长大,情谊深厚,两小无猜。郑凯遵照母命,竭力保护郑莎,也是理所当然的。"想到此处,燕然也就释然了。

这时,郑凯拉住郑莎的手,双双把连心锁锁在了铁索上,又把红丝带系在了锁头上。郑凯接着宣布道:"在我们十七个兄弟姐妹中,还有几对大伙都知道的连心人。他们是程涵和燕然,刘壮和阿索,宴桢和绮丽。请问,你们愿不愿意把连心锁也锁在这华山之巅呢?"六人高兴地大声应道:"我们愿意!"六人即刻动手锁上了连心锁。郑凯又大声发问道:"还有要连心锁的吗?"不想张明拉着佩玲的手,也从郑凯手中取过锁头,锁在了铁索上。郑凯道:"我们十七位兄弟姐妹从西域一路走来,生死相依,熔炼了真情,淋漓了肝胆。我们中有五对兄弟姐妹已结同心。让我们为他们鼓掌。"大伙鼓掌欢呼起来。郑凯接着说道:"韦光、乔千、马腾、韩笑、蒋威、章江、碧玉等七位兄弟姐妹尚无着落。我相信,你们一定会找到自己的另一半的。"大伙又是一阵欢呼。郑凯大声宣布道:"我已经与爷爷和爹娘商定,在刘氏茶馆旁修建一个客栈和马厩。我们十七位兄弟姐妹不在华山时,客栈和马厩营业。一旦我们回到华山,这里就是我们的家。华蕊看着郑凯等人亲如兄弟姐妹,也激动地对郑凯说道:"郑凯,我能不能加入你们的队伍?"郑凯道:"我们求之不得呀。"大伙又是一阵欢呼。华蕊道:"我想和你们一起去西域。"郑凯道:"那就更好了。"大伙相约,等日后归来一定落根华山。

从金锁关一路向东北行走,郑凯等人来到了华山东峰。见天色渐晚,大伙决定在三茅洞前搭帐露营。

第二天,天还没有亮。大伙就聚集在东峰平台上等待日出。过了一阵,天空由黑变蓝,若黑若蓝。一道红霞出现了,颜色虽浅,但在慢慢扩展。那道红霞渐渐地变成了多层颜色,由黄、粉、紫到蓝,每一层颜色都如同波纹在跳动。黄色继续扩展,波纹继续扩大。太阳像一个躲藏在天际线下的孩童,慢慢探出了半边脸。此时,太阳上升速度加快,不一会时间,大半张脸就露了出来。突然,太阳猛然一跳,光束和红霞涂抹了半边天。顷刻间,刺眼的光束射了出来，大地一下子被照亮了。大伙欢呼跳跃起来。

吃过早饭，郑凯等人前往中峰观光。华山中峰又名玉女峰，位居东、西、南三峰中央。峰上筑有一处道舍，名叫玉女祠。传说，春秋时期，秦穆公之女弄玉，姿容绝世，善于笛乐，引来了精于吹箫的华山隐士萧史。二人知音相遇，相互倾慕。弄玉抛弃王宫的荣华富贵，随萧史来到华山隐居。秦穆公追寻女儿来到华山，却寻找不见，只好建祠纪念。弄玉和萧史隐居华山之上，笛箫和鸣，乘龙跨凤，结为伉俪。后来，二人修炼成仙，终成正果。玉女峰也由此得名。

郑凯等人从玉女峰出发，经中峰路口、南峰路口，抵达了南天门。华山南天门在南峰东侧，西出可抵南峰之背。众人游览一番，又启程前往南峰。

华山南峰是华山的最高峰。南峰由一峰二顶组成。东面一顶叫松桧峰，西面一顶叫落雁峰。落雁峰的西侧是孝子峰。松桧峰之巅，乔松巨桧参天蔽日。落雁峰则因大雁常在此处落脚而得名。落雁峰峰顶的最高处就是华山极顶，登山者都以攀上绝顶引以为豪。在极顶之上，有一个长约三尺、宽约一尺的不规则天然石凹。池内水清如镜，涝时不溢，旱时不枯，一年四季水流涧下，与日月同在。池水仰天承露，蓝天近在咫尺，故称仰天池。传说太上老君常用此水炼制金丹。孝子峰形如圈椅，三座峰顶如同一尊面北而坐的巨人。众人登上南峰绝顶，顿感如临天界，星斗可摘。举目环视，群山起伏，云雾缭绕，备感华山的雄浑博大和气势磅礴。郑凯道："我听人说，华山拜天唯在绝顶。今日我们众位兄弟姐妹登上华山之巅，何不在此一拜，请上天保佑我们一世平安呢？"众人听郑凯这么一说，觉得很有道理，就立即围到仰天池边，以水为镜，十指并拢，抵于鼻前，闭目祈祷，并向上天三鞠躬，请求上天保佑自己一生平安幸福。

大伙拜天之后，郑凯提议为被狂风卷走的李唤兄弟和偶娜妹妹默哀，以表达大伙对二人的深切怀念。同时祝愿他们在天上幸福。随后，众人离开南峰，来到了西峰。华山西峰峰顶有一巨石，形如莲花，西峰因此又称为莲花峰。峰上耸立着一柄长约七尺的劈山铁斧，传说是沉香当年劈山救母时所用的斧头。西峰的西北面是悬崖，空绝万丈，直如刀削，名曰舍身崖。众人登上西峰，极目远望，群山起伏，四野开屏，黄渭曲流，如置仙境。

观毕,大伙由西峰返回金锁关,原路下山。天黑时他们回到了仙山镇。大伙在仙山食店饱餐一顿后,回到仙山客栈,就倒头大睡起来。

大伙一觉醒来,已是岁首的前一天。各处都在杀猪宰羊,祭祀神鬼与祖灵,点灯笼,挂桃符,逛庙会,看皮影,听秦腔,等等。"阿索道:"我们现在要干什么?"郑莎道:"回家吃早饭呀。"大伙跟着郑凯和郑莎回到了刘氏茶馆。二人早已从街上买回了一坛豆腐脑和一碗酱料。燕然问道:"爷爷、爹娘和八个小弟弟呢?"郑莎道:"爷爷和爹爹带着六个小弟弟上华山了。母亲也去街上买岁礼了。"绮丽问:"这是什么吃食,看起来像酸奶子。"郑沙道:"不是酸奶子,这叫豆腐脑。"绮丽又问:"豆腐脑是什么吃食?"郑莎道:"豆腐脑是用黄豆制成的一种含水分比较多的豆制品。来,大家尝尝看,好吃不好吃。"绮丽一尝,大声叫道:"好吃!好吃!"大伙也都端起碗来,一道吃起来。不一会时间,他们把一大坛豆腐脑吃了个精光。

吃过早饭,郑凯告诉大伙要去西街市场接一下母亲刘月,大伙也都愿意前往。来到西街市场,街道上人来人往,街道旁摆满了各种货物的摊位。刘月拉着一个木轮车子,车上装满了米面、牛肉、羊肉和蔬菜。郑凯赶忙接过刘月,拉上车子,众人也在两旁推着车子。回到刘氏茶馆,大伙帮着刘月卸下物品,放到了后院的灶房内。刘月告诉大家,几天前她已经让几家缝衣铺为每个人缝制了一套丝绸棉袍和一件单袍,还有一套短衣和内衣。姑娘们还有两条留仙裙。燕然忍不住问道:"大娘,您怎么知道我们所穿衣服的大小?"刘月笑道:"几天前,我去仙山客栈叫你们回来吃早饭时,见你们都在熟睡,就丈量了你们衣服的尺寸和鞋子的大小。后来,你们上了华山,我就让几家缝衣铺赶制你们的衣服。走,我们现在去取衣服。"大伙齐声说道:"谢谢大娘!"刘月道:"你们每一个人都是大娘的孩子,给你们做几件衣服是应该的,说出谢字就见外了。"

大伙抢着拉上车子,随着刘月去街上取衣服。他们去了几家缝衣铺,取回了衣服。刘月又给每人买了一双新鞋子。男士们的丝绸袍服和短衣一半是蓝色白边,一半是灰色白边。姑娘们的丝绸袍服一半是青色白边,一半是粉色白边。姑娘们的短衣是红、白各一套,留仙裙也是红、白各一套。爷爷、郑行、刘月和六个弟弟也都做了新衣服。

岁首早上,郑凯和华蕊等人起床烧竹子,制桃符。他们分别为仙山客栈、仙山食店和刘氏茶馆制作了桃符,挂在了大门两旁。华夏大地过年挂桃符始于周朝,到西汉时,已成民俗。桃符长六寸,宽三寸,桃木板上书写降鬼大神的名字。每年岁首,造桃符着百户,百鬼所畏。众人叫出爷爷和爹娘,让三位老人正位坐定,这帮孩子就跪倒在地,给三位老人磕头,祝他们岁首快乐安康。刘月代三位老人给每人发了十两黄金的贺岁钱。之后,大伙决定去逛华山庙会。

自黄帝、尧舜和夏禹巡游华山,周武王、周成王、桓王等巡狩华山之后,秦始皇最早封禅华山。汉武帝喜好神仙之术,集古代祭祀制度之大成,于元光初年(前134年),在华山脚下建起了祭祀华山神的第一座庙宇——集灵宫,并亲自主持祭祀和封禅活动。集灵宫供奉着华山神——西岳大帝。传说,西岳大帝衣着华山神眼白袍,戴太初九流之冠,佩开天通真之印,乘白龙,领仙官玉女四千一百人,能兴云雨,产万物,通精气,益于人。汉武帝曾频繁祭拜华山神,祈求西岳大帝保佑其生命长久和王朝长治久安。此后,这里就成了历代帝王祭祀华山神的要地。每年三月一日起,官方举办的大规模祭祀活动就开始了。相传,西岳大帝生日为三月十八。祭祀活动于该日达到高潮。祭祀活动也称为华山庙会,除了祭拜神灵,主要内容是开展商贸和娱乐活动。除了官方的庙会活动,在农闲时节,如岁初、岁终或秋收冬藏之后,尚有多种庙会活动,甚至也有临时性的祭拜活动。王莽新朝,集灵宫虽更名为华坛,但华山庙会亦然兴隆如常。

郑凯等人来到集灵宫时,华山庙会早已开始。人流如潮,涌入宫庙,朝山礼圣,烧香拜神,祈福迎祥。宫庙之中,香火冉冉,烟雾缭绕,飘入青天。宫庙之外,广场宽阔,人流鼎沸,叫卖声声。各类商品琳琅满目,各类吃食应有尽有。烧香祭拜者、摆摊卖货者、百戏表演者、游玩观光者汇成了欢乐的海洋。郑凯等人在集灵宫内烧香祈祷后,就随人流在街上观光。

第二天,郑凯等十八人骑马来到华阴城游玩。节日的华阴城,店铺林立,张灯结彩,一派节日气象。城内大街上一个有百面素鼓的表演队正在进行表演。鼓手们身着红色戏装,脸上画着脸谱,整齐划一地表演着。他们击鼓技法卓绝,时而击打鼓心,时而击打鼓边,时而鼓槌相击。他们的击鼓动

作刚柔相济,发出不同音响。鼓点时张时弛,节奏有序,热潮迭起,撼人心扉。震天动地的鼓声传递着节日的喜庆。郑凯等人跟在素鼓队后面观看。不知不觉已过中午。他们来到华阴食店就餐,食店内华阴美食应有尽有。他们点了一些华阴撅馍、羊肉汤、浆水鱼等美食饱餐了一顿。

天近傍晚,他们来到一家演出皮影戏的院子,坐定后,皮影戏就开始了。传说,皮影戏源于汉武帝时期。汉武帝在爱妃李夫人病逝后终日精神恍惚,不思朝政。大臣李少翁用棉帛剪裁成李夫人的形象,涂上颜色,在手脚处装上木杆,入夜时围成方帷,点上灯烛,请汉武帝观看。汉武帝看罢,龙颜大悦,相思之苦得以寄托,朝政也恢复如前。皮影戏由此蓬勃兴起,流行于民间。借着灯光,皮影戏演员在幕内操纵制作好的影像人物,并影射在幕布上,加上配音、伴唱、乐器、灯光布景和影像人物的形体动作,表现出生活中的万般情景。皮影戏中的影像人物一般选用上乘牛皮做原料,通过制皮、画稿、雕镂、彩绘、熨平、合成等工序,创造出一个个鲜活生动、形象逼真、色彩绚丽的艺术形象。一个皮影戏剧团一般需要五个人。除挑线、演唱和对白之外,还有二弦、板胡、月琴、碗、锣、鼓、钗、梆、唢呐等二十多件乐器配合。华阴皮影戏则由一人独挑,操作数十个乃至上百个皮影造型,游刃有余,堪称一绝。大伙看着皮影,甚感新颖。

岁首后第三天早上,郑凯召开了一个会议,讨论集资购置三千匹丝绸运往西域的建议。大伙一致同意。早饭后,郑凯带领大家前往郑县看望结拜兄弟余万。

郑县因古为郑国而得名。古书记载,周宣王姬静封庶出的王弟姬友为郑国公,是为郑桓公。最初封地在雍县,后迁至郑县。后来,周平王迁都洛阳,郑国亦迁都于新郑。郑凯等人走进郑县县城,迎面走来了一个有三四十人的高跷队。他们扮演成神话故事里的角色,身着戏曲人物的服饰,手拿五颜六色的扇子和手绢,在大街上踩跷表演。高跷的木跷足有三四尺高,他们边歌边舞,在大街上行走,引来街上行人观看。

郑凯等人看了一阵高跷表演,就来到了余府。门房询问了情况后赶忙去通报余万。不多时,余万就赶到门前来迎接。郑凯把余万介绍给众人,又把程涵等人一一介绍给余万。余万一面通知管家准备酒席,一面吩咐几个伙计把马匹牵到后面的马厩里喂养。

随后,余万带着大伙走进了余府大院。庭院很大,四周皆是房屋。房屋外面都带有连廊。正房坐北朝南,高大明亮。余万的父母在宽阔的正厅内起身迎候。郑凯和郑莎曾见过余万父母,他立即带领众人磕头行礼,问安贺岁,并送上了从西域带回来的葡萄干、杏干和胡桃。两位老人给了每人十两黄金贺礼。

大伙坐定后就和两位老人闲聊起来。郑凯说有事要与余万商量,二人走出正厅,来到左面的一间房子里谈话。郑凯把去漠北和西域的经过简单向余万做了汇报。余万道:"贤弟,你和郑莎妹妹这次去漠北和西域,实在是太过冒险。你们两个也真是命大福大,才安然无恙地活着回来。我觉得,你们还是留在内地和愚兄一起做点买卖得了,不要再去西域冒险。"

郑凯道:"兄长在内地做生意很好。但我和郑莎必须得去西域,原因是郑莎的生身父母还没有找到。我们两个一起在华山长大,我能不帮助她去找生身父母吗?"余万道:"贤弟说话在理,有什么需要哥哥帮忙的地方,一定要告诉我。我定会全力以赴!"郑凯道:"我确实有一件事情需要哥哥帮忙。"余万道:"请讲!"郑凯道:"我准备在您这里购买一批丝绸运往西域。"余万道:"你打算运多少?"郑凯道:"三千匹。"余万道:"我还有上万匹丝绸库存,给你三千匹没有问题。"郑凯道:"我给你三成利,你看行不行?"余万道:"我原价给你就是,不要利润。"郑凯道:"亲兄弟明算账,你一分钱不赚,我可不要!"余万沉思一阵,才无奈地说:"那好吧,就按贤弟说的办。"二人商定,过岁后郑凯来取货。正在这时候,一个伙计来请他们去吃饭。吃过午饭,郑凯等人与余万父母辞行。余万将郑凯等人送出郑县县城,才挥手告别。

回到仙山镇,郑凯向大伙报告了从余万处购买丝绸和价格的事宜,大伙也都无任何异议。

次日早饭后,郑凯等人前去长安,给冯动大师贺岁。他们策马狂奔,当日就抵达了长安城。向冯动大师贺岁后,他们又入住在茂通大客栈。大师叔关武早已安排了几个伙计为他们服务。此时的长安城,红灯笼挂满了大街小巷。九市和食街照样红火如常。

郑凯等人又在长安游玩了几日并去了卫府给外祖父卫玄贺岁。几天

后，郑凯等人带着一百多匹高头大马返回华山，返回华山的第二天就是上元节。大伙每人给自己扎了一个红灯笼。上元节的晚上，他们一早吃过晚饭，挑上自己的灯笼，到街上游看。仙山镇的人们，无论大人小孩，都汇集在街上，来回走动，整条街上灯火明亮，宛如一条灯笼的河流。

郑凯等人在华山镇一个闲置的一个大院里练习骑马射箭多日后，向爷爷、爹娘和六个小弟弟告辞。华蕊不顾父母反对，也加入了郑凯等人的队伍。这天，郑凯等十八人骑着高头大马，离开华山直奔郑县。在余府，他们把丝绸架上马背，辞别余万一家，前往长安。回到长安城，冯动大师已经准备好了五千匹丝绸。郑凯等十八人择日启程，带着驮有丝绸的骆驼和马匹，沿着年前回长安的道路向西北行进。他们经安定、祖厉、金城，向武威进发。

第十一章　楼兰姑娘

　　和尚岭犹如一条乌黑的长龙逶迤盘卧在雷公山和毛毛山之间。随着驼铃声声，一支商队向岭前移动。这支驼队正是郑凯等人的联合商队。就在这时，只见岭上有一队五六十人的骑兵队伍正追赶着一个二十多人的骑兵队伍向岭下冲来。郑凯立即让燕然、佩玲、碧玉和华蕊等人调转马头，带着驼队往来路上行走。他和程涵带领其余的兄弟姐妹在路边的一段树林里埋伏了起来。

　　郑凯等人刚刚隐藏好，岭上就奔下来二十多骑汉人的兵马。紧追而来的是五六十名羌族的兵马。那些羌人自以为人多势众，驰马狂追。突然，一排利箭从道旁的树林中射出。十几个羌人跌落马下，不等羌人还击，又有十多人中箭倒地。剩余的羌人兵马赶忙调转马头向来路逃走。但不等他们逃出，一排排利箭又射落多人，只有最后面的十多个人朝山岭方向拼命逃去。郑凯等人挥剑杀出，把射落马下试图反抗的羌人劫匪一一斩杀殆尽，处理好羌人劫匪的尸体，收拢起他们的马匹和弓箭，向金城方向追赶燕然等人。他们追出一段路程，发现燕然等人正和二十多名汉兵埋伏在道旁。燕然看到来者是郑凯他们，就和那些汉兵迎了出来。燕然对郑凯介绍道："这是金城太守库钧的公子库鑫。"转而又对库鑫介绍道："这是我们商队的头领郑凯。"库鑫拱手致礼道："谢谢郑兄出手相救。"郑凯也拱手还礼道："兄台客气了。"然后，燕然又把程涵等众位兄弟姐妹一一介绍给了库鑫。郑凯问道："仁兄这是从哪里来，要到哪里去？为什么羌人在和尚岭袭击你们？"库鑫道："我和敦煌都尉辛彤的女儿辛灵早有婚约，家父命我带了二十多名护卫前去敦煌迎接辛灵姑娘来金城成婚。不想，在和尚岭遇到了羌人劫匪。"郑凯道：

"羌人不是在鲜水海吗？他们怎么流窜到了和尚岭？"库鑫道："这得拜咱们当今皇帝所赐。"郑凯道："怎么讲，不妨说来听听。"库鑫道："好吧，我就把我所知道的事情告诉大家。"

原来库鑫等人遭羌人袭击，事出有因。元始四年（4年），大司马王莽派中郎将平宪等人前往鲜水海，用金钱财物引诱卑禾羌首领良愿献出属地。良愿等人慑于西汉朝廷的武力，且又贪图钱财，就答应将其部落的一万多人迁出鲜水海、大允谷和盐池等地，将环湖地域献给汉朝。他率领部落移居到西北部的高山峻岭中游牧。王莽以此来向太后王政君显示四海一统的升平假象。元始四年（4年）冬天，西汉政府设置西海郡，郡治龙夷。羌人自知上当，不断进行骚扰、攻击。西海郡设置两年后，西羌豪酋庞恬、傅幡等人兴兵攻打西海郡。西海郡太守程永弃城而逃，羌人夺回了西海郡辖地。次年，王莽遣护羌校尉窦况率军攻击西羌，又夺回西海郡。但羌人不甘失败，从此袭扰不断。卑禾羌部四处游牧，也不断袭扰、抢劫丝绸商道上的商队和行人。

库鑫说："这次羌人在和尚岭袭扰我们就源于此。多亏我们一上岭就发现了他们，立即逃下岭来，我们携带的彩礼才没有被抢走。这叫三十六计，逃为上计吧。"大伙被库鑫幽默的讲述逗得哈哈大笑。郑凯心想："原来羌人没有抢到钱财，所以才拼命追下岭来。"郑凯道："仁兄，你打算是回金城还是去敦煌？"库鑫道："有兄台的护卫，我当然是去敦煌了。再说，我也不能让辛灵妹妹天天盼我而不能相见吧。所以，我一定得去敦煌。"郑凯道："我就知道仁兄是一个有情有义的人，哪能食言于自己心爱的女人呢，对吧？"库鑫道："兄台说的是，我一定得把我心爱的女人接到身边来，天天守着她才是。"大伙鼓掌欢呼起来，以此赞赏库鑫的真挚表达。

郑凯和库鑫两队人马加起来，一下子显得人多势众了。大伙调转马头，向和尚岭方向前进。为了防止羌人再度袭击，郑凯和郑莎前行五百米，进行敌情侦查。其余人都提弓携箭，随时准备射杀敢于袭击者。他们警惕地登上了和尚岭。

和尚岭是河西走廊通往长安的重要关隘，也是丝绸之路的必经之地。和尚岭东西长约四十里，南北宽约二十里，西端经雷公山、代乾山、冷龙岭与祁连山主脉相连，东端经毛毛山、老虎山向东南绵延，逐渐没入黄土高原。

郑凯等人登上和尚岭，南望可见祁连山的雪山冰峰，北眺可见无垠的戈壁大漠，东面是陇中大地，西面是河西走廊。当年，霍去病就是从这里跨过和尚岭关隘，西击匈奴的。和尚岭虽然比两边的高山较低，但却是常年飞雪，寒气砭骨，不易久留。于是，大伙赶忙越过山岭，前往武威盆地。

金城太守库钧与河西四郡的太守和都尉们常有交往，私交甚好。身为金城太守的公子，库鑫和太守、都尉们的子女也都私交深厚。一路上，库鑫受到了武威太守马期的公子马德、张掖都尉史苞的公子史进、酒泉太守梁统的公子梁辉的热情款待。库鑫也把郑凯等人介绍给了这些公子。在敦煌，库鑫更是受到了敦煌都尉辛彤全家的热情款待。库鑫还把大舅哥辛力和未婚妻辛灵介绍给了郑凯等人。了解到郑凯等人要去西域经商，辛力和辛灵都很钦佩。辛力和辛灵带着库鑫及郑凯等人在敦煌游玩了两天后，郑凯等人向库鑫和辛力兄妹辞行，沿着敦煌去楼兰的道路向西挺进。

经过多日奔波，郑凯等人再次抵达了楼兰城，他们仍然租住于楼兰城东的护栏马场。第二天，郑凯让刘壮等兄弟留守护栏马场，其余人陪同程涵去了楼兰城。程涵将一千匹丝绸交给了经营楼兰丝绸货栈的魏干师兄。卸完货物后，郑凯邀请魏干与大伙一道去吃饭。席间，郑凯又向魏干询问了楼兰城和周边的道路情况。送走魏干，郑凯等人就在楼兰城里游玩了一番。

又一日，众人启程前往鄯善国都城扜泥城。楼兰国是一个典型的城郭之国。国内修有多处城池。他们行出约八十里路，前方就出现了一座城池，名叫伊循城。据说这是西汉最早在西域屯垦的地方。伊循城位于米兰河畔，屯田士卒在这里驻屯，修渠筑坝，引水灌溉，不断获得丰收。有记载称，大田三年，积粟百万。郑凯等人经过伊循城，继续向扜泥城行进，又行出了约八十里，就抵达了扜泥城。

郑凯等人穿过城池，在西城外租借了一处护栏马场安顿下来。早就听说扜泥城有一处火爆的女市，专营楼兰美女。众人觉得好奇，决定前去观看。他们来到女市，发现女市是一个大院落，里面有十多个木制高台。也许是冬天寒冷的缘故，只有三个高台上站着三位十六岁左右的姑娘。她们薄衣素裹，面掩纱巾，在寒风中瑟瑟发抖。一个五十多岁、长相狰狞的卖主高声叫道："三百两黄金可领走一位美女！有哪位好心人施恩？"

那人喊了数遍，人群中并无人应价。只听有人低声说道："三百两黄金，也太贵了吧。"郑凯看着三个可怜的姑娘，实在忍耐不住了。他大声喊道："我能不能用五十匹丝绸买下三位姑娘？"那卖主惊奇地应道："什么，五十匹丝绸买下三个姑娘？那也太少了点吧。你若真的想买，就再加五十匹！"郑凯道："好，就一百匹，那可值几千两黄金的。"那卖主道："我也就多占了你一点便宜。这样吧，我们一手交货，一手领人。"郑凯道："好，我这就派人去取丝绸。"

郑凯派程涵、燕然和郑莎出城前去护栏马场取丝绸，他和其余的人留在女市等待。不久，程涵等人取来了一百匹丝绸。郑凯把丝绸交给卖主，将三位姑娘接出了女市。郑凯等人帮助三位姑娘买了一些暖和的棉帛内衣和羊毛皮衣穿上，又给她们买了皮靴及楼兰特有的尖顶帽子和红围巾。三个姑娘这一打扮，真是光彩照人，格外靓丽。她们深眼窝，大眼睛，细高个，与郑莎颇有相似之处。燕然和郑莎等诸位姑娘也很喜爱皮靴、尖顶帽子和红围巾。于是，每个姑娘都买了一套穿戴在身上。郑凯又带着大伙去食店买了许多烤肉、烤馕和干鲜水果，才返回城外的护栏马场。

刘壮等人在护栏马场的住房内早已生好了炭火，烧好了开水。郑凯招呼大伙和三个新来的姑娘在火上烤着烤肉和馕饼，喝着开水，边吃边聊起来。郑莎询问着三个姑娘的姓名、家里的情况和被卖的原因。

三个姑娘各自诉说了身世。身材稍瘦的姑娘名叫海兰。她和父母在扜泥城经营着一个玉石小店，虽然赚钱不多，但生计还算凑合。可是，天有不测风云，人有旦夕祸福。海兰的母亲患上了肺病。一年冬天，母亲咯血不止。爹爹海台到处求医，最终也没能救得了母亲的性命。玉石小店挣的那点钱，也早已花得一干二净。为了继续小店的生意，海兰的爹爹海台向扜泥城一个有钱的财主狐茅老爷借了些钱。他埋葬了妻子之后，就带着女儿又一次去于阗国进玉器。到了于阗国后，他们听说于阗国富商包敖早年是从一大块山料中找到了一块上好的玉石，才开始发大财的。海台也想买一个大块山料，从里面找到一块大玉石来。海兰认为这事太冒险，不同意爹爹买大块山料。海台表面答应了女儿，可心里一直在做着发财的美梦。

一天，海台趁海兰在客栈里睡觉，就悄悄来到了玉石市场。他见有人从包敖处买了一大块山料,当场劈开后里面果真藏着一块大玉石,一下子动了心,立即掏出所有的金钱,买下了一大块山料。但劈开后,里面什么玉石也没有,一下子瘫坐在了地上。海兰醒来后,担心爹爹会干冒险事,也赶到了玉石市场。见爹爹已经把借来的全部本钱赔了进去,只得安慰爹爹。父女二人离开于阗国,回到了扞泥城。海台又去找狐茅老爷借钱,狐茅不仅不再借给海台钱,还把海台扣在了府邸。海兰得知后,赶到狐茅府邸求情,狐茅又把海兰扣了起来。狐茅要海台卖女还债,并强行让海台在还债协议书上按下了手印。海兰从此被狐茅老爷扣在了府中。海台回到家中,深感愧对女儿,拿起一把短刀抹脖自尽了。

坐在海兰旁边那个下巴稍圆一点的姑娘名叫井薇。她父亲井草是狐茅老爷家的羊倌。一年前,井草放羊时不慎跌入悬崖,摔断了双腿。狐茅老爷装着可怜他的样子,借给了井草一些钱医治腿伤。可井草双腿留下了残疾,不能奔跑,也没法再为狐茅老爷牧羊。狐茅老爷不仅解雇了井草,还逼迫井草还债。井草无力偿还,狐茅老爷就要求他卖女还债。井草被逼无奈,只好签字画押。井薇的母亲一气之下出走了。井草觉得愧对她们母女,也跳崖自尽了。

下巴稍尖一点的姑娘名叫花芽。她父亲早亡,母亲铃女在狐茅府邸做佣人。一日,狐茅老爷听说铃女有一个漂亮的姑娘,就让管家偷偷地在铃女的手包里放进了十两金币,出门时被门房查出。狐茅老爷将铃女吊起来毒打,要她认罪,并强行让铃女在他们早已炮制好的认罪书上按了手印。还派人把花芽押到他府邸,说她母亲铃女已经同意卖女儿偿还偷去的十两金币。铃女不堪经受耻辱,撞墙自尽了,花芽也落入了狐茅的魔掌。狐茅是扞泥城最大的恶棍,他不仅四处放高利贷,抢劫商队,还经常抢掠当地的姑娘到女市中变卖。

听完姑娘们的诉说,大伙都恨不能把狐茅立即抓来千刀万剐。郑凯劝慰大家说:"海兰、井薇和花芽都是有血海深仇的姑娘。假如有机会,我们一定替三位姑娘报仇。同时,我也希望大家要好好照顾三位新来的小妹妹。"三位姑娘自从被郑凯等人带回护栏马场后,见大家对她们嘘寒问暖,像对待亲人一样,很快也就从疑惑和恐惧中走了出来。

第二天早饭后,郑凯等人整理好行装,离开护栏马场,向精绝国方向行进。扜泥城距精绝国约七百里。走过较为平坦的婼羌河流域,郑凯等人就进入了连绵不断的大漠和沙山中。他们沿着通往精绝国的道路,在沙山中绕行。每到一个沙山,郑凯都要和程涵登上沙山,向前瞭望道路。

程涵、刘壮曾多次走过这条道路。他们告诉郑凯,在几个不太高的沙山前面,还有两座很高的大沙山。道路就穿行在那两个人沙山之间,犹如盘旋在峡谷之中。在临近那两个大沙山时,郑凯让大伙停了下来休息。

郑凯和程涵登上了前面的一个沙山,向大沙山瞭望。郑凯细心观察后发现大沙山上好像也有人向他们这里瞭望。郑凯对程涵说道:"好像有人在大沙山一带活动。"程涵道:"该不是有劫匪吧,你说我们现在怎么办?"郑凯道:"将计就计。"二人盘算了一番走下了沙山,将情况通报给大伙后,安排华蕊和花芽带着驼队和马队,向来路方向慢慢行走,其余人埋伏在小沙山后面观察动静。

果然不出郑凯和程涵所料,有一队人马正向这里奔来。原来,郑凯那日用丝绸买下海兰、井薇和花芽三位姑娘后,财主狐茅就如同恶狼一样,立刻嗅到了丝绸这块肥肉的香味。他派人打探了郑凯商队的情况后,就带着他的近六十个家丁,准备在大沙山处伏击郑凯商队。不想,他们左等右等就是不见郑凯商队前来。他们爬上大沙山观望,发现郑凯的商队又向来路走去。眼见到口的肥肉就要飞掉,狐茅再也忍耐不住了。于是,他命令家丁离开大沙山,向郑凯的驼队追来。

郑凯等人已经隐隐约约听到马蹄声从大沙山方向传来。声音越来越大,等这帮匪徒进入伏击圈后,郑凯大喊一声:"放箭!"一排利箭一齐射出。奔来的人马立即有十多人被射落马下。随着郑凯的喊声,利箭一排又一排射出。

劫匪只盯着前面的驼队和马队,不想被打了个措手不及。他们还没有来得及取出弓箭还击,就被一排又一排利箭射翻。有十来个匪徒见情况不妙,拨转马头,向大沙山方向逃跑。这时花芽骑马奔来,手上还拉着三匹备用的马。郑凯、程涵、郑莎跳上马背与花芽一道追赶起来。逃敌不时回头放箭,都被郑凯和郑莎击落。四人急速猛追,距离越来越近了。郑凯扬手飞出一把石子。后面一个劫匪被击落马下。郑莎也不时飞出石子攻击。在郑凯等人的猛烈追击下,匪徒们都摔到了马下。就在这时,海兰、井薇也追来了。海兰、井薇和花芽跳下马来,不由分说,抽出长剑,把这些匪徒都送去见了阎王。三位姑娘亲手斩杀了狐茅和他的管家,报了家仇,心中非常解恨。郑凯等人赶忙打扫战场,他们处理好狐茅等劫匪的尸体,收拢起他们的马匹、弓箭和刀剑,继续前行。华蕊和三个楼兰姑娘都佩上了长剑、弓箭,海兰还从狐茅身上找到了一把匕首带在身边。

大伙汇合一起,继续前行。来到大沙山前,郑凯和程涵登上大沙山探查。二人登高远望,大漠无边,唯余莽莽,好在冬天有冰雪覆盖,沙尘安定,空气清新。程涵道:"过了大沙山,前面的道路比较平坦,我们就平安多了。"郑凯道:"山水藏风险,平地亦有坎,小心无大错,方驶万年船。我们一定要处处当心才是。"二人下了大沙山,带着大伙继续向前跋涉。他们经过沮末国、精绝国、扞弥国,来到了于阗国国都西城。

西城建于公元前二世纪。传说,在摩揭陀国孔雀王朝第三代国王无忧王时期,上座耶舍对无忧王说:"太子眼目无常,将会失明。"那时,无忧王正让太子治理呾叉始罗国。王妃征沙落起多便使奸计,假传诏书说,无忧王要太子献出双目。太子因此被夺去了双眼。但太子心中明白,这一定是王妃所为。他就与妻子一起离开了呾叉始罗国。一路上,太子鼓琴乞食,终至王城。

夜晚,太子夜宿于无忧王马厩。夜半时分,太子鼓琴且歌,惊动了无忧王。无忧王闻得琴声,召见了太子等人,方知王妃的罪行。无忧王大怒,杀死了王妃及其同党,并将陷害太子的呾叉始罗国族人全部驱逐到了雪山以北。呾叉始罗人在迁徙途中推举首豪为王,他们来到喀拉喀什河,建立了王国,号称西国。

这时,东方有一位太子也因获罪被流放到了玉龙喀什河,立国为东国。玉龙喀什河因盛产白玉,又称为白玉河。两条河流汇合一处,称为于阗河。玉龙喀什河与喀拉喀什河相距很近,东国和西国也因田猎之争经常发生战争。东国人善战,最终战胜了西国,建立了于阗国。于阗国国君在喀拉喀什河与白玉河之间建起了国都,为争取西国民众,国都称为西城。

西城是一个城中之城。城内有五座大城，还有上百座小城。西城为王城，是于阗王的王宫重地。中城是大臣、官吏和贵族们居住的地方。北城则为粮市、牲畜市场和女市。东城是外地商人和民众的住所。南城是丝绸和玉石交易之地。《史记·大宛列传》中记载，汉使穷河源，河源出于阗，其山多玉石。

于阗国户有三千余，人口一万九千余，胜兵约三千。国王之下设有辅国侯、左右将、左右骑君、城长、译长等官员。于阗国盛产玉石。玉石贸易是一项重要的收入。南城又称为玉石城，城内设有众多玉石交易的房舍和摊位，丝绸贸易也设在玉石城内。玉石城有数十位官吏管理，城门口有两百名士兵把守。城内则有上百名士兵巡逻。经销玉石生意的商家必须租赁店铺方可经营，且白天交易，夜间闭城。闭城后，当地商人和外地商人都必须撤离南城，外地商队和小商小贩都去东城的客栈投宿。

于阗都城内还有上百座小城，是于阗国富商巨贾的住所。玉石城关闭后，于阗国的富商巨贾就带着他们的佣人和家丁各回各自的小城居住。郑凯等人来到于阗国都后，先到东城，入住在阗玉大客栈。程涵、刘壮偕同郑凯、燕然和郑莎前往石头城观看，并将一千匹丝绸送达茂通商队设在玉石城的丝绸货栈。他们见到了程涵的七师哥管代。程涵将郑凯、燕然和郑莎与七师哥管代相互做了介绍，并把师父的嘱托转告给管代。郑凯让管代收藏好丝绸后，就邀请他一起回到东城。他们来到一家名叫玉盛园的食店吃饭，郑凯等人点了烤全羊、馕坑烤肉、玫瑰酱馕等于阗美食，坐在桌旁边吃边聊起来。

饭后，郑凯又买了些于阗大枣、胡桃、石榴带回客栈食用。郑凯提议在于阗国停留两日观光，众人欢呼支持。为了既能休息又能观光，郑凯将联合商队的人员分成两批。第一批人员是郑凯、郑莎、程涵、燕然、刘壮、阿索、寰桢、绮丽、张明、佩玲十人。他们去玉石城逛了一天。第二批人员是韦光、乔千、马腾、韩笑、蒋威、章江、华蕊、碧玉、海兰、井薇、花芽十一个人一起去石头城观光。郑凯和程涵这样安排，也是为了让这些尚未婚嫁的兄弟姐妹们能有更多的时间接触。

第二天，郑凯等十人来到了玉石城，他们一下子被城内无数摊位上的奇石宝玉吸引住了。玉石原料多种多样,有山料、山流水、子料和戈壁料等。玉石原料的形状千姿百态,千变万化。玉石的颜色也是多种多样,主要有白玉、青白玉、青玉、碧玉、墨玉和糖玉等。用玉石雕刻出来的各种饰品、挂件、器皿、印章等更是五花八门,但主要类型有礼仪用玉器、丧葬用玉器、装饰用玉器、实用性玉器等。从各地来于阗的玉石商人们都睁大双眼,在玉石城里四处游走,寻找自己心仪的玉石材料和器件,并不断与卖家讨价还价。整个玉石城真是熙熙攘攘,热闹非凡。阿索问郑凯道:"你说,是什么时候人们喜爱上了玉石? 为什么人们会喜爱玉石呢?"郑凯道:"这恐怕得从有人类以来就开始了吧。人们喜爱玉石的原因主要是因为玉石坚硬而纯洁。有古书记载,古人在祭祀、朝会、交聘等礼仪场合时都使用玉器。后来,古人用六种玉器礼拜天地四方。他们以玉璧礼天,以玉琮礼地,以玉圭礼东方,以玉琥礼西方,以玉璋礼南方,以玉璜礼北方,以此向天地四方宣告他们如玉石一样纯洁和坚强。春秋战国时期,玉石被赋予了更多的精神和文化内涵,承载起了人们对品格和美德的追求。《诗经》中说:'言念君子,温其如玉。'《礼记·聘义》中也记述说:'君子比德于玉焉。'《礼记·玉藻》中说:'古之君子必佩玉。'此后,佩戴玉器就成了一种习俗。玉石纯洁无瑕,坚贞永恒,经得起岁月的考验,这也是人们最为看重的品格和德行。除此之外,玉石还可以使佩戴者明目聪脑,润肺除热,解烦滋阴,蓄精养气。玉石的这些品格和用途也为历代帝王所追捧。天子用玉石做成玉玺,以示帝王的清正廉明和公正无私。这些大概就是人们喜爱玉石的原因吧。"

又一日,韦光、乔千、马腾、韩笑、蒋威、章江、华蕊、碧玉、海兰、井薇、花芽十一个年轻人前去逛玉石城。日落时分,韦光、乔千、马腾、韩笑、蒋威、章江、华蕊、碧玉八人回到了阗玉大客栈,海兰、井薇、花芽三人却走丢了。郑凯让程涵带着大伙留在阗玉大客栈,他和郑莎去南城寻找。

二人刚出东城,就见井薇和花芽气喘吁吁地向东城跑来。二人来到郑凯和郑莎面前,井薇大声喊道:"郑凯哥哥,郑莎姐姐,不好了,海兰被一个名叫包敖的人抓走了。"郑凯道:"不要急,慢慢讲。"井薇道:"今天,我们十一个人去逛玉石城。海兰一进入城内,就离开了大伙。我担心海兰一人走散容易出事,就拉上花芽偷偷地跟在海兰身后。海兰去了玉石城一处经营大块山料的摊位,那个摊位可能就是她父亲海台受骗的摊位。海兰看了许久,又到另外几处经营大块山料的摊位上去查看。后来,她打听到这些摊位都是一个叫包敖的人经营的。海兰也许知道了什么,就悄悄地跟踪着一个最早收摊的伙计,找到了包敖居住的小城。她埋伏在通往小城的路旁,等待包敖出现。南城闭门后,包敖带着家丁和伙计们回住处,海兰装作问路的样子,接近了包敖。她突然抽出匕首向包敖刺去。包敖倒也灵活,一闪身就躲了过去。包敖身旁的一个家丁一掌把海兰的匕首打落,又一个家丁挥拳将海兰击倒,他们把海兰抓起来押走了。我和花芽跟踪到包敖住的小城,就赶忙回来向你们报信,请哥哥和姐姐们赶快想办法救救海兰。"郑凯道:"两位妹妹放心,我们一定救出海兰。走,带我们去包敖居住的小城看看。"

四个人来到包敖居住的小城,天已完全黑下来了。他们绕到了小城后面。郑凯道:"井薇,花芽,你们两人在这里等着我们,我和郑莎去小城里探探路。"井薇和花芽齐声说道:"好,我们就在这里等你们,你们可一定要当心呀!"

郑凯和郑莎跳上围墙,就消失在了小城里。小城是一个坐北朝南的高墙大院,前后左右有四个小院。左前小院是家丁们的住处,左后小院是包敖的住处。右前小院是马厩和存放玉石的地方,右后小院是佣人的住所和烧饭的地方。四个院子都有大门相通,但平时大门都上着锁,不允许家丁、马夫、佣人在几个院落之间走动。郑凯和郑莎跳入的院子是包敖的住所。宽大的正房内挂着几个大灯笼,有四个姑娘侍候着一个五十来岁的卷发壮汉和一个半老徐娘,一看就知道那是包敖和他的夫人。其他房内并无人影。

郑凯和郑莎借着夜色又悄悄跳入了左前院,他们透过一间大屋内的门缝,看到里面坐着五十多个家丁。他们正在听一位四十多岁的男人讲话。那男人说:"今天傍晚,想刺杀咱们老爷的那个姑娘你们要好生看管。老爷说了,对她也要像对待安息国那三个商人一样。等把那姑娘养上几天,再换件好衣服,就可以送到北城女市上卖掉了,也许还能卖个好价钱呢。你们就把她和安息商人关押在一处好了。脊山,你要安排好值班的,把门锁好,千万不能让他们跑掉。另外,老爷说了,今天奋力保护老爷的沙砾和琉石要给予重奖,奖给他们每人二十两黄金。今后,凡奋力救护老爷的,都要重奖。"

郑凯和郑莎躲在暗处,等管家和家丁们都去睡觉了,才看到两个家丁把海兰从一个房间带到了另外一个房间。家丁开门后,把海兰推进了那间房子。郑莎低声问道:"我们现在动手救人吗?"郑凯道:"不急。我想除了救海兰外,咱们也得把那三个安息商人救走。现在,西城四门已经关闭,如果我们现在把人救出,今晚也无法离开西城。如果明天早上包敖发现四人失踪了,就会去报告于阗王,谎称他的三个安息朋友和一位女佣人被人绑架了。于阗王就会派人马四处搜查和追捕,假如于阗王的人马在我们商队中找到了海兰和三个安息商人,会说我们绑架了包敖的人。这样,非但救不了他们,我们也会被于阗王治罪的。所以,我们得另想办法。走,我们先回客栈去。"

第二天一大早,郑凯安排郑莎带着韦光、乔千、马腾埋伏在包敖家的小城外盯着,防止包敖将海兰等人转移到别的地方。郑凯要刘壮带着阿索、绮丽、张明、佩玲等人留守阗玉大客栈。郑凯和程涵带着井薇、花芽、燕然、寰桢等人驰马奔向了西城。来到城门口,郑凯告诉守城的士兵,他是西域都护李崇的信使,有重要事情面见于阗王。经层层报告后,城内走出一个将军,自称是于阗国的左将军祁轮。他命令士兵收缴了郑凯的刀剑,带着郑凯一人走进了王城。

于阗王尉迟听说西域都护有信使来访,高兴地接见了郑凯。于阗王问了郑凯的名字后,看了李崇的信函。他高兴地对郑凯道:"谢谢郑信使!请你转告李都护,于阗国一定按照都护大人的要求,坚定不移地与新朝及西域都护府站在一起,维护丝路南道的畅通。由于焉耆等国反叛,造成了丝路北道受阻。我们殷切地欢迎西域都护府前来于阗国驻屯设城,管理丝路南道各国,也欢迎内地商队前来于阗国经商。"于阗王说话极为真诚,郑凯也感觉到他说的的确是真心话。

于阗王心里非常清楚,正是丝路商道的畅通,才使得于阗国越来越富裕。西域都护府成立之前,于阗国守着奇石玉山而没有多少收益,国家仅靠放牧和少量种植为生。匈奴人还不断索要大量税赋,致使于阗国越加贫穷。近六十年来,在西域都护府的管理下,于阗国的玉石畅销内地,换回来大量财富。于阗王是真心维护丝路商道的,对内地商队也是全力保护的。

郑凯道："谢谢于阗王对西域都护府的支持和对内地商队的欢迎。我回去见到都护大人后，一定一字不漏地把您的话转告给都护大人。另外，我还有一件小事想麻烦于阗王。"于阗王道："凡是我能办到的，我一定帮忙，请郑信使讲来。"郑凯道："我这次来贵国，是带着一个商队来的。我商队的一个姑娘和三个安息商人朋友在贵国失踪了。经过追踪，我们发现是贵国商人包敖绑架了他们。"于阗王道："郑信使可知道包敖绑架的这四个人现在何处？"郑凯道："这四个人就在包敖居住的小城内。"

　　于阗王道："包敖竟敢如此大胆，非法绑架商队人员和外国商贾，我岂能姑息。"于是，于阗王大声命令道："左将军，你带上四百名骑兵，立即去解救被包敖绑架的人质，把包敖也给我押来！"左将军祁轮拱手应道："诺！"就要出殿执行于阗王的命令。郑凯道："于阗王，我可否随左将军一道去解救他们？"于阗王道："好！那就麻烦郑信使和左将军辛苦一趟吧。"

　　左将军祁轮回到军营点了四百人马，和郑凯、程涵等人一起来到了包敖居住的小城。祁轮命令三百人马包围小城，另外一百名士兵随同他和郑凯到包敖居住的小城内搜查被绑架的人质。在郑凯的指引下，他们很快就找到了海兰和被绑架的三个安息商人。祁轮带人冲进后院捉拿包敖，只有包敖的夫人和几个女仆在后院内。经询问，包敖的夫人说包敖一大早就带着一些家丁和伙计去玉石城卖玉石去了。祁轮带着一百人马又赶到玉石城，把包敖抓了起来。

　　左将军祁轮带着人马和郑凯等人一起，押着包敖和被解救的安息商人及海兰回到了王城。于阗王亲自审理了这起绑架案。于阗王问包敖道："你为什么要绑架他们？"包敖道："我绑架他们是有原因的。"于阗王问："什么原因？"包敖道："那个海兰姑娘是因为她在路上想刺杀我。而那三个安息商人是因为他们欠我的钱。"于阗王问海兰："姑娘，是你在路上想刺杀他吗？"海兰道："我是想刺杀他，可我为什么要刺杀他，您知道吗？"于阗王问："为什么？"海兰道："那是因为他害死了我爹爹。"

　　于是，海兰就把他爹爹买包敖的大块山料上当，卖女抵债而惭愧自尽的事陈述了一遍。包敖道："赌石是一种买卖，愿赌服输，天经地义。她爹爹赌输了卖女抵债，而后又自尽，与我何干？"海兰道："我问你，你是卖玉石山料的商人还是开赌场的老板？如果你是开赌场的老板,你可以遵循愿赌服输的规则。但如果你是做买卖的商人,你就必须遵循诚信待客、货真价实、童叟无欺的原则,而不能用欺诈的手段骗钱。包敖老爷,你卖的是玉石山料,还是山石假料？你欺骗我爹爹买下了你的山石假料,害死了我爹爹,难道你不该偿命吗?"

于阗王问:"他是如何欺骗的,说来听听。"海兰道:"我已经弄清楚了他的鬼把戏。他在玉石城有六个大块山料摊位,每天他在每个摊位上只放上两块玉石山料,其余八块都是山石假料。他让买家自己选购,不许退货。他摊位上仅有的两块玉石山料,一块由包敖的'石托'买到,用以欺骗其他客商购买。其他的山料大都是玉石假料,客商就这样被包敖骗走了钱财。这些年,他不知道骗了多少客商,害死了多少人。现在,他还在这里说什么愿赌服输的鬼话,良心难道让狗吃了吗?"海兰越说越激愤,气得喘不过气来。

郑莎一把扶住她,示意她不要生气。至于三个安息商人,他们来于阗是想购买丝绸带往安息的。那天,他们来到于阗国时看天色还早,三人早知道于阗玉石的美名,于是就去了玉石城一游。在包敖的玉石摊位,见玉石山料中藏着大块玉石,也赌了一把。但打开玉石山料,里面什么也没有。他们打听旁人,才知道上当了。于是,他们也追踪了包敖石料摊位的下人,找到了包敖,向他索要被骗的钱财,却被包敖给抓了起来。

听完几个人的叙述,于阗王问道:"辅国侯,你觉得这愿赌服输和买卖诚信孰是孰非呀?"辅国侯道:"大王,如果我们的玉石市场是赌场,的确可以遵循愿赌服输的规则。但如果我们的玉石市场是做买卖的市场,那就必须遵循买卖诚信的原则。否则,今后哪个商人还敢来于阗国买玉石呢?"

于阗王道:"说得好！左将军听令,第一,立即释放海兰姑娘和三位安息商人。第二,立即查封和没收玉石城内所有卖山石假料的摊位和货物,当然也包括包敖。第三,包敖必须马上偿还从海兰爹爹和三个安息商人处骗取的钱财。第四,包敖私自关押他人是严重违法,必须受到惩处。鉴于包敖没有伤害海兰姑娘和三位安息商人的性命,这次就罚他十块上好的羊脂玉吧。"众人都拱手感谢于阗王的判决。

郑凯等人和三位安息商人随左将军祁轮又一次来到包敖的小城。包敖

只得把骗取的金钱还给了海兰和三位安息商人。众人与左将军祁轮辞别，回到了东城阗玉大客栈。郑凯把众位兄弟姐妹介绍给了三位安息商人，三位安息商人也分别做了自我介绍。

个头稍高的那位男子名叫摩尼。个头中等，皮肤褐色，敦厚壮实的男子叫达卡。个子较为瘦弱但显得比较灵活的男子叫加西亚。三个安息商人都非常感谢郑凯等人的救命之恩，与郑凯等人就此成了好朋友。三人还想从郑凯处购买一些丝绸，郑凯高兴地答应按照西域价卖给他们三百匹丝绸。三人还邀请郑凯等人前去安息国做丝绸生意。郑凯和大伙商量后，决定随安息商人前往安息都城经商。

第二天，郑凯等人离开于阗城，跨过喀河，沿着平坦的大道向莎车国方向行进。行出数十里后，他们在一条小土沟旁停下来休息。突然，程涵叫道："你们看，哪是什么?"大伙细看，发现来路上有许多小黑点在向他们这里移动，逐渐看出是一队人马朝他们奔来。郑凯见数十里地都是平坦的干沙地，立即叫大伙卸下装丝绸的箱子，摆放在小土沟的边沿上作为挡身的"掩体"。大伙张弓搭箭，等待射杀追来的敌兵。

原来，这些追兵是包敖带领的五十多个家丁。包敖因海兰事件，受到了于阗王的惩罚。他失去了玉石城的六个摊位，还偿还了海兰爹爹和三个安息商人的钱财，尤其使他心痛的是，他被于阗王罚了十块上好的羊脂玉。一块上好的羊脂玉可是价值上千金。他觉得损失太过惨重，实在咽不下这口气。于是，他当晚就派出家丁四处探询。当他了解到郑凯等人是商队后，心里乐开了花。他没想到郑凯的商队竟带着数千丈丝绸，因此，他决定铤而走险，带领管家和全部家丁追击郑凯等人，企图夺下丝绸，杀死商队人员，以出他心中的这口恶气。包敖的家丁平时忙于打理各处生意，已经很少有时间练习箭射。他们倚仗人多，气势汹汹地追杀过来。郑凯等人躲在"掩体"后面，等待这帮追兵的靠近。

追兵们无遮无拦地暴露在平坦的干沙地上。他们进入到有效射击距离时，郑凯等人依托装丝绸的箱子掩护，向追兵猛烈射击。一排利箭射出，冲在前面的一些家丁顿时中箭落马。随后，又一排利箭射出，又有一些家丁中箭落马。几个回合下来，没有中箭的家丁已经所剩不多。包敖和管家见状，拨转马头，就向来路逃去。郑凯和郑莎立即翻身上马，向包敖和他的管家追去。快追到他们时，郑凯和郑莎张弓搭箭，不停射击，把逃跑的家丁、包敖和他的管家都射落到了马下。海兰、井薇和花芽三个姑娘追到，跳下马来，抽出利剑，在包敖和他的管家身上连刺数剑，结束了二人的性命。众人收拢起包敖等人的马匹和弓箭，处理好他们的尸体，继续向前行进。

郑凯等人经过皮山国，来到了莎车国国都莎车城。莎车城建在叶尔羌河北岸的台地上。城内是莎车王和王公大臣以及贵族们居住的地方，由上千名士兵把守。城外有护城壕。城周围尚有大片街区和民宅。程涵引领大伙来到了城西面一条街区上，找到了五师哥宋坡在莎车城经营的丝绸货栈。程涵把师父的话向他做了转达。宋坡非常精明能干，他按照郑凯和程涵的要求，招呼众人把丝绸都卸下，安放在了库房内。

之后，宋坡在街区内一处名曰青玉阁的客栈为大伙安排了住处。郑凯等人把马匹、骆驼交到客栈的马厩处，就和宋坡一道去街上寻找食店吃饭。他们来到不远处的莎味斋食店，走了进去。郑凯和宋坡一起为大伙点了许多莎车美食，如烤羊肉、烤鱼、牛头肉、烤馕等。大伙吃得既痛快又高兴。饭后，郑凯又买了一些干鲜水果分给大家，再把宋坡送回丝绸货栈后，才回到客栈休息。

第二天早饭后，郑凯提议大伙去参观祈福台。华蕊问道："这祈福台是什么地方呀？"郑凯道："说起祈福台，那可是一个有趣的故事呢。"于是，郑凯就给大伙讲起了祈福台的故事。

汉宣帝时，解忧公主的次子万年正是风华正茂的年纪。他在长安学习时，结识了年迈的莎车国国王。老国王见万年仪表堂堂，知书达理，非常喜爱。由于老国王没有后代，他出于对国家前途的考虑，想依附汉朝并与西域大国乌孙结交，就请万年到莎车继承他的王位。为此，老莎车王回到莎车后，派使臣去乌孙国征得解忧公主和翁归靡同意。尔后，他又上书汉朝天子，决定在他死后由万年接任莎车的国王之位。万年上任后就显示出了不凡的政略和锋芒。

匈奴人获悉万年继位施政后，十分震怒，就派人到莎车国挑拨离间。莎车宫廷因此开始了复杂的内斗。那时，万年经常想起自己的父母，就命人修

筑了祈福台。站在祈福台上,万年遥望西北方,默默地为父母祈福,也暗暗为自己鼓劲,决不向亲匈派退让半步。

后来,匈奴的离间计得逞,老莎车王的弟弟呼屠徵发动了宫廷政变,杀死万年,自立为王。华蕊又问:"那后来呢?"郑凯道:"还想听呀?"华蕊道:"讲完整些嘛!"郑凯又接着讲起来。万年到莎车国赴任时,汉朝派出使臣奚充国护送他前来莎车国,并留在当地支持万年施政。呼屠徵发动政变时,不仅杀了万年,也杀了奚充国。

元康元年(前65年),汉将冯奉世作为使臣,携带皇帝符节,护送大宛等国客人抵达伊循城,得知万年和奚充国被杀,非常气愤。而且,呼屠徵派使者四处散布谣言说,丝路北道各国已归属匈奴,并要派兵攻打丝路南道各国。呼屠徵欲结盟鄯善国以西的众多丝路南道国家反汉投匈。此时,西域都护郑吉和校尉司马都在丝路北道,无暇顾及南道。

面对如此情况,冯奉世当即决定攻击莎车,以免丝路南道失控,危及整个西域。于是,他以皇帝符节调集丝路南道的各国军队共一万五千人马,分南北两路攻伐莎车。莎车城被破,呼屠徵自杀,首级被送往长安。西汉王朝改立老莎车王的侄子为新莎车王,丝路南道至此又畅通无阻。

众人沿叶尔羌河驰马向东北奔驰。河两岸有连绵不断的农耕田野和村镇房舍。来到祈福台,他们看到,一个约十二丈的高台耸立在面前。祈福台占地二十四亩,上有亭台、牌楼,甚是壮观。登上祈福台,向四周眺望,南面的雪山层层叠叠;北面的大漠犹如大海,一望无际。脚下的叶尔羌河弯弯曲曲流向大漠深处,似乎要为干渴的大漠送去一弯饮用不尽的清泉。参观完祈福台,大伙在祈福台附近的一个食店里吃了些东西,这才返回莎车城。

第二天,郑凯带着大伙去莎车王城拜见莎车王。来到王城下,郑凯告诉守城的士兵,他是西域都护李崇的信使,要面见莎车王。一个士兵赶忙向守城将军报告。过了一阵子,一位名叫铁山的守城将军出来,带他们进入了莎车王城。宫门有卫士严密把守。铁山将军带郑凯等人来到王宫门前,向宫廷卫士说明了来意。又等了一阵子,宫廷卫队长耶恒来到宫廷门口,检查了郑凯的信函,才让卫士收缴了郑凯和铁山的刀剑,允许二人入宫去见莎车王,其余人在王宫外等候。

郑凯和铁山随耶恒来到大殿中。大殿中间留有很大的空间，显然，这里是莎车王举行朝会的地方。往大殿里面走，有一个带台阶的高台。此时，高台之上坐着一个头戴王冠、身穿锦缎袍服的老者。一看就知道是莎车王延。

莎车王虽然衣冠楚楚，但垂老之状显露无遗，不时还能听到他的咳喘声。耶恒走到高台下一个身材壮实的中年汉子面前，说道："太子，这是西域都护李崇大人的信使。"说着，耶恒递上了郑凯带来的一封信。太子康登上王座的台阶，把郑凯带来的信件送到了莎车王手里。莎车王看完信件后说道："郑信使，谢谢你带来了李都护的信。去年，我莎车王派遣了三千人马随王骏将军和李都护讨伐焉者，遭到伏击，损失了三千兵马。虽然损失很大，但那是为了征讨叛贼，付出代价是值得的。我要感谢李都护夫人派人送太子康平安回到了莎车。如果西域都护府在龟兹有什么困难，我倒希望李都护前来莎车驻屯。"

郑凯道："谢谢殿下对西域都护府的支持。"莎车王又道："李都护在信中问我，太子康是否丢失过一个女儿。我可以告诉你，太子康十年前的确丢失过一个女儿。郑信使，你可知道太子康的女儿现在何处吗？"郑凯道："殿下，我这次来莎车是带着一个商队来的。太子康的女儿现在名叫郑莎，她是我们商队的成员，这是她托我给你们带来的东西。"郑凯向前把一个小布袋交给了太子康，太子康立即打开小布包，取出了一件绣有莎车康三个字的心衣。他又把心衣递给了莎车王，激动地说："是我女儿的心衣"。莎车王道："郑信使，你的商队现在何处？"郑凯道："殿下，他们就在王宫门口。"莎车王道："耶恒队长，请你把郑信使商队的全部人员都请到这里来。"耶恒应声出去了。

不一会儿，郑莎等众人都来到了王宫大殿。郑凯把郑莎带到太子康面前说道："太子殿下，这就是郑莎，您的女儿。"太子康看着郑莎，泪水顿时溢满了眼眶。他双手颤巍巍地扶住郑莎的双肩说道："你真是我的女儿，我不是在做梦吧？"郑莎看着太子康，竟然感到很是陌生。她平静地说："殿下，您是怎么把我给弄丢的？"太子康道："都是阿爸粗心，都是阿爸的错！"郑莎道："殿下仅凭一件心衣就能断定我是您的女儿吗？您可千万不要认错了人！"

莎车王道："贤将军，位侍将军，你们二位速去太子宫把太子妃冰雪请

来。"太子康的两位弟弟应声带着心衣走出了宫殿，往太子府奔去。莎车王道："你们都先坐下来吧。来人，送些奶茶和干果来。另外准备午宴，我要宴请郑信使和他们商队的全体人员。"

大伙坐定，仆人送来了奶茶和干果。不久，太子妃冰雪来到了大殿。她拿着贤和位侍二人送去的心衣来到郑莎面前，说道："郑莎，这心衣上的字的确是阿妈为你绣的。不过，你说仅凭这件心衣不能断定你是我们的女儿，说得也有道理。那好，我就说一个你身上的秘密吧。你们这里的姑娘，哪个可以帮我一下？"燕然站起身来说道："太子妃，我可以帮您，您有什么吩咐？"太子妃道："你看一看郑莎的双耳后面是不是都有一个小米粒大小的红色胎记？"燕然赶忙检查郑莎的左右耳根，果然发现都有一个小米粒大小的红色胎记。燕然道："太子妃，有红色胎记。"这下，大伙竟然忘记了自己是在莎车王的大殿里，都拍手欢呼起来。大家都为郑莎找到亲生父母，太子妃找到女儿而高兴。太子妃一把抱住郑莎，好像生怕自己的女儿再丢掉一样，两行热泪不由自主地顺着脸颊流了下来。随着太子妃的抽泣，大伙也都禁不住双眼溢满了泪水。莎车王大声喊道："好了，太子妃。这么一个天大的喜事，大家都感到高兴。这样吧，咱们先吃饭。吃过饭，你可以带你的女儿到你府上，你们母女两个可以好好聚聚。"

大伙在太子康的安排下，按照顺序坐定，不久宴会就开始了。宴席是纯粹的莎车风味，既有烤全羊、清汤羊肉、抓饭、油馕、酸奶子、奶疙瘩、奶皮子、热奶茶、葡萄酒等食物，也有巴旦木、胡桃、杏干、干无花果、葡萄干等干果。郑凯分别向莎车王、太子康和太子妃敬酒，感谢他们对西域都护府的支持和对内地商队的保护，更祝愿他们健康长寿！郑莎等人也分别向莎车王、太子康和太子妃敬酒。贤、位侍、耶恒和铁山作陪。

等到大家酒足饭饱，郑凯站起身来对莎车王说道："殿下，听说您曾在长安居住过十五年，您对长安有何印象？"莎车王听郑凯这么一问，高兴地讲起他在长安的所见所闻来。他清了清嗓子，说道："长安是个大都市，非常繁荣。我是在平帝时在长安做质子，居住了十五年。初到长安，我就被长安的繁荣和汉族的文化深深吸引了。我非常尊崇两位圣人，一位是孔子，另一位是老子。他们的思想和理论可以说是修身、齐家、治国、平天下的基石和准则。尤其是道德经,理论卓著,思想深邃。道德经讲的是道和德二字。道者万物之奥也。天地万物皆有道,道常无为,而无不为也。道有多种多样,比如治国之道、为官之道、做人之道、朋友之道、夫妻之道、父子之道、婆媳之道、师生之道、经营之道,等等;再比如,天有日月星辰,地有四面八方,山有走势,水有流经,等等。道乃德之本,德乃道之用。我们芸芸众生循道立德方为正途。"

郑凯道:"没有想到,殿下对汉文化有如此研修,佩服!佩服!"莎车王道:"这是我的一点粗浅心得,不过一知半解罢了,仅供你们参考吧。"郑凯道:"谢谢殿下!"

郑莎突然站起身来,大声说道:"殿下、太子和太子妃,还有贤将军、位侍将军、耶恒队长、铁山将军,当然还有我们商队的兄弟姐妹们,我在这里有一个请求,希望你们大家对我的身世能够保守秘密,不要再让他人知晓,以免在我街上行走时被人指指点点。再说了,我这也是为了自身的安全考虑。请大家务必满足我的请求。"莎车王道:"保守秘密很重要。不然,郑莎还真有可能受到坏人的注意。我在长安时,也是非常注意保守秘密的,不会对任何人说我是莎车国王子的,不然,就可能遇到很多麻烦。"郑莎鞠躬向莎车王和大伙致谢。午宴后,贤和位侍扶莎车王到后宫休息,耶恒队长把大伙送出了王宫,而太子康和太子妃带着郑莎去了太子府,铁山将军则把郑凯等人送出了王城。

郑莎随太子康和太子妃来到太子府大厅内坐定后,仆人送来了热奶茶和各种干果。太子康和太子妃就和郑莎聊起了她在长安丢失的事来。冰雪道:"这事还得从你爷爷说起。"

原来,莎车王延在长安居住期间,不仅学习和研究汉朝治国理政之道,也在寻找长安繁华的秘密。他发现,汉王朝注重文化治国,有严格的典章礼仪。元光元年(前134年),董仲舒提出"罢黜百家,独尊儒术"的建议,被汉武帝采纳。从此,汉朝以仁和礼治天下。汉王朝注重农业、手工业和商品贸易,长安有九市,全国有五大商业都会,农村到处都有集市。延发现,生产和流通是国家富裕强盛的根本。商贸交易可以互通有无,物尽其用,利国利民。汉武帝开通丝路商道之后,汉王朝通过丝绸贸易从西域和中亚换回了

马匹、骆驼、玉石和皮革等物资，西域各国也从内地获得了丝绸、棉帛、铁器、铜镜等物品。

西域都护府成立以后的近六十年间，西域各国在西域都护府的领导下，学习内地的先进农耕技术、冶炼技术和商贸经验，各国也逐步富强起来。延边学习边实践。他在长安西市开设了一家店铺，专营西域的干果。延每年都会让他的父王派人送来大批干果，除了一部分供奉汉宫，更多的是在西市销售。

延继位以后，以西汉的典章礼仪治理莎车，重视发展农业、手工业和商贸业。他让太子康主管莎车的商贸事宜，除了开凿矿山炼铁，开挖青玉进行玉器加工，还在各处开办干果店铺，经营丝绸棉帛，使莎车国越来越富强。延一直告诫自己的儿子们，要世世代代侍奉汉朝，不可背弃。

有一年，太子康要随莎车的商队去长安考察，五岁的女儿丽莎吵闹着也要去长安。丽莎是康的掌上明珠，为了满足女儿的要求，康就带着五岁的丽莎一起上路了。不想到了长安，五岁的女儿对长安备感新奇。大人们都忙着卸货搬货时，丽莎就跑到街上玩去了。不想她迷了路，再也没有出现在康的面前。

康派人到处寻找女儿，可哪里还有她的影子。为此，康好长一段时间都不敢回莎车来，他无法面对妻子冰雪和父王延。最后，延派人护送冰雪来到长安，才说服丈夫回到了莎车。一晃十多年过去了，康和冰雪所受的自责和煎熬也许只有他们自己才最清楚。

郑莎听完冰雪的诉说后，说道："阿爸阿妈，我在长安丢失，也许是女儿的秉性所致，怪不得阿爸。好在命运对我不薄，一个好人家养育了我，让我成了华山人。我的爷爷名叫郑奇，是一个华山樵夫；我的爹爹名叫郑行，也是一个华山樵夫；我的娘亲名叫刘月，是一个美丽善良的华山女子；我还有一个哥哥，名叫郑凯；也就是你们刚才见到的那位郑信使。严格讲，郑凯是我的师兄，我们都是我爹爹的徒弟，郑凯也是我们商队的首领。我们商队准备去安息做丝绸生意，过两天就要出发。"

冰雪道："女儿，我们一别已经有十多年了，感谢上苍又把你送到我们面前。无论如何，我们再也不想让你离开我们。听阿妈的话，你就永远留在阿妈的身边,好吗?"郑莎道:"阿爸阿妈,我是女孩子,不说我迟早都要嫁人,就说我现在已经是华山姑娘,我有自己的梦想和追求,怎么能一直待在你们身边呢? 再说了,我听说我还有两个哥哥,有他们在你们身边我就放心了。"太子康道:"你们商队要去安息。那地方离咱们这里有万里之遥,山高路远不说,还要经过别的国家,你们难免会遇到官军和强盗,那可是非常危险的。我们实在不愿意看到我们的女儿去冒险。"

郑莎道:"我不怕! 我要是害怕路远艰险,也就不可能来到西域见到你们。你们的女儿现在是在做正事,在做丝绸贸易,明白吗?"太子康道:"不去就不能做丝绸贸易了吗? 这样吧,你爷爷让我主抓莎车的贸易,当然也包括丝绸贸易,你们把丝绸都卖给我,我再去推销,或者莎车王宫自己使用也可以的。"郑莎道:"去做丝绸买卖是我们商队大伙的主意。你说把丝绸卖给你,这我可不当家。"

冰雪道:"你这个孩子,怎么不理解我们的心思呢?"郑莎道:"这事我们就谈到这里吧。我还有事,就不陪你们了。"郑莎说着站起身来,就要往外面走。冰雪道:"你就不想在太子宫里住一个晚上,陪陪我们吗?"郑莎道:"我们父女母女已经相认,该说的话也已经说了,我现在要去干正事了。"

康道:"慢着,你带上出入王宫的通行令牌吧,这样你就可以随时出入王宫。有时间一定回来看看我们。走,我去送送你!"郑莎道:"别! 别! 别! 我不是已经给你们说过了嘛,我不希望让人在背后指指点点,说我是你们的女儿。我也害怕坏人知道我是你们的女儿,会增加我的危险。我不要你送,我要自己走。"康和冰雪没有办法,只得看着郑莎独自离去。他们没有想到自己的女儿和他们如此陌生。康失望地说:"我们一心想补偿我们对她的亏欠,没想到她一点都不领情! 你说怎么办?"冰雪道:"不着急,慢慢来! 我有一个办法,肯定可以把郑莎留在我们身边。"康道:"什么主意,说出来听听!"冰雪道:"我们要想留住女儿,现在就着手在莎车国内为郑莎挑选一个英俊潇洒、文武兼备的郎君。如果他们将来成了亲,郑莎不就自然而然地留在我们身边了嘛。"康道:"这倒是一个好主意,就这么办!"二人开始合计为郑莎挑选郎君的事来。

郑莎回到青玉阁客栈,去郑凯的房间见郑凯。郑凯问:"你怎么这么快就回来了,为什么不在太子府陪你阿爸阿妈住上一个晚上?"郑莎道:"我和他们在一起感觉不习惯,所以就回来了。"郑凯道:"你和你阿爸阿妈在一起感觉不习惯,那你和谁在一起才能感到习惯呀?"郑莎道:"和你天天在一起才感到习惯,知道了吧!"郑莎一说出口,脸竟然一下子红到了脖子,赶忙不好意思地用手捂住了脸。郑凯一把把她拉到怀里,轻声说道:"我也想天天和你在一起。"两人相拥着,出气声都变得粗了起来。房子里显得格外安静,他们的心跳相互都能听得到。郑莎闭着眼,全身好像酥了一样。过了好一会儿,郑莎才轻声说道:"别抱着我了,让别人看到就羞死了。"郑凯这才松开双手,和她谈起了去安息的一些想法。

晚饭后,郑凯召集程涵、燕然、刘壮、郑莎开了一个会议。五人讨论了去安息的事宜。每个人都充分发表了自己的看法。最后大家集思广益做出如下决定:一、为了安全起见,从大伙集资购买的三千匹丝绸中取出两千匹去安息做贸易;二、将剩余的丝绸和刘大漠师父的三千匹丝绸留在莎车城宋坡处;三、除去来往的花费,把销售丝绸所获金钱的三分之二平均分配给商队的每个成员;四、做好行前的各种准备,两日后出发。

两天之后的早上,郑凯等人正准备出发,铁山将军带着两名护卫来客栈面见郑莎和郑凯。铁山将军说,莎车王要见郑莎和郑信使,二人只得随铁山前去王城。

来到王城大殿,莎车王、太子康和太子妃都在大殿内等候。郑凯和郑莎向三人施礼后,询问莎车王有何事召见。莎车王道:"我听说你们商队要去安息,一切都准备好了吗?"郑凯道:"谢谢殿下关心,一切都准备好了,我们正要出发。"莎车王道:"好!我支持你们。不过,我还要助你们一臂之力。我这里有几封书信,是写给大月氏国和安息国国王的。万一你们在大月氏和安息国遇到麻烦,可以携带我的书信去找他们寻求帮助。汉武帝时曾两次派遣使团出访中亚,与大月氏和安息国建立了商贸关系。西域都护府成立之后的近六十年里,丝路商道畅通,来往商队络绎不绝。莎车国作为连接内地和中亚的咽喉要道,自然是内地商队和外国商队的必经之路。大月氏国和安息国国王均有信函给我们,要我们保护他们的商队。我写这两封信函给他们,也要求他们能保护你们。"

郑凯和郑莎接过信函,向莎车王施礼谢恩。莎车王又问:"你们从蒲犁国出发前往大月氏,需不需要我派一队人马护送你们?"郑凯道:"殿下,我们是商队,行走天下是我们必须面对的事情,不必兴师动众。"莎车王道:"也好,祝你们一路顺利吧!"太子康和太子妃把郑莎和郑凯送出了王宫。二人来到青玉阁客栈,会同商队全体人员离开了莎车城。

第十二章　行商安息

郑凯等人离开莎车后,经石头城沿塔什库尔干河南行,抵达了瓦罕走廊的入口处。众人在瓦罕走廊驻足远望,只见南面的红其拉甫群山簇拥着冰峰,在阳光照耀下闪烁着光芒。他们从瓦罕走廊一路向西,登上瓦罕走廊西部的冰达坂——克克吐鲁克达坂。据说,克克吐鲁克达坂高达一千六百丈。

翻过冰达坂,他们继续前行。从帕米尔高原东南部和兴都库什山脉的高山冰川上流出的瓦罕河向西奔流,与帕米尔河汇流后称为喷赤河。喷赤河曲折西流,与瓦赫什河汇流后称为妫水。妫水向西北流动,最终流入咸海。郑凯等人西行转南,就到达了坐落于阿姆河以南的大月氏的国都蓝市城。

蓝市城本来为大夏国国都,位于阿姆河中部南岸,吐火罗盆地的入口处,古称巴克特拉。后来,大月氏越过妫水南下,攻占了蓝市城,大夏遂臣服于大月氏。

大月氏由五部翕侯分治,一为休密翕侯,治所和墨城;二为双靡翕侯,治所双靡城;三为贵霜翕侯,治所护澡城;四为肸顿翕侯,治所蒲茅城;五为高附翕侯,治所高附城。

近年来,大月氏的贵霜翕侯赫拉欧斯开始攻伐其他四侯。此时,他已经攻占了蓝市城。郑凯等人来到蓝市城东门口,守城的士兵把他们拦住了。经过查验,他们发现商队带有两千匹丝绸,就全部扣下。这些士兵说,丝绸乃重要的军需物资,事关重大,他们必须上报翕侯。无奈,郑凯等人在达卡、加西亚和摩尼的带领下找了一处名叫卡拉里亚的客栈住了下来。

一入客栈,郑凯、程涵、燕然、刘壮和郑莎就和达卡、加西亚、摩尼一起商量索要丝绸的事。达卡说:"蓝市城刚被贵霜翕侯赫拉欧斯攻占,一切都还比较混乱。而且,贵霜翕侯赫拉欧斯还要攻伐其它翕侯,需要粮草、丝绸、棉帛和刀箭,要想索回我们的丝绸,比较困难。"郑凯道:"我认为,我们明天应该去见贵霜翕侯赫拉欧斯,交涉我们的丝绸被扣事宜,即使索要不成,也要表明我们的态度。我们要让赫拉欧斯明白,抢夺商队货物会恶名远扬,受到各国谴责,甚至招来灾祸,这对贵霜翕侯是没有任何好处的。"郑莎道:"对,我们必须去见赫拉欧斯,决不能让他的手下就这样不明不白地把我们的丝绸抢去。"

第二天,郑凯安排燕然、刘壮、郑莎带领大伙在客栈等候。他偕同程涵、达卡、加西亚、摩尼等人去了贵霜翕侯赫拉欧斯的王宫。来到贵霜翕侯赫拉欧斯王宫门口,郑凯取出了一封信交给守卫王宫的士兵,说西域莎车国国王的信使求见赫拉欧斯。等了一阵,王宫里走出了一位将军,他让士兵收缴了郑凯等人的刀剑,只准郑凯带一个翻译进入王宫。郑凯就让达卡随自己一起进入王宫议事大厅。

一位头戴侯冠、目光锐利的老人接见了郑凯。那人道:"我就是贵霜翕侯赫拉欧斯,请问郑信使,你求见本侯有什么事情?"郑凯施礼后让达卡告诉翕侯说:"翕侯殿下,本人呈上的西域莎车国国王的信函,想必您都已经看过了。自从建元三年,我大汉使臣出访贵国以来,两国就已经建立了良好的商贸关系。一百多年来,我们两国开展了广泛的贸易交往。商队来往不绝,两国王廷和百姓都从丝路贸易中获得了巨大的利益。此次,我带商队前去安息经商,不想昨日下午我的丝绸全部被东城门下的士兵扣住。今日,我特来向翕侯殿下陈述此事,请求翕侯殿下遵守两国的贸易协议,退还我们的丝绸。"

赫拉欧斯道:"郑信使,我一定会严格遵守两国早已订立的贸易协议。东城门守军扣下的丝绸,我会派人立即退还给你们。"随即,赫拉欧斯命令道:"达力亚将军,请你带郑信使一同去见东城门守将狐亚达将军,要他立即把扣住的丝绸全部退还给郑信使。另外,今日要立即张贴我昨日签发的通告,鼓励民众与各国通商,也欢迎各国商队前来我贵霜做买卖。"

郑凯等人随达力亚将军来到东城门,见到了狐亚达将军,缴纳了一百匹丝绸作为税金，索回了他们的丝绸。为减少麻烦，郑凯等人即刻启程，沿着通往穆尔加布河的丘陵山路向西行进。

一日，郑凯等人正经过一段丘陵谷地。突然两旁山岭上呼声大起，号角冲天。郑凯举目望去，山岭上有七八十名弓箭手已经将他们围住。只听一个人大喊道："把你们的刀剑和弓箭都扔到路边！"大伙刚要反抗，就被郑凯制止了，只得把刀剑和弓箭扔到了一旁。郑凯让达卡向劫匪喊话。达卡大声喊道："大王，我们是蓝市城豪通老爷的商队，去安息国做生意，请允许我们通过。"那劫匪大声喊道："少啰唆！你们都离开马匹和骆驼往前走！"大伙只得一个跟着一个往前走，来到了前面的一片空地上。

这时，一帮劫匪簇拥着一位满脸胡须的汉子朝郑凯他们走来。他一一打量着郑凯等人，突然哈哈大笑起来，说道："好！老天爷一下子给我们送来了这么多俊男美女。你们这些男人，如果愿意离开，现在就可以走。如果你们愿意留下，我就收留你们。本王正要招兵买马，扩大军队，将来攻打蓝市城。"说话的人名叫毒身，原是蓝市城守将下属的一位百夫长。当贵霜翕侯赫拉欧斯攻打蓝市城时，毒身带领他的部下正在城外巡逻，被赫拉欧斯的人马追击。好在毒身道路熟，溜得快，带着七八十个手下逃离了蓝市城，躲进了大月氏与安息国交界的山里，当起了土匪，自称为侯王。毒身知道，从蓝市城到木鹿城是丝路商道的必经之路。于是，他就带着手下干起了抢劫商队的勾当。

郑凯让达卡告诉毒身说："大王，我们是豪通老爷的赶脚人。豪通老爷让我们给他从汉朝运丝绸到安息去贩卖。如果这些货物丢了，我们回去就会被处死的。既然大王可以把我们留下来，我们愿意跟随大王过自由自在的日子。如果我们跟随大王打下天下，将来或许还能当个千夫长或者将军，那我们这辈子可就福气大了。"

毒身一听，哈哈大笑道："好小子，你很会说话，也很有眼光。我现在宣布：你们就编为我的第九支队，你就担任第九支队的队长。"达卡道："我可以做翻译，但做不了队长。"达卡指了指郑凯道："他可以做队长，就让他做队长吧。"毒身道："也好，你做他的翻译，由他做队长。"郑凯拱手施礼表示感谢。毒身又问道："这些姑娘是怎么回事？"郑凯让达卡告诉毒身道："这些姑娘是赫拉欧斯攻打蓝市城时,豪通老爷收留的美女。他让我们把她们带到安息卖掉。"毒身道:"我和弟兄们都快半年没有碰过女人了,这些美女就留在山寨供兄弟们享用吧! 走,带上货物和美女回山寨去!"郑凯等人跟随毒身来到了山寨。

毒身的山寨在一个光秃秃的山顶上,山顶上有几间用石块垒成的大房子。毒身等人入住以后,修整了房子,又用抢劫商队的羊毛毯和皮革给房屋蒙上了一层厚厚的外套。中间的大屋子是山寨的议事大厅,大厅中间有一个巨大的长方形火炉。火炉里正燃烧着熊熊大火。火炉旁边的石台上放着一些铜水壶,里面是热腾腾的奶茶。议事大厅后面是一个台子,上面有一个宝座。宝座上铺有几张虎皮垫子。宝座后面有一间卧房,是毒身的住处。大火炉的两侧摆放着几排长条案。后面摆放着一排排刀剑架和弓箭架。架子上有许多弓箭和刀剑。

来到议事大厅,毒身吩咐留守在山上的几个匪徒摆宴,庆贺他们今日得到了这么多美女和丝绸。郑莎等人也主动帮助他们摆放食物。匪徒们见有这么多美女为他们服务,感到很是享受。他们色迷迷地盯着美女,口水直流,淫欲难抑。毒身吩咐,搬出他们抢来的数十坛葡萄酒,开怀畅饮,尽情欢愉。这帮劫匪抢来的东西应有尽有。更不用说后山的山坳里还有上千头牛羊。

郑莎不时用眼睛与郑凯交流信息,这是两人从小就经常练习和使用的一种交流方式。郑莎依照信息不停地组织姑娘们给毒身及各个队长敬酒,趁大伙大口喝酒之际,她三个指头往腰间的口袋里一插,又顺势抓起酒坛,将手中的迷药混入酒中。然后,她提着酒坛,环绕一周向毒身和八个队长敬酒。剩余的酒她敬给了那些色眯眯的汉子。没过多久,毒身和八个队长以及那些色眯眯的汉子都趴在了条桌上。郑莎又如法泡制,继续给其他匪徒敬酒,直灌得绝大多数匪徒都趴倒了。

郑凯见时机一到,立即带领大伙跳到后面的刀剑架边,取出长剑,挥剑向那些尚未趴倒的匪徒砍杀过去。不一会工夫,那些匪徒都被斩杀殆尽。与此同时,姑娘们又斩杀了毒身、八个支队长和那些色眯眯的汉子。郑凯等人又冲出议事大厅,把在山口巡逻的几个匪徒抓了回来。在这几个匪徒的

指引下，郑凯等人又来到了后山坳，将在那里看管牛羊的几个匪徒也抓了起来。处理好毒身等人的尸体后，大伙在毒身的议事大厅轮流休息了两日，给了活着的十来个匪徒一些金钱，让他们逃命去了。之后，郑凯等人带着丝绸，赶着上千头牛羊，沿着穆尔加布河向西北的木鹿绿洲挺进。

几日后，郑凯等人来到了安息帝国东部的木鹿城附近。一队百人的骑兵巡逻队迎面驰来，这队骑兵来到郑凯等人面前站住，领头的百夫长问道："请问，你们是哪国的商队？"郑凯让加西亚告诉那位百夫长道："我们是东方新朝的商队。"那百夫长拱手施礼道："我国大王和木鹿城将军早有明令，欢迎东方的商队来安息国经商。"加西亚将百夫长的话转告了郑凯等人。郑凯道："多谢百夫长！我们带来了上千头牛羊，就作为我们初次见面的礼物吧！我明日还要去拜见木鹿城的将军。百夫长，你和将军的名字能告诉我们吗？"加西亚把郑凯的话告诉了那百夫长。那百夫长道："我的名字叫玛多斯，我们将军的名字叫那凯斯。谢谢你们的礼物。"玛多斯命人赶着上千头牛羊跟在队伍后面，引导郑凯等人进了木鹿城，并把郑凯等人安排在城区一家名叫迪安东的客栈住了下来。

次日早饭后，玛多斯来到客栈告知郑凯，那凯斯将军有请。郑凯、程涵、达卡、加西亚、摩尼五人随同玛多斯前往内城，拜见那凯斯将军。来到内城将军府大厅，那凯斯将军起身欢迎，双方拱手施礼。郑凯等人呈上了一百匹丝绸作为见面礼，那凯斯将军非常高兴地接受了这一珍贵的礼品。

宾主落座后，士兵送上了奶茶。那凯斯将军道："谢谢东方商队的礼物。"郑凯道："感谢将军在百忙中接见我们。"加西业把那凯斯和郑凯的话相互做了翻译。那凯斯将军又说："安息和东方汉朝很早就有商贸往来，贵国的张骞曾派副使到访安息国。汉使到达安息东境时，正遇我国国王米特拉达梯二世率领两万东征大军凯旋。米特拉达梯二世的大军列队欢迎汉使的到达。此后，他们商定了两国的贸易协议。后来，贵国皇帝又派出了一支商队到达安息进行丝绸贸易。从此，我国和汉朝商队来往频繁，商品贸易不断。我国国王和民众都热烈欢迎贵国商队来安息经商。"那凯斯随即命令，把安息国的银质通行令牌颁发给郑凯等人。郑凯道："谢谢将军和贵国国王以及民众对我国商队的厚爱和支持，我们商队以后会经常来贵国做贸易，也欢迎贵国有更多的商队到我国经商。"

第二天早饭后，郑凯等人离开木鹿城，向西行进。他们经过尼萨、米底，穿行于安息国境内。由于有那凯斯将军颁发的银质通行令牌，一路畅通无阻。经过数十天的跋涉，在夏季到来之际郑凯等人抵达了安息国的都城泰西封。

泰西封坐落在底格里斯河东岸的当迪亚拉河河口。河西岸是塞琉西亚。塞琉西亚曾是塞琉古帝国的政治、经济和贸易中心。这里水陆交通便利，商人云集，贸易发达。安息帝国攻占了塞琉西亚后，担心受到西部的攻击，就没有选择塞琉西亚作为国都，而是在塞琉西亚对面的泰西封建立了都城。后来，两城合并形成了双子城布局。丝绸之路开通后，各地的商人都云集于此经商贸易。塞琉西亚作为商品交易的繁华之地，格外富庶。传说，安息帝国的大部分税赋都是由这里的贵族提供的。安息帝国在城内设有许多中介机构，由贵族们负责经营，没有经过中介机构参与的交易都无法把商品运出安息。

泰西封城垣高大，城墙坚固，城池呈圆形。郑凯等人进入泰西封后，在城东大街一处名叫拉迪亚圣斯的客栈下榻，之后就到街道上寻觅食店就餐。大街旁商铺林立，街上人来人往。各地的商人在街上和店铺里盘桓。郑凯等人来到一个名叫法古达的食店，只见食客众多，生意兴隆。法古达食店以提供烤羊肉串、茄汁焦鱼、肉馅饼、来拉克甜饮、酸奶和热茶而闻名。大伙就在法古达食店美餐了一顿。

第二天，郑凯安排燕然和郑莎带领大伙留守客栈。他和程涵偕同摩尼、达卡、加西亚前去拜见摩尼的爸爸阿昂佐。摩尼等还带着郑凯分售给他们的三百匹丝绸。

摩尼的父亲阿昂佐在塞琉西亚经营着一家专营棉帛和羊毛织物的店铺。五个人来到店铺内，摩尼将郑凯和程涵介绍给了阿昂佐。达卡和加西亚是阿昂佐很早以前去大夏国经商时收养的两个孤儿。三人见到阿昂佐后都非常高兴。摩尼对阿昂佐说："亲爱的爸爸，我和达卡、加西亚三人在于阗国被当地一个恶霸欺骗和扣押。多亏郑凯等人搭救，我们今天才能回到您的身旁。他们是我们三人的救命恩人。我们也就邀请他们来到了塞琉西亚。希望您能够慷慨地帮助他们。"

阿昂佐道："原来他们是你们三人的救命恩人呀。你们一路走来,建立了深厚的友谊,我为你们感到高兴。他们有什么需要的,我一定尽力而为。"摩尼道："他们是一个商队,带来了一千多匹丝绸。我想请您帮助联系塞琉西亚的丝绸买家。"阿昂佐道："这没有问题,我这两天就帮他们去联系。"郑凯和程涵拱手施礼,感谢阿昂佐的帮助。阿昂佐道："过去,安息的男人和女人只能穿棉帛和羊毛制作的衣服。自从丝绸从东方运来后,大家都爱上了丝绸衣物。丝绸销售在塞琉西亚非常火爆,尤其来自大秦的商人,有多少他们就想买走多少。孩子们,请你们放心!你们的丝绸一定会卖一个好价钱的。"郑凯和程涵再次感谢阿昂佐的帮助。

数日后,摩尼来通知郑凯等人,说阿昂佐已经联系好了丝绸买家,要郑凯和程涵前去洽谈。二人在摩尼和阿昂佐的引领下,与买主见了面,商谈了丝绸价格。最终,郑凯和程涵同意以塞琉西亚的批发价卖给买主。

处理好丝绸买卖后,郑凯将所得的金钱大部分平均分配给了大伙。剩余的一部分作为回程的费用。同时,大伙决定宴请阿昂佐一家,以表达商队对他们的感谢。阿昂佐一家也高兴地应允了。众人来到两河食店后,摩尼把郑凯等人与他的妈妈卡得丽娜、妹妹丽莎相互做了介绍。郑凯通过征求阿昂佐一家人的意见,点了塞琉西亚的特色食品,大伙借助摩尼、达卡和加西亚做翻译,与阿昂佐一家边吃边攀谈起来。

丽莎,一个金发碧眼、睫毛上卷、身材苗条、面容美丽的十六岁少女,很快就和大伙成了好朋友。她饶有兴趣地询问了商队来塞琉西亚路途中的见闻趣事,对商队中有那么多姑娘,很是羡慕。丽莎听说郑凯的商队通过运送丝绸赚了许多钱,就一直向父母要求参加郑凯的商队,去神奇的东方一游。阿昂佐告诉她,这事得问郑凯。丽莎看大伙吃得开心,聊得痛快,就站起身来大声说道："郑凯,我想跟着你们商队去东方一游。不知道你们欢迎不欢迎?"郑凯道："我们当然欢迎了!只是不知道阿昂佐大叔和卡得丽娜大妈能否舍得你去呀?"摩尼道："丽莎,你一个姑娘家到外面行走,知道有多么危险吗?"丽莎道："你不要吓唬我!商队里有这么多姐姐怎么就不害怕?"摩尼道："她们和你不一样,你得在塞琉西亚替我照料爸爸和妈妈。"丽莎道："我一直就待在塞琉西亚,可你为什么就不能在塞琉西亚待上一段呢?"阿昂佐见摩尼和丽莎争执起来,就说道:"好了,好了,你们两个就不要再争执了!如果郑凯他们愿意带丽莎去东方一游,我和卡得丽娜倒是同意她去的。"

郑凯等人购买了一些大秦商人运来销售的纯金饰品和毛织物后,准备启程回返。阿昂佐一家来为他们送行。由于丽莎坚决要求随郑凯等人去东方一游,达卡和加西亚又坚持陪同丽莎前往,阿昂佐大叔和卡得丽娜大妈决定,摩尼留在塞琉西亚,让丽莎、达卡和加西亚三人随郑凯前往东方。

郑凯等人在马市将全部骆驼变卖后,携带着金币、刀剑和弓箭,离开了塞琉西亚,一路向东奔驰起来。

一日,他们来到了一个城市叫爱克巴坦那。这里古时候曾是米底王国的国都,传说它是一座用黄金筑起的城池。米底王国的缔造者戴奥凯斯是部落酋长的儿子。他自幼聪明好学,心地善良,崇尚正义。长大以后,他担任了部落的仲裁官。戴奥凯斯能秉公办事,善于处理部落中的各种事务。

公元前700年,部落酋长病逝,戴奥凯斯被推举为米底国的国王。在他的领导下,米底国建起了国都、王宫和军队。由于戴奥凯斯处事公正,前来投奔的民众越来越多。居民区像蜘蛛网一样,一圈又一圈地围绕着王宫修建,形成了有七座城墙的多重城池。传说,最外面一圈的城墙为白色,第二圈的城墙为黑色,第三圈的城墙为紫色,第四圈的城墙为蓝色,第五圈的城墙为橙色,第六圈的城墙是用白银包着的,第七圈的城墙是用黄金包着的,那是戴奥凯斯的王宫。

来到爱克巴坦那,大伙才明白,原来七圈城墙只是用了不同颜色的建筑材料,并非像传说中的那样是用黄金和白银包裹着的。公元前550年,米底王国为波斯帝国所灭。爱克巴坦那成了波斯帝国阿赫美尼德王朝的夏宫。后来,爱克巴坦那又成了塞琉古王朝的东部重镇。公元前148年,安息帝国密特里达提一世攻占爱克巴坦那,曾把它定为国都。公元前141年,密特里达提一世又占领了两河流域的重要城市塞琉西亚,并在其对岸建立了驻军城堡泰西封。然而,安息东部的木鹿绿洲却被东部的大夏国攻占。密特里达提一世委托其部将镇守西部,他率军返回东部。尔后,密特里达提一世、弗拉阿特二世、阿塔巴二世均在东方与塞种人、吐火罗人、阿西人和帕西安

人的战争中战败。中亚的游牧民族洗劫了安息的大片国土。

公元前124年,密特里达提二世即位后进行了军事改革。他建立了号称安息铁骑兵的重装骑兵部队,并创立了回马箭战法。凭借这支铁骑,密特里达提二世打遍四方无敌手。在中亚,他打败了塞种人,夺回了木鹿绿洲。向西,他战胜了大秦军团,以幼发拉底河为界与大秦帝国相望。爱克巴坦那曾是密特里达提二世进行军事改革和建立铁骑兵的地方。

郑凯等人入住爱克巴坦那后,就去爱克巴坦那的马市游逛。在一个马具店里,郑凯发现有一副落满灰尘的骑兵盔甲和一副战马披甲摆放在墙角。

原来,这个店铺的主人祖上曾是密特里达提二世时铁骑兵的军需官。后来,这位军需官由于在战争中受了重伤,就退役到了爱克巴坦那,并在这里成家生子。为了生计,这位退役军需官就在爱克巴坦那的马市办起了这个马具店,专营马鞍、马掌、马鞭、马镫等马具。一家老小守着马具店谋生,世代相传。店主从小就跟父辈学习制作和修理马具的手艺,也学习制作骑兵盔甲和战马披甲。由于骑兵盔甲和战马披甲价格昂贵,普通牧民买不起,而且买去了也没有用处,这副骑兵盔甲和战马披甲也就成了摆设,也不知道在店里摆放了多少年。

郑凯询问道:"店主人,您那副骑兵盔甲和战马披甲要多少钱?"店主人道:"五百两黄金。"郑凯道:"我看您这副骑兵盔甲和战马披甲摆放在这里不止一年了吧,能不能便宜一点卖给我?"店主道:"如果您真想买,就给四百两黄金吧。"郑凯道:"好!不过,我若买下这副骑兵盔甲和战马披甲,你得把制作和使用的方法告诉我。"终于有人肯买这副骑兵盔甲和战马披甲了,店主人甚是高兴。他就把祖上留下来的有关制作方法和使用方法以及回马箭的练习方法都告诉了郑凯。郑凯让店主人找来两张草席将骑兵盔甲和战马披甲包了起来。程涵不解地问:"郑凯,你花这么多钱买这副旧盔甲做什么?"郑凯道:"我觉得这东西可能会有用,先买回去再说吧。"郑凯又详细地向店主人询问了重装骑兵的训练和回马枪战术等事宜。

郑凯等人在爱克巴坦那逗留两日后继续向东行走。他们路经尼萨和木鹿后,就进入了贵霜国境。在蓝市城门口,他们交了一千两黄金的税负。穿过蓝市城后,他们向北行进。不久,他们就来到了沩水河畔。而后,他们沿着阿姆河河谷向东南方向前行。赶了许久的路,大伙都觉着累了,于是,他们在一片宽阔河滩上的一个小丘陵上停下来休息,并吃了些东西。

突然,远处有一队人马沿着光秃秃的河滩路追赶上来。郑凯让海兰和丽莎带着马匹继续缓缓向前行进。他和其余兄弟姐妹们立即一字排开趴伏在了小丘岭后。狂奔的马队越来越近,已经可以看到这些穿着破烂军服,头发蓬乱的队伍。郑凯确认这支队伍并不是军装整齐的贵霜翕侯的军队,断定这是一支劫匪队伍。的确如郑凯所料,这伙骑兵正是贵霜翕侯攻打蓝市城时打散的一些散兵游勇组成的劫匪队伍。他们经常在这一带拦截和追击商队,抢劫商队货物。

今日,匪徒们的哨兵发现郑凯等人的商队经过后立即赶回去向匪首报告。于是,六十多名匪徒倾巢而出,骑马狂追而来。当劫匪们进入有效射击距离后,郑凯等人从小丘岭后面现身,突然猛烈射箭。匪徒只注意前面行进的马匹商队,却没有注意小丘岭后面隐藏的伏兵。他们来不及取弓射箭,就被郑凯等人射落了一些人马。没有被射中的匪徒调转马头仓皇逃走。

匪首收拢起四十多个匪徒再度发起进攻。这次,他们来到郑凯等人伏击地点的前方,就跳下战马,散开队形,张弓搭箭,向小丘岭发起了攻击。郑凯等人依托地形,以逸待劳,全力抵抗。这帮匪徒不愧为曾经受过训练的兵匪。他们开始发挥单兵战术进行攻击,充分利用地形地势掩护自己,或匍匐前进,或急速跳跃前行。他们倚仗人多,步步为营,缓缓向前逼近。在到达有效射击距离后,匪徒们会突然跃起射击。郑凯要求大伙保护好自己,寻找有利时机准确射击。跃起的匪徒射箭以后就完全暴露了自己,郑凯等人立即反击。

就这样,你来我往,双方都在不停地进行攻防。突然,左面一个匪徒迅速跃起,向正在讲话的郑凯射箭。郑凯滚身躲过那个匪徒的箭,立即跃起向那暴露身体的匪徒射击,不想自己的半身暴露得多了一点。只见躲藏在一个坑洼里的匪徒抓住时机,猛力向郑凯射来一箭。那箭呼啸而至,郑凯躲闪不及,眼见利箭就要射入郑凯的胸膛。这一切都被在郑凯旁边观察的碧玉看在眼里。说时迟那时快,她飞身而起,一推郑凯,自己迎面挡在了郑凯前面。利箭一下射进了她的胸膛。碧玉仰面向后压在了郑凯的身上,躺在地

上的郑凯顺势从后面托住了碧玉。他轻轻地把碧玉平放在地上,要照料碧玉。不想碧玉喊道:"哥哥不要管我! 赶快杀敌! 我休息一会儿就好了。"

战事吃紧,郑凯只得按照碧玉说的话做,又全身心投入了战斗。经过激战,劫匪们在小丘岭前又丢下二十多条性命。剩余的劫匪慌忙逃走了。此役,商队中也有十来位兄弟姐妹受伤。好在有小丘岭掩护,受伤的人都没有致命的箭伤。于是,没有受伤的人赶忙帮助受伤的人包扎伤口。郑凯再次俯身来照看碧玉时,只见碧玉的左胸上插着一支利箭。箭杆已经深入碧玉的胸膛,但郑凯却不能为碧玉拔下箭来。否则,碧玉就会立即毙命。

郑凯用双手托起碧玉,放到了自己腿上。碧玉脸色发白,越来越白。她用微弱的声音说道:"哥哥,你…抱…住…我。"。郑凯哭道:"好!"碧玉用力睁开双眼,看着郑凯的脸,露出了一丝笑容。看着碧玉,郑凯想起平日里这个美丽欢快且有些执着的小姑娘,不由得泪流满面。突然,碧玉双手一垂,停止了呼吸。郑凯大声喊道:"碧玉! 碧玉! 你醒醒! 你醒醒!"然而,碧玉再也醒不过来了。程涵等人赶忙在南面的山坡上寻找到一个小土坑,用丝绸裹住碧玉的身体,把她掩埋了。

郑凯的眼泪已经流干,无神的双眼和恍惚的举止让他一下子变得十分憔悴。众人把郑凯架上骆驼,继续沿着阿姆河谷前行。

经多日行走,在深秋季节,郑凯等人回到了莎车城。他们再次住进了青玉阁客栈。安顿好住处之后,程涵带着郑凯、燕然、郑莎和刘壮去了宋坡的丝绸货栈。程涵把去安息行商的情况向宋坡做了汇报,并把他们十个兄弟分得的金钱都上交给了宋坡。宋坡返还给程涵一千两黄金,作为大伙来往的费用。

郑莎再次来到了莎车王宫,向莎车王和太子康夫妇请安。不想,进入皇宫大殿后,她发现太子康竟然坐在高高的王座上。郑莎走到台上的王座旁,说道:"阿爸,爷爷呢? 您怎么坐在了爷爷的王座上?"康一听女儿的发问,不由得双目低垂,泪流满面。他痛苦地说道:"你们离开莎车后不久,你爷爷就患了重病。不久,他老人家就离开了我们。"骨肉亲情的永别一瞬间击碎了郑莎因从小被丢失的那点怨气,她忍不住放声痛哭起来。她边哭边喊道:"爷爷,您怎么就走了呢? 您怎么就不等我回来,让我给您老人家尽一点孝呢?"父女两人抱头痛哭,台下的官员、护卫和仆人也都跟着掉下了眼泪。不知哭喊了多久,莎车王康才对郑莎说道:"孩子,你爷爷一生致力于维护祖国统一和莎车的发展。新朝政府为表彰你爷爷所做的贡献,已经追封他为忠武王。我们一定要继承你爷爷的遗志,为国家的统一和莎车人民的幸福而努力奋斗。"莎车王康见女儿情绪略有好转,吩咐下人带郑莎去后宫面见皇后冰雪。

冰雪一见郑莎两眼哭得通红,一句话也不说,就晓得她已经知道爷爷离世的消息。冰雪道:"你爷爷临走时还一直呼唤着你的名字。我们告诉他,你一定会回来看望他老人家的。他这才含笑闭上了眼。"冰雪这么一说,郑莎又忍不住痛哭起来。母女两人相拥而泣。过了好大一阵子,冰雪见郑莎情绪略有平静,又告诉郑莎道:"你爷爷生前留下遗嘱,说喀喇昆仑山是一个神圣的地方。他死后,以火葬处治尸体,把骨灰撒到喀喇昆仑山深处一个鲜花盛开的地方。我们按照他老人家的遗嘱处理了他的后事。"郑莎道:"我请求阿爸和阿妈明日派人带我和我的兄弟姐妹们前去祭拜爷爷。我们要送爷爷最后一程。"

第二天一早,郑莎和郑凯等人身穿黑衣,腰扎白带,在数十名护卫的引导下,首先去焚尸炉祭拜。他们在焚尸炉旁摆上烤肉、烤馕和葡萄酒,点燃松柏树枝,跪地行礼祭拜,祝莎车王延一路走好。众人又沿着叶尔羌河进入了喀喇昆仑山的峡谷之中。在叶尔羌河和塔什库尔干河交汇处,他们转道前行,来到了一个被杏树林包绕的地方。

原来,在昆仑山、喀喇昆仑山与帕米尔高原之间,有一片千山万峰包围着的世外桃源名叫杏花源。这里有一片硕大的河滩地。在河滩地上长满了杏树。深秋的杏花源,杏叶全落了。满地的杏树叶犹如铺上了一层金丝绒地毯,光彩夺目。一棵棵光秃秃的杏树,面对秋风,昂然屹立。郑莎等人在护卫的引导下,找到了一棵百年古杏树。延的骨灰就撒在了这棵杏树的周围。大伙摆上烤肉、烤馕和葡萄酒,跪地磕头。郑莎哭诉道:"爷爷,我和我的兄弟姐妹们都来看您了。我们会继承您的遗志,反对分裂国家,维护丝路的畅通,为西域人民的幸福而奋斗!"郑凯也哭诉道:"爷爷,我们从安息回来看望您。您老人家怎么不看我们一眼就走了呢?我们遇到的好多新鲜事还

没有告诉您呢!"大伙痛哭流涕,悲痛不已。

回到莎车城后,莎车王康命人把王宫外的太子府改成了公主府。按照郑莎的意见,郑凯等人都住进了公主府。安置好住处后,郑凯和郑莎带着从爱克巴坦那买来的骑兵盔甲和战马披甲一道去王宫拜见莎车王康。康对郑凯及商队成员去安息经商归来表示祝贺,并对他们去祭拜莎车王延表示感谢。郑凯道:"莎车王延年轻时久居长安,潜心学习汉文化。回到莎车后,他以汉朝典章治理莎车,以汉文化教化民众,忠心侍汉,维护国家统一,造福莎车人民,是世人学习的榜样。我们祝愿他老人家一路走好。祭拜他老人家也是我们每个人发自内心的愿望。"

莎车王康道:"在你们去安息行商期间,匈奴的乌累若鞮单于咸病逝。其弟左贤王舆继任匈奴单于位,号称呼都而尸道皋若鞮单于。舆派遣王昭君的丈夫须卜当来到长安。王莽任命须卜当为须卜单于。呼都而尸道皋若鞮单于闻信后大怒,不断派兵抢掠边地。在西域,匈奴派人刺伤了龟兹王弘,并且阻断了丝路北道的通行。目前,匈奴人正准备攻打龟兹国都和都护府城。在这样的形势下,我莎车国的当务之急就是整军备战,以抗击匈奴人的分裂活动,维护国家的统一和丝路南道的畅通。"

郑凯道:"我们今天前来拜见您,就是为了莎车国整军备战的事。"康一听是有关莎车国整军备战的事,高兴地说:"郑信使可有什么高见,请不吝指教。"郑凯道:"我和郑莎这次去安息行商,给您带回一件东西。"说着,他让人取来骑兵盔甲和战马披甲向康展示。康问道:"这是什么东西?"郑凯道:"不知殿下是否听说过亚历山大的故事?"康道:"我曾听说过一些。"郑凯道:"亚历山大为什么能以区区三万五千人马横扫地中海和中亚,建立横跨中亚和地中海的大帝国呢?原因只有一个,那就是亚历山大有一支精锐之师。这支精锐之师就是亚历山大的父亲腓力二世在执政后整顿军务,创建的马其顿重装骑兵。"

郑凯停顿了一下,又说道:"安息国密特里达提二世即位后也进行了军事改革。他建立的重装骑兵为安息铁骑兵,并创立了回马箭战法。因此,密特里达提二世也是打遍四方无敌手,并把都城移到了两河流域的泰西封。我们在安息国买到的这个东西就是一套重装骑兵的装备——骑兵盔甲和战马披甲。我想,如果在莎车国也能建立起重装骑兵,训练回马箭战术,就一定能够提高军队的战力,维护好丝路南道的畅通。"

莎车王康道:"我正为整军备战之事发愁。之前,莎车国出兵三千随王骏将军讨伐焉者,被焉者伏兵消灭殆尽。目前莎车的兵马不过四五千人,如果我们不把这四五千人马建成精锐之师,何以与匈奴的十万大军抗衡? 看来,建设重装骑兵是我们唯一的精兵之路。"于是,莎车王康决定,立即仿照安息国重装骑兵的装备,制造三千套重装骑兵盔甲和战马披甲装备部队,尔后,再训练回马箭战术。莎车王康当即决定任命郑凯和郑莎为训练莎车重装骑兵的正副总指挥。

郑凯道:"殿下,制造出三千套骑兵盔甲和战马披甲肯定需要一段时间。其间,我们商队还要去龟兹国都处理一些丝绸买卖的事情。等骑兵盔甲和战马披甲制造出来以后,我们一定回来赴任。"莎车王康道:"你们商队北去龟兹都城,一定会路过西域都护府城。请你转告李崇大人,我们欢迎他带领西域都护府全体人员来莎车国屯驻,以便我们在西域都护府的领导下,抗击匈奴人的进犯,维护丝路南道的畅通。"郑凯答应一定把莎车王康的话转达给西域都护李崇。

第二天,联合商队要去龟兹国,丽莎、达卡和加西亚三人随同前往。郑凯等人首先经皮山国前往于阗国。尔后,他们又沿着于阗河向北行进。

由喀拉喀什河和玉龙喀什河交汇而成的于阗河,源自南部昆仑山的冰雪融水。于阗河是一条季节河,每年的六月至八月是汛期。河水犹如脱缰的野马,汹涌澎湃地奔入浩瀚无垠的塔克拉玛干大沙漠。河床两岸是无边无际的沙丘。它们宛如瀚海中连绵起伏的波涛,涌向天际。到了每年的九、十月份以后,雪山融水减少,于阗河的流水也逐渐减少。在河床旁的十到二十里的河谷地带,有一条带状沙漠。带状沙漠中生长着胡杨、红柳、沙棘、甘草等植物。于阗河是北穿塔克拉玛干大沙漠,沟通塔里木盆地南北两个绿洲带的一条垂直便捷的通道。行走多日后,郑凯等人来到了距离于阗国都约五百里的一座名为玛札塔格山的地方。

玛札塔格山坐落在于阗河下游中段的西岸。拔地而起的红、白两座山头像一条把头深入于阗河中戏水,摆尾于两百里之外的双头巨龙。它横卧

在茫茫的塔克拉玛干大沙漠之中。玛札塔格山有南北相互对应的两个山头,南山头由红砂岩构成,人称红山嘴;北山头由白云岩构成,人称白山嘴。红、白两山相映,奇特壮观。临河边的山崖上有一些洞穴,是于阗古道上来往客商和行人的栖身之处。

郑凯等人又经过多日行程,抵达了西域都护府城。入住西域都护府城后,郑凯和郑莎前去拜见了李崇夫妇。郑凯将焚烧匈奴粮草库房,重返长安,丝路南道送货,行商安息等经过简单地向李崇夫妇做了汇报。李崇道:"你们商队焚烧匈奴的粮草解除了他们重兵围攻龟兹都城和都护府城的图谋,可谓大功一件。你们又通过丝路南道运货,行商安息,也对丝路商道做出了贡献。目前,匈奴国的新单于是呼都而尸道皋若鞮单于。匈奴人不仅在北面抢掠边地,而且加紧了对西域的进攻。不久前,他们行刺了龟兹王弘,致使弘身中剧毒,神智严重受损,难以主持龟兹朝政。龟兹国内亲匈奴势力抬头,西域局势更加动荡。"

郑凯道:"我们在莎车时,莎车王康给我们介绍了情况,他建议您带领西域都护府全体人员前往莎车屯驻,避免匈奴人再次对西域都护府造成危害。"李崇道:"龟兹一直是西域都护府的大本营,现在正处于关键时刻。我不能在这个时候放弃龟兹迁往莎车。不过,你们可以考虑把屯垦人员带去莎车,安排他们屯垦,以防丝路北道出现不测。"郑凯道:"我们商队准备去一趟龟兹都城,与刘大漠师父协商一些商队事宜。在此期间,请您先安排好南撤的屯垦人员。待我们回来后,即可带他们前往莎车。"李崇道:"好!我马上准备!"

郑凯等人离开都护府城,很快赶到了龟兹国都延城。他们立即拜见了刘大漠师父。程涵把联合商队焚烧匈奴粮草,返回长安,丝路南道运货,行商安息的经过向刘大漠师父做了简单汇报。刘大漠说道:"你们这些年轻人实在了不起,一把火就解除了龟兹之危。之后,你们又行商安息,赚了那么多钱,真是让老汉我佩服。"郑凯道:"刘师父不必夸奖我们,这不算什么。我要向您报告的是当前的局势。匈奴人不仅抢掠新朝边地,而且加强了对西域的进攻。不久前,匈奴人行刺了龟兹王弘。这是一个很重要的信号,说明西域局势将会发生剧烈动荡。"

刘大漠道："不仅如此，匈奴人已经断绝了丝路北道的通行。内地商人运送的货物，一律没收。"郑凯道："刘师父，您打算怎么办？"刘大漠道："你们焚烧匈奴粮草后，匈奴大军退去。那时，我就估计匈奴人决不会善罢甘休。所以，我立即通知我在丝路北道各处设立的店铺全部撤离。目前，他们都已经回到了龟兹。"郑凯道："好！刘师父太有远见了！下一步您打算怎么办？"刘大漠道："就目前局势看，丝路南道较为安定。我准备留下三四个人继续在龟兹经营。其余大部分人移师于阗。"郑凯道："这太好了！西域都护李崇大人也让我们护送西域都护府的一千多名屯垦人员前去莎车，安排他们在莎车屯垦。"刘大漠道："好啊！我们可以一路同行嘛！"

第二天，郑凯等人在龟兹购买了上百辆马车、帐篷和数万斤粮食，携同刘大漠等人离开了龟兹。他们来到都护府城，拜见了李崇大人。随后，他们带领上千名屯垦人员开始南行。除了拉运帐篷、粮草和屯垦用的工具，儿童和妇女以及行动不便的人都乘坐马车。能够行走的壮年人则步行跟进。郑凯和刘大漠等人全副武装骑马护卫。

浩浩荡荡的队伍行走缓慢，经过一个多月的行走，这支屯垦队伍才抵达于阗。于阗的巡逻队发现这支上千人的队伍后，将他们拦截下来。郑凯以李崇信使的身份向于阗王进行交涉后，于阗王才允许郑凯带领屯垦人员通过。刘大漠等人则留在了于阗国都城，郑凯等人带领屯垦人员继续向西北行进。

在莎车城东部，他们又被一队莎车国的巡逻队拦了下来。巡逻队队长了解情况后，把屯垦人员带到了莎车城城郊一片空旷的地方安营扎寨，就地休息。他带着几个士兵前去报告。不久，负责莎车城外围巡逻的尺存将军也赶了过来。他带着郑凯和郑莎去了莎车城，见到了守城将军铁山。四人一道入宫，求见莎车王康。康立即传令召见了两位弟弟贤和位侍、左右辅国侯等朝中大臣以及两个儿子桥塞提和驷井。

康命令右辅国侯负责西域都护府屯垦人员的安置事宜，先将他们安置在两处旧兵营内，为他们提供食宿。等开春以后，在叶尔羌河下游，为他们修建房舍，提供田地，进行屯垦。

康随后宣布，组建莎车重装骑兵部队，任命郑凯和郑莎为总指挥和副总

指挥,任命贤和位侍为正副总监军,任命桥塞提、驷井两人为重装骑兵总队将军,各率领一千五百名重装骑兵,按照正副总指挥的要求,开展训练。尺存、铁山和赤林仍然负责王城内外和王宫的护卫。

另外,康命令赤林卫队长立即派出信使,将匈奴人行刺龟兹王的事情通报给鄯善、沮末,精绝、扜弥、于阗、皮山、依耐、西夜、蒲犁等丝路南道各国,请他们严防匈奴人的恶行。

郑凯和郑莎赴任前,召集了一次联合商队的会议,讨论商队的去向问题。郑凯建议,除了他和郑莎,联合商队人员应该前去于阗国与刘大漠师父汇合,继续开展商贸活动。待他们完成了莎车王赋予的训练重装骑兵任务后,再回商队与大伙一道经商。众人知道郑凯和郑莎训练莎车重装骑兵的重要性,也都给予理解。好在联合商队的成员经过安息行商,赚了一些钱。大家的衣食尚有保证,郑凯和郑莎也就比较放心了。次日,郑凯和郑莎前去兵营报道。程涵、燕然、刘壮等带领联合商队去了于阗。

郑凯和郑莎抵达莎车东部沙漠边沿的军营后,开始组织重装骑兵训练。二人制定的训练计划分为六步。第一步是以个人为训练单位进行单兵训练,以掌握在重装骑兵装备情况下,单兵如何掌控战马前进、转向和回身放箭等技能。第二步是在单兵掌握重装骑兵技能的基础上,以十人小队进行队列训练,掌握小队重装骑兵前进、转向和回身放箭等技能。第三步是在十人小队重装骑兵考核通过后,以百人中队进行队列训练,掌握中队重装骑兵前进、转向和回身放箭等技能。第四步是在百人中队考核通过后,以千人以上的大队进行队列训练,掌握大队重装骑兵前进、转向和回身放箭等技能。第五步是在千人以上大队考核通过后,以三千人的总队进行队列训练,掌握大队重装骑兵前进、转向和回身放箭等技能。训练时间定为每一步训练一个月。最后一个月是对总队在不同地形下的技战术训练。在郑凯和郑莎的严格要求下,在贤和位侍的严格监督、考核下,莎车重装骑兵冒着严寒,整整训练了一个冬天。

第二年四月,莎车王康亲自来到东沙漠军营,观看了莎车国三千重装骑兵的技战术合练。重装骑兵整齐划一的前进、转向、回撤、回身放箭等技术和战术表演让莎车王康感到非常满意。他下令表彰和奖励了神箭手、驯马手、重装设备使用能手以及小队、中队、大队等训练突出队伍。莎车王要求重装骑兵训练要从基本规范走向更高水平，并责成郑凯和郑莎尽快制定莎车重装骑兵日常训练制度，保持天天练、随时战的旺盛斗志，把莎车重装骑兵建设成一支令行禁止，技战术纯熟，攻防自如的军队，以便随时投入保卫丝路南道的战斗。为此，郑凯和郑莎夜以继日地工作，迅速制定了重装骑兵日常训练规则。眼见重装骑兵训练已经完全走向正规，郑凯和郑莎决定向莎车王康请假一段时间，前去探望联合商队的兄弟姐妹们。莎车王康知道二人对联合商队情深意长，就批准了他们的请要。二人在莎车城休息两日后，启程前往于阗国。

　　五月的西域，大地变暖，冰雪正在消融，戈壁大漠显得更加雄浑和粗犷。二人扬鞭催马，向皮山国奔驰。皮山国位于昆仑山脉北麓、塔克拉玛干大沙漠南缘。东面与于阗国毗邻，西面与莎车国相接。皮山国为丝路南道小国，有户五百余，人口三千五，胜兵五百，都城为皮山城。国王之下有左右将、左右都尉、骑君、译长等官员。发源于喀喇昆仑山的皮山河、桑株河、杜瓦河，阔什塔格河等数条流量不大的河流穿过皮山国，形成了一片片绿洲。

　　郑凯和郑莎在皮山城留宿一夜后，继续向东行进。不久，他们就来到了桑株河畔。桑株河发源于喀喇昆仑山北麓。朔桑株河而上，翻越桑株达坂，可抵达赛图拉，前去身毒。桑株河河口是丝路商道南下身毒和西去中亚的一个分道口。来到桑株河河口，郑凯和郑莎发现几个漂浮的货箱掉在了浅浅的河水中。这几个货箱是商队不慎掉到河水中的还是另有原因，二人不得而知。他们仔细地瞭望了一下对岸的胡杨林，并未发现异常情况，这才越过桑株河，继续向于阗国行进。

　　皮山国与于阗国之间是一片没有多少植被的沙漠。起伏的沙丘中凸起着一些较大的沙丘。二人不时登上沙丘远眺，发现前面数里之外有一个大约四五十人的商队正在往于阗行进。郑凯和郑莎与那个商队保持着距离，尾随在商队后面。快到于阗国都城时，郑凯和郑莎放马奔驰，在城门口不远处追上了那个商队。

　　二人先行进城，躲在一个拐角处，观察那个商队的去向。守城士兵检查了那个商队并收缴了他们的赋税后，那个商队进入了于阗城。郑凯和郑莎

追踪着那个商队,见他们入城后,径直去了一个名叫山石阁的富商小城。郑凯心想:"看来这山石阁小城是他们的落脚点。"

此时天色已晚,郑凯和郑莎把坐骑拴在不远处一家小城前的拴马石上,徒步去了山石阁小城。借着夜幕,二人越过山石阁小城的高墙,潜入了山石阁中。他们来到一个内有灯光的大屋外,贴在门缝向里面观望。只见大厅内摆放着许多白案,台面上摆放着各种吃食。

大约有六七十人围坐在台案旁。一个圆脸小眼,身材矮壮的汉子大声说道:"兄弟们,你们这几天在桑株河河口又干了一票,很成功,我向你们祝贺!尽管你们无法接近和刺杀莎车王,于阗王也躲在深宫内不出,使你们无处下手,但你们只要在这千里丝路南道上不断攻袭商队,抢夺货物,同样也能给丝路南道各国以巨大的震撼。那些不依附我大匈奴的国家,我们绝不能让他们过上安稳的日子。来,为你们的胜利干杯!"众劫匪举杯欢庆,一饮而尽。

一个汉子站起身来说道:"披拂大哥,我们刺杀丝路南道各国国王的事情看来不容易办到。但我们以商队为掩护,攻袭来往于丝路南道上的商队,抢夺他们的货物,这实在是一个好办法。一来我们可以破坏商道的通行,二来我们也可以夺取商队的钱财。"那个叫披拂的汉子道:"拾光兄弟,你们五十个人可是南将军从陈良、终带、韩玄等几位汉将带领的两千多名投诚人员中挑选、培养出来的优秀青年。南将军一直把你们视为我大匈奴的精兵,你们可要为南将军争气呀!"那个名叫拾光的汉子道:"披拂大哥,南将军把女儿都赏赐给了我,对我恩重如山。我一定肝脑涂地报答他老人家。你说,我们什么时候再出手?"那个叫披拂的汉子道:"明日你们休息一日,后天你们再出发。"拾光道:"你认为是去西线还是去东线?"披拂道:"你们刚刚在西线动过手,再出动就应该往东线去,这叫左右开弓。"众劫匪回应道:"好!"

郑凯和郑莎心里明白,这里是匈奴人在于阗国的窝点。郑凯示意二人离去,心中盘算着歼灭这帮匈奴匪徒的计划。

一日后,拾光等五十人离开了于阗国,向扜弥国方向行进。扜弥国西部为策勒河绿洲。策勒河发源于昆仑山北坡。雪山融水汇流而下,从南向北流入塔克拉玛干大沙漠。由于策勒河流量不大,水流有限,它仅仅冲出了一个大约两百多里的冲积带。策勒河流域中部地势平缓，河谷内生长着胡杨林和芦苇，外面则有一片片红柳丛等植被。策勒河中游有一条河面宽阔的浅滩通道，是前往位于克里雅河东岸的扜弥国都扜弥城的必经之路。

这时，在策勒河外一棵高大的胡杨树上，有两个人正在向于阗国的方向瞭望。当二人看到远处有一队黑点向策勒河蠕动时，就跳下胡杨树，越过策勒河，来到了策勒河东岸。原来，这二人是郑凯和程涵。那日晚上郑凯和郑莎探听到匈奴劫匪要在今日到东线抢劫的消息后，就赶忙去找联合商队的兄弟姐妹和刘大漠师父。考虑到在于阗城歼灭这帮劫匪可能会惊动于阗国的军队，而且指证这帮匈奴劫匪罪证尚不充分，于是，他们就制定了一个在策勒河伏击匈奴劫匪的计划。除了联合商队的二十多名成员，刘大漠师父带着他从丝路北道带来的肖进、杜鑫、廖亮、宋坡、林原、管代、杜晨、杨晋等八位徒弟也来参加伏击。

郑凯等人昨天下午就带着五十头骆驼和数十匹战马，携带着一千匹丝绸、数十袋粮食、数十袋干果以及粮草和帐篷，完全化装为商队的模样离开了于阗国都城，埋伏在策勒河东岸。郑凯和程涵告诉大伙，已经看到有一队人马向策勒河奔来。

大家赶忙按照各自的分工，开始准备起来。海兰和丽莎二人牵着骆驼和马匹，携带着货物向扜弥城方向行进，拾光等人来到策勒河畔，一眼就望见河对岸有一个商队正往扜弥城方向行进。拾光大声喊道："兄弟们，前面有一个商队。赶快过河，追上他们！"披拂率众涉过策勒河，抽出长剑策马向不远处的驼队追去。突然，一支利箭射在了他的腰间。只听扑通一声，拾光摔落到了马下。这时，一支支利箭从路旁的红柳丛中射去。五十名劫匪不停地陆续跌落马下。这次伏击，联合商队再加上刘大漠师父带的八位徒弟，总人数超过三十人。每人仅仅发射了几次利箭，五十名劫匪就被消灭了。郑凯等人跃出红柳丛，斩杀跌落马下的劫匪。他们俘获了十多名受伤的劫匪，给他们包扎好伤口，又处理好被射死的劫匪尸体，这才收拢起劫匪的弓箭、刀剑和马匹，返回了于阗国都城。

回到于阗国都城后，郑凯以李崇信使的身份立即前去拜见了于阗王尉迟。他把匈奴劫匪试图抢劫他们商队被挫败的过程向于阗王做了汇报。郑

凯道:"最近,在丝路南道上发生了多起抢劫商队的案件。这些案件都是匈奴人所为。他们的目的就是要破坏丝路南道的通行。在与匈奴劫匪的激战中,我们抓获了他们十多个人,交由您处理。"

郑凯等人移交了匈奴劫匪后,就随刘大漠师父等人来到了东城内的住处。这里是刘大漠师父在于阗国都城收购的一处客栈。半年多前,刘大漠师父移师于阗国都城后,考虑到联合商队的人员要有个固定的住处,就收购了这家客栈。回到客栈,刘大漠师父安排好大伙的食宿,就招呼郑凯到他房间,向郑凯通报情况。

原来,在郑凯和郑莎训练莎车重装骑兵期间,刘大漠师父坐镇于阗,除经营丝绸生意,他和肖进、杜鑫、廖亮、宋坡、林原、管代、杜晨、杨晋等八位徒弟与联合商队联合在一起,开始进军于阗国的玉石市场。他们在于阗国都城外的玉龙喀什河附近收购了一个护栏马场,还在玉石城开办了一家玉石店铺,专门销售玉石山料和玉石籽料。他们经营的玉石山料和玉石籽料都是联合商队从玉龙喀什河和喀拉喀什河上游收购和运输回来的。郑凯感谢刘大漠师父对联合商队人员的安排,对刘大漠师父的商业才干极为佩服。郑凯道:"刘师父,你的经商本领可谓出神入化,晚辈十分敬佩。在经营上,我们大伙一切听从您的安排。"刘大漠道:"你和郑莎正在训练莎车重装骑兵,无暇顾及商队的事,我就带着大伙先做做生意。等你们干完了大事,再回来和我们一起经商也不迟。"郑凯道:"那太好了!"

郑凯和郑莎在于阗逗留一段时间后,要返回莎车。临行前,刘大漠师父问:"是不是把匈奴人在于阗的窝点给端掉?"郑凯道:"我们暂且保留着这个匈奴窝点吧。毕竟我们可以从这个窝点里探听到匈奴人的动向。"刘大漠道:"的确如此!"郑凯道:"我和郑莎准备明日返回莎车,请您密切关注匈奴窝点的动静,有什么情况尽快通知我们。"刘大漠师父道:"放心吧,有什么情况我会立即通知你们的。"

返回莎车后,郑凯和郑莎继续组织莎车重装骑兵的训练。二人根据康的要求,组织莎车两个重装骑兵大队开展了对抗性训练,以提高重装骑兵的攻防能力。又经过一年的训练,莎车重装骑兵的作战能力得到了进一步提升。

一日,郑凯和郑莎正在组织重装骑兵训练。莎车王康派人来传达命令,要求桥塞提和驷井二人继续组织部队训练,并请郑凯、郑莎、贤和位侍四人立即赶往王宫议事。

四人火速来到了王宫。大殿上除了尺存、铁山和赤林几个将军,还有一个中年女子正在与莎车王交谈。莎车王康见郑凯和郑莎步入大殿,大声说道:"莎儿,凯儿,你们看谁来了?"郑凯和郑莎走上前去定眼一看,发现那女人竟然是母亲卫梨花。郑凯道:"李都护夫人,没有想到您今日大驾光临,我和郑莎这边有礼了!"说着,郑凯和郑莎向卫梨花拱手施礼,又向莎车王康施礼。莎车王道:"都护夫人,郑莎和郑凯,你们是熟悉的。这是我的两个弟弟,贤和位侍。我想首先请您把都护府城的情况向大家介绍一下。"卫梨花拱手向大家施礼后,开始了介绍。

原来,一个多月前,匈奴人突然派三万多大军包围了龟兹都城和都护府城。龟兹王弘因被匈奴行刺,精神失常,无法主持朝政。龟兹人在匈奴人的包围下,两派斗争激烈。最终他们选择了保持中立的政策。龟兹人为了自保,一方面同意给匈奴人赋税,另一方面又坚持不派兵参加匈奴人对西域都护府和其他西域国家的攻伐。匈奴人见龟兹人已经服软,也就暂时同意了龟兹人的条件。

匈奴大军除留下一万多人马继续围困和封锁龟兹外,调集了一万多人马开始攻打都护府城。李崇率领四百多名将士迎战一万多匈奴大军。依托坚固的城池,他们奋力射杀,打退了匈奴人的多次进攻。半个多月前的一个黑夜,卫梨花受李崇都护之命,飞下城墙,潜入匈奴营寨,夺取了匈奴人的战马,携带信函,日夜兼程来到了莎车国。李崇在信函中要求莎车王康尽快调集丝路南道诸国的兵马北上,以解都护府城之围。

听完卫梨花的介绍,莎车王说道:"李崇都护派遣夫人卫梨花为特使带来了信函,要求我们必须尽快组成一支联军,驰援都护府城。由于战事紧急,我建议立即以莎车三千重装骑兵为主力,调集莎车国周围一些属国的兵马,组成联军。"卫梨花等人均表示支持。康根据丝路南道诸国的人员情况,提出了调集各国人马的数量。众人都同意康的安排。于是,莎车王康立即命令王宫卫队长派出快骑信使,通知蒲犁、依耐、西夜、皮山、于阗、扜弥等国的人马携带40天的粮草,五天后在玉龙喀什河和喀拉喀什河交汇处集合。同时,康建议由郑凯担任联军总指挥,由郑莎担任副总指挥,贤和位侍担任联军正、副监军驰援都护府城。

五日后,丝路南线联军的五千余人马就集聚在了玉龙喀什河和喀拉喀什河交汇处。刘大漠师父听到消息后,也带着联合商队的全体成员赶到了大军驻地,成了中军大帐的护卫。联军在于阗河畔简短集训后,沿于阗河向北急驰。半个多月后,联军到达了都护府城南部的沙漠边沿。郑凯下令全军安营扎寨。

当日夜里,郑凯和郑莎身穿夜行服,借着月光,前去都护府城探查。二人来到都护府城,只见城门大开,城墙坍塌。城内空空荡荡,渺无人烟。

原来,在卫梨花南去莎车搬兵期间,匈奴大军借着陈良、终带、韩玄等投降匈奴的汉将献给他们的攻城悬木撞门车,撞开了城门,攻入了都护府城,守卫都护府城的将士全部战死。郑凯和郑莎悲愤地穿过都护府城,向北行走。

在都护府城北面数里外的地方,他们发现了匈奴人的大营。远望匈奴营寨内,篝火熊熊,岗哨林立,戒备森严。郑凯和郑莎正要潜入匈奴营寨,就听一队巡逻兵放马奔来。郑凯和郑莎趴在一处土坑内,等待这些匈奴骑兵经过后,瞄准最后的两个骑兵,飞身跃起,跳上了马背。他们卡住那两个士兵的脖子,点了他们的穴位,将他们控制在了胸前。二人拨转马头,向南奔去。

回到联军营地,郑凯叫来联合商队的兄弟姐妹们立即审讯了那两个匈奴俘虏。匈奴俘虏供认,自从匈奴大军围困都护府城后,四百多名汉军昼夜守城,浴血奋战,终因寡不敌众,于十几天前被匈奴人攻破城池。守城将士全部战死。他们的尸体已经就地掩埋,不过,唯有李崇都护的尸体未能找到。匈奴人此役死伤了三千多人。他们愤恨不已,一把火烧掉了整个城池。

第二天早上,匈奴大军越过都护府城,向都护府城南面的沙漠地带攻杀过来。原来,南将军率领匈奴大军攻破都护府城后,就接到了披拂的通报,立即调兵遣将,率领两万大军,以逸待劳,等待联军的到达。昨晚巡逻队报告,有两名士兵被人掠走。南将军知道联军已经到达都护府城南部沙漠地带,于是,他率领大军奔驰而来。

早上,郑凯将重装骑兵一字摆开,轻装骑兵后置在重装骑兵左右两翼,等待匈奴大军到来。他站在一辆马车上,车上摆放着一个巨大的战鼓,悬挂着一个巨大的铜锣,马车左右竖着各色大旗。郑莎和刘大漠则带着联合商队的兄弟姐妹们护卫在马车两旁。

匈奴大军见联军不过区区几千人马,根本不把联军放在眼里。他们依仗人多势重,气势汹汹地冲杀过来。两万铁骑狂奔而来,飞沙走石,汹涌澎湃。郑凯用散漫鼓点指挥重装骑兵缓缓撤退。匈奴人以为联军被他们的气势吓倒了,更是精神昂扬,奋勇冲来。

当匈奴人冲到有效射杀距离后,铿锵有力的鼓点指挥重装骑兵转身放箭,一下子就把冲到最前面的一批匈奴骑兵射落到了马下。匈奴大军也猛烈放箭,但联军的重装骑兵因有护甲和披甲保护,几无损伤。后面的匈奴人马继续冲击,一排又一排被射落马下。没有多久,匈奴人就折损了近四千人马。匈奴人再不敢狂乱冲击,纷纷拨转马头,向北逃去。

主帅南将军立即收拢队伍,分为两部向两翼进攻。郑凯立即击鼓收缩,将重装骑兵收成了箭头状。一排排利箭又把冲来的匈奴人射落马下。匈奴人见事情不妙,立即溃散逃去。

随着更加激越的鼓点声响起,被重装骑兵保护的轻装骑兵在贤和位侍的率领下飞奔而出,向逃去的匈奴人马奋力追击。满山遍野到处是战马奔腾的场景。

此役,匈奴人死伤了一万多人,元气大伤。剩余的匈奴人望风披靡,向北逃去。郑凯见匈奴人大败而逃,随即鸣锣收兵,并命刘大漠带领其徒弟们跟踪溃逃的匈奴人。

第二天,郑凯命郑莎带领三千重装骑兵守卫营寨,他和卫梨花亲自带领两千轻装骑兵打扫战场,搜寻失踪的李崇。

第三天,刘大漠师父派人来报,说匈奴逃入了铁门关,他计划蹲守侦查七日,每日会派人向郑凯通报情况。

几日来,郑凯和卫梨花带领两千人马在都护府城内外及周边地区进行了地毯式搜寻,也没有发现李崇的任何踪迹。

五六天后,刘大漠师父从铁门关返回,说匈奴人逃入铁门关后再没有出来。郑凯和大伙商量后,决定带领联军返回于阗,而后返回了莎车。

莎车王康为沙漠之战举行了盛大的祝捷大会。他对此次大战杀敌能手和立功部队给予了重奖。

第二年春天,卫梨花带领都护府屯垦人员到莎车北部屯垦。

郑凯和郑莎也辞去了在莎车军队的职务,重新回到联合商队营商。他们带领联合商队多次往返于丝路南道,从西域运送马匹、牛羊、干果和玉石等物品到河西四郡,并运送丝绸和棉帛到西域及中亚。驼铃回响,商队往来,丝绸之路南道保持了畅通。

古今地名（含山川、河流）对照表

（以章节次序排列）

西域都护府城	新疆新和县玉奇喀特城
襄邑	河南睢县
新丰	陕西临潼
下邽	陕西渭南
郑县	陕西华县
船司空县	陕西潼关
司盐城	山西运城
绛县	山西侯马
泫氏县	山西高平
上党	山西长治
潞县	山西潞城
虎猛县	内蒙古伊金霍洛旗
安侯河	蒙古国鄂尔浑河
燕然山	蒙古国杭爱山
狼居胥山	蒙古国肯特山
余吾水	蒙古国图拉河
郅居水	蒙古国色楞格河
北海	俄罗斯贝加尔湖
蒲奴水	蒙古国翁金河
姑衍山	蒙古国博格达汗山

丝路驼铃

弓卢水	蒙古国克鲁伦河
金微山	新疆阿尔泰山
恶师城	新疆沙湾县境内
捐毒	新疆乌恰县境内
疏勒	新疆喀什地区
尉头国	新疆阿合奇县境内
温宿国	新疆乌什县境内
龟兹	新疆库车
沩水	中亚地区的阿姆河
凌山	新疆别的里山口
都赖水	吉尔吉斯坦塔拉斯河
素叶水	吉尔吉斯坦楚河
白水	新疆库玛拉科河
姑墨川水	新疆阿克苏河
叶水河	新疆叶尔羌河
龟兹西川河	新疆渭干河
西海	新疆博斯腾湖
盐泽	新疆罗布泊
氏置水	甘肃党河
金城	甘肃兰州
祖厉	甘肃会宁
安定	甘肃泾川
和尚岭	甘肃乌鞘岭
鲜水湖	青海湖
大允谷	青海共和县
龙夷	青海海晏县
伊循城	新疆米兰城
扜泥城	新疆若羌县
塔格敦巴什河	新疆红其拉甫河

巴克特拉	阿富汗马扎尔谢里夫
尼萨	土库曼斯坦阿什哈德
赫卡铜皮洛斯	伊朗达姆甘
爱克巴坦那	伊朗哈马丹（古代米底国都城）
泰西封	伊拉克巴格达附近
身毒	印度